LES FAISCEAUX DE LA PEUR

MAUD TABACHNIK

City
Roman

DE LA MÊME AUTEURE

La vie à fleur de terre
Un été pourri
La mort quelque part
Le festin de l'araignée
L'étoile du temple
Miroir vérité
Les cercles de l'enfer
Gémeaux
Lâchez les chiens !
L'empreinte du nain
La mémoire du bourreau
Le sang de Venise
Brouillard d'Écosse
Le Tango des assassins
Le Cinquième jour
La Honte leur appartient
Mauvais frère
Douze heures pour mourir
J'ai regardé le diable en face
New York Balafres
Tous ne sont pas des monstres
Le Chien qui riait
Ciel de cendres
Ne vous retournez pas
Désert barbare
Je pars demain pour une destination inconnue
L'ordre et le chaos
SI tu meurs, elle reviendra
Danser avec le diable
L'impossible définition du mal
Scènes de crime

Retrouvez Maud Tabachnik sur facebook :
https://www.facebook.com/pg/Maud.Tabachnik/posts/

ISBN : 978-2-8246-1993-4
Code Hachette : 18 1212 8
Collection dirigée par Christian English & Frédéric Thibaud
Catalogues et manuscrits : city-editions.com

Dépôt légal : Février 2022

Les civilisations meurent comme les hommes et cependant elles ne meurent pas à la manière des hommes. La décomposition chez elles précède leur mort, au lieu qu'elle suit la nôtre.

GEORGES BERNANOS

Partie 1

Ombres de paix

1
ASSASSINAT

Florence, avril 1937

Nous sommes le vendredi précédant la semaine de Pâques et mes amies et moi avons la tête brouillée d'excitation et les nerfs agacés par les sournois bruissements de l'air. Les plus fortunées d'entre nous partiront avec leurs familles dans leur maison de campagne ou dans leur villa bordant la mer ligurienne. Notre lycée est réputé pour ses bons résultats et sa bonne tenue, et la plupart des familles aisées de la ville y inscrivent leurs enfants. Ce n'est pas le cas de mes parents, mais grâce à mes excellentes notes, j'ai obtenu une bourse qui les aide en partie. Cependant, j'ai parfois la sensation de ne pas être à la hauteur.

Mon amie Francesca, dont le père possède une entreprise de travaux publics ainsi qu'une riche boutique d'orfèvrerie sur le Ponte Vecchio, m'a invitée pour la semaine, mais ma mère a refusé sous un faux prétexte.

— Pourquoi tu refuses que j'y aille ?

— Parce que ces gens ne sont pas comme nous !

— Et alors, on ne doit fréquenter que ceux qui nous ressemblent ?

La claque n'est pas passée loin.

— En ce moment, ma fille, chacun d'entre nous y a intérêt, a-t-elle conclu.

Ça m'a vraiment fichue en colère.

En revenant chez moi, je passe devant le Porcellino qui trône sur son derrière, sur le Campo de' Fiori, et comme à mon habitude, je le salue de loin d'un geste amical. Son groin est brillant des baisers et des caresses qu'y déposent les Florentins pour obtenir qui un mari, qui la fortune ou du beau temps, et la vasque qui récupère l'eau de son groin pourrait servir de caisse à une boulangerie tant il y brille de pièces de monnaie porte-bonheur.

L'Arno, à cette saison, enroule ses eaux boueuses sous les piles inférieures du Ponte Vecchio, indifférent aux visiteurs qui s'y pressent et convoitent des yeux ses vitrines chargées de bijoux. Je déguste déjà en pensée la glace vanille que j'achète presque tous les soirs à Pietro, qui tient la *gelateria* devant le *pallazo*, et dont mes copines soutiennent que s'il m'en donne une si grosse part, c'est parce qu'il est amoureux de moi. L'air embaume le miel des mimosas en fin de floraison et invite à la rêverie.

Je coupe en diagonale où mène la via et me faufile derrière les arcades pour éviter les garçons qui sifflent les filles. Les garçons ne m'intéressent pas, je les trouve balourds et souvent grossiers. Mes intérêts sont la politique et aussi… les filles.

Et ce qui concerne le premier point, l'actualité ne manque pas de sujets. Dans les journaux, on peut lire tous les jours que depuis la Marche sur Rome de 1922, Mussolini, après des élections contestées, a pris le pouvoir et créé un régime fasciste à parti unique. C'est à ce moment qu'ont commencé les problèmes, à mon avis. Pour en citer un que je connais et qui ne représente pas grand-chose pour moi, ma mère serait plutôt de gauche et anti-mussolinienne, bien que Mussolini ait commencé sa carrière comme socialiste, et mon père, plutôt de droite, et pas insensible à certains aspects du discours du *Duce*, comme on l'appelle, et qui signifie « chef » ou « guide ». Les discussions virent souvent à l'orage quand, réunis à table, par exemple, on évoque les derniers événements. J'ai aussi un frère plus jeune, Michaël, qui patauge dans l'âge ingrat depuis un moment et ne s'intéresse à rien.

Moi, Musso, comme il est parfois surnommé, ne me dit rien qui vaille. Plutôt d'ailleurs le personnage que le politique. Je le trouve sans consistance, presque clownesque quand je le vois pérorer au balcon du Quirinal, menton levé et bras écartés comme pour embrasser les ballots qui l'écoutent. Certes intelligent, suffisamment circonspect, mais comme le disent ceux qui le connaissent bien, opportuniste, passif par indifférence, dépourvu d'affect et peut-être même de convictions. Cette opinion qui me vient de mes lectures et de ce que je suis à la radio – cela me prend plus de la moitié de mes loisirs –, je ne la crie pas sur les toits.

Je traverse la *via* Calima en direction du marché de la Paille où je prends le tramway qui me ramène chez moi, à Santa Croce, et je repense avec amertume à la semaine que j'aurais passée avec Francesca si ma mère avait accepté l'invitation. Quand nous nous sommes quittées hier, nous nous sommes promis de nous écrire chaque jour, mais ce n'est pas comme être ensemble.

Plus tard, je serai écrivain et m'y entraîne sans cesse. Le problème, c'est que j'écris dans ma tête, en marchant, en dormant, enfin tout le temps, et quand je veux transcrire, j'ai oublié. Francesca m'a conseillé un carnet pour noter mes idées, je lui ai promis un million de fois de le faire mais ne suis jamais allée au bout, par paresse, négligence ou timidité, je l'ignore. Quoique ma mère pense plutôt le contraire :

— Toi, timide ? mais qui a bien pu te raconter cette fable ? Demande donc à ton professeur principal qui vient de m'envoyer une nouvelle lettre en se plaignant de ton indiscipline et de ton effronterie. Il semblerait, continue-t-elle en faisant claquer ses mots, que dès que tu as fini tes devoirs, tu passes ton temps à te faire remarquer des autres. C'est quoi ton ambition, dans la vie ? Avoir un bon métier ou devenir une saltimbanque ?

J'aperçois de loin le tramway cahoter sur la *via* Da Condotta, et j'accélère le mouvement, prise entre ma gourmandise déçue et l'ennui de devoir poireauter jusqu'au prochain tramway qui me ramènera un peu trop tard chez moi, selon les critères maternels, quand, arrivant sur la place je suis frappée du silence et du calme inhabituels. Les passants se sont arrêtés et regardent dans la direction de la *via* Cazzoli d'où surgit à cet instant une *squadra* de miliciens courant, le fusil à la main comme on le leur a appris, le pompon de leur calot sautillant en cadence, leurs bottes luisantes frappant le sol en rythme, et je ne peux m'empêcher de les trouver élégants avec leur pantalon marron serré dans leurs bottes fauves, et leur chemise noire.

Il y a quelque temps, j'en ai parlé à table. Mon père s'est arrêté de manger et ma mère m'a regardée comme si je venais de cracher sur la nappe. « Tu es folle ? Tu sais qui sont ces gens ? » J'ai haussé les épaules parce que je ne suis pas si stupide qu'elle le croit. Je sais parfaitement qui ils sont. On le voit assez aux actualités. Ça n'empêche qu'ils sont bien habillés.

Je cherche machinalement dans mon cartable ma carte d'identité et le reçu attestant que mon père paye, en tant que Juif, la taxe spéciale due à l'État. J'ai l'habitude, je ne l'oublie jamais, ce qui ne m'empêche pas, à chaque fois que je dois l'exhiber au nez de ces imbéciles, d'avoir la rage. De toute façon, si ce soir je suis embarquée par la milice, ce sera une bonne leçon pour ma mère qui m'a empêchée de partie chez Francesca.

Les miliciens ont rompu leurs rangs sur un ordre de leur chef et se dispersent sur la place en vérifiant les identités. Ils ne me font pas peur, ce sont des jeunes gars de la campagne que la police a enrôlés pour un salaire dérisoire mais qui les rend fiers. Ils sont plus intéressés par les filles que par les contrôles. Et je viens juste de penser que cette miette d'autorité les aide à séduire les filles. Les gens se détendent, comprenant que ce n'est qu'une vérification de routine et qu'ils ne recherchent personne en particulier. L'un d'eux s'approche de moi, je lui tends mes papiers. Il est tout rond et ses joues sont rougies par le soleil. Il me regarde, me sourit. J'esquisse un sourire. Ça aussi, ma mère me l'a dit : « Sois toujours polie avec les miliciens, ça t'évitera les ennuis. »

Je surveille la *via* Calima d'où arrivera mon tramway, tant pis pour ma glace, quand soudain je vois un homme s'échapper devant moi en bousculant le milicien qui vérifiait ses papiers. Celui-ci pousse un cri qui alerte ses collègues et tout s'emballe. L'homme fait tomber le soldat qui l'agrippait et se met à courir comme un dératé en direction du baptistère. Quand il me dépasse, nos regards s'accrochent et j'ai le cœur qui me manque en voyant la terreur dans ses yeux. Les miliciens cavalent derrière en lui tirant dessus. Les gens hurlent et s'aplatissent au sol. Les balles sifflent autour de moi et je vois soudain l'homme stoppé en pleine course, s'immobiliser comme s'il attendait la permission de repartir, se pencher, et tomber d'un seul coup pour ne plus bouger.

Pendant la poursuite tous se sont écartés, le désignant du coup aux miliciens, et il a déjà presque atteint les arcades quand les coups de feu l'ont criblé de balles. Les miliciens ont couru vers son cadavre et l'ont bourré de coups de pied. J'ai crié de toutes mes forces, écœurée de leur brutalité. L'homme ne bougeait plus, alors, pourquoi le frapper ? Il est tombé au milieu d'une dalle de marbre située au centre de la place, où autrefois, paraît-il, on exhibait fesses nues les banquiers qui avaient fait faillite. Ils l'ont soulevé, giflé puis, constatant sans doute qu'il était mort, l'ont laissé retomber. D'autres miliciens sont arrivés dans une bourrasque de cris pendant que, profitant du moment, tous ceux qui le pouvaient s'enfuyaient à toutes jambes.

Après, ils ont regroupé sans ménagement ceux qui étaient coincés, dont moi qui étais restée sur place comme une souche, et les ont forcés à former une file sous le regard noir de l'officier qui commandait la troupe. À cet instant, j'ai eu peur de ne pas revoir mes parents, j'ai eu peur de leur inquiétude de ne pas me voir revenir. J'ai eu aussi peur d'être battue comme ce pauvre homme. Bref, j'avais peur de la peur.

Sur un ordre de l'officier, ils ont attrapé le mort par les jambes et sous les bras et l'ont amené vers une camionnette dans laquelle ils l'ont balancé. Les gens murmuraient, visage fermé, des femmes apeurées serraient leurs enfants contre elles. Les soldats se gobergeaient et plaisantaient. La chasse était terminée. J'avais envie de me battre. J'étais raide de colère. Je revoyais son cadavre couvert de sang, étalé dans une pose grotesque. J'ai pensé qu'il était peut-être sorti en cette veille de Pâques pour acheter des cadeaux pour sa famille. Ou qu'il faisait un tour avant de rentrer chez lui. Mais qu'il ne rentrerait jamais plus chez lui.

J'aurais voulu bouger mais je tremblais tellement que je craignais de tomber à mon tour. Ne surtout pas leur donner ce plaisir ! L'officier s'est retourné vers moi, a redressé les épaules, rajusté sa ceinture et son baudrier qu'il avait dû briquer pendant des heures pour qu'ils soient si brillants et, d'un geste impérieux, m'a ordonné de partir. Là, j'ai hésité, partagée entre ma trouille et l'envie de lui cracher dessus. Il m'a lancé un regard noir.

— Alors, qu'est-ce que t'attends ?

J'avais dix-sept ans et je venais d'assister à mon premier assassinat. Je ne me souviens plus comment je suis rentrée chez moi.

2

Famille

Nous habitons le quatrième et dernier étage d'une maison en pierres roses dont les volets gris en lattes de bois s'ouvrent par moitié dans le sens de la hauteur. La cuisine et la salle à manger donnent sur une terrasse pavée de carreaux rouges qui surplombe un jardin en contrebas, où poussent des bougainvilliers. Les soirs d'été, lorsque nous dînons sur la terrasse, mon père dit qu'il mange avec la chapelle Pazzi dans son assiette.

Deux mois sont passés depuis l'horrible meurtre. Ce soir-là, je suis rentrée chez moi, malade à vomir, et me suis enfermée dans ma chambre. Ma mère est arrivée peu après avec mon frère Michaël et a tout de suite vu que quelque chose n'allait pas. Mais, la tête sur le billot, je n'aurais rien dit. Par chance, nous sommes vendredi, soir de shabbat, et ma mère, affairée à préparer le repas n'a pas trop insisté. Nous ne sommes pas pratiquants mais c'est l'occasion, a dit ma mère, de faire la fête ensemble et de partager un bon repas. Aujourd'hui, elle prend le temps de soigner les plats ; elle, qui est toute la semaine si occupée, revient plus tôt. Ma mère tient une boutique d'objets décoratifs et d'art florentin dans le quartier de Monticelli. Elle a une bonne pratique, mais travaille beaucoup. Elle tient ce soir-là à nous faire plaisir et cuisine par exemple des *fiori di zucco*, qui sont des fleurs de courgette farcies au fromage et aux anchois, des artichauts frits, le plat préféré de mon père, accompagnés de *piadina*, du pain plat rôti à la poêle, des linguine au thon ou autres mets dont je raffole.

Quand j'arrive, la table est déjà dressée avec la vaisselle de fête du shabbat. Les verres en cristal, la nappe damassée, les couverts en argent et le chandelier à sept branches en cuivre que ma grand-mère maternelle a rapporté de Jérusalem. Ce chandelier qui supportait ce soir les bougies du shabbat est vieux de trois siècles, nous a appris ma mère, et a illuminé et protégé plus de fêtes que nous tous réunis n'en connaîtrons jamais. Elle nous a dit aussi qu'il a voyagé de main en main, de feu en feu, bien après que ces mains et ces feux sont devenus poussière. Et je me demande en le regardant ce soir combien de jours et de nuits seront nécessaires pour que l'homme de la place devienne poussière.

Ni Michaël ni moi n'allons à l'école le lendemain, ce qui nous permet de veiller plus tard. Le shabbat est la seule concession à leur religion que font mes parents, avec leur présence à la fin de la cérémonie du Grand Pardon une fois l'an. Ce dîner particulier est le pendant du déjeuner dominical de mes compagnes de classe. Elles me le racontent le plus souvent avec une moue indiquant combien elles se sont ennuyées, combien le temps leur a paru long avant qu'elles puissent quitter la table pour retrouver leurs amis l'après-midi. Le matin est consacré à la messe, où elles vont en famille en traînant les pieds. Ensuite, à la sortie – certaines les miment très bien –, les sourires et saluts aux voisins et amis des parents dont elles se seraient bien passées, puis le retour à la maison où, dans ces familles appartenant à la bonne bourgeoisie, le repas est préparé par une bonne, ou même une cuisinière. Je ne reconnais pas dans leurs récits la familiarité de notre repas du vendredi soir qui reste intime, et qui, même s'il est plus « soigné » que les autres, ne déroge pas à l'ambiance familiale. Je n'en dis rien à mes amies, commentant les leurs sans évoquer le mien.

Mes parents se sentaient aussi italiens que juifs. Mon père, pour être issu d'une vieille famille de Ferrare totalement assimilée, et ma mère, née à Florence de parents venus de Palestine au début du siècle, pour y avoir trouvé, en dépit du catholicisme militant des Italiens, une grande tolérance.

Ma mère, le soir du meurtre, s'est inquiétée quand elle a vu que je ne touchais presque à rien dans mon assiette, alors que d'habitude, j'ai un solide appétit. Je lui avais dit avoir mangé un truc mauvais à la cantine, et évidemment, tout le monde s'en est mêlé. Enfin, tout le monde, sauf mon frère Michaël qui, avec l'idiotie de ses quinze ans, n'a cessé de me chercher et de ricaner durant tout le repas. Parfois, je le déteste tellement que je pourrais l'étrangler. Maman m'a raccompagnée dans la chambre que je partage avec lui et dont les lits sont séparés par un paravent. Ça ne m'empêche pas d'entendre ses idioties quand il a décidé de m'embêter. Un soir, dans un moment de faiblesse stupide, je lui ai confié que plus tard, je serais écrivain, il a ri à s'en étouffer. Je savais que c'était simulé et qu'en réalité, il était jaloux. Mais il l'a dit à mes parents. Mon père a déclaré qu'il serait très fier que sa fille devienne un écrivain célèbre, mais ma mère a seulement dit que pour l'instant, il fallait que j'apprenne à ne plus faire de fautes d'orthographe.

Elle a pris ma température pendant que mon père, inquiet, attendait à la porte. Bien sûr, je n'en avais pas. Elle a dit que ce n'était pas grave et que le mieux était de rester à jeun.

Plus tard, elle m'a apporté une tasse de thym. Mais ce n'est pas le thym qui m'a empêchée de voir et revoir le corps allongé de l'homme, le sang qui barbouillait son dos, et la façon dont les miliciens l'avaient jeté dans la voiture comme un paquet de linge sale. Il paraît que je n'ai pas un caractère facile. Je tiens ça de ma mère, dit mon père, tandis que Michaël a son caractère calme. Moi, je trouve que c'est faux parce que mon père est un homme très gentil et intelligent alors que mon frère est un imbécile. Mon père dit en riant de ma mère que son caractère volcanique vient de la couleur de ses cheveux qui est celle de la lave quand elle coule. Si elle se met en colère, il nous conseille, comme en confidence, de nous tenir tranquilles parce que « maman a ses nerfs ». On adore quand on est ainsi complices. Maman fait semblant de ne rien entendre, mais au bout d'un moment, elle rit à son tour en haussant les épaules et en se demandant pourquoi Dieu, en qui elle ne croit pas, l'a affligée d'une pareille famille.

Ma mère est rousse et éclatante comme le soleil, dit mon père. Michaël possède sa couleur de cheveux mais pas son éclat. C'est un grand garçon à la peau claire et au regard sévère derrière des lunettes qui lui donnent, dit ma mère, un air d'intellectuel. Moi, j'estime plutôt que ça lui donne l'air d'un benêt. Je suis brune comme mon père et j'ai ses yeux gris, alors que ma mère et Michaël ont les yeux verts. Ma mère dit que je bouge sans arrêt comme si je voulais vivre mille vies à la fois.

Ce soir-là, je n'entendais pas ce qu'ils disaient car je ne cessais de repasser dans ma tête les images de l'homme à terre. J'entendais les coups de feu, les cris, les cavalcades, je le revoyais courir de toutes ses forces, je ressentais sa panique. Je croyais ne jamais pouvoir oublier ce drame, et puis d'autres sont arrivés plus tard, qui l'ont remplacé.

3

Amour

Cette histoire, je l'ai juste racontée à Francesca. Je lui ai dit qu'il faisait beau ce soir-là mais que je m'ennuyais déjà d'elle. Que l'homme dont je ne connaissais même pas le nom était tombé comme une masse et que son sang coulait partout. J'ai ajouté, pour l'inquiéter, que j'aurais pu être blessée quand les miliciens avaient tiré parce que j'étais juste devant eux, et Francesca, comme je l'espérais, m'a prise contre elle et serrée dans ses bras. On en a reparlé plusieurs jours de suite, et à chaque fois je rajoutais des détails. Sûrement que l'homme avait une famille et que sa femme avait dû l'attendre longtemps ce soir-là. Ou que depuis, ses enfants le pleuraient. Plus j'en parlais et plus les images me revenaient. Comment les gens, en s'éloignant de lui, l'avaient isolé et désigné, et la façon dont il avait couru de toutes ses forces vers les arcades qu'il allait presque atteindre quand il était tombé. Les gens en avaient profité pour se sauver, et moi, je ne pouvais pas bouger, bien que l'officier énervé m'ait plusieurs fois donné l'ordre de partir.

— La tache de sang, elle est restée là où l'homme est tombé, ai-je dit à Francesca.

Elle m'a proposé qu'on y retourne et a pu constater que j'avais dit vrai parce que les jointoiements de la dalle avec les autres sont plus foncés à cause du sang. Et même au milieu de la pierre, c'est plus sombre.

On venait juste d'étudier l'histoire de notre ville et d'apprendre que l'Église, les siècles passés, dressait des bûchers sur les *piazzas* pour se débarrasser de ses adversaires, tel le moine dominicain Girolamo Savonarola, brûlé avec ses compagnons après avoir été roué de coups durant plusieurs semaines. Je ne me souvenais plus pourquoi ce moine avait été martyrisé, mais j'imaginais qu'il posait des problèmes au gouvernement de cette époque, comme ce pauvre homme que j'avais vu tué par la milice.

Francesca a répliqué que de telles personnes ne doivent s'en prendre qu'à elles, et on s'est disputées. Je lui ai rappelé que nous, les Juifs italiens, on n'embêtait personne et qu'on payait malgré tout des taxes pour avoir le droit de rester dans notre pays. Mon père a dit à ma mère qu'il a entendu que des Juifs italiens ont été arrêtés par la milice sans raison. Mon amie n'a rien répondu parce que sa famille est riche, et que d'après ma mère, elle n'a rien à craindre des fascistes, au contraire. Ma mère n'aime pas que je fréquente Francesca. Elle dit que nous ne sommes pas du même monde, mais moi, je l'aime, ai-je répliqué.

— Comment ça, tu l'aimes ?

Je n'ai pas su quoi lui répondre. Je ne pouvais pas lui dire que je l'aimais au point d'avoir envie de toujours lui tenir la main. Que j'aimais l'odeur de sa peau et de ses cheveux. Parce que je me demandais si ma mère ne m'aurait pas flanqué une gifle.

Bêtement, un jour, en parlant de Francesca, je lui ai dit que ses parents avaient reçu dans leur maison des monts du Chianti un ministre de Mussolini, que son père avait fait des bijoux pour la maîtresse de Mussolini, Clara Petacci, et j'avais ajouté :

— Tu verrais comme c'est beau, chez eux.

— Et comment tu le sais ? s'est exclamée ma mère, les lèvres blanchies par la colère.

— Elle m’a tout raconté en détail.

En général, Francesca et moi, on se sépare sur la place du Marché-aux-Pailles. C’est toujours long, même si on sait que l’on va se retrouver le lendemain. Mais la veille du meurtre, c’était l’avant-dernier soir avant les vacances et ça a pris encore plus de temps. J’ai affirmé avec gravité, reprenant une scène d’adieu entre deux amoureux d’un film français que j’avais vu récemment :

— En tout cas, tu sais que je t’attendrai.

On se parlait en se tenant la main sans même s’en rendre compte, et les garçons qui passaient nous jetaient des regards moqueurs en laissant échapper des remarques grossières. S’ils savaient comme je m’en moque.

4

Épuration

Quand nous rentrons des vacances de Pâques, nous apprenons que deux professeurs ont été renvoyés. Le directeur réunit les classes supérieures sous le préau.

— Pour des raisons personnelles, Mlle Bendetti, qui s'occupait des terminales C et E ainsi que des classes préparatoires, nous a quittés et sera remplacée à la rentrée de septembre. Jusque-là, les classes en question suivront les cours de mathématiques de M. Allieri. Un autre départ nous attriste, causé par des soucis de santé dont a été victime M. Sorel, votre professeur de littérature et d'histoire. Ses cours seront assurés au dernier trimestre par Mme Cartano.

Au changement de cours, la censeur entre dans notre classe. C'est une forte femme à la lourde poitrine sur laquelle elle s'appuie en croisant les bras lorsqu'elle nous parle. Elle possède une ironie mordante, mais dépourvue de méchanceté. Une fois, j'ai été appelée à son bureau parce que j'avais particulièrement bien réussi un devoir d'histoire. Elle m'a interrogée sur mes parents, a dit que notre lycée était particulièrement fier d'avoir des élèves comme moi. Et que si je continuais à bien travailler, nul doute qu'un bel avenir m'attendait.

— J'imagine que vos parents ne vous empêcheraient pas de poursuivre des études supérieures ? m'a-t-elle demandé.

— Non, madame. Ils veulent que j'aille à l'université.

Elle parle à notre professeur qui lui cède sa place.

— Mesdemoiselles, je suis venue pour vous dire quelques mots sur le départ de Mlle Bendetti et M. Sorel dont vous avez suivi les cours durant ces dernières années. Ce sont des raisons… indépendantes de leur volonté qui les ont obligés à nous quitter prématurément. Mais je voudrais que vous gardiez toutes à l'esprit l'effort qu'ils ont accompli année après année pour faire de vous des jeunes filles fières de leur savoir. Mlle Bendetti, bien que dispensant une discipline difficile et parfois ingrate comme peuvent l'être les mathématiques, a su donner, même aux plus réfractaires d'entre vous, le goût de comprendre et d'apprécier la richesse de cette science. Quant à M. Sorel, ses cours d'histoire ont su mélanger l'histoire des hommes à celle de l'humanité sans jamais être ennuyeux, et je voudrais que vous n'oubliiez jamais ce que ces deux professeurs ont fait pour vous. Je souhaite comme nous toutes les revoir bientôt, et j'espère que les problèmes dont ils souffrent seront de courte durée. Voilà, c'est tout mesdemoiselles, je cède la place à votre professeur.

Francesca est rentrée avec un jour de retard et je l'attendais avec impatience. Nous nous sommes retrouvées à la cantine bien que sa mère préfère qu'elle rentre déjeuner le midi, mais Francesca a réussi à la convaincre que ça la fatiguait. En réalité, c'est le moment où nous pouvons papoter. Nous parlons d'abord de nos vacances, et Francesca me raconte les sorties et les réceptions qui n'ont pas cessé.

— Les gens sont adorables, enfin, certains, parce que d'autres m'ont carrément barbée. Surtout les militaires ! Les garçons, aussi crétins que d'habitude, à part Guilio Montarini, le fils du sous-préfet de Vérone.

Je sens aussitôt un pincement au cœur.

— Qu'est-ce qu'il a de plus que les autres ?

— Oh, mignon, tu vois, délicat, attentionné. Joli garçon en plus.

Je suis furieuse. Je me représente Francesca riant avec ce benêt, flirtant peut-être avec lui, alors que moi, je n'ai pensé qu'à elle, déchiré des dizaines de lettres que je n'ai pas osé lui envoyer, visité les échoppes où j'espérais lui dénicher une paire de boucles d'oreilles, un pendentif, n'importe quoi qui aurait ma marque et qu'elle garderait contre elle. D'ailleurs, dans le tiroir de ma commode, un camé que je crois ancien et que m'a vendu un Gitan l'attend dans son écrin de papier de soie.

— Et toi, tu as fait quoi ? tu n'as pas assisté à une autre horreur, j'espère ?

— Non, mais tu sais quoi ? Dans le journal, on a dit qu'il a tiré sur les gens et ce n'est pas vrai du tout.

— Peut-être que t'as pas fait attention, réplique-t-elle en haussant les épaules.

— Mais j'étais tout près !

— Tu m'as dit que tu aurais pu être blessée.

— Par les miliciens, pas par lui ! Lui a été tué et il n'était pas armé !

Elle se contente de hausser les épaules comme si le sujet était sans intérêt. Non, je n'ai pas assisté à un autre crime mais je déplore l'indifférence de Francesca. J'ai découpé dans le journal de mon père l'entrefilet paru quelques jours plus tard.

> *Le quinze de ce mois, vers 17 heures, un malfaiteur a été abattu par nos forces de police. Il s'agirait d'un voleur récidiviste, recherché depuis de longs mois pour de nombreux forfaits. Interpellé, il a tenté de s'échapper en tirant plusieurs coups de feu, menaçant de blesser grièvement des passants. Les policiers ont alors riposté et l'ont mortellement blessé.*

Quel mensonge ! Je suis révoltée ! Qu'il soit voleur, je n'en savais rien, mais qu'il ait tiré sur les passants, ça non ! Et depuis quand abat-on un simple voleur ? Je revois sans cesse le regard qu'il m'a lancé lorsqu'il est passé près de moi et ce n'était pas celui d'un criminel. Mais ce dont je suis certaine, c'est d'y avoir lu une peur affreuse.

Ce soir-là, je rentre chez moi le cœur plein d'amertume. Et justement, Michaël a été impossible. J'annonce à mes parents le départ des deux professeurs et je les vois s'arrêter de manger.

— Comment s'appelaient-ils ? me demande mon père.

— Bendetti et Sorel. Elle enseignait les mathématiques et l'algèbre, et lui, l'histoire et la littérature.

— Et… Ils sont aimés de leurs élèves ? s'enquiert ma mère en lançant un regard à mon père.

Je hausse les épaules.

— Normalement, oui. Bendetti est un peu vache, mais moyen.

— Tu peux parler de tes professeurs d'une autre façon ?

Surprise, je regarde mon père. Il semble furieux, penché vers moi. Son regard me fusille.

— Mais, je veux dire…

— Tu sais pourquoi, ils ont été renvoyés ?!

— Samuel… proteste ma mère.

— Non, ils sont assez grands pour savoir ! tonne-t-il.

Ma mère soupire et baisse la tête. Notre père nous fixe, mon frère et moi.

— Vous savez pourquoi ces professeurs ont été renvoyés du lycée de Judith ? répète-t-il.

Nous sommes aussi étonnés l'un que l'autre de l'âpreté de son ton. Et nous montrons notre ignorance.

— Parce qu'ils sont juifs ! crie-t-il.

On reste cois, et je pense aussitôt que l'homme qui a été abattu sur la place l'était peut-être.

— Pourquoi ? demande Michaël naïvement.

Mon père se lève de table dans un mouvement d'impatience qui nous étonne.

— Pourquoi ? répète-t-il. Mais vous vivez où, mes enfants ? vous ignorez ce qui se passe en Italie ? vous ignorez peut-être que le parti fasciste de Mussolini a pris le pouvoir ?

— Samuel, laisse, ils sont trop jeunes…

— Trop jeunes ? Trop jeunes pour quoi, Anna ? Pour apprendre que dans leur propre pays, celui où ils sont nés, où nos parents ont vécu, où ils ont travaillé, ce pays nous rejette !

Ma mère se lève sans un mot et commence à débarrasser la table.

— Ils ne sont pas tous comme ça, tente-t-elle.

— Non, répond mon père, pas tous. Mais trouves-tu normal que des gens comme leurs professeurs soient jetés dehors parce qu'ils sont juifs ?

— On nous a dit que M. Sorel était malade, j'interviens. Il n'est pas très jeune.

— Et tu l'as cru ?

— C'est peut-être vrai, essaie ma mère.

Il se retourne vers elle et la foudroie du regard.

— Tu vas continuer longtemps à leur raconter des histoires, Anna ? Ne crois-tu pas qu'il vaut mieux qu'ils sachent, pour mieux se protéger ?

— De quoi ? demande mon frère.

— De la bêtise et de la méchanceté ! tonne mon père. De l'incommensurable bêtise et de l'abyssale méchanceté des hommes !

D'aussi loin que je me souvienne, je n'ai jamais vu mon père dans une telle colère. C'est un homme habituellement pondéré, qui évite les conflits autant qu'il le peut. Tout le contraire de maman qui parfois semble les rechercher, voire les provoquer. Je voudrais leur raconter l'histoire du mort de la place mais j'ai peur d'augmenter leur inquiétude et qu'ils s'étonnent que je n'en aie rien dit jusque-là. J'en ignore moi-même la raison. Pourquoi n'ai-je jamais parlé de ce drame qui m'a tellement choquée ? Il n'est pas un jour où je n'y repense. Pas un homme que je croise et qui ne lui ressemble, qui ne me l'évoque. J'ai même failli aller à la police demander son identité. Qu'en aurais-je fait ? Aurais-je dû dire à ses proches que le dernier ami qu'il a regardé, c'est moi ? Parce que je crois vraiment que j'ai été sa dernière amie. À l'instant où l'on s'est croisés, on a su tous les deux qu'il allait mourir. Peut-être, dans ce dernier regard me demandait-il quelque chose. D'aller voir les siens. De leur dire que les miliciens l'avaient poursuivi comme le font les chasseurs qui, en nombre, ne laissent aucune chance au gibier.

Je n'ai pas parlé. Le reste de la soirée a été pesant comme si mon père se reprochait ce qu'il nous avait dit. Il jetait des coups d'œil vers ma mère dans l'espoir sans doute de se faire pardonner sa colère. Mes parents s'aiment beaucoup. Parfois, Michaël et moi, on se moque de notre père en le singeant quand il s'adresse à notre mère en l'appelant « petit amour ». Notre mère est plus vive, son ton est souvent bref. Mais je sais qu'elle nous aime tous les trois plus que sa propre vie.

Le lycée est en effervescence. Les élèves parlent du départ des professeurs ou plutôt de ce que ça va apporter comme changement dans leur scolarité. Maintenant qu'ils sont partis, Bendetti et Sorel sont parés de toutes les vertus. Je retrouve Francesca en classe d'histoire. Elle se glisse à côté de moi et je lui serre furtivement la main. Je chuchote :

— Comment vas-tu ?

Elle me sourit.

— Bien.

— As-tu bien dormi ? j'ai rêvé de toi.

— Ah, bon ? De quoi donc ?

— On se disputait.

Elle pouffe. Elle porte une des robes que je préfère. En soie légère. Ses cheveux sont relevés sur la nuque et dégagent son cou. Je la trouve ravissante. Les sentiments qu'elle m'inspire, pour m'être inconnus, me troublent beaucoup. Je me dis que je voudrais être sa sœur. Mais aussitôt je pense à ses parents et je rectifie. Surtout après ce que nous a dit notre père. Se peut-il que sa famille veuille faire du mal à la mienne ? Pire, est-ce que Francesca m'en ferait ? Et si j'étais sa sœur, aurais-je autant envie de la toucher ? De la serrer contre moi ? de respirer sa peau ? Aurais-je envie de rester avec elle tout le temps ? Est-ce que j'ai envie de faire la même chose avec Michaël ? Je suis bonne élève, la meilleure de la classe. Et quand je reçois des compliments, je guette dans ses yeux sa fierté d'être mon amie. Elle n'est pas avare de sa fierté, d'autant que je l'aide souvent dans ses devoirs en y mettant tout mon cœur.

5

Romance

Ça y est, je l'ai embrassée. J'ai été et reste terrifiée. Ça s'est passé chez elle. C'était la première fois que j'y allais. Je devais reprendre un bouquin qu'elle m'avait emprunté et dont j'avais urgemment besoin. Une superbe maison, avec un domestique en veste blanche pour ouvrir la porte et qui nous a servi du café et des cakes. On a goûté, et elle m'a emmenée dans sa chambre. Une chambre si ravissante. Elle a mis la radio. On a écouté de la musique un moment et elle m'a tendu les bras pour que je la fasse danser. Ni l'une ni l'autre ne savions ce qui allait se passer, mais la serrer dans mes bras à la manière d'un cavalier, la proximité de nos visages, puis de nos lèvres, ses yeux qui se sont levés vers moi… je me suis rapprochée, ou elle, je ne sais plus, et nous nous sommes embrassées comme au cinéma. Après, je me suis assise sur son lit, foudroyée, incapable de parler, de respirer. Elle s'est assise à mes côtés… et l'on a recommencé.

Je rentre en marchant sur les nuages, sans prendre garde à mon chemin. À croire que tous savent ce qui vient de se passer. Et c'est vrai. À chaque fois que je croise un regard, il est fixé sur moi. Quand j'arrive, je fonce dans ma chambre dont je claque la porte. Ça ne manque pas. Ma mère m'a suivie, ventre à terre.

— Qu'est-ce qui se passe, ma fille ?

Je la regarde, la main devant la bouche, effrayée de ce qu'elle pourrait y deviner.

— Rien.

— Comment, rien ? Tu as tout à fait l'allure du voleur sur la tête de qui le chapeau brûle !

C'est le genre d'expression dont use ma mère. Ça veut dire que le voleur a beau arborer une mine innocente, il est trahi par le chapeau qui brûle sur sa tête. Ou quelque chose d'approchant. Ma mère en a toute une liste de ce genre pour illustrer chaque émotion.

— Qu'est-ce qui t'arrive ? insiste-t-elle.

— Je… euh… J'ai rencontré un homme qui m'a fait peur.

— Quoi ?!

Aïe, pas la meilleure excuse. Ma mère est du genre à descendre *illico* dans la rue à la recherche de celui qui a osé importuner sa fille.

— Où, quand ?

— Euh… ce matin.

— Ce matin ! Mais qu'est-ce qu'il a fait pour que tu aies encore peur, toi ?

J'ai baissé pudiquement les yeux, et ma mère a cru comprendre.

— Mon Dieu, m'a-t-elle dit en me prenant contre elle. Mon Dieu, certains hommes sont vraiment des salauds !

Quand mon père est rentré, elle le lui a raconté à voix basse, et il a secoué la tête avec colère. Michaël aurait bien donné deux sous pour savoir ce qui s'est passé. La nuit, j'ai à peine dormi tellement je pensais à Francesca. J'ai revécu dans mon corps, à des endroits précis, les sensations éprouvées en l'embrassant. De honte, j'ai enfoui ma tête sous l'oreiller et je me suis obligée à laisser mes mains sur les couvertures.

Je ne sais pas comment j'ai fait pour obtenir, fin juin, mon baccalauréat. Dieu sait que je n'avais pas la tête à ça. Ma tête est remplie de Francesca et sûrement pas de formules de mathématiques et autres règles barbantes. Pourtant, je l'ai eu. Avec quatre autres filles de ma classe sur trente-deux. Francesca n'est pas dans le lot. Elle semble s'en moquer, ou tout au moins ne pas s'en soucier. Elle non plus n'a pas la tête à ça. Elle m'aime, elle me l'a dit. Moi, je n'ai pas osé. Elle, elle ose tout. Elle me prend la main dans la cour du lycée, pose sa tête sur mon épaule quand on se promène, et me regarde comme on regarde un amoureux. J'ai déjà entendu des ricanements des autres élèves, des remarques chuchotées, des regards sournois. Rien n'y fait. On dirait qu'elle veut imposer sa volonté à la terre entière. Et la terre entière doit suivre.

Après le résultat du bachot, sa mère est venue trouver notre professeur principal pour s'enquérir des raisons de l'échec de sa fille. Une voiture deux tons, caramel et vanille, avec des chromes rutilants et des pneus blancs, l'a déposée devant l'école, et un chauffeur, celui qui m'a ouvert la porte chez eux et servi le café, s'est précipité pour ouvrir la sienne. Elle portait un manteau avec un col de fourrure malgré la chaleur, et un chapeau que ma mère appelle « bibi ». Elle était superbement coiffée et je l'ai trouvée presque aussi belle que sa fille. Elle est entrée au lycée sous les regards des élèves, a embrassé Francesca qui m'a présentée, et elle m'a serré la main avec un gentil sourire. J'ai cru m'envoler. Le directeur l'a reçue très aimablement et l'a invitée à le suivre dans son bureau. Francesca et moi, nous l'avons attendue à proximité de la voiture et toutes les élèves qui passaient nous saluaient.

— Je vais rentrer, je lui ai dit.

— Attends, on va te raccompagner.

J'ai frémi en pensant à la tête de ma mère quand la voiture s'arrêterait devant chez nous.

— Non, non, maman m'attend pour faire des courses. J'ai rendez-vous en ville avec elle.

Alors Francesca m'a embrassée sur la joue, tout près des lèvres, et m'a serré la main.

— À demain, chérie.

Je suis sûre que tout le lycée l'a entendue.

6

Dictateurs

Quand nous débarquons à Rome je suis éblouie par la station Ostiense qui vient juste d'être terminée. À côté, celle de Florence me semble ridicule. Partout dans la ville impériale, une eau tumultueuse jaillit des fontaines, qui, plus belles les unes que les autres, enchantent autant mes yeux que mes oreilles. L'Arno me semble, à côté du Tibre, un ruisseau, et je pense, me souvenant des cours de M. Sorel, que l'histoire de notre monde est née là, et que je foule vingt siècles après la chaussée des Géants d'où sont parties les centuries de César pour le conquérir. Les innombrables *piazzas* réunissent un petit peuple bavard et joyeux paraissant bien loin de s'inquiéter des soubresauts qui secouent notre pays. Le football occupe dans les conversations davantage de place que la politique.

La Pensione Lauretta qu'a choisie notre père est modeste mais propre et bien située. Michaël et moi occupons une petite chambre avec un lavabo qui donne sur une cour étroite mais calme, tandis que celle de mes parents, quoique plus grande, s'ouvre sur une rue bruyante. Elle possède un lavabo et un bidet et les toilettes sont sur le palier. Nous partons tôt le matin pour la visite de la ville et marchons jusqu'à ce que nos jambes ne nous portent plus. Michaël râle, moins intéressé par l'architecture que par les résultats sportifs.

Ça a été une merveilleuse année pour moi, cette année 1937. Mon père, pour me récompenser de mon diplôme, a décidé avec maman de nous emmener visiter Rome. Et j'ai obtenu de rejoindre ensuite Francesca dans sa villa familiale pour une partie des vacances.

Mon père a retenu par l'entremise d'un collègue qui y est déjà allé, deux petites chambres dans une pension près du Colisée.

— Nous grignoterons le midi dehors, a dit ma mère et le soir nous mangerons dans la chambre.

Nous prenons le train à la gare toute neuve dessinée par Michelucci, et qui a été inaugurée en grande pompe par la mairie de notre ville quelques mois plus tôt, et ce sont déjà les vacances. De partout montent des voyageurs qui s'installent avec leurs baluchons, obligés parfois de s'asseoir à deux à la même place tant il y a de monde, et à midi, alors que nous avons déjà fait connaissance depuis le matin, chacun a déballé ses victuailles et le wagon se met à ressembler à un immense pique-nique ambulant. J'adore cette ambiance, Michaël fait un peu la tête, et ma mère, en riant, déclare que c'est à cause de l'âge bête.

Le pain de viande, une des grandes spécialités de ma mère, est fortement apprécié de nos voisins, un couple de paysans, qui en échange nous fait goûter leur charcuterie maison. Je me sens très heureuse, bien que depuis quelque temps mes parents semblent soucieux. Juste avant que nous partions, Michaël, excellent ailier gauche de l'équipe de foot de son lycée, s'est vu refuser le déplacement avec son équipe appelée à jouer à l'extérieur. Indignée et fâchée devant la contrariété de mon frère, ma mère est allée trouver l'entraîneur de l'équipe, qui, avec embarras nous a-t-elle rapporté, lui a expliqué que la Fédération scolaire avait demandé la liste des joueurs et supprimé la licence de certains d'entre eux.

— Question de budget, m'a-t-il dit, mais j'ai compris en la voyant cligner de l'œil vers mon père que ce n'était pas la raison.

Moi non plus je n'y croyais pas, à ce prétexte vaseux depuis le renvoi de nos deux profs et la réaction de mon père. Mais ce que je ne m'expliquais pas, c'est la raison. Parce qu'ils sont juifs ? Jusque-là mes parents ne nous en ont jamais parlé. Pas plus que mes amis, ceux de nos parents ou nos voisins. Bon, je lis les journaux que j'achète souvent avec mon argent de poche, j'ai appris qu'ailleurs, les Juifs ont des problèmes, l'histoire européenne en est pleine. Des siècles d'expulsions, de massacres, de spoliations de la part de l'Église catholique, mais c'est le passé. Alors, ça recommençait ? L'homme sur la place, c'était ça ?

Mes parents en ont discuté le soir mais mon frère et moi étions déjà couchés et je n'ai pas entendu ce qu'ils se disaient. Ils chuchotaient et semblaient très nerveux. J'y ai beaucoup réfléchi les jours suivants et un soir, j'ai questionné mes parents à ce sujet. Ils ont fini avec beaucoup de réticence à nous donner la vraie raison. La même que pour le renvoi des professeurs de notre lycée. Michaël a un patronyme juif. Ça a semblé soulager mon frère et même lui faire plaisir. Ce n'était pas parce qu'il est un mauvais joueur comme il l'avait craint. Mais moi, ça m'a rudement inquiétée.

Un matin, alors qu'il ne nous reste plus qu'une journée à passer à Rome, nous constatons que la ville s'est couverte pendant la nuit d'oriflammes aux couleurs de l'Italie et de l'Allemagne, et les trottoirs sont encombrés de barrières derrière lesquelles se presse déjà une foule importante. Mon père achète le *Popolo d'Italia* et nous lisons sur sa première page qu'est attendu aujourd'hui le chancelier Hitler.

— Tu ne le savais pas ? lui reproche nerveusement ma mère.

— Je n'ai pas fait attention, dit-il en haussant les épaules. Ce doit être pour célébrer l'axe Berlin-Rome. De toute façon, ce n'est pas plus mal. Le monde saura ainsi où vont les sympathies du *Duce* après ses atermoiements et manœuvres.

— On va à la plage ? suggère Michaël, sautant sur l'occasion.

Nos parents se consultent du regard.

— Je crois que ce serait dommage de manquer ce moment historique de la rencontre des deux ogres, réplique mon père. Hitler ne tiendra pas, et Mussolini est un fantoche ! Vous pourrez dire plus tard à vos enfants que vous avez vu les deux plus sinistres fous de notre siècle avant que leurs peuples les chassent !

Mon père est ébéniste, pas extralucide.

— Nous n'avons qu'à nous laisser porter par la foule pour rejoindre la *piazza* du Capitole où se déroule la réception, suggère-t-il d'un ton léger, comme si nous allions assister à une représentation théâtrale.

Ma mère, beaucoup moins enjouée, semble plutôt inquiète et furieuse. À chaque fois que mon père commente une chose ou une autre, elle le rabroue en lui lançant des coups d'œil irrités.

Pendant que nous prenons un café dans une échoppe en dégustant des *tramezzini*, ces délicieux petits sandwiches ne dérident pas ma mère, je lis dans le journal que la guerre opposant le général Franco aux républicains en Espagne va entamer sa deuxième année, et que de nouvelles troupes italiennes viennent d'arriver en gare de Madrid pour se joindre aux forces phalangistes.

— Que veut-il, ce général ? je demande à mon père. Il peut gagner ?

— Ce que veulent tous les hommes de son acabit : le pouvoir, répond-il en haussant les épaules. S'il peut gagner ? qui le sait ? Si les démocraties abandonnent les républicains, oui.

— C’est grave ?

— Oui. Ce serait grave. Mais j’espère que la République espagnole est assez solide pour lui résister.

Nous repartons vers la place de l’Hôtel-de-Ville déjà envahie par la foule. De loin, nous apercevons une immense estrade dressée sous les fenêtres de l’énorme bâtiment récemment élevé par Mussolini.

— Quel monde, maugrée ma mère, j’ai horreur de la foule.

— Restons sur les bords, suggère papa, tu as raison. Comme ça, on partira quand on voudra.

Partout, la foule est joyeuse. Elle se déplace par bans entiers comme des poissons frétillants, mange, boit, s’amuse. La gigantesque statue de Victor Emmanuel II a été prise d’assaut par des grappes de jeunes et on la croirait mouvante. Les pères portent leurs plus jeunes sur les épaules, tandis que nombre d’enfants agitent les deux drapeaux. Mon père nous désigne une importante troupe de soldats massée à l’écart.

— Ils prennent leurs précautions, dit-il. Ils ne sont pas sûrs du peuple.

Ma mère hausse les épaules.

— Je crois que tu te fais des illusions. Les gens n’ont pas envie de résister, ils veulent seulement qu’on leur fiche la paix.

— Ils savent que ces hommes sont dangereux, insiste mon père. La France et l’Angleterre ne les laisseront pas faire.

— Ils ne feront rien, tranche ma mère.

C’est elle, l’extralucide.

7

Frayeur

De nombreux miliciens armés sont mêlés à la foule et je repense à ceux de la *piazza* où le jeune homme a été tué, bien que ceux-ci, plus âgés, soient sûrs d'eux et arrogants. Certains badauds parlent et plaisantent avec eux. Nous, on s'en écarte, et je me demande comment j'ai pu les trouver élégants. Bien que nous essayions de nous dégager de la pression de la foule, nous sommes poussés par elle vers la tribune qui croule sous les guirlandes et les drapeaux. Un soleil brûlant tombe à la verticale sur le luxueux dais blanc et or destiné à protéger les deux dictateurs. Des rangées de chaises en velours rouge sont alignées derrière.

— On se croirait au théâtre Verdi, dit mon père

Une cohorte de miliciens, fusil au poing, est alignée sur les trois côtés de l'estrade.

— J'étouffe, dit ma mère, sortons d'ici.

— On peut peut-être attendre un peu ? propose mon père, visiblement déçu d'être privé du spectacle.

— Mais en quoi ces deux pauvres types t'intéressent ? Tu ne sais pas ce que Hitler fait aux Juifs, chez lui ?

— L'Angleterre et la France ne laisseront pas faire, réaffirme mon père. Si les peuples ne se rendent pas compte, les gouvernements sont plus lucides.

Ma mère, cède à contrecœur, et nous nous adossons à un mur pour éviter d'être trop bousculés. Des fanfares éclatent et soudain, débouchant de deux larges avenues convergentes par la Voie triomphale percée par Mussolini et qui vient juste d'être terminée, au point que des arcs en carton-pâte et autres ouvrages ont été dressés à la hâte, la milice et l'infanterie débarquent sur la place. Elles marchent au pas de l'oie et le soleil qui fait briller les cuirs des baudriers et des bottes, les uniformes impeccables, les casques surmontés d'un plumet qui coiffent les miliciens leur donnent fière allure.

On comprendra trop tard ce qu'ont déclenché dans la psyché des peuples ces défilés innombrables, ces alignements de mannequins mouvants d'où ne dépassent pas plus de têtes que de pensées, les innombrables oriflammes portées haut qui cachent jusqu'au ciel les milliers de bras tendus de la foule, le pas de l'oie qui allonge la jambe des soldats et raccourcit leurs idées, les cris de la masse enivrée par le spectacle, les musiques, les hymnes. Un peuple, une seule voix. La milice précède l'armée, les deux cohortes défilent dans un large couloir laissé vide au milieu du Capitole sous les applaudissements et les hurlements enthousiastes de la foule. Les barrières se rompent sous ses poussées, lui permettant de se précipiter sur les soldats pour les toucher et les congratuler.

— Quelle foire ! grimace maman, regarde ça ! Où vois-tu que le peuple veut les renverser ?!

Mon père reste muet, pris en flagrant délit d'optimisme, et peut-être à présent se rend-il compte.

— On s'approche ? propose mon frère, gagné par l'ambiance joyeuse.

— On est très bien où l'on est ! décide ma mère.

— Il n'a pas tort, rétorque mon père, qui veut reprendre un peu d'autorité. J'aimerais bien écouter ce que ces deux-là ont à dire.

Maman lui lance un regard exaspéré.

— Tu es vraiment fasciné ! lance-t-elle. Tu ne serais pas juif que tu serais fasciste !

Mon père hausse les épaules et secoue la tête. Mais moi aussi je pense qu'il est fasciné. Comme l'est le mulot par le serpent.

Les colonnes armées se sont regroupées devant la tribune sous les vivats si forts qu'ils empêchent d'entendre leur musique. Pourtant les fanfares sont riches de cuivres et de tambours, mais les gens crient leur joie tels des enfants devant un spectacle de Guignol. Je regarde le visage crispé de ma mère et lui adresse un sourire qui lui fait secouer la tête. Michaël tire mon père par la main pour se rapprocher de l'estrade.

Des officiers chamarrés arrivent à ce moment et montent à la tribune sous les hourras. Ils répondent par de brèves inclinaisons de tête, le bras tendu, animés d'un même mécanisme. Ils bousculent les chaises, trouvent leur place et s'asseyent, tandis que la foule se calme à peine. À présent, tous les regards convergent vers les deux pupitres disposés au centre de l'estrade, décorés des aigles allemands et entourés des drapeaux des deux pays, où vont parler les dictateurs

— Ils vont pas tarder ! dit joyeusement un homme à mon père. J'me d'mande bien c'qu'ils vont nous annoncer.

Mon père ne répond pas et continue d'avancer. Michaël et lui nous précèdent d'une bonne dizaine de mètres et marchent au milieu d'un chenal formé par la foule agglutinée de chaque côté, formant comme une haie retenue par une digue invisible. Ma mère me tient fermement le bras et me guide au milieu des groupes. Je relève la tête et je vois mon père et mon frère arrêtés devant deux miliciens qui leur barrent la route. Ma mère vient de les remarquer, et je sens sa main se raidir sur mon bras. Elle accélère le mouvement telle une mère poule sentant sa couvée en danger.

— Samuel, pourquoi tu n'avances pas ? s'exclame-t-elle en le poussant. On ne va rien entendre, d'ici !

Mais les deux miliciens restent plantés comme des pieux.

— Pardon, messieurs, commence mon père en tentant de les dépasser par le côté.

L'un d'eux, gros et grand, engoncé dans sa tunique trop petite, étranglé par son col, lève la main devant lui.

— Une seconde.

Il a une voix nasillarde avec un fort accent du Nord. Son compère est son contraire ; petit, sombre et nerveux comme un Sicilien.

— Vous avez vos papiers ? demande le premier de sa curieuse voix nasale.

— Bien sûr, dit mon père en se fouillant.

Autour, les gens lancent de brefs regards. Ils commencent à avoir l'habitude de ce genre d'incident. Moi, je repense à l'homme de la place. Les deux miliciens portent sur le col des insignes indiquant qu'ils sont chefs d'îlot, de simples citoyens chargés de surveiller et de faire régner l'ordre dans leurs quartiers.

— Tenez. Mon livret de famille. Là, avec le nom de mes enfants. Nous sommes de Florence, explique-t-il. En vacances, ajoute-t-il.

Je trouve qu'il en fait trop. Je marmonne :

— On n'a pas à se justifier.

Le milicien les prend comme s'il touchait un papier gras.

— Livi ?

— … Oui…

— Vous avez votre certificat ?

— Oui… Attendez.

Certificat de la honte dont l'origine se perd presque dans la nuit des temps. Taxe spéciale frappant les Juifs du pays. Les désignant aussi bien que la rouelle ou le chapeau pointu du Moyen Âge. Je fulmine rien qu'à cette idée. Le petit se hausse pour lire par-dessus l'épaule de son camarade.

— Juifs, hein ? dit-il. Ils sont juifs, indique-t-il à son acolyte du ton que l'on a pour annoncer une nouvelle surprenante. Qu'est-ce que vous faites ici ?

— Eh bien… Nous sommes en vacances… Et…

— Et… Et vous n'avez rien à faire ici, coupe le gros.

Il nous toise avec un mépris qu'il ne cherche pas à dissimuler. Tordant la bouche comme quand on a envie de cracher.

— Et pourquoi ne serions-nous pas ici ? coupe ma mère soudainement. Vous pouvez me dire pourquoi, jeune homme ?

Les badauds comprennent tout à coup que ce qui se passe près d'eux est plus intéressant que ce qui se passe au loin.

— Adjudant, rectifie le milicien. Adjudant, pas jeune homme, dit-il en bombant le torse au risque de faire sauter les boutons de sa vareuse.

Sa bouche est pincée de colère, pas suffisamment cependant pour faire taire ma mère.

— Admettons. Adjudant, répète-t-elle en insistant avec ironie sur le grade.

— Vous allez quitter la place, murmure-t-il sans la regarder, ses yeux survolant la foule.

— D'accord, dit mon père, en tendant la main pour reprendre ses papiers.

Le milicien fait mine de ne pas voir son geste et se penche vers lui.

— Vous autres, Juifs, n'en avez plus pour longtemps. Bientôt nous serons débarrassés de vous.

Le petit trapu l'a entendu et acquiesce en souriant. Autour, les gens tendent l'oreille.

— … Un jour, il faudra autre chose que des papiers pour vous tirer de nos pattes, ajoute-t-il avec un sourire qui me fait frissonner.

Je regarde mes parents, ils sont verts. Je dois l'être aussi.

— Venez, dit ma mère, en attrapant Michaël. Ne traînons pas ici, lance-t-elle à mon père.

Cette scène se passe deux ans avant que soit créé le Conseil supérieur de la démographie et de la race, instituant une série de lois discriminatoires contre les Juifs, et prévenant les Italiens qu'eux seuls appartiennent à la race aryenne. Mais, ce jour-là à Rome, je l'ignore.

8

Inquiétude

Ma mère m'accompagne au car. Elle ne manifeste pas une joie débordante de me voir partir et jusqu'au dernier moment j'ai craint qu'elle ne revienne sur sa décision. D'autant que mes parents restent seuls, Michaël est parti camper avec des copains de sa classe, accompagnés du père de l'un d'eux, responsable de l'équipe de foot de son lycée. C'est seulement quand ma valise est hissée sur la galerie et mon sac posé sur mon siège que je respire.

— Ne parle de rien, me recommande ma mère. Pas politique, et ne dis pas que nous sommes juifs. Rien. Ton père est ouvrier, et chez nous on ne parle jamais de politique. D'accord ?

— Oui, man… mais tu sais, je vais chez des amis.

— Amis… singe ma mère. En ce moment, il n'y a que chez toi qu'il y a des amis. Méfie-toi de ta langue trop pendue. Un jour, ça te portera tort.

Depuis notre retour de Rome, mes parents sont nerveux. Nous recevons moins les amis et ma mère paraît toujours guetter notre retour. De nature aimable, elle s'est fait de nombreuses relations dans le quartier mais il me semble qu'à présent elle les fuit. Mes parents reviennent aussi plus tôt de la boutique. Le soir, ils écoutent la radio en lisant les journaux et je les entends de mon lit discuter âprement.

Elle a fait à mon frère les mêmes recommandations de discrétion et de prudence.

La veille de mon départ, mon père est rentré, la mine sombre. Nous dînons rapidement et je vais lire dans ma chambre. J'entends mes parents discuter au salon et je comprends que mon père a des difficultés à son travail. Mon père est ébéniste dans la même maison depuis avant ma naissance et fournit à la boutique de ma mère des petits meubles que son patron lui vend. Il a gravi peu à peu les échelons et est à présent contremaître. Il gagne bien sa vie et jouit de l'estime et de la confiance des Minnelli qui ont créé l'entreprise en début de siècle.

La maison est réputée pour la qualité de son travail et ne sert qu'une clientèle riche et connaisseuse. Les Minnelli se sont attachés à notre famille et il ne s'est pas passé une période de vacances scolaires sans qu'ils nous invitent, Michaël et moi, dans leur propriété près de San Gimignano, sous la garde de la mère de Mme Minnelli. Et pourtant mon père, d'après ce que j'entends par la porte que j'ai laissée à dessein entrouverte, semble craindre d'être renvoyé.

— Et pour quel motif ? demande ma mère.

— Comment savoir ? M. Minnelli a reçu hier le *commandante des carabinieri* du quartier. Il est commissaire depuis longtemps et je le voyais parfois à l'atelier. C'est un ami de M. Minnelli. Hier, il arrive, et je vais vers lui pour l'accueillir, mais il fait juste un signe de tête et me dit qu'il est venu voir M. Minnelli.

— Il est dans son bureau, je lui dis. Bonne journée, commissaire. Je les vois discuter au travers de la vitre. Ça parle dur avec Marcello qui paraît embêté et regarde fréquemment dans ma direction. Bref, l'autre s'en va, et Marcello sort de son bureau et vient vers moi, puis fait demi-tour. Je continue à faire mon travail comme si de rien n'était, mais j'ai l'impression qu'ils ont parlé de moi. Tu sais ce que c'est ? Et aujourd'hui, Marcello m'appelle et me demande où j'en suis de la commode que je suis en train de finir.

« Ça avance bien, j'ai un petit problème avec la marqueterie, mais pas plus que d'habitude. Ça vient de la colle. » Enfin, on parle boulot. Mais le Marcello, il a l'air embarrassé.

« Samuel qu'il me dit, t'as quel âge ? »

« Ben vous le savez bien, Marcello, j'ai quarante et un ans. On a fêté ensemble mes quarante l'an dernier. »

« Ouais, c'est vrai. Même que ma femme m'a dit que j'avais fait un sort à ton chianti. Ça fait combien de temps que t'es ici ? »

Je suis surpris parce que je suis entré comme apprenti quand Marcello est venu aider son père. On a presque le même âge, quoi ! Il regarde autour de lui comme quand on réfléchit à ce qu'on va dire.

« Et qu'est-ce que tu comptes faire ? »

« Qu'est-ce que je compte faire ? À quel propos ? »

« Tu veux finir ta carrière chez nous ? T'as ta boutique maintenant, ce n'est pas trop, deux boulots par jour ? »

Là, je le regarde, parce qu'un signal d'alarme vient de sonner dans ma tête. Pourquoi Marcello me demande à moi si je compte continuer à travailler chez eux ? Et où j'irais ? En Éthiopie ? Chez le Négus ? J'ai toujours eu deux boulots. Ce n'est pas nouveau.

« Oui, je lui dis, pourquoi pas ? »

« Bon, qu'il répond, un peu hésitant. D'accord. Soigne bien cette commande, Vittorio, le client, est difficile. »

Comme si je ne le savais pas, achève mon père.

— Et alors ? lui demande ma mère.

— Alors rien. Je trouve curieux que Marcello me demande si je veux continuer à travailler chez eux !

Je n'entends pas la suite parce que maintenant, ils sont rentrés dans leur chambre. Je pose le livre que je suis censée lire et éteins la lumière. J'ai eu beaucoup de mal à m'endormir.

Au moment de monter dans le car, ma mère me serre brusquement contre elle.

— Prends du bon temps, ma fille, mange bien, prends des couleurs. N'oublie pas de remercier la maman de ton amie et conduis-toi en jeune fille bien élevée. Et surtout, ne te mêle pas des discussions des grandes personnes. Tu me le promets ?

— Mais maman…

— Promets.

— Je promets.

Le car démarre, et je regarde par la vitre ma mère restée sur le trottoir et qui agite la main. J'ai le cœur serré de la quitter, mais à peine avons-nous dépassé les faubourgs de la ville que je ne pense qu'aux vacances qui m'attendent. C'est la première fois que je pars seule, sans mon frère, et j'ai l'impression d'avoir d'un coup gravi plusieurs échelons.

Les voyageurs commencent à se parler. Ce sont pour la plupart des gens modestes car le car est moins cher que le train et dessert davantage de villages. Il s'arrête tout le temps, même en dehors des arrêts, pour prendre l'un ou l'autre qui fait signe. Ce manque de rigueur m'a toujours agacée chez mes compatriotes, d'autant que cette fois, chaque minute perdue est une de moins avec Francesca. Comme on est partis en fin de matinée, à midi s'ouvrent paniers et musettes, et comme dans le train, le car est envahi de différentes odeurs qui s'additionnent au lieu de se compléter.

Ma voisine, une grosse femme à moustache, s'étonne de ne pas me voir manger, et je suis obligée, pour la rassurer, d'ouvrir le sac que ma mère m'a donné et qui contient de quoi soutenir un siège d'une semaine pour plusieurs personnes. Ma voisine s'exclame, et prend ses amis à témoin de la richesse de mon déjeuner. J'en profite pour régaler tout ce monde en pensant à la tête de ma mère si elle avait su que ce qu'elle a préparé avec tant de soin disparaîtrait dans des estomacs étrangers. La campagne est brûlée par la chaleur, et j'ai une pensée pour mes parents restés à Florence par cette canicule.

En Italie les employés n'ont pas de congés, à part le dimanche. Quand Blum a créé en 1936 en France les congés payés, une semaine pour tous, mes parents ont espéré que ça arriverait chez nous. Ils étaient fiers que ce soit un Juif qui ait fait progresser ce pays, fiers, et en même temps, inquiets, sachant d'avance ce que ça allait déclencher d'antisémitisme chez les patrons et les possédants. Ils avaient raison. Ça n'a pas manqué. Les journaux français d'extrême droite traduits chez nous ont crié à la trahison et dénoncé l'odieuse ingérence de ce cosmopolite de Blum à la solde des syndicats. Leur presse débordait d'injures antisémites à l'encontre du président du Conseil, menée entre autres par Charles Maurras qui, dans son journal, *L'Action française*, le traitait de « détritus humain, à fusiller… mais dans le dos », et les mots entraînant les actes, Blum a été agressé physiquement par les Camelots du roi du colonel de La Roque, boulevard Saint-Germain à Paris, et emmené, ensanglanté, à l'hôpital. Ce ne sont pas les seuls, un journaliste, Léon Daudet, fils d'Alphonse Daudet, un écrivain bien connu des Français, s'est laissé entraîner dans un antisémitisme nauséabond par un autre journaliste, Édouard Drumont, auteur de *La France juive*, violent pamphlet anti-juif. Mais de telles grèves et manifestations ont secoué le pays, emmenées par le Front populaire de Léon Blum, que mes parents pensent que ces journalistes sont minoritaires et rejetés par l'ensemble des Français.

Les nations voisines observent, inquiètes, les avancées sociales de la France, craignant que ces idées libérales se répandent, mais la République espagnole a d'autres chats à fouetter, et l'Italie est tenue en laisse par Mussolini. Ma mère craint aussi que le lâchage des républicains espagnols par le gouvernement Blum soit un mauvais présage, d'autant que les Soviets, alliés naturels des républicains, leur envoient des fusils dont les munitions ne correspondent pas, mais bloquent en garantie l'or de la Banque nationale espagnole. Je ne comprends pas tout car les informations, suivant ce que l'on écoute à la radio ou lit dans les journaux, sont souvent contradictoires. Je lis tout ce qui s'imprime et est publié chez nous, au point que mes parents se demandent ce qui m'y pousse. Lire me donne l'impression de voyager et d'apprendre.

9

Jeunesse

Quand on arrive dans les monts du chianti, j'ai le souffle coupé par la beauté du paysage. Loin des plaines brûlées que nous venons de traverser, s'alignent à perte de vue des rangs de vignes surchargées de grappes de raisins, coupées de bosquets, veillées par de hauts cyprès, sentinelles de ces fameuses maisons toscanes en pierres naturelles et aux toits rouges qui débordent loin devant, arrosées de cours d'eau vive et qui semblent le refuge de tous les oiseaux de la terre.

— On arrive à votre arrêt, mademoiselle, me crie le chauffeur.

J'ai aussitôt une bouffée d'angoisse. Comment vais-je être reçue par la famille de Francesca ? Le car s'arrête dans un grincement de ferraille qui m'est maintenant familier, et je prends congé de mes invités du déjeuner. Le chauffeur descend avec moi pour me donner ma valise.

— Quelqu'un va venir vous chercher ? s'inquiète-t-il gentiment.

Et à cet instant débouche d'une route tracée au milieu des vignes une voiture décapotable qui s'arrête près du car dans un nuage de poussière. Francesca est là, avec sa mère au volant. Je rougis de confusion et de honte, me sentant sale et froissée, et certaine que mes vêtements sentent le saucisson et le fromage dont se sont régalés les gens du car.

Francesca saute à terre et me serre dans ses bras. Le chauffeur me tend ma valise, et, relevant les yeux, je vois la moitié des voyageurs aux fenêtres. J'agite la main à leur intention et vais saluer la mère de Francesca, pendant que le chauffeur du car prend tout son temps pour redémarrer, afin, j'imagine, de faire profiter sa clientèle du spectacle.

— Bonjour, madame.

— Bonjour, Judith, montez vite, il fait une chaleur à mourir sur cette route.

Je monte à l'arrière avec ma valise et mon sac, et me fais toute petite. La voiture fait demi-tour et dépasse le car qui, visiblement, l'attendait, et encore une fois, les voyageurs me saluent au passage.

— Vous vous êtes fait des amis, remarque la mère de Francesca.

— Oui… ces gens sont très gentils…

Francesca se met à rire.

— Judith se fait autant d'amis que d'ennemis, et à la même vitesse !

En fait de vitesse, c'est la voiture qui en fait, et je me cramponne à la banquette. Nous arrivons rapidement à la propriété des de La Corda. Après avoir franchi une lourde grille en fer forgé au faîte de laquelle sont incrustées les initiales entrelacées de la famille, la décapotable remonte une allée de cyprès bordée de pelouses d'un vert tendre, sans que je comprenne comment, par cette chaleur, l'herbe est restée si verte. Elle s'arrête devant le perron, et le domestique que j'ai vu dans leur maison de Florence descend les marches et se saisit de ma valise dans le même mouvement.

— Voilà, nous y sommes, déclare Mme de La Corda en ôtant sa capeline d'un geste large, pour rien au monde je ne quitterais cette maison aujourd'hui ! Mon Dieu, quelle chaleur infernale !

— Viens, je vais te montrer ta chambre, me dit Francesca en m'entraînant à sa suite.

L'intérieur de la maison est d'une fraîcheur remarquable et d'un luxe inouï. C'est vrai que je n'ai pas beaucoup de points de comparaison.

— Par ici, me dit Francesca en me précédant dans le grand escalier aux murs duquel sont accrochés des tableaux anciens, genre tableaux de famille, mais mon esprit frondeur sait aussi que ces tableaux s'achètent dans des galeries spécialisées.

Francesca est en short, et je ne peux m'empêcher d'admirer ses jambes bronzées, et de penser aux miennes qui, à côté, ressemblent à du lait. Ma chambre est au second, celle de Francesca et de ses parents, au premier. Je la trouve magnifique, bien sûr. Murs tapissés de bleu, courtepointe blanche et bleue, meubles en rotin blanc, salle de bains en mosaïque bleue et blanche, et une fenêtre à mi-mur qui s'ouvre sur la campagne. Un rêve.

— Très jolie, dis-je négligemment.

— Je suis contente qu'elle te plaise !

Et là-dessus, elle me renverse sur le lit et m'embrasse à en perdre le souffle. Je me dégage, paniquée. La porte de la chambre est restée ouverte.

— T'es folle ! haleté-je. La porte !

Elle va la claquer, et m'entraîne encore une fois sur le lit. Et là, je me conduis comme une idiote. Craignant de puer de toutes les odeurs de la route depuis Florence, je ne rêve que de me savonner et de me changer. Je suis certaine que je sens tout ce qui a été déballé dans ce fichu car ! Je me dégage brusquement, prends Francesca par le bras, la traîne jusqu'à la porte, et déclare :

— Quand tu seras calmée, tu viendras me voir.

J'ai dîné seule ce soir-là, avec sa mère et une vieille tante à demi gâteuse de passage. Francesca, prétextant un mal de tête, s'est fait monter son dîner dans sa chambre.

Second dîner avec les de La Corda. Le père, Ettore, est gras et semble avoir du mal à respirer. Il passe son temps à s'essuyer le front et les lèvres. Francesca m'a dit qu'il a de l'asthme et que cette chaleur est très mauvaise pour lui. À part ça, il est assez aimable, quoique distant. Il part le matin avec le chauffeur travailler à San Gimignano où sa firme a un bureau. La mère de Francesca, Rina, paraît peu se soucier de lui. Le matin, elle joue au tennis, prend ensuite une collation avec son professeur, un séduisant jeune homme qu'elle raccompagne en voiture chez lui. Deux après-midi de suite, on ne la revoit que le soir.

Ça ne nous dérange pas, Francesca et moi, parce que ces après-midi de liberté ont été employées à nous découvrir. Francesca et moi avons fait l'amour pour la première fois. Ça s'est produit naturellement. Le lendemain de sa pseudo-migraine, et alors que sa mère était partie raccompagner son moniteur, Francesca m'a rejointe dans ma chambre. J'ai fermé les contrevents pour nous protéger de la chaleur et de la lumière, et après l'avoir embrassée j'ai entrepris de la déshabiller. J'ai pu, je m'en rends compte, me montrer maladroite, mais l'amour s'apprend comme le reste, ai-je pensé pour me consoler. N'empêche que nous nous sommes retrouvées nues dans mon lit et avons commencé l'exploration de nos corps.

Aussi inexpérimentées l'une que l'autre, nous avons suivi nos désirs et nos instincts, et la nature faisant le reste nous avons connu les plaisirs de l'échange. Ensuite, nous sommes restées à écouter battre nos cœurs et à sentir vibrer la campagne alentour.

10

Richesse

Je me réveille à 7 heures. L'habitude, car les lourds doubles rideaux occultent parfaitement le soleil. Hier, après le dîner pris avec la seule Mme de La Corda, nous avons joué aux échecs, Francesca et moi, tandis que sa mère faisait une réussite. Mes parents, excellents joueurs tous les deux, m'ont initiée tôt au jeu royal, et j'ai continué avec Michaël. Je n'ai eu aucun mal à battre Francesca, et j'en ai d'autant plus de mérite qu'elle n'a pas cessé de me caresser la jambe sous la table avec son pied. Elle aime jouer avec le feu car, assise à moins de cinq mètres de nous, sa mère, d'un simple coup d'œil, aurait pu saisir le manège.

Je suppose durant ce séjour où Francesca semble prendre plaisir à provoquer, que son attitude veut prouver que dans son milieu, dès l'instant où les apparences sont préservées, tout est autorisé. Privilège des élites ou des nantis.

Les petits déjeuners, particulièrement, m'impressionnent. Ils sont servis sur la terrasse, sous un large parasol frangé, car à partir de 8 heures, le soleil enflamme l'air. Ces déjeuners ressemblent à ce que l'on voit dans certains films américains, comme celui dans lequel Betty Grable fait la connaissance de son futur patron et amoureux Cary Grant, que j'ai vu au cinéma Alhambra. Entre les diverses confitures et compotes, toutes faites maison j'imagine, quand je considère le nombre d'arbres fruitiers du parc, les brioches dorées, brillantes de sucre glacé, les fruits de toutes sortes, les tasses en fine porcelaine, et le décor si léché qu'on le dirait artificiel, je pense aux petits déjeuners pris chez moi, rapidement, à moitié assise, à la va-vite, comme pour se débarrasser d'une habitude, sauf peut-être le dimanche, et encore, car le dimanche, il y a d'autres obligations, et je me promets de tout faire plus tard pour vivre autant de moments de plaisir et de luxe que possible.

L'aimable soubrette me propose, :

— Thé, café ou chocolat, mademoiselle ?

J'aime le café fort et noir que prépare ma mère et pas du tout cette boisson insipide que boivent les Anglais, mais je suis sûre qu'il est plus chic de boire du thé car la mode est en tout anglo-saxonne.

— Du thé, merci.

— Vous avez une préférence, mademoiselle ?

Feintée. J'ai dû en boire une seule fois, invitée chez un professeur qui ne m'a pas proposé autre chose.

— Euh… pas trop fort, merci.

Je vois à sa réaction que ce n'est pas la réponse qu'elle attendait, mais elle sourit et s'en va. Et aussitôt qu'elle me l'a apporté, je regrette mon choix car je ne prends aucun plaisir à déguster la délicieuse brioche accompagnée de cette eau fadasse. Je comprendrai plus tard qu'il est préférable d'être ce que l'on est. L'expérience de la vie sert à ça.

Mme de La Corda arrive, encore ensommeillée, suivie par l'odeur du café qui me fait défaillir. Elle considère ma tasse et dit :

— Vous prenez du thé, moi, je n'aime que mon café italien, noir et fort, mais vous avez raison, le thé est meilleur pour la santé.

Je n'ai pas osé lui en réclamer.

Ce soir les de La Corda attendent des invités et nous prenons des rafraîchissements sur la terrasse. Francesca porte une très jolie robe en mousseline grège et a relevé ses cheveux sur la nuque. Avant que je vienne ici, maman a refait une partie de ma garde-robe mais mes tenues n'ont aucune commune mesure avec celles de Francesca. Je porte une jupe plissée marine avec un chemisier blanc qui me donne l'allure d'une cousine de province. Par chance, Francesca semble ne rien remarquer, et les de La Corda sont trop occupés par eux-mêmes. Aujourd'hui, j'ai envoyé une nouvelle lettre à ma mère, où je lui décris mes vacances de cinéma. Je suis sûre qu'elle pense que j'exagère. Je n'ai rien dit sur mes tenues.

Nous nous sommes baignées ce matin, Francesca et moi, dans la piscine. Elle m'a prêté un maillot car je n'ai pas pensé à en apporter. J'ignorais évidemment qu'ils avaient une piscine en pleine campagne. En tout cas, ils ne possèdent qu'une bibliothèque réduite et je regrette de ne pas avoir pris assez de livres pour mon séjour.

Nous déjeunons sur la terrasse avec sa mère, de salades et de viandes froides. Mme de La Corda demande que l'on nous serve un vin rosé, d'une couleur grise qui me surprend, et qui vient, me dit Francesca, de leurs vignes. Je n'ose pas refuser d'y goûter, bien que je n'aie pas l'habitude de boire du vin. En revanche, Mme de La Corda semble l'apprécier car elle commande au domestique une seconde bouteille.

Francesca me fait signe quand sa mère s'endort sous l'effet de la boisson et de la chaleur, que l'on rejoigne sa chambre. Rien que sa façon de me regarder fait monter mon désir. Elle se lève vérifier le sommeil de sa mère et m'entraîne à sa suite. Nous ne redescendrons pas de l'après-midi. Quand je m'inquiète de ce que doit penser sa mère, Francesca agite la main en riant.

— Elle pense ce qu'elle veut !

11

Juive

Son père arrive le soir en compagnie d'un jeune homme qu'il me présente comme le cousin Gianni. Et moi, comme l'amie de lycée de Francesca, Judith Livi, excellente joueuse d'échecs, selon sa fille. Ils nous rejoignent sur la terrasse où Mme de La Corda a déjà commencé à boire. C'est l'heure magique où le soleil finissant incendie les collines, où la délicieuse odeur de l'herbe fraîchement coupée embaume l'air. Je regrette que mes parents n'en profitent pas. À cette heure, ils doivent rentrer exténués de la boutique, et j'imagine ma mère se précipiter pour ouvrir nos volets gardés fermés l'après-midi afin de conserver la fraîcheur. J'espère que Michaël profite lui aussi de ses vacances avec ses amis.

Le cousin se tourne vers moi et m'examine comme un bijou soupçonné d'être faux.

— Judith... Livi ? enchanté.

Il ne l'est pas, car aussitôt il me tourne ostensiblement le dos. Il est habillé d'un costume à rayures tennis blanc et me fait penser à un personnage de Fitzgerald dont il affecte la décontraction. Il fume de longues cigarettes à bout doré et se tient si raide qu'il semble découpé dans du carton. Il me déplaît souverainement.

Francesca s'en aperçoit et m'adresse un clin d'œil de connivence. La conversation roule sur la chaleur, les prochaines vendanges, les bruits de guerre en Europe, la campagne d'Éthiopie. Les affaires. Francesca s'ennuie. Elle se lève, me prend par la main et m'entraîne dans le jardin. Personne ne formule la moindre remarque mais je sens trois paires d'yeux nous suivre.

— Tu n'as pas raison de faire ça, dis-je.

— Pourquoi ? tout ça m'ennuie et le dîner sera pire encore !

Elle se dirige vers le fond du parc, à l'abri des regards, et là, contre un arbre, nous nous embrassons longuement.

— Tu ne crains pas que nous soyons vues ? demandé-je, essoufflée.

— Et qu'est-ce que fait ma mère, tous les après-midi ? répond-elle durement.

Ainsi, elle n'est pas dupe. Ma mère a raison, ces gens sont à des années-lumière de nous. J'imagine mes parents et leur honnêteté de petits bourgeois, leur vie originale comme des décalques. Comment prendront-ils ma déviance le jour où ils l'apprendront ? Sûrement moins bien que les de La Corda. Ils auront toujours loisir de la marier pour étouffer la vérité, et elle aura des amantes comme sa mère a des amants. Je mesure à cet instant le gouffre qui nous sépare, Francesca et moi. Abysse que j'ai feint d'ignorer, tout à mes amours et à mes désirs nouveaux.

— Alors, les enfants, dit M. de La Corda quand nous revenons, vous avez passé une bonne journée ? (Puis se tournant vers moi :) Et vous jeune fille, appréciez-vous vos vacances ? Ah, demandez à Gianni la chaleur qu'il fait à Florence. Je me demande comment on peut rester en ce moment en ville, quoique si l'on ne connaît rien d'autre…

Le chauffeur-maître d'hôtel qui s'appelle César apporte d'autres bouteilles d'apéritif dont s'occupent sérieusement le cousin et le père de Francesca. Le cousin a à peine prononcé deux mots depuis qu'il est arrivé et ne cesse de lancer des coups d'œil vers Francesca et moi. Puis l'on passe à table et la conversation, jusque-là légère, dévie vers la politique, et j'apprends en avalant de travers une bouchée d'un poisson délicieux que le cousin est un responsable de l'Union des étudiants fascistes, ceux précisément, souligne M. de La Corda, qui font le ménage dans les universités.

— Quel genre de ménage fais-tu ? demande sa tante innocemment.

— Celui qui les débarrasse de ce qui les empoisonne, répond le cousin avec un sourire.

— Ah, et c'est quoi ?

— Ma tante, morigène le cousin, tu ne suis pas l'actualité ?

Elle se contente de hausser les épaules.

— Il veut sans doute parler des Juifs et des Rouges, intervient son mari. N'est-ce pas Gianni ?

Je me raidis et me cramponne à mes couverts.

— Ah, pour quelle raison ? reprend sa tante. Les étudiants, les professeurs ?

— Les deux, répond le cousin. Ma tante, tu es au courant, tout de même, de ce qui se passe dans notre pays ?

— Peut-être pas, mon garçon, intervient de La Corda, ta tante évite tout ce qui pourrait gêner sa tranquillité. (Sa femme lui lance un regard noir.) Elle sait à peine que nous terminons victorieusement la guerre avec l'Éthiopie, que Franco, aidé par ses alliés, est en train de mettre au pas l'Espagne, et que notre *Duce* a de grands projets pour l'Italie.

Je souhaite de toutes mes forces que la conversation n'aille pas plus loin, sinon je crois que je vais oublier les recommandations de ma mère. Depuis le renvoi des professeurs de mon lycée, je suis perpétuellement sur mes gardes. Et à ce moment de la conversation, j'apprends du père de Francesca que le lendemain soir, ils reçoivent Pietro Roncalli, le préfet de région, et quelques dignitaires du comté.

— Quelle barbe ! s'exclame sa femme. Vous n'avez rien trouvé de plus drôle pour un samedi soir ?!

— Ma chère, ces gens ne sont peut-être pas drôles selon vos critères, réplique-t-il, mais ce sont ceux qui comptent.

Elle ne répond pas, Francesca termine sa crème glacée, les deux hommes se lèvent et s'éloignent pour fumer. À ce moment, le cousin se tourne vers moi pendant que le maître de maison appelle César pour qu'il apporte des alcools.

— Ainsi, mademoiselle Livi, vous jouez aux échecs… Peut-être pourrons-nous en faire une partie demain. Ce sont les Russes qui sont forts à ce jeu, vous n'êtes pas Russe au moins ?

J'hésite à répondre. Dois-je entamer tout de suite les hostilités ou patienter ? Mais pourquoi devrais-je patienter ?

— Non, je suis née à Florence, mon père à Ferrare, mais ma mère a effectivement une part d'ascendance russe, j'espère que ça ne vous fait pas peur, Gianni ?

J'en ai profité pour demander la permission de remonter dans ma chambre, prétextant la fatigue de la natation. J'ai dit bonsoir à Francesca qui échangeait avec sa mère des avis sur la mode. Je me rends compte que rien de ce qui a été dit ce soir ne l'a troublée. Elle n'a même pas fait le rapprochement entre ce qu'elle sait de moi et les propos de son cousin.

Je reste un moment à la fenêtre de ma chambre à regarder le paysage. C'est pleine lune et l'on voit presque comme en plein jour. Tout est si beau, si calme, si harmonieux, un tableau comme les peignent les Anglais si amoureux de leurs paysages. Et je ne comprends pas devant une telle beauté comment les hommes peuvent parler de guerre et de haine. Devant mes yeux, tout est parfait. Mais trop d'hommes ne le voient pas. Demain est mon avant-dernier jour chez les de La Corda, et déjà je l'appréhende.

12

Agression

Les invités sont presque tous arrivés en même temps. *Ils recevraient Mussolini,* ai-je pensé, *qu'ils n'en feraient pas davantage.* Je brûle de les quitter pour revenir chez moi, mais je ne sais quel prétexte inventer. Je rêvais de venir et à présent je rêve de partir. J'ignore s'il y a des cars pour me ramener. Je me sens prisonnière. J'en suis arrivée au point de ne plus les supporter. Francesca comprise. Ils savent ce qui se passe dans le pays et ça ne semble pas les gêner. C'est normal pour eux, sans doute, de chasser ses compatriotes ; des gens qu'ils ont fréquentés jusque-là sans embarras, et dont maintenant, pour quelques coups de gueule et slogans lancés dans des meetings, ils sont prêts à se débarrasser.

Mais qui est ce Mussolini, fils de forgeron et d'une institutrice, né dans un obscur hameau où il n'y avait sûrement à l'époque ni l'électricité ni l'eau courante ? J'ai découvert sa biographie à la bibliothèque de la ville qui, évidemment ne le disait pas de cette façon, mais insistait sur son engagement politique chez les socialistes et à son ascension fulgurante due à son patriotisme et son talent d'orateur.

Vers 7 heures, je monte me préparer. Francesca et son cousin sont revenus de leur escapade et sont directement allés dans leurs chambres. Je sors de mon bain quand on frappe à la porte. C'est Francesca.

— Alors mon cœur, tu as passé un bon après-midi ? Tu aurais dû nous accompagner, la promenade dans les vignes est magnifique. Tu n'es pas encore habillée ?

Bonne question. Ça fait une heure que je tourne pour tenter de trouver dans ma garde-robe quelque chose de mettable. Ma mère a fait son possible et m'a acheté des sandales, deux jupes que je trouve moches et un gilet pour la fraîcheur du soir. Tu parles de la fraîcheur du soir ! Il me reste un chemisier que j'ai conservé pour une occasion un peu habillée mais même lui donne l'impression d'avoir été acheté « au décrochez-moi-ça », comme dit ma mère quand elle veut signifier que c'est moche. Francesca me tourne autour et j'imagine qu'elle a honte de ma honte.

— Tu sais quoi, dit-elle, j'ai un pantalon noir en soie, trop long pour moi et qui t'irait très bien. Je te vois bien en pantalon.

Je ne sais pas s'il me va bien, mais je n'ai que ça. Elle me prête aussi un chemisier de couleur gris cendré, en soie également, et sans la remercier, je descends rejoindre les autres.

Savent-ils que je suis juive ? Francesca leur a-t-elle seulement dit ?

Je rejoins le jardin où sont réunis les invités. La bonne et César s'affairent à servir les boissons, M. et Mme de La Corda discutent avec les uns et les autres tout en descendant des verres de champagne. J'aperçois au loin Francesca en compagnie de son cousin et de deux autres jeunes gens. Des lanternes suspendues et des torches fichées dans le sol accentuent avec leur clarté douce le romantisme recherché. Francesca est très élégante dans une robe de soie pourpre et rit avec ses amis, un verre de champagne à la main. J'entends leurs rires d'où je suis. À ce moment, elle m'aperçoit et me fait signe de les rejoindre. Elle est coiffée comme sa mère et porte le même genre de tenue ; elles se ressemblent dans leur façon de se tenir. Distinguées, sûres d'elles, habituées à commander et à obtenir.

— Ah mes amis, s'exclame-t-elle quand je les rejoins, je vous présente ma meilleure amie, Judith ! Un sacré numéro, rit-elle.

Je serre les mains des deux nouveaux garçons. J'apprends que l'un s'appelle Juan Carlos, et l'autre, Benedetto, comme Mussolini.

— Pourquoi « sacré numéro » ? demande Benedetto.

— Parce qu'avec elle, vous n'aurez pas le dernier mot !

Benedetto est petit et potelé, Juan Carlos est plutôt séduisant et le sait. Il me fixe.

— J'aime les filles qui ne se laissent pas faire, dit-il d'une voix travaillée.

— Alors, mon cher, tu peux être servi, rétorque Francesca.

— Votre chemisier est joli, il est de la même couleur que vos yeux, ajoute-t-il.

Je ne me donne pas la peine de répondre.

— Oh ! quelle originalité ! s'exclame Francesca en riant. Mon petit Juan, tu as intérêt à soigner ta façon de faire la cour aux filles ! Tu dates !

Je m'ennuie à mourir, Francesca doit s'en apercevoir car elle m'entraîne vers le parc. Nous remontons une légère pente qui nous emmène au milieu d'arbres au feuillage épais.

— Bêtes, les garçons, hein ? Heureusement que l'on est ensemble, chérie, tu ne crois pas ? me murmure-t-elle.

Je ne lui réponds pas. Car à cet instant, je ne suis pas sûre de ce que signifie « être ensemble ». Faire l'amour avec quelqu'un est loin de suffire si le reste est différent. Francesca est « ensemble » avec ses amis parce qu'ils se ressemblent. Ils partagent la même histoire, la même vie, les mêmes ambitions. Et moi, parmi eux, je suis le mouton noir. Ils ne s'en sont sans doute pas encore avisés, car l'auraient-ils su qu'ils agiraient sans doute différemment.

Soudain Francesca me plaque un baiser sur les lèvres qui me fait sursauter.

— Tu es folle, qu'est-ce qui te prend ?!

— Rien, j'avais envie de t'embrasser ! On dirait que je t'ai brûlée, ajoute-t-elle en éclatant de rire. Tu ne m'aimes plus ? roucoule-t-elle.

Elle se détache de moi en riant et court rejoindre les invités dont j'entends d'ici le brouhaha des conversations et les rires forcés. Sa mère lui fait signe de la main. Je les regarde de loin, peu pressée de me mêler à eux. Il fait si bon sous ces arbres, si frais, je me sens si protégée par leur futaie, leurs branches qui se penchent vers moi, je respire leurs feuilles fraîches et odorantes de la légère humidité du soir. Devant moi un sentier pierreux se glisse entre des buissons épineux bordés d'églantines. Je sais que ces fleurs qui ressemblent si joliment à des roses anciennes sont à éviter à cause de leurs épines. Belles mais dangereuses. J'emprunte le chemin qui débouche sur un plan d'eau où flottent des nénuphars. Citadine, je suis émerveillée par cette nature que je connais mal. Si l'on me donnait à choisir, j'aimerais y passer une partie de ma vie, ou tout au moins cette soirée, plutôt que parmi tous ces gens dont maintenant je me méfie. J'arrive sur les bords de la mare quand j'entends du bruit derrière moi. Je me retourne, et vois, sidérée, se dégager des arbres les deux amis que Francesca m'a présentés, Benedetto et Juan Carlos.

Ils s'arrêtent brusquement comme si je les avais surpris, alors que c'est le contraire. Le petit trapu jette un coup d'œil vers son copain, l'élégant.

— Euh… ça va Judith ? gargouille-t-il. Alors, comme ça, vous prenez l'air ?

— Oui, l'air et… la tranquillité.

L'autre gandin s'en mêle.

— D'accord pour l'air, c'est vrai qu'il fait chaud en bas… Je vous cherchais. On vous cherchait.

— Pour quelle raison ?

Il fait un clin d'œil à son complice.

— On vous a vue partir avec Francesca et ça nous a donné envie de vous rejoindre. Nous aussi on a chaud, hein, Bento ?

— Très chaud.

Je lâche, pressée de partir :

— Le jardin est à tout le monde, à plus tard.

— Vous allez où ?

Ils commencent à me casser les pieds. Je n'aime pas les clins d'œil qu'ils se lancent, je n'aime pas leur ton, en fin de compte, je n'aime rien d'eux.

— Regarder les nénuphars, dis-je en me remettant en route.

Je les entends se déplacer et m'entourer, le grand à ma droite, l'autre à ma gauche. Je les toise.

— À quoi vous jouez ?

— À savoir si vous préféreriez embrasser un garçon plutôt qu'une fille ? dit Juan Carlos en m'attrapant le bras.

Je fais semblant de ne pas comprendre et cherche à me dégager. Mais il me tient solidement. Je remarque que nous sommes au milieu d'arbres au tronc épais qui nous isolent complètement, au point que même la lumière du jour déclinant nous touche à peine. À ce moment, il me plaque contre un arbre et se colle à moi, cherchant à m'embrasser et à ouvrir mon chemisier. En même temps, il a glissé l'une de ses jambes entre les miennes et m'immobilise. Affolée, je sens mon cerveau réagir en plusieurs temps. D'abord, la peur, puis le dégoût et enfin la colère. Mais je comprends vite que ces trois sentiments sont aussi inutiles l'un que l'autre si je n'en ai pas un quatrième qui me dit de me défendre, d'autant que le deuxième larron, en riant, tente à son tour de me bloquer contre l'arbre en m'attrapant l'autre bras.

C'est exactement ce qu'il me fallait. Au moment où le grand séducteur me force à ouvrir la bouche et cherche à m'imposer sa langue, je crache de toutes mes forces. Il recule, crache ce que j'ai pu lui envoyer, et de son poing fermé veut me frapper, mais pour cette manœuvre il a dû dégager sa jambe. Je lève mon genou, le frappe entre les cuisses et, l'attrapant par le revers de sa veste, le balance par terre. L'autre s'est figé, ahuri devant ce retournement de situation, mais moi, je ne suis plus ahurie. Une rage démentielle m'a saisie contre ces deux tordus qui ont voulu m'humilier avant de me violer. Me rappelant quelques manœuvres que m'a dans le temps indiquées mon père après qu'une des jeunes filles de notre rue s'est fait agresser, je réunis mes doigts et les enfonce dans le cou du petit trapu, au niveau de la glotte. Au sol, le Juan Carlos se tord en m'insultant avec originalité, me traitant de sale pute, puis de sale Juive, avant d'invoquer l'origine animale de ma « race ». Constatant que Benedetto continue de cracher ses râles et semble pour un temps hors d'état de nuire, je balance à son copain un coup de pied qui l'atteint je ne sais pas où mais le fait taire.

Et je pique un sprint qui, dans d'autres circonstances, aurait fait de moi une championne olympique. J'arrive à la lisière du bois et m'aperçois que les invités sont rentrés dans la demeure. Je me retourne, rien derrière moi. Je regarde la maison, les bruits toujours aussi forts proviennent maintenant de l'intérieur. Il ne reste sur la terrasse que des bouteilles vides et des verres sales que César ou la soubrette ont négligés. Je tombe assise au pied d'un arbre et me mets à trembler jusqu'à arracher ses racines du sol. De la tête aux pieds, dedans, dehors, partout, chacun de mes nerfs, de mes muscles, semble pris de frénésie. Je claque des dents, j'ai envie de vomir, crains que même mes intestins me jouent des tours. Aucun bruit, nulle part, si ce n'est ceux des mangeurs. Mes deux agresseurs sont peut-être morts, je m'en fous et serais prête à le souhaiter. Mais je ne peux pas rester là toute la nuit, à me secouer comme une parkinsonienne en crise finale. On va finir par s'apercevoir de mon absence, enfin, peut-être au moins Francesca. L'arbre bienfaiteur m'aide à me relever, ma chambre est de l'autre côté de la maison, pas tout près, mais la protection des arbres me permet de la rejoindre sans me faire voir. J'aimerais me dépêcher mais pour ça, il faudrait que mes jambes arrêtent de se dérober à chaque pas. Enfin j'y arrive mais les marches de l'escalier ont pris un mètre de hauteur. J'entre dans ma chambre. Calme et silence. Je me laisse tomber sur le lit. Les secousses de mon corps s'apaisent en prenant leur temps. J'accroche mes mains l'une à l'autre pour les contrôler. Une envie irrésistible d'uriner me jette vers la salle de bains, j'ai à peine le temps de me défaire. Assise sur la lunette, je pisse toute la peur et la rage de mon corps.

13

Fureur

Je gagne la place marquée à mon nom. Francesca est assise en face de moi et me sourit sans sembler s'étonner de mon arrivée tardive. Elle est à la gauche d'un militaire imberbe que je n'avais pas remarqué jusque-là, et qui se présente comme le lieutenant Marcello Strotsi, et à la droite d'un homme d'âge mûr qui nous dit être professeur de sciences sociales, et qui, comme tous les hommes de cet âge, professeur de surcroît, a l'air très content de lui. De La Corda est assis en bout de table à côté du préfet Roncalli et d'un militaire qui, au vu des décorations affichées sur sa poitrine, doit être important, ou riche s'il les a achetées. Je suis suffisamment proche d'eux pour entendre leur conversation. Soudain, je vois arriver Benedetto qui se glisse comme une ombre à sa place en bout de table sans regarder personne. Juan Carlos ne réapparaît pas.

Je toise le petit gros avec violence, mais peine perdue, il a le regard définitivement rivé à son assiette et ne l'en décollera pas de tout le repas. Ça n'enlève rien à mon impression de me sentir comme une mouche prise dans une toile d'araignée. Si je bouge trop, l'araignée, alertée, me mangera.

Le brouhaha incessant des conversations, le vin blanc et le champagne trop froids, le vin rouge trop épais, les cigarettes trop parfumées, le parfum des femmes trop musqué, les voix des hommes trop fortes, les uniformes trop chamarrés, la voix haut perchée du préfet, les rires trop cristallins ou forcés, la chaleur accablante, j'ai la tête qui tourne au point de choir de ma chaise. Je me cramponne à la table, fixe Francesca comme je le ferais avec une bouée. Elle rit avec tous, Francesca, elle s'amuse, Francesca, secoue sa chevelure sombre quand elle me regarde, avance les lèvres dans un simulacre de baiser, cherche sans doute à éveiller mon désir. Mais même s'il ne tremble plus, mon corps ne parle plus. Les premiers plats arrivent et mon malaise s'estompe légèrement.

Mais le répit ne dure pas. Car en même temps que le rôti et les légumes, on entame les conversations sérieuses. La première salve est lancée par notre hôte.

— Vous savez, dit-il au préfet qui a un peu de sauce sur le menton, que mon neveu Gianni est un de vos fervents admirateurs.

— Ah, et pour quelle raison ? se rengorge l'homme.

— Comment quelle raison ? s'insurge de La Corda. Mais monsieur le préfet, et sa voix monte pour attirer l'attention des autres, vous êtes préfet de région responsable de millions d'entre nous, couvert d'honneurs pour votre juste action contre les indigènes du Négus, monsieur le préfet, permettez-moi de porter un toast en votre honneur !

L'on applaudit et on lève nos verres. Quand je dis on, ce sont les autres, mais Gianni m'a remarquée et me fixe.

— Vous ne portez pas de toast à notre préfet, chère Judith ?

Gênée d'avoir été remarquée, je réponds poliment :

— Je n'ai surtout pas envie de boire.

— Mais vous savez que l'on peut honorer quelqu'un sans consommer. Un peu comme ces goûteurs du tastevin qui goûtent les crus et les recrachent.

— Vous voulez que je recrache ?

Il a un rire poli.

— Vous avez de l'esprit, chère Judith. C'est vrai que l'on dit que l'humour est de votre race. Dites-moi, j'ai appris que vous étiez une étudiante exceptionnelle, que comptez-vous faire plus tard ? Vous marier et avoir des enfants ? Je n'y crois pas.

Je réponds sèchement.

— Et vous avez raison. Je veux être ou écrivain ou avocate.

Le terme « race » m'a déplu. Voulait-il dire que nous ne sommes pas de la même ? Décidément chez ces gens, ce terme a du passé et de l'avenir. Il siffle entre ses dents.

— Les deux vous iraient aussi bien.

— Et vous ?

— Moi ? Au vu des événements et compte tenu de ma famille, je n'ai d'autre choix que de m'intéresser à la politique. Mon père est le responsable du mouvement Œuvre nationale Balilla.

J'en ai entendu parler mais n'en sais pas davantage.

— … Et ça vous entraîne où ?

— Moi ? J'ai l'honneur d'être un membre dirigeant de l'Avanguardia giovanile fascista. Ma carrière est toute tracée.

L'Avangardia, je connais. Ma gorge se serre.

— Ah ? Quel est votre nom ?

— Mon père s'appelle Achille Starace, vous en avez sans doute entendu parler ?

Ce n'est pas seulement ma gorge qui se bloque à ce nom. Achille Starace, on entend son nom chaque jour à la radio, on le lit dans les journaux, c'est un proche de Mussolini et de sa clique, il participe à tous les événements nationaux et internationaux ; il se dit même qu'il préparerait avec le cabinet du *Duce* une série de lois raciales et antisémites qui pourraient être comparables à celles d'Hitler en Allemagne.

— Savez-vous, moi qui vous parle, s'exclame de La Corda, que j'ai déjà pris de nombreux contacts avec les expatriés d'Éthiopie ? Avant que nous y allions, j'ignorais même que ce pays existait ! rit-il bruyamment. J'ai même rencontré des membres de ce gouvernement fantoche que, j'espère, on remplacera ! Nous avons devant nous de grands projets, poursuit-il, comme me le disait ce capitaine de cavalerie que j'ai rencontré et qui part dans deux mois pour l'Espagne où il semblerait que Francisco Franco rencontre quelques difficultés. J'espère que la situation va se retourner, achève-t-il.

— Qui soutient les Rouges en Europe ? demande un voisin du préfet.

— Pas grand monde, mais il semblerait que ce Blum veuille tout de même envoyer des troupes et des armes aux républicains, bien que les Anglais s'y opposent.

Je me raidis. Pourvu que rien ne soit dit contre le président du Conseil français. Je me tairais, mais à quel prix ! La conversation, par chance, s'oriente à ce moment vers l'envoi des soixante-dix mille soldats italiens en Espagne, ce qui fait dire à M. de La Corda que le général Franco doit respirer un grand coup, lui qui se battait avec seulement vingt-cinq mille hommes. Le chamarré acquiesce chaleureusement au discours de La Corda.

— Et nous ferons de notre patrie, et peut-être du reste de l'Europe, avec l'aide de notre allié et ami Hitler, une nation pure de toute influence étrangère, orientale ou asiatique, juive comprise, qui pourrait la corrompre. Êtes-vous de mon avis ?

J'ai soudain très chaud, et pas seulement à cause de la température qui n'a cessé de s'élever, ni du bruit qui m'assourdit au point de me donner l'impression d'être enfermée dans une gare bondée. Pas plus que la nourriture, les boissons, les rires, les conversations qui s'enflamment. Non, ce qui contribue au malaise que je sens monter et m'envahir, c'est ce que j'entends. Plus encore, ce que je crains d'entendre. Hagarde, je regarde autour de moi et vois, épouvantée, les bouches des convives ouvertes sur des dents devenues des crocs, hacher la nourriture comme le feraient des lames de couteau.

Je voudrais me lever et partir, mais je suis si faible avec cette soif que je ne parviens pas à étancher et me fait vider mécaniquement les verres de vin que me remplit mon voisin qui s'est institué mon chevalier servant. Les carafes d'eau embuées de fraîcheur sont trop loin, et me redressant pour les atteindre, je suis soudain entraînée avec la table, ses convives, et tout ce qui m'entoure dans une folle farandole. Je vois la bouche de Gianni s'ouvrir et se fermer sur des mots que je n'entends pas. Trop de bruits, de chocs de vaisselle, de vases et de bouteilles qui volent et tombent. Je veux arracher la couverture qu'on m'a jetée dessus et qui m'étouffe. Je me débats furieusement contre elle qui m'enserre comme la tunique de Nessus ! Je m'évanouis.

14

Signaux

J'ouvre les yeux et cligne des paupières devant la lumière vive.

— Ah ! Elle se réveille.

Je tourne la tête et s'inscrivent devant mes yeux les visages de Mme de La Corda et de Francesca.

— Comment vous sentez-vous ? me demande Mme de La Corda qui n'est pas du genre à perdre son temps. Vous êtes dans votre chambre, ma chère enfant.

— Je me suis évanouie, n'est-ce pas ?

— Exact, répond Francesca. Petite nature, va !

— Mais vous allez bien, résonne une voix sur ma gauche. Dottore Grignali, se présente la voix. Trop de chaleur, de fatigue, mais je vous ai examinée, pas de bobos. Une bonne nuit et vous n'y penserez plus.

Je suis vexée au-delà de toute expression. M'évanouir, comme ces péronnelles des romans à trois sous. Je veux me lever mais le médecin me retient par l'épaule.

— Restez tranquille, attendez demain pour faire des excentricités.

Francesca se met à rire :

— Jamais je n'aurais cru que tu étais le genre à tourner de l'œil !

— Moi, encore moins, répliqué-je, aussi furieuse que vexée. Le monde, la chaleur… pardonnez-moi.

— Reposez-vous, vous devez repartir demain, restez vous reposer Judith, si vous le désirez, dit Mme de La Corda.

Je suis prise d'angoisse devant l'aimable proposition. Car je n'ai qu'une envie : m'enfuir.

— C'est très aimable à vous madame et je vous remercie, mais j'ai assez abusé et ma mère m'espère.

— Comme vous voulez, mais sachez que vous êtes toujours la bienvenue. On va vous laisser dormir, c'est de ça que vous avez le plus besoin. Vous avez à la tête de votre lit une sonnette. Si vous désirez quoi que ce soit n'hésitez pas à appeler Serina.

Elle me sourit. Francesca me caresse la joue.

— Fais de beaux rêves, me dit-elle.

Ils sont à peine sortis tous les trois et ont à peine refermé la porte que je me sermonne. Que m'est-il arrivé ? M'évanouir, la dernière chose à faire que de montrer sa faiblesse à ses ennemis.

Mais qu'ai-je de commun avec les de La Corda, fournisseurs et clients d'un régime qui nous rejette, moi et les miens ? Hôtes aujourd'hui, demain, geôliers ? Et Francesca continuera-t-elle de m'aimer quand on la persuadera que les Juifs sont des parasites dont il faut se défier ?

Pendant ce séjour dont j'espérais tant, il n'y a eu que Mme de La Corda que j'ai sentie proche. Même Francesca n'a pas compris ma situation, trop occupée par elle-même. Ma mère aurait-elle raison de dire que les seuls amis que nous avons maintenant sont ceux de notre maison ? Jusque-là, ni mes parents ni moi n'avions senti ce gouffre qui semble nous séparer à présent de nos compatriotes. Au contraire, mes parents se félicitaient des rapports que nous avions ensemble. Jamais je n'ai entendu de leur part la moindre mise en garde. Ils allaient à l'église, nous allions à la synagogue. Nous mangions leurs poissons, ils se régalaient de nos gâteaux ; nous partagions la dinde de Noël, ils beurraient nos galettes de Pessah. Nous nous baignions sur les mêmes plages, dansions dans les mêmes fêtes, écoutions la même musique.

Mais durant ces quelques jours passés chez les de La Corda malgré la présence de Francesca, la beauté de la Toscane, de ces merveilleuses villes de Sienne et de San Gimignano qui semblaient sortir d'un film hollywoodien, j'ai ressenti une angoisse qui ne m'a guère lâchée. Est-ce les affiches guerrières qui recouvraient les murs dans les villages, les émissions de la radio encourageant les jeunes à rejoindre le parti fasciste et à se porter volontaire dans l'armée, ou ce camion chargé de miliciens en armes que nous avons croisés et au milieu desquels on apercevait des hommes et des femmes menottés ?

J'ai pris le car qui m'a déposée à la gare routière de la *via* Santa Caterina da Sienna à Florence. J'ai peu parlé avec les autres voyageurs qui sont moins dispos, et moi aussi. Le tram 28 m'a ramenée près de chez moi et toucher ma clé dans ma poche m'a rassurée. À cette heure, mes parents devaient être rentrés.

J'ai ouvert la porte et je les ai appelés. La maison est vide. Dans notre chambre, j'ai vu les affaires de Michaël et j'ai été rassérénée. Mes parents ont dû être retardés à la boutique ou ne plus se rappeler que je revenais aujourd'hui. J'ai entendu une clé dans la serrure et la porte s'est ouverte devant Michaël. On a eu cet instant de retenue habituelle entre nous, et on s'est pris dans les bras, heureux de se revoir. Je l'ai vu grandi et forci. En une semaine ? Je me suis fait rire moi-même. On s'est fait un café et on a mangé du pain avec du jambon. Je ne sais pas si on avait faim, mais c'était une façon de se retrouver chez soi.

On s'est raconté nos vacances, mais ni mes amours, ni mes angoisses, et j'ai déguisé en relations « intéressantes » ceux et celles que j'avais rencontrés. Et j'ai bien entendu passé sous silence l'agression des deux crétins. J'ai évoqué avec force enthousiasme la piscine, les déjeuners, les soirées, les promenades, les vignes, les maisons toscanes. Mon frère a fait pareil avec ses copains, les feux de camp, les chants, les randonnées. Et puis les heures se sont allongées, et Michaël et moi avons rangé nos affaires, mis notre linge sale au panier, et regardé l'heure de plus en plus souvent.

— Tu sais à quelle heure nos parents doivent rentrer ? lui ai-je demandé.

Il a secoué la tête et haussé les épaules d'ignorance. Il a toujours été moins anxieux que moi. À un moment, je suis descendue dans la rue sous prétexte de me dégourdir les jambes : en réalité pour les guetter. Le temps passant, je ne me tenais plus d'inquiétude, mais une clé a tourné dans la serrure et ils sont apparus l'un derrière l'autre, et même mon frère a sursauté.

Ma mère a le visage crispé comme si elle avait pleuré ou allait le faire. Ses vêtements sont en désordre, ses poings, fermés. Mon père est pâle, échevelé, la chemise à moitié sortie du pantalon.

— Qu'est-ce qui s'est passé ? leur ai-je demandé en allant vers eux. Pourquoi rentrez-vous si tard ?

Sans répondre, mais prenant la main de mon père, ma mère se laisse tomber avec un soupir sur une chaise.

— Rien ma fille, tout va bien.

Mais ça sonne si faux que même un sourd n'y croirait pas.

— Non, dites-nous ce qui s'est passé, insiste mon frère. Comment vous sentez-vous ?

— Bien, bien, répond mon père en se rapprochant de ma mère. Nous avons été retardés.

Je demande sèchement :

— Pourquoi et par qui ? Vous pouvez nous dire, quand même !

Ils se regardent en pinçant les lèvres.

— La milice, lâche enfin mon père.

— Comment ça, la milice ?

Mon père n'a pas répondu tout de suite, il a tiré une chaise et s'est assis à côté de ma mère. Et c'est seulement à cet instant que je remarque son oreille gauche, si rouge, qu'on l'aurait dit peinte.

— Qu'est-ce qui est arrivé à ton oreille ?

— Je voudrais un verre d'eau, répond-il.

— Moi aussi, dit ma mère.

Nous les servons et nous plantons devant eux pour qu'ils comprennent que nous ne les lâcherons pas.

— En quittant la boutique, a commencé ma mère d'un ton las, en jetant un coup d'œil à mon père, nous avions une course à faire pour un client, *via* Condottiere. Là, nous avons dépassé un petit rassemblement de miliciens qui parlaient fort devant le commissariat. Nous n'y avons pas prêté attention, mais l'un d'eux nous a interpellés au passage.

« Eh, vous, où allez-vous, les vieux ? »

« Faire une course », a répondu votre père.

« Une course de quoi ? De chevaux ? » Ils ont ri et deux d'entre eux se sont rapprochés.

« Vous avez vu l'heure ? »

« Oui, nous rentrons ensuite chez nous. »

« Vous travaillez ou vous vous baladez ? À votre âge, c'est pas raisonnable d'être dehors ! »

Il y a plein de monde dans la rue et ça nous a rassurés, continue ma mère. « Voici nos papiers, leur a dit, papa, et aussi notre certificat. » Ils vérifiaient aussi les papiers des autres promeneurs, rien de particulier, on ne s'est pas inquiétés. Mais ils ont refusé de nous laisser repartir et nous ont emmenés à l'intérieur de leur local. Il y a une plaque sur le mur du local : « Gruppi universitari fascisti ». Les Jeunesses fascistes, conclut ma mère avec une grimace.

Mais on a juste pensé qu'ils allaient nous faire perdre du temps et que notre fournisseur serait fermé.

— Bon, et alors ?

— Alors, intervient notre père, ils nous ont fait asseoir, sans amabilité, dit-il en regardant notre mère, et ont commencé à nous poser des questions.

— Sur quoi ?

— Celui qui interrogeait, reprend notre mère avec colère, le même qui nous avait interpellés, un morveux d'à peine vingt ans, si tu lui pressais le nez, il en sortait du lait. Agitant notre certificat comme un éventail, il nous a demandé dix fois de suite ce que nous vendions et où était la boutique. Votre père avait une fiche de paye de l'atelier d'ébénisterie sur lui, et ce gosse voulait savoir s'il travaillait à la boutique ou à l'atelier. Vous voyez le genre ?

— Et ? dis-je, m'impatientant.

— Et ce corniaud a braillé que nous ne pouvions pas avoir deux métiers en ce moment où tant d'Italiens sont au chômage, que c'est une honte de voir des vieux prendre la place des jeunes. Puis il a demandé si nous avions des enfants. Si oui, avions-nous un garçon ? Et est-ce que ce garçon avait fait son service militaire pour défendre son pays ? Je leur ai répondu qu'il a à peine seize ans mais il a continué de brailler que c'est juste l'âge d'entrer dans les Jeunesses fascistes, et votre père s'est bêtement énervé en disant que son fils ne s'engagerait pas dans les Jeunesses fascistes parce que comme il pouvait le voir sur notre certificat, nous sommes Juifs, et que les Juifs ne s'inscrivent pas dans les Jeunesses fascistes. Alors ce petit salaud a giflé papa, et comme je protestais en m'interposant, il m'a fait tomber sur ma chaise, a attrapé votre père par l'oreille et l'a secouée comme une serpillière, et moi, je lui tapais dessus mais ça ne lui faisait pas lâcher l'oreille, même si votre père criait de douleur !

Ma mère revit la scène et son visage est animé par la colère.

— Une bonne raclée, voilà ce qu'il méritait, ce corniaud, conclut-elle. Il ne doit pas avoir de parents pour lui indiquer comment se comporter dans la vie !

Je n'épilogue pas car je sais que ce ne sont pas ses parents qui ne lui ont pas appris comment se comporter, mais une partie du pays qui lui a expliqué le contraire.

Mes parents n'avaient pas faim, et se sont seulement inquiétés de ne pas avoir pu aller chez leur fournisseur chercher la pièce pour leur client. Mais on a insisté pour qu'ils mangent et Michaël leur a cuisiné ses fameux spaghettis à la carbonara qu'ils n'ont pas pu refuser. Pendant ce temps, Michaël et moi, on leur a raconté nos vacances. On en faisait des tonnes pour les détendre et on a même réussi à les faire rire, et à la fin du repas, ça allait mieux.

Pour combien de temps ? me suis-je demandé en allant me coucher.

15

Ruptures

Septembre 1937

À mon retour de vacances, Francesca et moi sommes restées sans nous écrire les quinze premiers jours et je n'ai pas répondu à sa première lettre. Je suis sans doute plus ulcérée que je ne l'avais cru par son attitude que je jugeais indifférente à ce qui se passait dans notre pays. J'avais compris qu'elle était davantage préoccupée par ses loisirs, ses toilettes, ses relations avec les jeunes de son monde, avec qui elle jouait au tennis, dansait, voyait les films qui sortaient, que par le fait de suivre l'actualité de son pays. Peut-être aussi que notre amour vieux d'une année m'apparaissait moins palpitant.

En septembre 1937, je suis entrée en première année de droit à l'Universita degli Studi, la faculté de Florence qui comprend une douzaine de disciplines différentes et jouit d'une excellente renommée, au point qu'on lui a donné le titre d'Atelier du savoir et que l'entrée y est si contingentée que j'ai choisi de travailler tout l'été pour y parvenir. Cet été a été aussi caniculaire qu'angoissant. Après la mésaventure vécue par nos parents, nous avons compris confusément que les temps ont changé. Pas un jour où ne soit organisé un meeting du parti fasciste, des défilés de l'armée, des rassemblements de militants, des fêtes de ceci ou cela, prétextes à des discours ronflants et nationalistes, des revendications aboyeuses de Mussolini appelant à poursuivre la guerre avec l'Éthiopie, qui n'a débouché, selon lui, que sur un cessez-le-feu boiteux nous frustrant, disait-il, d'une victoire !

Il ne faut pas être un politologue renommé pour comprendre qu'elle lui aurait servi à valoriser nos troupes que l'Allemagne nazie semble tenir dans un certain mépris. Mussolini le sait, les nombreux attentats qui ont jalonné ces années 1925-1934 sont là pour lui indiquer que tout le peuple ne le tient pas en haute estime. Mes compatriotes en ont conscience, mais déjà la peur les fait taire. L'ambiance à la maison est lourde. Mon père, faute de commandes, ne travaille plus que trois heures le matin chez Minnelli et ma mère n'ouvre la boutique que l'après-midi, attendant que mon père vienne la chercher. Des files de chômeurs de plus en plus nombreuses stationnent devant les bureaux de placement et des manifestations violentes, sévèrement réprimées, ont eu lieu à Rome et dans les principales villes.

Nous prenons néanmoins un rendez-vous près du Duomo où Francesca me dit redoubler sa dernière année de lycée.

— C'est plutôt pour faire plaisir à ma mère car moi, je m'en passerais bien.

— Ah, et que feras-tu si tu n'as pas ton diplôme de fin d'année ?

— J'en sais rien ! Je ferai peut-être des études de secrétariat et travaillerai chez mon père. Ce serait extra car je ne crois pas que ce sera un patron trop dur, répond-elle en riant.

— Et après ?

— Après ? Après, c'est loin. Il y a mille choses plus intéressantes à faire, à mon avis, que décrocher des parchemins poussiéreux où seront indiqués que Mlle Francesca de La Corda a brillamment obtenu son diplôme de ceci ou cela.

— Si tu te choisissais un vrai métier, ça te permettrait d'être indépendante.

— C'est quoi un vrai métier ? Secrétaire, c'est pas un vrai métier ? Celle de mon père gagne très bien sa vie ! Et indépendante de quoi ? Toi, si un jour tu es avocate, tu seras dépendante de tes clients !

— Oui, c'est vrai, mais…

— Et puis peut-être que je me marierai avec un garçon riche et que je ferai comme ma mère, je prendrai un amant qui sera une amante, toi, par exemple.

Un soir, de retour chez moi, je passe devant mon ancien lycée au moment où sortent les grandes classes. Je m'arrête un peu plus loin pour attendre Francesca, la vois sortir entourée d'une nuée de filles, les quitter en riant fort, courir pour rejoindre une voiture, se pencher à la portière et embrasser à pleine bouche le garçon au volant. Je ne suis plus jamais retournée l'attendre à la sortie du lycée. Je n'ai plus répondu à ses appels.

16

Succès

J'obtiens mes certificats de ce premier trimestre avec mention. J'ai réussi à prendre rapidement mes marques pour franchir le palier du lycée à l'université, bien que l'atmosphère soit très différente. Ici, les élèves ont davantage conscience de commencer leur vie d'adulte. Ils s'amusent, certes, mais se replongent vite dans leurs cours. Les profs sont passionnants, mais c'est le droit que je ne trouve pas passionnant. Je constate qu'apprendre par cœur m'ennuie, et dès le second trimestre, bien que je réussisse mes partiels et passe aisément l'obstacle pour les suivants, je m'inquiète de savoir si j'ai fait le bon choix. Je n'en parle évidemment pas chez moi, évitant de rajouter à l'ambiance délétère qui règne.

Cependant l'année se poursuit dans l'indifférence et l'inertie des États européens devant la situation internationale qui s'aggrave jour après jour. La République espagnole est au bord de l'asphyxie depuis que les franquistes ont pris Bilbao en juin. La France est une pétaudière et il ne se passe pas un jour sans des manifestations qui finiront par faire tomber le gouvernement Blum. Depuis le coup d'État manqué de 1934 et les grèves de 1936, le gouvernement français est sur les dents. Seuls quelques-uns de mes condisciples à l'université semblent s'inquiéter de la guerre à venir, au point que nous nous réunissions parfois après les cours dans un de nos cafés favoris pour en débattre. Avec moi, un étudiant juif de deuxième année, une socialiste de ma classe et un royaliste fidèle à Victor Emmanuel. Mais à trois, nos moyens d'action sont limités.

Juste après les vacances de Pâques est publiée la Charte de l'école, appelée Conseil supérieur de la démographie et de la race, qui transforme l'enseignement supérieur en une machine de propagande, et je comprends que les autorités ont profité du bref congé pascal pour la mettre en place. Apparaissent alors des fonctionnaires inconnus qui entrent dans les classes sans vergogne, assistent aux cours, s'asseyent sur l'estrade à côté des professeurs, interviennent lorsqu'il s'agit d'étudier des auteurs étrangers, et exigent que l'on lise seulement des auteurs italiens qui ont reçu leur imprimatur. Avec mes trois amis, nous envisageons sérieusement de manifester lorsqu'ils arriveront dans notre classe de première année. Nous avons prévu de nous réunir dans la cour de l'université avec des banderoles dénonçant leur ingérence, et nous avons pu rameuter quatre autres étudiants, qui, m'a-t-il semblé, nous ont cédé plus pour avoir la paix que par conviction. Mais comme à l'habitude, à cause de l'indolence italienne ou de l'administration dormeuse, ces fonctionnaires arrêteront leur « mission » au bout d'une semaine et nous en serons pour nos frais, mes camarades et moi.

Il est clair malgré tout que la fascination pour le fascisme gagne une grande partie du peuple italien même si le roi Victor Emmanuel III, qui lui est ouvertement hostile, semble avoir échappé. Il ne s'est pas gêné pour le manifester pendant le séjour du dictateur allemand à Rome. Moyennant quoi, le *Führer* l'a mis au ban pendant la visite, choisissant de voyager, foulant ainsi aux pieds les règles du protocole, dans la berline de Mussolini plutôt que dans la sienne. De la même manière, visitant ensuite Florence, que le chancelier nazi estime être la quintessence de l'art italien, il passe quatre heures seul dans la galerie des Offices, refusant la présence de son allié comme pour lui faire sentir son insuffisance. Mussolini avale la couleuvre, désireux de ne pas déplaire au dictateur allemand.

Malgré l'atmosphère pesante qui me donne l'envie de lâcher l'université, je termine l'année avec quatre certificats avec mention sur cinq. De son côté, Michaël passe avec brio son bachot et se prépare à s'inscrire en probatoire en classe de mathématiques. Grâce à ces succès, mes parents paraissent reprendre un peu espoir dans l'avenir, bien que mon père nous confie sentir de plus en plus son patron et ami, Marcello Minnelli, le pousser vers la sortie.

— Mais pose-lui carrément la question ! s'énerve ma mère un dimanche matin où nous avons prévu d'aller tous les quatre pique-niquer au bord du fleuve.

— Et s'il me dit qu'il préfère que je parte, qu'est-ce que je fais ?

— Au moins, on saura !

— Et, le sachant, qu'est-ce que je fais ?

Ma mère lève les bras au ciel dans un geste excédé. Je l'ai parfois entendue reprocher à mon père son manque de combativité. À quoi il lui répondait généralement qu'il n'en a pas besoin parce qu'elle en a pour deux.

Mon père est un homme pacifique, indulgent jusqu'à l'excès, son seul souci est que nous soyons heureux et tranquilles. Quand ils se sont connus avec ma mère, il apprenait le métier du bois et ma mère se destinait à devenir secrétaire d'une direction commerciale. Elle l'a été au début de leur mariage, mais à ma naissance, comme mon père venait d'entrer en tant que compagnon ébéniste chez les Minnelli, il a voulu qu'elle se consacre à sa famille et elle a démissionné. Si nous avions touché mille lires à chaque fois que je l'ai entendu lui reprocher cette décision, nous serions parmi les plus riches de Florence. Mais sept ans plus tard, cette décision lui a servi quand, alors qu'elle était lassée, disait-elle de s'occuper des mioches et de la maison, une de ses anciennes amies de collège lui a proposé de travailler avec elle dans sa boutique de couture. Enthousiaste, ma mère a accepté des deux mains selon sa formule, mais s'est vite aperçue que vendre des robes à des femmes qui les trouvent trop longues, ou trop épaisses, ou trop sombres, en outre trop chères pour ce qu'elles voulaient en faire, ne l'enthousiasmait pas, et comme son amie avait envie d'arrêter de travailler, pour, disait-elle, s'occuper de sa maison – comme quoi personne n'est pareil –, elle lui a repris le bail, l'a fait changer avec habileté par le propriétaire, et a proposé à mon père de vendre ce qu'il fabriquait chez Minnelli pour, les années passant, diversifier le choix en vendant aussi des objets qu'elle chinait ailleurs.

— Moi, je vais aller le trouver, ton Minnelli !

Mon père agite les mains dans un geste de dénégation désespéré.

— Tu n'iras sûrement pas voir Minnelli !

— Si, au moins, je saurai !

— Mais je sais !

Mon père a eu un commis, Sergio, un jeune homme natif de Trieste à qui il a appris son métier d'ébéniste marqueteur chez Minnelli qui, seul à Florence, venait déjeuner le dimanche chez nous. Ce Sergio a été mobilisé l'année précédente et a fait partie des premiers contingents italiens envoyés au secours de Franco. Il a régulièrement correspondu avec mon père à qui il racontait sa vie militaire. Puis, au début de cette année, le ton a changé. Il ne parlait plus de sa vie de garnison mais des batailles auxquelles il participait. Le ton de ses lettres est devenu plus dur, ses opinions, plus tranchées. Mon père en a été contrarié, regrettant sans doute le gentil garçon timide qu'il avait connu. Et la semaine précédente, il a appris qu'il avait été démobilisé pour blessure et revenait prendre son poste à l'atelier.

— Et alors ? a dit ma mère.

— Et alors ? Sergio n'est pas compagnon ébéniste, certes, et ne sait pas encore diriger la fabrication d'un meuble et encore moins la finaliser. Mais Marcello envisage de laisser tomber la fabrication de certains modèles trop sophistiqués, trop chers, pour d'autres plus simples.

— Et alors ?

— Et alors, Sergio, s'il travaille avec Patrizio, peut parfaitement s'en occuper.

— Je ne comprends pas !

— Si Marcello ne veut plus créer de meubles à haute valeur ajoutée, il n'a plus besoin de moi, mais seulement d'ouvriers capables de restaurer, assembler, polir. Et Sergio arrive à point nommé pour me remplacer à moindres frais.

— C'est Marcello qui t'a dit ça ?

— Le chiffre d'affaires a considérablement baissé. Les clients se font tirer l'oreille pour payer. Marcello était très inquiet jusqu'à ce que la Questure lui passe commande de bureaux et de classeurs. Tu imagines bien que la Questure n'a pas besoin de bureaux faits à la main. Alors, moi, je ne sers plus à rien !

— Mais qui te l'a dit ?

— Marcello ne m'a pas dit que je ne servais plus à rien, répond mon père sur le ton faussement patient que l'on prend avec un élève difficile. (Il se tait un instant, comme pour chercher ses mots, grimace un curieux sourire et reprend en la fixant :) Il m'a seulement dit, en passant, que la Questure lui a demandé la liste de ses ouvriers pour vérifier qu'il n'employait ni Juifs ni opposants.

17

Rumeurs

La dernière phrase prononcée avec fièvre par mon père fait brusquement taire ma mère.

— C'est qui, les opposants ? T'es opposant, toi, Samuel ? crache-t-elle, furieuse. Il t'a dit ça ? répète ma mère.

— Oui. Et tu crois qu'il va risquer de perdre la commande de la Questure pour me garder ?

Accablée, elle se laisse tomber sur une chaise.

— Alors tu vas te retrouver dehors ? murmure-t-elle comme pour elle-même.

— Ce n'est pas impossible. Je peux peut-être retrouver du travail, mais si cette liste circule partout, qui voudra m'embaucher ?

— Je voudrais vous dire qu'en prépa, c'est un peu pareil, commence Michaël.

Ma mère se tourne vers lui.

— Comment ça, pareil ?

— Ben, je ne suis jamais interrogé, par exemple. Et ça fait plusieurs fois qu'on ne note pas mes interros.

— Tu en as parlé au proviseur ?

Il baisse la tête.

— Quoi ? insiste, ma mère.

— Le proviseur s'est ramené la semaine dernière en uniforme de la milice.

Un silence glacial s'installe.

— Et toi, Judith, demande mon père ? T'as aussi ce genre de problème ?

— Eh bien, ce que je vous ai dit sur la commission qui a été mise en place… Pour l'instant, je n'ai pas été directement touchée, mais le seul autre Juif de ma classe a décidé de quitter la fac. Un bon copain qui a compris, d'après ce qu'il m'a dit, qu'on est ligotés et bâillonnés et qu'il faut aller voir ailleurs, selon ses parents.

Mon père va vers la fenêtre et regarde au-dehors. C'est une belle journée, lumineuse et fraîche comme elles le sont souvent en Toscane. Dans la rue, on entend bruire le marché de l'après-midi. Les clochettes des tramways se mêler aux cris des marchands. Les gens parler fort comme ils en ont l'habitude. Rien ne semble changé. Et pourtant. Et pourtant cette maison où j'ai vécu, joué, ri et parfois pleuré, où j'ai partagé avec les miens les soucis et les joies, dont je connais chaque détail, reconnais chacun de ses bruits, cet endroit si familier qu'il semblait faire partie de moi-même me paraît aujourd'hui devenu étranger.

Ma mère s'est pris la tête dans ses mains et regarde fixement le sol. Michaël est appuyé nonchalamment contre le mur mais semble embêté.

— Alors qu'est-ce qu'on va faire ? demande ma mère au bout d'un moment en nous regardant.

Mon père soupire, hausse les épaules et revient au centre de la pièce. Il s'appuie des deux mains au dossier d'une chaise.

— D'abord ne pas dramatiser, mais…

— Mais quoi ?

— Envisager, au train où vont les choses… une autre solution… que l'on sera peut-être obligés…

Ma mère fronce les sourcils et, brusquement, se lève.

— De ficher le camp, c'est ça ? Mais il nous reste la boutique ! s'exclame-t-elle.

Mon père se tord la bouche.

— Il n'y a plus de travail pour deux à la boutique, Anna, tu le sais bien. Et si je ne travaille plus à l'atelier, où tu iras chercher les petits meubles que tu y achetais ? Tu vas courir où ?

— Alors, tu veux faire quoi ? insiste ma mère avec colère. On a de quoi vivre en se privant un peu !

Mon père secoue la tête, hausse les épaules, marche à travers la pièce.

— Partir, lâche-t-il sans regarder personne. J'y ai déjà réfléchi. Il n'y a pas trente-six endroits où aller. Le pays le plus proche à tous points de vue… c'est la France. Ici, vous pouvez le constater, ça devient très difficile.

J'interviens.

— Attendez… Vous envisagez de quitter l'Italie ? De quitter notre pays ? Mais je peux travailler pour aider. Je peux trouver un poste de secrétaire avec mes certificats, facilement.

— Merci chérie, mais je n'ai jamais envisagé de me faire entretenir par mes enfants. Toi, tu continueras tes études là où l'on sera. Cette période ne durera pas éternellement, répond mon père.

— Alors si tu penses que ça ne durera pas éternellement, autant rester en étant prudents.

— Elle a raison, dit ma mère. C'est logique.

— Non, coupe sèchement mon père, elle a tort. Combien de temps croyez-vous que les républicains espagnols vont tenir sous les bombardements des Stuka d'Hitler ? Soyez réalistes. L'Allemagne, L'Italie, l'Espagne sont en train de sombrer dans le fascisme. Qui peut dire qui suivra ?

— Mais ça va peut-être s'arranger… si l'on doit tout quitter à chaque fois qu'un régime politique change… tout le monde serait en permanence sur les routes ! Regardez les Espagnols, ils résistent ! protesté-je.

— Ils seront battus, ma fille ! Ils ne peuvent pas gagner. Tu as vu ce que les Allemands ont fait à Guernica ? Et tu as vu, à part quelques protestations molles, quelqu'un bouger en Europe ? Vous avez oublié la réoccupation de la Ruhr en 1936 par la Wehrmacht sous prétexte que la France et l'Angleterre s'étaient rapprochées du gouvernement soviétique ? Quelqu'un a dit quelque chose ? Non, ils se sont couchés ! Tous ! Français et Anglais compris ! Pourtant, ils avaient signé un traité !

— Mais peut-être que ces peuples vont se rendre compte… Je me souviens que tu le disais quand on est partis à Rome. Maman ne le croyait pas, mais toi, tu affirmais que les gens allaient réagir.

— Eh bien, je me trompais.

— Comment peux-tu en être si sûr ? intervient ma mère. Peut-être te trompes-tu maintenant !

— Depuis cette époque, les choses ont changé. Et elles ont changé très vite. Et peut-être que j'étais aveugle et que j'ai retrouvé la vue. D'après vous, que prépare Hitler ? Tu sais ce qu'ils font aux Juifs et aux opposants chez eux…

— C'est chez eux !

— Non, ce sera ici aussi. Ouvrez vos yeux et vos oreilles. Je n'ai pas plus envie que vous d'aller en France, d'autant que l'on peut aussi y être rattrapés. Hitler veut un Reich de mille ans, il ne s'arrêtera pas avant. Mais en France, j'ai un ami, un copain de jeunesse qui s'y est installé il y a quelques années. Il n'est jamais revenu et il a, d'après ce que j'ai entendu, une bonne situation.

— Si on peut y être rattrapés, pourquoi y aller ? On peut aussi bien se défendre chez nous.

Mon père me regarde.

— Ici, il y a déjà Mussolini. Ici, ils ont déjà commencé leur sale besogne. Tu sais combien de personnes les fascistes ont mises en prison depuis l'arrivée de leur fameux *Duce* ? Des dizaines et des dizaines de milliers ! Sans procès, comme ça, sur simple dénonciation ! En France, il y a encore un gouvernement démocratique. Ils ont une grande armée, ils peuvent résister. Les Français connaissent bien les Allemands, ils ont fait deux guerres contre eux ! En France, le capitaine Dreyfus a été réhabilité. La moitié des Français se sont battus pour lui. En France, il y a eu Jaurès ! Et Blum !

— Le premier s'est fait assassiner et le second, virer, je le coupe.

Mon père me lance un regard irrité.

— Je sais que tu t'intéresses à la politique, alors tu devrais savoir que Mussolini est le principal allié d'Hitler qui a ouvert des camps de concentration effrayants où ils enferment leurs opposants, mais aussi, bien sûr, les Juifs ; les handicapés mentaux, les… les homosexuels, achève-t-il en lançant un coup d'œil à ma mère. Ceux qui peuvent fuir s'en vont en toute hâte, abandonnant tout ce qu'ils ont ! Et Mussolini rêve d'être son ami !

Je ne sais quoi dire. Je suis atterrée. L'idée de quitter Florence… Francesca. Qu'elle sera son attitude si elle apprend que j'ai fui avec ma famille à cause… de familles comme la sienne ? Le pensera-t-elle seulement ? Ou est-elle déjà prise dans ce système où être soi peut vous tuer ? Je ne l'ai pas revue. Tout au moins, je ne lui ai plus reparlé. Un soir, elle est venue m'attendre à la sortie de la fac. Je l'ai aperçue au volant de sa voiture. Je savais par un ami que ses parents la lui avaient offerte. Peut-être a-t-elle eu son bachot.

Elle est descendue et est venue vers moi. J'ai attrapé le bras d'une de mes condisciples et j'ai fui. J'avais le cœur qui battait à s'arracher, et les jambes molles.

— Je sais, ma chérie, ce que signifie pour vous… ce… départ, dit ma mère en se rapprochant de moi. J'en suis parfaitement consciente, mais je crains que votre père ait raison. Ce ne sera pas la première fois que les Juifs devront quitter leur pays contre leur gré. Notre histoire est faite de ces fuites à travers le monde où, à chaque fois, nous laissons tout derrière nous. Mais nous ne pouvons pas risquer que ton frère ou toi soyez agressés, que ton père se retrouve au chômage et qu'on nous crache dessus. Nous n'avons plus de famille ici, notre seule famille, c'est nous.

— Mais nous ne parlons pas français !

— Ne dis pas de bêtises, chérie, Michaël et toi, vous pouvez parfaitement vous débrouiller. Quelle idée brillante j'ai eue de vous le faire apprendre à l'école !

Ma mère se force à rire, mais ça sonne faux.

— Attendons, nous ne sommes pas en danger immédiat ! riposté-je, avec obstination.

L'éventualité de quitter Florence me coûte plus que ce que je pensais. D'autant que je ne suis pas certaine que ce soit une bonne décision. Si j'en crois nos journaux quand ils parlent de la France, la situation là-bas est à peine meilleure. Ils ont déjà reçu des immigrants d'Allemagne, des Juifs principalement, et n'ont pas envie d'en recevoir d'ailleurs. Là-bas aussi le taux de chômage est haut. Mes parents hésitent. Peut-être ne s'attendaient-ils pas à une telle opposition.

— Et, toi, Michaël, qu'est-ce que tu en dis ? demande mon père.

— Ben, je pense comme Judith, on peut attendre.

— De toute façon, on ne part pas demain, dit ma mère en continuant sur le même ton léger, je n'ai pas fini mon repassage.

18

Départ

On n'est pas partis ce jour-là ni le lendemain. Mais on n'est pas sortis non plus. Aucun d'entre nous n'a envie d'herbe, de soleil et de pique-nique. On a choisi de se protéger derrière nos murs. Sûrement pour ne pas croiser ces *squadra* qui aiment se pavaner au son des accents martiaux. Ne pas lire les journaux qui vantent les réalisations merveilleuses du Parti national fasciste (PNF) qui amène, d'après ses militants aveuglés, le pays vers la modernité ; ne pas être forcés de s'enrôler dans la Milice volontaire pour la sécurité nationale où on trouve même des Juifs.

Oublier le PNF auquel il faut adhérer, qu'on appelle le *tessera del pane*, « la carte de pain », nécessaire pour obtenir un emploi, le garder, demander une attestation ou n'importe quel papier dépendant de l'administration. Et les jeunes, forcés pour les garçons de s'enrôler chez les Fils de la louve, et pour les filles, chez les Petites Italiennes, pour ensuite passer aux Jeunesses fascistes comme les amis de Francesca, sans doute. Où est notre place, à Michaël et moi ?

Le dimanche suivant, des amis de mon père du temps de sa jeunesse à Ferrare et de passage à Florence doivent venir déjeuner chez nous. Inutile de dire que nous avions autant envie de badiner avec ces gens qu'aucun de nous, à part mon père, ne connaissait, que de nous pendre. Difficile de faire bonne figure quand la peur vous contraint de fuir votre pays. Mais difficile aussi de décommander un ami que mon père a perdu de vue depuis si longtemps et qui passait exceptionnellement à Florence. Bref, la famille débarque, deux adultes et deux ados plus jeunes que nous, et un peu moches. Ma mère a prévu un repas typiquement florentin ; en entrée une grosse salade mélangée de légumes crus, suivie d'un *tagliata*, un plat de fines tranches de bœuf servies sur un lit de *rucola* et de tomates cerises arrosées d'huile d'olive, de basilic, et parsemées de *grana padano*, et ça aurait dû être une fête, d'autant que nous les avons trouvés plutôt sympas quand ils ont débarqué. Le matin, j'avais vu mon copain juif viré de l'université sur le départ avec ses parents.

« Alors vous partez ?

— Pas le choix, ma mère a été renvoyée de son poste à la mairie et mon père craint qu'il lui arrive la même chose à sa banque.

— Et si on résistait ici ?

— Avec quoi ?

— Je ne sais pas, on pourrait organiser des manifestations avec d'autres que nous qui seraient dans le même cas ! Mussolini n'est pas un foudre de guerre !

Il m'a pris par les épaules, m'a embrassé sur le front avant de me serrer contre lui.

— Il en faudrait plus des nanas dans ton genre, des utopistes qui n'ont pas peur et sont prêtes à se bagarrer. Mais vois-tu, votre moment n'est pas encore arrivé. Cependant, n'aie crainte, Mussolini et ses nervis entendront un jour parler de nous.

— Où partez-vous ?

— À Genève, ma mère y a de la famille. Je ne sais pas encore comment on y sera accueillis, les Suisses, tu sais… mais quand on se reverra, toi et moi, on sera devenus des maîtres du barreau et on changera les lois. »

Il faisait beau, Michaël et moi avons mis la table sur la terrasse, le chianti est débouché, bref, on est fin prêts à recevoir les amis de papa. Le début est plutôt réussi, mon père est content de retrouver son ami de jeunesse et de connaître sa famille. Ils avaient à peine dix-neuf ans quand ils se sont quittés à l'école des métiers du bois. Au moment du *tagliata* que tous trouvent particulièrement réussi, chacun y va de son compliment, les conversations dérivent inévitablement vers les événements politiques du pays.

Le père s'appelle Sergio et semble régenter sa petite famille car à part lui, enfants et femme mangent en silence. Mes parents sont convenus de ne pas parler politique. Mais comment faire quand le pays vit une révolution sociale incroyablement moderne aux dires de Sergio, que l'Italie retrouve sa grandeur historique grâce au *Duce*, qu'elle noue des liens avec d'autres pays qui l'aideront à sortir de l'ornière où l'ont plongée les parasites ? Pendant ce discours, mon père se contente de garder sur le visage un sourire figé jusqu'à ce que Sergio, dans un grand élan lyrique, déclare :

— Et puis, vous savez pourquoi notre pays va retrouver sa grandeur et sa pureté romaine ? parce que, comme sous l'empire, les envahisseurs étrangers seront chassés.

— Quels visiteurs étrangers ? risque ma mère qui, jusque-là, s'est, en bonne maîtresse de maison, tenue tranquille.

— Mais tous les étrangers ! D'abord ceux du Sud qui profitent du travail du Nord, ils ont beau se considérer comme des Italiens, ces gens sont des barbares et des fainéants ! Ils foutent rien et profitent de tout ! Mais aussi les athées qui se moquent de notre religion !

— Mais Mussolini est athée, j'interviens.

Sergio marque sa surprise devant le fait, d'après ce que je comprends, qu'un ado, fille de surcroît, ose se mêler de la conversation des « grands ».

— Je ne sais pas répond-il d'une voix tonnante, n'empêche qu'il respecte notre Église et le Saint-Père !

— Et qui ne respecte pas votre Église et le pape ? regimbe ma mère avec un sourire carnassier. Les gens du Sud que vous ne semblez pas aimer, il n'y a pas plus bigot ! Sont toujours fourrés à l'église, les femmes sont habillées comme des veuves depuis leur enfance… et vous avez des calvaires et des figures de saints à chaque coin de rue.

Elle a délibérément cherché le conflit, nous le savons. Mais ce faisant, elle a aussi évité le pire. Car nous avons tous compris qu'après les étrangers, les feignants du Sud, les athées, viendrait inexorablement la population juive d'Italie. Cela fait partie du programme du parti que l'ami de papa récite. Sergio a visiblement été décontenancé par le fait que chez son ami, les femmes montent en première ligne, et que, pire, le chef de famille ne les fasse pas taire. Puis, tournant la tête, il avise sur la cheminée le chandelier de Pâque de notre grand-mère, que, comme catholique, il connaît, mais que, comme fasciste, il méprise.

Le dessert est rapidement avalé, les jeunes, encouragés à se presser si l'on ne veut pas arriver en retard aux vêpres. La femme de Sergio qui, visiblement, n'a pas suivi, paraît surprise que son mari dédaigne le café et les friandises de fin de repas que ma mère s'apprête à proposer, qu'ils se rhabillent sur le pas de la porte en poussant les enfants dehors, et remercient du repas en descendant l'escalier.

Après leur départ on se regarde sans se parler. Puis ma mère dit :

— S'ils sont tous comme ton « ami », on a intérêt à préparer nos balluchons.

19

Humiliation

Un soir de janvier, Michaël revient à la maison les vêtements déchirés et la tête bosselée. Il explique à mes parents effrayés qu'en sortant avec un ami du lycée, il est tombé sur un groupe de jeunes fascistes, dont le meneur, un ancien élève de l'établissement, le connaissait, qu'ils lui ont arraché son cartable, l'ont précipité à terre pour le vider entièrement, et lui ont demandé de ramasser ses stylos avec sa bouche. Tandis que mon frère refusait, son ami s'éloignait, mort de peur, et il s'est retrouvé seul.

— Mais il n'y avait personne dans la rue ?! s'est écriée ma mère, affolée.

— Si, mais personne ne s'est arrêté, au contraire, les gens s'éloignaient en se dépêchant et en regardant ailleurs. Mais je n'ai pas obéi, achève-t-il, bravache, en balbutiant.

C'est plus sa manière de raconter la scène que ce qu'il dit qui me foudroie de colère. Parce que je sens sa rage, sa peur, son humiliation quand ils l'ont obligé à se baisser jusqu'à terre et que son ex-copain lui a posé le pied sur la nuque en lui ordonnant de lécher le trottoir puis, devant son refus, l'a frappé avec les autres. Il n'a pu nous le raconter qu'après être resté un long moment muet, incapable d'articuler un mot.

La rentrée de 1938 arrive sans que nous nous en apercevions. Les bruits de botte de plus en plus sonores, les manifestations brutalement réprimées, les interminables files de chômeurs devant les soupes populaires, les services sociaux débordés, les pauvres que l'on retrouve dormant dans les rues, les commerces qui ferment les uns après les autres forment le décor de cet ordre nouveau que Mussolini et sa clique ont mis en place. Mon père perd le peu d'optimisme qui lui restait quand, en novembre, l'Italie signe avec l'Allemagne, déjà alliée au Japon depuis 1936, le pacte anti-Komintern et qu'elle quitte en décembre la Société des nations. Ce n'est pas un acte isolé, partout les nervis de Mussolini issus du petit peuple aigri et jaloux, insignifiant jusque-là, veulent prendre leur revanche. Surtout en province où le pouvoir est davantage détenu par des seconds couteaux, fonctionnaires zélés d'un ordre qui leur fait la partie belle à distance du vrai pouvoir.

— En tant que Juive, je sens comme nous tous se mettre en place un système qui nous rend à la fois visibles et invisibles, crache ma mère, blanche de rage, en serrant son fils dans ses bras.

— Invisibles, comment ? s'est étonné mon père.

— Tu veux un exemple ? Hier, je vais chez Maria, le poissonnier chez qui je vais depuis toujours. Je fais la queue parce que c'est vendredi, et que les gens mangent du poisson. Moi j'en achète ce jour-là, parce qu'il est plus frais. Bref, j'attends, je regarde ce qu'il y a ! Mais elle me lance que je n'ai pas besoin de retourner tous ses poissons pour regarder leurs ouïes, vu qu'ils sont du jour. « Bon, je lui dis, excuse-moi, je m'en assure seulement, c'est une habitude. » « Mauvaise habitude, qu'elle répond. » Et elle demande à une bonne femme derrière moi ce qu'elle désire. « Maria, je lui dis, je suis avant cette dame. » « Non, elle a commandé hier », qu'elle réplique. À la tête de la cliente, je vois que c'est faux, mais je laisse tomber. Elle reste un quart d'heure à choisir, et moi, j'attends. Enfin, elle paye et s'en va. Je tends à Maria le poisson que j'ai choisi et que vous avez mangé hier. Elle me l'arrache des mains, crie qu'il est interdit de toucher à la marchandise, et que si je continue comme ça, j'ai qu'à aller acheter mon poisson ailleurs ! Je me fous en pétard et lui ordonne de peser son foutu poisson ! Je t'assure, dit-elle à mon père, j'ai cru que j'allais le lui fiche au travers de la tête !

— Pourquoi tu l'as acheté ?

— Pourquoi ? Parce qu'il était trop tard pour aller ailleurs et qu'il fallait que je vous fasse à manger.

20

Coup de tonnerre

Ma famille et moi, nous avons passé nos soirées au cinéma Piccoli du quartier, sans nous soucier des films projetés, seulement avides d'actualités, et nous avons vu avec horreur, après la démission du chancelier autrichien, la foule se déchaîner à Vienne, brisant les vitrines des commerces juifs, molestant ceux qu'elle pourchassait, faisant dire à un journaliste témoin des faits que « la ville se transformait en un cauchemar peint par Jérôme Bosch. Ce qui se déchaîne à Vienne est un torrent d'envie, de jalousie, d'amertume, d'aveuglement, une malveillante envie de revanche ». Le 13 mars, le pape Pie XI édite une encyclique qui condamne le régime hitlérien, en même temps que le gouvernement de Mussolini pond une série de lois destinées à réarmer le pays. Nous vivons ces événements dans une schizophrénie qui nous rend fous.

En février de cette année 1938, Hitler a envahi l'Autriche par un coup d'État, l'*Anschluss* – ce qui signifie « rattachement » –, soigneusement préparé en amont, apprenons-nous. Nous avons vite compris en voyant les actualités et en lisant les comptes rendus des journaux qu'Hitler n'a pas envahi l'Autriche. Elle l'attendait, mieux, elle l'espérait. Le chancelier Kurt Schuschnigg est berné comme l'Angleterre et la France après avoir été malmené par le dictateur qui l'accuse de haute trahison. Sans vergogne, les services de propagande nazis montreront l'arrivée, le 18 février à Linz, des SA, les Sections d'assaut, défilant avec d'immenses drapeaux à croix gammée, frénétiquement applaudis par une foule arborant des emblèmes nazis et chantant l'hymne nazi à pleine gorge.

Schuschnigg tente d'affirmer quelques jours plus tard au Parlement que l'Autriche ne renoncera jamais à son indépendance, mais cela suscite de violentes réactions des nazis autrichiens, et à Ganz, vingt mille d'entre eux envahissent la place de l'Hôtel-de-Ville, détruisant les haut-parleurs et remplaçant le drapeau autrichien par la bannière allemande à croix gammée. Le 9 mars, il propose courageusement, lors d'un discours à Innsbruck, un référendum appelant les Autrichiens à soutenir une Autriche indépendante, mais le 11 il démissionne, laissant la Wehrmacht franchir la frontière où elle ne rencontre aucune résistance. Hitler entre le lendemain à Braunau, son village natal, dans la liesse populaire.

Le 14 août, mon père est renvoyé. La lettre de licenciement arrive le lundi matin au moment où il s'apprête à partir pour l'atelier. Sèche, sans appel. Et lui, effondré, comme un homme trompé qui ne comprend pas. En lisant et relisant ce document, ma mère qui ne peut supporter de le voir dans un tel état de déréliction, a encore la force de plaisanter.

— Tu vois, Samuel tout n'est pas perdu. Tu perds ton travail mais pas ta femme car on est juifs tous les deux.

Ma mère fait allusion au récent décret interdisant le mariage entre Juifs italiens et catholiques. Le 20 de ce même mois est édictée une série de règles interdisant aux élèves juifs étrangers de fréquenter l'école italienne. Excluant en même temps les professeurs juifs de l'enseignement secondaire, les renvoient des académies nationales, des instituts scientifiques, artistiques et littéraires, des administrations centrales, des banques et des compagnies d'assurances, ainsi que du corps médical et judiciaire et de l'armée. Je suis refusée en deuxième année de fac sans que l'administration de l'école ait cru bon de trouver un prétexte. « Non admise en seconde année », porte la lettre, alors que je suis parmi les dix étudiants ayant obtenu le plus de points aux examens de passage. Mais je ne veux pas en rester là et je force littéralement la porte du recteur, défendue par sa secrétaire zélée.

— Pour quelle raison, monsieur, m'a-t-on interdit de passer en deuxième année alors que les bons résultats de mes examens m'y autorisent ?

Le recteur est un gros bonhomme dont la bedaine pourrait lui conférer une allure débonnaire si son visage crispé et le regard glacé qu'il m'oppose ne le contredisaient.

— Depuis quand, mademoiselle Livi, vous croyez-vous autorisée à contester la décision du conseil des professeurs ?

— Quand celle-ci est injuste, je réplique avec force.

Il cesse presque de respirer, se tend dans son large fauteuil et, me toisant, lâche :

— Mademoiselle Livi, vous aggravez votre cas et celui de vos congénères, connus pour leur arrogance qui les fait souvent rejeter, avec raison, par leurs compatriotes. Peut-être avez-vous réussi certains de vos examens…

— Quatre sur cinq avec mention, je le coupe.

Il se penche sur son bureau et me crache presque au visage :

— S'ils ne vous avaient pas chassée, c'est moi qui l'aurais fait. Maintenant, sortez !

21

Déchéance

Je profite de mes livres de droit que j'ai gardés et de quelques polycopiés pour apprendre que, d'après le dernier recensement, vivait en Italie, en 1938, une communauté d'un peu plus de quarante-cinq mille individus, un millième de la population, concentrés dans quelques villes principales. Tous parlaient l'italien car les vagues d'immigration d'Europe de l'Est n'ont pas touché notre pays. Les Juifs, d'après notre histoire, sont là depuis l'époque de César comme l'a rappelé Mussolini au pape à l'occasion du Concordat avec le Vatican en 1929. Trente pour cent d'entre eux ont fait des mariages mixtes, la plus forte proportion d'Europe, et sont devenus « italiens » de la même façon que les habitants de Florence, Turin, Milan ou Gènes, et ont vécu comme eux l'émancipation au moment du Risorgimento de manière ouverte et généreuse.

Les jours qui suivent le décret nous enlevant notre citoyenneté, nous les vivons comme des gens ayant trop bu. C'est une chose d'envisager un exil qui nous chasse, c'en est une autre de le conceptualiser. Chaque fois que, tous les quatre, nous sommes réunis, nous ne pouvons parler d'autre chose. Je me surprends dans la rue, chez nous, où que je sois, à regarder les choses et les gens comme si je voulais les garder en mémoire. Pourtant, parlant avec nos voisins ou des amis, je ne décèle rien de changé dans leur attitude. Ou ce décret est passé inaperçu, ou ils n'en perçoivent pas la gravité. Ce qui ne m'étonne qu'à moitié car cette effrayante décision du gouvernement constitue une volte-face imprévisible. Jusque-là, vis-à-vis des Italiens juifs de naissance – je dis de naissance car à ma connaissance, à part quelques-uns d'entre nous, peu observent les règles de la Torah –, nos compatriotes n'ont jamais montré le moindre préjugé antisémite.

Je passe mes après-midi à la bibliothèque de l'université que je n'ai jamais tant fréquentée, même au moment de mes études, faute de temps. J'y lis que les pères fondateurs de l'Italie moderne : Cavour, Garibaldi et Mazzini, étaient tous trois philosémites. Ils racontent que dès l'unification de l'Italie, en 1861, une bonne douzaine de citoyens juifs ont été élus au Premier Parlement, qu'en 1870, on trouvait dès l'ouverture du ghetto de Rome plusieurs conseillers municipaux à la mairie, et qu'Ernesto Nathan, un Juif, a été élu maire de la ville en 1907.

Je ne comprends pas ce qui s'est passé. Et nombre de mes coreligionnaires sont certainement dans le même cas. Les statistiques de 1909 les indiquaient alphabétisés à 94,3 % alors que le reste de la population l'était à 49 %. Cinquante-quatre généraux juifs ont servi pendant la Première Guerre mondiale, et le plus jeune, décoré de la médaille d'or, est mort au combat à l'âge de dix-sept ans. On les retrouvait, en outre, d'après les statistiques, parmi toutes les couches de la société, et aussi bien dans les universités que dans l'industrie et la culture.

Je sors de ces après-midi à la bibliothèque à la fois réconfortée, blessée et pleine de colère Que dois-je penser ? Que devons-nous faire ? Bien sûr, en rentrant chez moi, j'en parle avec ma famille.

— Tu sais quoi, me dit mon père, ça ne vient pas des gens de chez nous, pas même de Mussolini qui veut seulement plaire à ce salaud d'Hitler dont il espère l'aide.

— D'accord, mais d'après toi, il veut en faire quoi, de cette aide ?

— Gagner encore plus de pouvoir. C'est un fantoche qui n'est pas aussi dangereux, et de loin, que l'autre salopard. Mais son ambition l'a brûlé et il veut partager les bénéfices de la situation. On ne peut rien lui reprocher, jusque-là, il nous a toujours protégés. Depuis son arrivée au pouvoir en 1920, beaucoup d'entre nous lui ont fait confiance. Moi y compris. C'est depuis son rapprochement avec ce pourri d'Hitler et la guerre qu'il a faite à l'Éthiopie et à la Libye que je m'en méfie. Mais je n'oublie pas qu'il a été longtemps socialiste.

— On doit réagir papa !

— En faisant quoi ?

— En allant voir nos députés, en écrivant dans les journaux… on ne peut pas se laisser chasser comme des lépreux !

— Ce n'est pas en créant du désordre qu'on les fera changer d'avis. Au contraire, ils nous chasseront plus vite. Regarde ce que l'Allemagne fait subir aux Juifs. Si nous avons une chance de rester chez nous, c'est en nous faisant oublier.

Sur le moment je déteste mon père pour ce que j'interprète comme de la lâcheté. J'ai eu le temps de réfléchir plus tard.

— Tu changes beaucoup et souvent d'avis, intervient ma mère. Tu n'as plus envie de partir en France ? Maintenant, Mussolini a pour toi les yeux de Chimène ?

— Je ne voudrais pas que, par une mauvaise appréciation de la situation, on prenne des décisions trop rapides. L'Italie est notre patrie, ne l'oublions pas. C'est comme si on ne faisait plus confiance à sa mère.

La mienne se contente de hausser les épaules et de lever les yeux au ciel. Ce qui ne m'indique rien de sa position. D'autant que l'Italie n'est pas l'Allemagne, toute notre histoire le prouve. Dès l'avènement du IIIe Reich, les populations allemandes ont montré leur vraie nature qui remonte à l'histoire de la Prusse ainsi qu'à leur frustration de la dernière guerre. Nous sommes des Latins, eux, des Saxons. Nous n'aimons pas les contraintes et avons la réputation de ne pas être de très bons soldats, ce qui ne nous fâche pas spécialement, tandis qu'ils adorent défiler au pas de l'oie, raides comme des robots sous les applaudissements hystériques de leurs compatriotes, salués par leur chef sanguinaire. Même les Jeux olympiques de 1936 ont servi à la propagande d'Hitler qui a su en faire une gigantesque vitrine au profit de sa politique. Mais je me souviens avec bonheur des applaudissements des spectateurs à notre cinéma, et des sifflets de joie quand les actualités ont montré Jesse Owen, l'athlète noir vainqueur de quatre médailles d'or, lever son poing ganté en guise de protestation à la politique du *Führer*.

Non, notre pays n'est pas l'Allemagne, et peut-être nous sommes-nous un peu emballés. Peut-être me suis-je un peu emballée. J'attendrai des temps meilleurs pour mes études, ce n'est pas vital. Et en y repensant, tant de Juifs ont participé aux débuts du mouvement fasciste et y occupent même des postes importants, comme le ministre des Finances Guido Jung, nommé en 1932 dans le gouvernement de Mussolini, lui-même ayant une maîtresse juive célèbre, Margherita Sarfatti, qui dirige la page d'art et littérature du journal de Mussolini, le *Popolo d'Italia*, coédite la revue mensuelle du Parti fasciste, *Gerarchia*, et a écrit une biographie autorisée de son amant, ce qui explique leur confiance. J'espérais qu'il y aurait un retournement de situation et qu'en patientant, on pourrait rester chez nous.

On le sait, il n'y a pire sourd que celui qui ne veut pas entendre. Nous en sommes là, ma famille et moi, entre cette fin d'été et le début de l'automne. Incapables de prendre ou même d'envisager ce que serait la bonne décision. Mais un événement nous y aidera.

Un matin où je suis à la maison, à ranger les photocopies faites à la bibliothèque, notre voisine du dessous est venue me chercher. Elle possède le seul téléphone de l'immeuble, obtenu grâce à son fils qui travaille à la Société nationale des télégraphes et téléphonie.

— Judith ! Judith, j'ai ta mère au téléphone, descends !

Je dévale l'escalier, me demandant ce qui se passe.

— Allô maman, qu'est-ce qu'il y a ?

— C'est toi ? Où est ton père ?

— Tu sais bien qu'il est parti travailler chez Angelo. Tu veux quoi ?

Il y a un lourd silence à l'autre bout du fil, suivi de bruits de gorge, de reniflements.

— Bon, alors, tu peux venir ?

— Oui, mais où es-tu ?

— Mais à la boutique !

— À la boutique ? Et qu'est-ce qui se passe ?

— Viens, c'est tout, dit-elle en raccrochant brutalement.

Je reste interdite puis, imaginant tout à coup le pire, incendie, cambriolage, agression, je remonte en quatrième vitesse à la maison me préparer. Mon père, comme je l'ai rappelé à ma mère, est parti travailler chez un menuisier voisin, qui, apprenant que mon père est libre, lui a demandé de l'aider à finir un ensemble salle à manger dont il ne se sortait pas. Ça ne l'a pas réjoui spécialement de fabriquer des meubles de ce genre, il est ébéniste, marqueteur, la partie artistique du métier, mais la perspective de gagner un peu d'argent l'a décidé. Quant à mon frère je crois qu'il est parti voir des copains.

Je prends le tram pour aller plus vite. La boutique de mes parents est située *via* Marco Angelo, une rue commerçante qui donne sur la place du même nom, qui ne l'est pas moins. Dès que j'arrive, je vois un attroupement devant le magasin et y lis sur la première vitrine située à l'angle une inscription tracée à la peinture rouge : « Juifs dehors ! Juifs voleurs, les Italiens n'en veulent pas ! » Des voisins discutent dans la rue, je les bouscule et entre pour trouver ma mère, debout au milieu du saccage de sa boutique, les objets précipités au sol, les vitrines d'exposition brisées et vidées, les meubles renversés. Sur les murs, des menaces antisémites renvoient à la politique d'Hitler qui arrive bientôt ici d'après eux. Et ma mère, que je n'ai de ma vie vue pleurer, regarde le spectacle, muette, en se tordant les mains, ne cherchant pas à essuyer les larmes qui inondent ses joues, comme si elles n'existaient pas. Elle se retourne en m'entendant arriver et son regard chargé de peur et de rage me poigne, l'une combattant l'autre sans vaincre, visage livide, tétanisé. Je me précipite vers elle et la serre dans mes bras comme si je voulais l'avaler. Je murmure :

— Ce n'est rien, ce n'est rien, que de la camelote, ce n'est rien, tu n'es pas blessée c'est le principal.

J'ignore quand ça s'est passé, si elle était là ou si on l'a appelée. J'apprends vite que la deuxième hypothèse est la bonne. La marchande de laine dont la boutique jouxte celle de mes parents me rejoint.

— Judith, c'est moi qui l'ai appelée. Je lui ai dit qu'il y a eu une vitrine cassée mais sans lui dire le reste. Elle est vite venue et elle a trouvé ça.

— Vous savez qui a fait ça ?

— Non, répond-elle en secouant la tête. Ce matin je suis arrivée tôt, 6 h 30, pour une livraison, et j'ai vu les dégâts. Ça a dû se passer cette nuit.

— Vous avez appelé la police ?

— Oui, dit-elle en haussant les épaules, l'air de dire que ça n'a visiblement pas servi à grand-chose. Deux policiers sont venus, ils ont regardé, inscrit des trucs sur leurs carnets, sont repartis, et je leur ai demandé quel était leur commissariat. Celui de la *via* Venetto, m'ont-ils dit. Ils ont juste ajouté que quelqu'un doit venir chercher le récépissé.

— C’est tout ?

— C’est tout, dit-elle en caressant les cheveux de ma mère qui s’est redressée et semble avoir repris un peu son calme. Ne t’en fais pas Anna, on est avec toi. Ne fais pas attention à ces voyous !

Je lâche ma mère et vais vers la porte. Elle a été forcée et ne ferme plus. Je me tourne vers la voisine.

— Sinna, vous pouvez rester avec ma mère ? Je vais chercher de quoi refermer la porte.

— Allez-y, Judith, ne vous en faites pas.

En sortant, des mains se tendent vers moi pour serrer la mienne ou me tapoter l’épaule. Je les connais tous, ce sont les commerçants de la rue. La boutique de ma mère est la seule appartenant à des Juifs et ils réprouvent visiblement ce qui est arrivé. Mes parents sont appréciés dans le quartier, participant à toutes les fêtes, ne lésinant pas sur les victuailles ni sur les bouteilles de vin, s’engageant dans les comités de défense s’agissant d’une injustice pour l’un ou l’autre. Je décide d’aller chez le droguiste qui, à une rue de là, possède une caverne d’Ali Baba dans laquelle j’aimais traîner quand j’étais gosse. Il est comme toujours derrière son comptoir, enroulé dans son grand tablier en grosse toile bleue doublée de cuir, un outil à la main. Je ne l’ai jamais vu rester à ne rien faire.

— Guido, bonjour, auriez-vous une grosse chaîne avec un cadenas à me vendre ? La porte de la boutique a été forcée.

— Bonjour ma fille. Alors, tu as vu ce qu’ils ont fait ?

— Qui a fait ça, Guido, vous le savez ?

Il hausse les épaules.

— Qui veux-tu que ce soit, ma fille, sinon ces petits voyous qui traînent partout. Ah, notre pays est mal parti. Je ne sais pas si je vais y rester.

— Mais vous, Guido, que risquez-vous ?

— Tu crois que si l’un de ces bandits me veut du mal, rentre ici pour voler ou casser, je vais rester les bras croisés ? Tu me connais, Judith. Alors c'est moi qui me retrouverai en prison, ou pire, car à présent, la justice a changé de camp. Et pas sûr que je vais le supporter. J'ai de la famille de l'autre côté des Alpes, en Suisse, et elle y est bien.

Il va à l'arrière et revient avec une chaîne à gros maillons et un épais cadenas.

— Tu vas savoir la mettre ou tu veux que je t'accompagne ?

— Je devrais y arriver. Dans le cas contraire, je viendrai vous chercher. Combien je vous dois, Guido ?

— Cadeau de la maison et du parti de l'opposition aux fascistes. Appelle-moi si tu n'y arrives pas. Dis à ta mère que je suis là.

— Merci Guido, merci.

Je repars avec ma chaîne qui, vu son poids, doit pouvoir résister à un char d'assaut. Il reste encore des voisins avec ma mère. Maintenant, c'est le café et les gâteaux qui circulent. Paolo, un gros homme bougon qui tient le café sur la place, refuse que je m'occupe de la chaîne. Il a raison car avec un autre, il doit dégager en force les tenons. Les femmes ont entre-temps aidé ma mère à remettre un semblant d'ordre. Elle paraît un peu calmée, mais je la connais, ce qui bout en elle n'est pas près de s'éteindre.

— N'oublie pas d'aller au commissariat, Judith, me rappelle Sinna alors que nous repartons.

Je hausse les épaules.

— Oui. Ils vont sûrement faire une enquête pour retrouver ces vandales.

Elle hoche la tête avec un sourire.

— Sûrement, comme tu dis. Si vous avez besoin de quoi que ce soit, faites-moi signe. Je serai témoin.

22

Exil

— Nous sommes au pied du mur, murmure mon père, le regard vague. Tergiverser ne sert à rien. Le problème est toujours le même : rester ou partir. Moi, je pense que l'exil sera difficile. Changer de pays, c'est laisser derrière soi une partie de sa vie. Ses amis, ses habitudes, ses repères, ses souvenirs. Sa langue, son histoire. Tout ce qui vous a fait.

Décidément, ce mois d'août ensoleillé et chaud, nous n'en profiterons pas beaucoup. Lorsque je reviens avec ma mère, j'attends que mon père rentre déjeuner pour lui raconter ce qui s'est passé. D'abord, il s'alarme pour elle, la saisit par les bras pour examiner d'éventuelles blessures, devient aussi pâle qu'elle l'a été, puis se laisse tomber sans un mot sur une chaise.

Le même soir, on dîne sur la terrasse, et le soleil qui illumine les collines autour de la ville et les toits étagés de tuiles rouges qui n'ont jamais eu de si beaux reflets nous font presque monter les larmes aux yeux. Mon père, surtout, semble triste, davantage encore après ce qui s'est passé. Il adore dîner sur cette terrasse d'où l'on aperçoit les campaniles, les tours, les beffrois, un bout de jardin qui pointe entre deux murs de vieilles pierres sèches, une boucle de l'Arno. Nous ne touchons presque pas à nos assiettes, le cœur serré en pensant au futur. Mon père fixe d'une façon presque hypnotique l'horizon qui s'étend devant nous. Je devine ses pensées. Pourrons-nous un jour retrouver un si joli endroit où nous serons aussi heureux que nous l'avons été ? Nous ne connaissons pas la France, et tout en sachant qu'on la dit l'un des plus beaux pays du monde, nous savons qu'en arrivant en migrants dans ce climat de presque guerre, ce qui nous attend sera difficile.

Même à mon âge, je laisse tellement de choses derrière moi, alors j'imagine mes parents, qui n'ont rien connu d'autre de toute leur vie que cette ville magnifique qui renferme toutes les beautés d'Italie et remplit leurs cœurs. Ils y ont appris ce qu'ils savent, s'y sont aimés, y ont fondé une famille en espérant lui donner le meilleur possible. Pour y parvenir, ils ont travaillé dur, et maintenant, au mitan de leur vie, alors qu'ils auraient pu en profiter, ils doivent fuir de chez eux comme des voleurs parce qu'une poignée de nervis décérébrés et haineux ont décidé qu'ils n'ont plus le droit d'y vivre.

23

Sommets

Le 10 octobre, nous prenons le train de 9 h 47 pour Paris, *via* Lyon, avec ce que chacun d'entre nous a pu emporter de sa vie à Florence. Ça a peut-être été une des plus mauvaises décisions que mes parents ont jamais prise, parce qu'entre ces lois du 20 août et leur application, il y a un fossé qu'on aurait peut-être pu enjamber. Les populations italiennes et l'administration n'ont pas fait de zèle pour les appliquer, bien que les listes aient été prêtes pour l'occupation allemande. Pourtant, beaucoup des nôtres ont pris, avec nous, à ce moment le chemin de l'exil, et peut-être l'ont-ils regretté.

Le 28 septembre se rencontrent à Munich Neville Chamberlain, Édouard Daladier, Adolf Hitler et Benito Mussolini, commis comme intermédiaire à cette réunion, tenue initialement pour régler la crise des Sudètes dont Hitler réclame l'annexion du territoire à l'Allemagne, au prétexte des trois millions d'Allemands qui y vivent parmi d'autres peuples, dans la toute nouvelle et pacifique République tchécoslovaque. Je le saurai plus tard, cette réunion qu'on appellera les accords de Munich s'avérera mortelle pour l'Europe. En cause, la lâcheté des participants français et britanniques abandonnant sans vergogne la Tchécoslovaquie de Benes à l'ogre national-socialiste. Cet accord se passe dans cette fraction de temps qui nous emmène, moi et ma famille, au milieu de cet infâme marigot où l'on voit le Président du Conseil français, Daladier, applaudi à son atterrissage au Bourget par une foule enthousiaste et un Parlement, dire : « Ils m'applaudissent, ces imbéciles, ils ne savent pas ce qu'ils font. »

Mais dans la France de cette époque, saignée par la guerre de 1914, l'éventualité d'une guerre, même préventive, n'est pas concevable. Elle veut la paix, et rien que la paix. Daladier, pas dupe mais pressé par son opinion et lâché par le médiocre Neville Chamberlain, qui s'est empressé d'aller voir Hitler, espérant l'amadouer, et qui, de retour à Londres, a l'aveuglement politique à un tel niveau qu'il brandit les accords signés avec Hitler en déclarant : « Je crois que cet accord nous accordera une longue paix pour longtemps. »

Les troupes allemandes envahiront en octobre le territoire des Sudètes par la ville d'Ash. Les alliés ne bougeront pas, hormis quelques vigoureuses protestations des Hollandais et des États-Unis.

Novembre et décembre furent deux mois glacials en Allemagne. Plus qu'ailleurs ? Peut-être.

Dans la nuit du 10 au 11 novembre 1938, un gigantesque pogrom contre la population juive, appelé la Nuit de Cristal, a eu lieu dans toute l'Allemagne. Dans chaque village, chaque ville, les nazis ont brisé les vitrines des commerces, les vitres des appartements, les façades des établissements de plus de 7 500 entreprises, saccagé d'innombrables maisons, brûlé et pillé plus de 300 synagogues, déporté 30 000 Juifs, en ont tué une centaine tandis que des centaines d'autres sont morts de leurs blessures ou se sont suicidés, portant le nombre des morts de cette nuit à plus de 2 500.

Ces émeutes programmées ont été présentées comme la réaction « spontanée » de la population en représailles à l'exécution d'Ernst Vom Rath, un secrétaire de l'ambassade allemande à Paris, par un jeune Juif polonais, Herschel Grynszpan, qui a vu ses parents abattus. Elles ont été menées par les SA, les SS, la Gestapo, les Jeunesses hitlériennes, avec l'appui gracieux de la population dont on connaissait l'immense empathie pour leurs compatriotes juifs.

Nous sommes en France depuis un peu plus d'un mois quand se produit cette horreur.

Nous avons débarqué à la gare de Lyon à Paris, après un voyage exténuant, traînant nos valises remplies avec le minimum pour vivre, espérant récupérer le reste de nos affaires quand la société Transalpina chargée du transport nous les livrera. Où ? On ne sait pas encore. Nous avons trouvé un hôtel dans le XIVe arrondissement, renseignés par le contrôleur du train qui, nous entendant parler italien, nous a appris qu'il était originaire de la région de Turin.

— J'ai vécu ça il y a quelques années, quand avec ma mère nous sommes arrivés en France. À l'époque, c'est parce que je n'avais pas de travail, mais apparemment c'est toujours pareil.

Par prudence, papa lui a dit qu'on est venus parce qu'il s'est retrouvé au chômage et qu'on lui a assuré que c'est mieux ici.

— Eh ben on vous a trompés ! s'est exclamé le brave homme. Moi, j'ai réussi à entrer à la SNCF par un de mes oncles qui y travaillait. Mais c'est fini. Chômage pour tous ! Manifs pour tous ! Et bientôt, guerre pour tous !

On est restés presque quatre mois dans cet hôtel sordide de la rue Didot. Ma mère faisait la cuisine sur un réchaud alimenté par une bouteille de gaz. Papa répondait aux petites annonces que Michaël ou moi lui traduisions, mais tant de Français cherchaient du travail que les employeurs préféraient des employés qu'ils pouvaient comprendre, c'est en tout cas le prétexte qu'ils donnaient. De guerre lasse, il décide de se rendre dans un bureau de placement pour constater qu'il était déjà abondé par les chômeurs français. Après avoir attendu une grande partie de la matinée, il a été reçu par une fonctionnaire qui l'a interrogé comme un policier, nous dira-t-il.

— Vous êtes arrivé quand ? lui a-t-elle demandé. D'après votre passeport, ça fait plus de quatre mois. Où êtes-vous logé ? Avez-vous de la famille ici ?

Il lui a donné l'adresse de l'hôtel.

— Vous a-t-elle enregistré ?

— Probablement, nous lui avons donné nos papiers.

Elle l'a regardé comme un coupable, d'autant que mon père ignore si l'hôtelière l'a fait.

— Oui, elle nous a enregistrés. Bien sûr, a-t-il répété.

— Il faudra nous en fournir la preuve. J'espère pour elle que c'est le cas car dans le cas contraire, elle risque un an de prison et mille francs d'amende pour héberger ou aider un étranger sans titre de séjour. Vous devez dans tous les cas le demander. Je vois que vous êtes italien, êtes-vous venu avec votre famille ?

— Oui, avec ma femme et mes deux enfants.

— Êtes-vous allé vous déclarer à la préfecture de la Seine ?

— Euh… c'est en cours.

Mon père est un homme honnête et nous nous sommes doutés que ses réponses n'ont pas convaincu la fonctionnaire.

— Elle a encore examiné mon passeport mais j'ai compris que déjà elle nous jugeait coupables simplement en étant là, nous précisera-t-il dans un soupir.

— Je ne peux rien faire pour vous pour l'instant, il me faut des papiers en règle et ça peut demander du temps si toutefois on vous les donne. Dès que vous serez en possession d'une autorisation de séjour, apportez-la et je vous enregistrerai. Quelle est votre profession ?

— Menuisier ébéniste, c'est-à-dire les métiers du bois en général, et nous avions aussi, ma femme et moi, un magasin de décoration à Florence.

— Oui… Je peux déjà vous dire que vous n'entrez pas dans les professions prioritaires. J'entends en plus que vous parlez mal notre langue, et nous avons déjà beaucoup de nationaux au chômage. Je vous avise que vous devez absolument vous déclarer en tant qu'étrangers, et que dans le cas où vous ne seriez pas retenus, le gouvernement vous enverra avec votre famille dans un camp d'internement avant de vous expulser comme apatrides.

— Mais madame… je ne suis pas un brigand, je suis un ouvrier honnête et travailleur, mes enfants faisaient de bonnes études chez nous et sont prêts à les reprendre… car…

— Monsieur, vous voyez le monde qui attend derrière vous ? Faites ce que je vous ai dit. Au revoir.

— Madame, madame, si j'obtiens mes papiers, je reviendrai vous voir, et dans ce cas puis-je espérer de votre part un rendez-vous pour éviter des heures d'attente ?

— Personne suivante, a été sa seule réponse.

Mon père est revenu abattu comme je ne l'ai pas vu depuis longtemps.

Le gouvernement d'Édouard Daladier a succédé en juin 1937 à celui de Léon Blum, décevant sans beaucoup de raisons les espoirs que mes parents avaient mis dans le gouvernement socialiste. Les Juifs allemands arrivés ici pour ne pas mourir chez eux sont très mal reçus, autant par les Français que par leurs coreligionnaires. Ils craignent que cet afflux d'Allemands baragouinant le français avec leur accent ne les desserve, eux qui se sont si bien assimilés. Il ne fait bon pour aucun immigré arriver en France. L'atmosphère s'alourdit autour de nous et mes parents se demandent de plus en plus souvent s'ils ne se sont pas trompés en liquidant trop vite nos affaires en Italie, où nous logions dans un appartement confortable sans commune mesure avec cette chambre d'hôtel sordide, où ma mère a, après l'agression, mal et trop vite liquidé sa boutique, et où mon père aurait pu peut-être retrouver un emploi dans une autre branche. Mais il est trop tard et je sens leur désespoir.

Désespoir qui s'alourdit encore quand, le 15 mars 1939, à 6 heures du matin, les troupes hitlériennes entrent à Prague. La veille, le président Emil Hàcha, âgé et découragé, est reçu à Berlin par Hitler qui lui rappelle que son pays n'existe plus après l'occupation de la Bohème et de la Moravie par ses troupes, exige de récupérer le territoire des Sudètes, lui faisant remarquer qu'aucun pays occidental n'a protesté, et présentant au faible et vieillissant président deux options : soit accepter l'occupation allemande, soit faire face à la liquidation de ce qui reste de la Tchécoslovaquie sous menace du bombardement de Prague entraînant la mort de milliers de Tchèques.

La presse française en fait sa une sans insister, bien que des manifestations éclatent à la Bastille, à l'opéra, où des militants de gauche comme de droite affrontent la police. Les heurts sont rudes et il y aura des blessés de part et d'autre. Mon père se désole de ne pas pouvoir participer à la confrontation. Une fois encore, les Alliés trahiront leur parole.

Tous, nous prenons conscience d'une façon encore plus aiguë que notre exil ne nous sauvera peut-être pas de la guerre totale que semble vouloir mener Hitler. Le même mois, Eugenio Pacelli, ancien nonce apostolique à Berlin, est élu pape sous le nom de Pie XII.

Nous sommes loin du compte.

24

La Lica

Bien décidés à trouver un emploi ou même à obtenir le fameux titre de séjour qui pourrait nous ouvrir plus tard le droit à la naturalisation, Michaël et moi passons nos journées à perfectionner notre français. Nous sommes jeunes et avons le droit de rêver. Pour nous améliorer, nous lisons les journaux, écoutons la TSF, achetons des livres de français, des romans, des dictionnaires, des manuels de grammaire qui semblent, comme *Le Bon Usage* de Maurice Grevisse ou le Lavisse – concernant l'histoire –, avoir les faveurs des étudiants. Nous hantons les bouquinistes des quais autant que Gibert Jeune, une immense librairie du boulevard Saint-Michel, qui me fait rêver. Je pourrais y passer des jours sans en sortir.

Mais mon père, désespéré par ce chômage forcé et voyant nos ressources diminuer, sort un matin visiter les marchés du quartier. Il sollicite plusieurs camelots pour leur proposer de les aider à s'installer le matin et à remballer le soir. Il en fait plusieurs sans succès, jusqu'à ce qu'il trouve un marchand de légumes qui lui offre 500 francs par quinzaine pour six jours de travail hebdomadaire. Il accepte, enthousiaste, mais au bout de trois mois, cassé par un lumbago qui le tient couché une semaine, il doit abandonner, la mort dans l'âme.

— Tu crois que c'est à ton âge que tu peux te mettre à porter des caisses de patates et des cageots de fruits ! le houspille ma mère, furieuse de son initiative. Tu ferais mieux de te mettre, comme tes enfants, à apprendre la langue d'ici pour le cas où tu trouverais mieux que portefaix !

On peut dire que le moral familial n'est pas au beau fixe, mais un dimanche, nous promenant par hasard dans la rue des Rosiers, nous restons sidérés par l'ambiance bon enfant qui y règne. De nombreux magasins de nourriture kasher, des boutiques de casquettiers, de modistes, de marchands de tissu, de fournisseurs de pièces pour la confection, des libraires, des boulangers sont installés, et tous ces commerçants se parlent sans crainte, d'une boutique à l'autre, campés sur le pas de leur porte comme on peut les voir sur les photos des Pletzels[1] d'Europe de l'Est. Les promeneurs achètent, les curieux regardent, les librairies sont envahies de lecteurs, des rabbins à longue barbe et chapeaux noirs, ceinturés de tefillins qui sortent de leurs vestes, courent d'une synagogue à l'autre, tout ça visiblement sans crainte.

— Tu vois, dit mon père à ma mère, c'est quand même autre chose ici. Il y avait un quartier juif à Florence ? Viens, on va acheter de quoi manger ce soir. Et avant, on va goûter ces gâteaux.

Il est joyeux et rassuré, mon père, de trouver des coreligionnaires, nous qui ne les fréquentions pas spécialement chez nous. Ça le fait un temps oublier que nous sommes des réfugiés qui risquent de se retrouver dans des camps avant d'être expulsés et de repartir, une main devant, une main derrière, comme le dit ma mère. Nous nous asseyons autour d'une petite table sur le trottoir et commandons des gâteaux.

— Lesquels vous l'voul' ? nous demande le boulanger dans un français qui pourrait faire penser que le nôtre descend de Rabelais.

1. Village juif.

— On ne connaît pas, riposte mon père avec un grand sourire, servez-nous un gâteau différent à chacun.

— Avec du *tchaï* ?

— Du quoi ?

— Du *tchaï* !

— Non, café s'il vous plaît, répond ma mère au hasard.

Le boulanger secoue la tête avec un soupir, l'air de dire : « C'est quoi, ces *schnorers*[1] qui ne savent pas ce que c'est que le *tchaï* ?! »

Nous sommes surpris du goût des gâteaux qui n'a rien à voir avec les nôtres. Pas de crème, pas vraiment sucrés, peu de chocolat ou de noisette, mais des pommes en compote dans de la pâte brisée, ou garnis de fromage blanc. Cependant ils sont juifs et ne peuvent qu'être bons, décidons-nous.

On repart un peu rassérénés. Pendant que ma famille se promène dans les rues, j'avise une jeune fille qui vend des journaux en apostrophant les passants.

— Lisez *Le Droit de vivre*, *Le Droit de vivre*, l'organe officiel de la Ligue contre l'antisémitisme ! Achetez *Le Droit de vivre*, 25 cm, le journal de la Lica ! Achetez *Le Droit de vivre* !

Je m'approche. On est du même âge. Elle est blonde avec une peau de rousse piquetée de taches de rousseur. Elle a de l'énergie à revendre, elle me tend un exemplaire.

— Tu le connais ? Tiens lis-le !

— Non, je ne connais pas. Je suis là depuis peu de temps.

— Ah oui, ça s'entend, d'où tu viens ?

— Italie.

— Italie ? Pourquoi, vous avez aussi des ennuis, là-bas, ou t'es touriste ?

— Non, des ennuis.

1. Mendiant en yiddish.

— Ben, achète le journal ! Ici, on a créé une ligue pour nous protéger ! La Lica, tu connais ?

— Non, je te dis, j'arrive.

— Ouais, bon, tu veux agir, te battre avec nous ? T'as tes parents ?

Je réponds, un peu énervée par son ton autoritaire :

— Oui à tes trois questions.

— Alors si tu veux agir, rejoins-nous à la Lica, on a besoin de monde. Qu'est-ce que tu fais dans la vie ?

— À Florence, j'étais en faculté de droit.

— Super, on a besoin d'avocats ! Alors monsieur, vous le prenez, mon journal ? 25 cm, c'est pas la mer à boire ! apostrophe-t-elle un vieux monsieur qui passe et regarde la première page.

— Je l'ai déjà acheté.

— C'est ce qu'ils me disent tous, réplique-t-elle en se tournant vers moi. Je ne sais pas comment sont les Juifs italiens mais ici, ils ont peur de leur ombre. Ne pas se faire remarquer ! Ah, ils m'énervent !

Elle repart, je la suis.

— C'est où, le bureau de ta Lica ?

— Ce n'est pas ma Lica, c'est la Lica qu'a créée Bernard Lecache, tiens il travaille avec maître Henry Torrès, un grand avocat. Demandez *Le Droit de vivre* !

— Alors c'est où, le bureau, si je veux y faire un tour ?

— Faut pas y faire seulement un tour, ma grande, faut t'inscrire !

— Oui, alors c'est où ?

— 27 rue du Château-d'Eau, dans le Xe. Tu connais un peu Paris ?

— Pas beaucoup.

— Bon, ben tu te renseigneras. On a des réunions le mardi soir. Moi, je m'appelle Suzanne mais comme je ne suis pas la seule, si tu veux me parler, tu demandes la rouquine. D'accord ?

— D'accord.

— Bon, à bientôt. C'est quoi ton nom ?

— Judith. Judith Livi.

— Ah, ben avec un nom pareil, tu ne seras pas dépaysée ! Demandez *Le Droit de vivre*, crie-t-elle en repartant.

Je rejoins mes parents dans une librairie où ils ont acheté pour Michaël un dictionnaire franco-yiddish.

— Ben ou t'étais passée ? s'exclame ma mère. Je commençais à m'inquiéter !

— J'achetais un journal.

— T'achètes toujours des journaux.

— Oui, mais celui-là est juif. C'est la Lica qui l'édite.

— Juif ? Ça veut dire quoi : « Il est juif » ?

— Il défend les Juifs.

— Ah, ben c'est pas mal ! Ils sont forts, ces Français ! s'exclame mon père.

— Oui, et la Lica, ça veut dire la Ligue internationale contre l'antisémitisme.

— Non ! Internationale ?

— Oui, j'irai faire un tour à leur bureau dans la semaine.

Moment de flottement, mes parents se regardent.

— Écoute ma fille, pour le moment, on n'a pas de papiers français, même pas d'autorisation de séjour, alors faut pas traîner dans ce genre d'officine.

— Ce n'est pas une officine, c'est un journal tout ce qu'il y a de légal. C'est un grand avocat qui s'en occupe ! Zut alors, jusqu'à quand on va se cacher ?!

Furieuse de leur attitude, je les ai plantés là et je suis revenue à l'hôtel.

Je n'ai pas eu à les attendre longtemps. Ils sont rentrés dare-dare.

25

Bonheurs éphémères

Comme un bonheur qui, parfois comme un malheur, n'arrive jamais seul, deux jours plus tard, une lettre de l'ancien patron de papa, Marcello Minnelli, qui ne l'a pas oublié, arrive au courrier. Il s'inquiète de notre établissement en France, lui propose même de l'aider par quelques billets qu'il pourrait lui envoyer malgré la crise qui sévit à Florence, mais, surtout, lui parle d'un de ses anciens collègues d'atelier avec qui il a travaillé. L'un a un fils qui vit à Paris mais qui, ayant trouvé un emploi de boulanger en Belgique, laisse son appartement contre une petite reprise pour les meubles. Mon père en pleure d'émotion.

— Tu vois, dit-il à ma mère en se frottant les yeux, c'est un vrai ami, M. Minnelli, on n'en trouve plus des comme lui. On s'aimait bien. Il a confiance en moi, il sait que j'aurais pu passer la nuit à fabriquer un beau meuble.

Le matin, il va à la poste lui téléphoner. Il le remercie pour tout, lui dit qu'il n'a pas besoin de son argent, qu'il doit le garder pour les jours difficiles, mais qu'en revanche, il va aller immédiatement voir le fils de son ancien collègue dont il se souvient bien, un bon ouvrier, fier de son métier, et trouver un arrangement avec son fils.

L'ambiance change immédiatement pour nous. L'espoir de quitter l'hôtel, cette unique pièce sombre à peine propre, au lino déchiré, le reste à l'avenant, un lavabo usé dans un coin, les matelas roulés contre un mur, les valises qu'on n'a pas pu défaire, faute de pouvoir ranger nos affaires, la patronne clouée du matin au soir derrière son comptoir, à surveiller tout ce qui se passe, et tous ceux qui passent, son mari, une cigarette mouillée fichée perpétuellement au coin de la bouche, son gros ventre projeté devant lui, leurs regards peu amènes et leur ton à peine aimable quand mes parents leur parlent, faisant mine de ne pas les comprendre à cause de leur accent. Au point qu'excédée, un matin, je descends lui parler en italien, puis me traduis en français, pour lui dire que le ménage n'a pas été fait depuis deux semaines dans les couloirs et dans les toilettes, et que si elle venait en Italie, elle verrait la différence de propreté entre son taudis et ce qu'on appelle un hôtel. Et je la plante là, dans un grand mouvement du bras qui la laisse coite. Je remonte et me fais rabrouer par ma mère car on n'est pas encore allés visiter l'appartement du fils du collègue et on pourrait très bien, avec des gens comme ça, retrouver en rentrant nos affaires sur le trottoir, et nous avec, me dit-elle.

Ce n'est pas arrivé, la Thénardier n'a pas mis nos affaires sur le trottoir. Sa cupidité a fait taire son humiliation. En revanche, l'appartement du boulanger que nous sommes allés visiter le jour même, le cœur battant comme pour un premier rendez-vous amoureux, nous a comblés. 31 rue Saint-Maur, dans le XIe arrondissement de Paris, qu'on ne connaît pas, naturellement. Métro au pied de l'immeuble, voitures de « quatre saisons » tellement typiques de la capitale, le long des trottoirs, et déjà on est conquis. 2e étage, « M. Ettore Capelli, » indique la boîte aux lettres de cet immeuble modeste mais propre. Nous frappons à la porte, maman, machinalement, jette un regard sur sa troupe pour vérifier qu'il ne manque pas un bouton, on nous ouvre et on entre.

Un grand sourire sur un visage tout rond et jovial de mitron nous accueille.

— Entrez, entrez, je vous en prie, nous invite Ettore.

Il nous parle en italien et déjà on est réchauffés. Il nous entraîne dans la visite des lieux qui se fait en moins de dix minutes tant on les convoite déjà.

— Deux grandes pièces et demie, nous indique-t-il dans un geste large, des fenêtres partout, une cuisine, je vous laisse le matériel, et voyez la demi-pièce, le propriétaire est d'accord pour y installer l'eau.

L'on s'assied, il nous offre de la limonade, du café et des croissants du matin, nous, une tarte aux pommes et des fruits que l'on a achetés avant d'arriver. On parle, il veut des nouvelles de son père, de son pays dont il a entendu dire des misères, c'est son terme. Mes parents, décidés à ne pas le contrarier, le rassurent.

— C'est peut-être moins facile qu'avant mais ça va, dit ma mère, ça va.

Papa lui parle de l'époque où il travaillait avec M. Capelli père, et ça semble réjouir Capelli fils. Il est content, Capelli fils, de partir en Belgique où la politique est plus stable qu'ici, avec tous ces Français qui n'aiment rien tant que se taper dessus et qui râlent sans arrêt. On discute de la reprise que mes parents acceptent en le remerciant chaleureusement. Ils osent à peine se regarder, « Cet appartement est un miracle », doivent-ils penser. Un miracle. Vivent la France et les boulangers !

En fin de compte, la Thénardier a semblé regretter notre départ. Ou plutôt le loyer.

— Nous sommes contents de vous avoir, a-t-elle dit en consultant son mari du regard. Si seulement tous étaient comme vous.

On n'a pas cherché à savoir ce qu'elle entendait par « si tous étaient comme nous » et on est partis dans le taxi, gais comme des pinsons, comme a dit ma mère.

L'appartement n'a pas besoin d'aménagement, mais la première semaine, profitant de l'euphorie de notre installation, Michaël et moi avons blanchi les murs, et papa a remis en état les meubles laissés par M. Capelli, plus, d'après ce que nous avons compris, pour y poser sa marque que par nécessité. Nous avons de nouveau entendu ma mère chantonner dans la cuisine et nous cuisiner les plats que nous aimons.

Nous pensions à ce moment avoir laissé derrière nous le purgatoire pour trouver le paradis. Nous étions juste un peu naïfs.

26
Rencontre

Un samedi, je dois retourner chez Gibert échanger un dictionnaire trop confus qui ne m'aide pas. Je suis contente de moi car j'estime avoir progressé. Mon frère aussi, nous avons la chance d'avoir « de l'oreille » et apprenons vite les langues, assez pour nous débrouiller et penser que si nous obtenions nos permis de séjour, nous pourrions nous inscrire, moi à l'université de droit, et Michaël en maths sup. Ou peut-être trouver des emplois car les économies de la famille fondent comme la fameuse neige au soleil.

Depuis que nous avons déménagé rue Saint-Maur, c'est comme si nous avions entamé une nouvelle vie. Mon père n'a toujours pas de travail mais il est sur une piste comme il dit, grâce à cet ami de jeunesse qu'il a retrouvé en se souvenant de son nom. Giorgio Grappelli. Par chance, il a le téléphone car il possède une boutique d'instruments de musique dans une rue donnant sur le boulevard Beaumarchais, près de la Bastille. Mon père l'a appelé, s'est fait reconnaître et son ami l'a invité à passer le voir.

— J'espère que l'on n'a pas trop changé, tu te rends compte, ça fait plus de vingt ans que l'on ne s'est pas vus ! Qu'est-ce que je dis, vingt ans ? Ça fait presque trente ans. On allait danser le dimanche sur les bords de l'Arno, tu te rappelles ? dit-il à ma mère. Je me souviens, notre PC, c'était chez Flavio, on déjeunait et après, on invitait les belles à boire et danser avec nous !

— Oui, ben nous aussi, les filles, on allait danser ! Qu'est-ce que tu crois ? Qu'on passait notre temps à broder ? a rétorqué ma mère, jamais en retard.

— Si ça se trouve, il connaît des compatriotes qui cherchent de bons ouvriers, on ne sait jamais. Il y a longtemps qu'il est installé en France.

— J'espère qu'il se souvient qu'il est italien, a rétorqué ma mère, toujours dans le réel.

— Et qu'il est Juif, ça compte aussi, ça, a complété mon père.

Ma mère s'est contentée de hausser les épaules. Mon père s'est bien habillé car entre-temps, nous avions reçu nos malles et nous pouvions enfin faire un peu de coquetterie, comme disait ma mère. Il a pris un bus et, nerveux et joyeux à la fois, est parti rue Amelot où son ami a sa boutique.

Le même jour, je vais chez Gibert Jeune. Je remarque, à peine sortie du métro, une certaine effervescence sur le boulevard Saint-Michel. Beaucoup d'hommes, jeunes et moins jeunes, portant haut des oriflammes sur lesquelles est dessinée la croix de Malte, des pancartes avec le nom de leur mouvement, les Croix de Feu, groupe d'extrême droite que je croyais dissous depuis 1936 pour l'avoir étudié à la fac, certains coiffés d'un béret incliné sur l'oreille, habillés de vareuses plus ou moins militaires, encadrés par d'autres, visiblement plus âgés, portant chapeaux haut-de-forme et habit, brandissant des cannes à bout ferré, et braillant des slogans que je ne comprends pas, remontent le boulevard depuis la fontaine Saint-Michel. La librairie est à l'angle du boulevard Saint-Michel et du boulevard Saint-Germain, et je vois les vendeurs rentrer précipitamment les tables des livres d'occasion, ceux qui, justement, m'intéressent.

Les passants, habitués sans doute, se réfugient sur les trottoirs, laissant libre la chaussée. Je fais de même mais attends de voir la suite, supputant que ça ne fait que commencer. Car, arrivant par le boulevard Saint-Germain, d'autres manifestants, armés eux aussi de bâtons et de cannes, portant des panneaux sur lesquels on peut lire les noms de Blum, Roger Salengro, Vincent Auriol, Édouard Daladier, enrichis des caricatures de Charles Maurras en hyène, ou de Jacques Doriot en rat, que je connaissais moins, aussi braillards et visiblement décidés à en découdre que les autres, se heurtent au premier groupe. En un instant, la mêlée est générale et l'on voit accourir la police, coiffée du casque et agitant de longues matraques, fendre les rangs des manifestants en tapant au passage indifféremment sur les uns et les autres.

C'est la première fois, excepté le crime de la *piazza* de la Signora, que j'assiste à une bagarre aussi violente. Je dois avouer avoir été fascinée et inquiète pour les étudiants de gauche, que j'aurais rejoints si j'avais été munie d'un permis de séjour. La bataille s'étend de part et d'autre des deux boulevards. On entend exploser les vitrines des commerces proches ; les cafés baissent en toute hâte leurs rideaux de fer après avoir rentré précipitamment leurs terrasses. Les étudiants de gauche braillent leur identité : « Jeunes gardes socialistes ! Jeunes gardes socialistes ! Rejoignez-nous ! Mort aux fascistes ! » Ce à quoi les autres répondent : « Les cocos à Moscou, Duclos au poteau ! »

Soudain, je vois un des étudiants socialistes tomber à terre, être roué de coups de bâton. C'est plus que je peux supporter et je cours vers l'homme, étendu à moins de deux mètres. Je tente de le soulever, et ceux qui le frappent, sûrement interdits devant mon audace, retiennent un instant leurs coups. Le malheureux, le visage en sang, ne peut voir à qui il a affaire et tente de me repousser, mais c'est un autre qui gagne la partie.

Je me sens soudain encerclée par deux bras robustes, soulevée et portée, bien que je gigote, vers un trottoir. Je parviens à me dégager et me retourne, prête à frapper à mon tour.

— Non, je vous en prie, non, je vous dégage seulement !

Un homme jeune, se protégeant de ses mains levées, se tient devant moi en esquissant un vague sourire. Je suis encore chaude de la bagarre et j'ai un moment d'hésitation. Je regarde dans la direction de celui que j'ai voulu aider, mais il n'y est plus, ou d'autres me le cachent.

— Ce n'est pas prudent, mademoiselle, de vous mêler ainsi à la bagarre ! me dit le garçon.

Je m'aperçois à ce moment-là qu'il porte le béret des Camelots du roi et je le repousse fermement.

— Je ne vous permets pas de me toucher !

— Mais si je ne l'avais pas fait, vous auriez peut-être eu les dents cassées !

Je le fixe. Il doit avoir à peu près mon âge. Blond, souriant autant qu'il le peut.

— Vous n'étiez pas, je présume, mademoiselle, dans la manifestation ?

Autour de nous, les derniers combattants affrontent la police mais la plupart s'enfuient, laissant tomber leurs bâtons, criant des slogans vengeurs, s'insultant. Les flics ramassent les armes improvisées, repoussent ceux qui s'obstinent, mais il n'y a bientôt plus que les policiers et les badauds qui sortent timidement de leurs abris. Et le gars et moi.

— Comment vous sentez-vous ? Pardonnez-moi, mais vous le connaissiez, ce garçon ?

Je me redresse, déjà hargneuse.

— Non, mais je suis de son côté, et une bande de lâches lui tapait dessus.

— Ah ? Je comprends. (Il arbore un air narquois qui m'énerve au plus haut point.) Et, par curiosité… Cela aurait été un garçon de l'autre bord, auriez-vous fait de même ?

— Non, je n'ai rien d'une sœur de charité, je n'aide que ceux que j'aime !

— Et vous l'aimiez ? (Il éclate de rire.) Excusez-moi, mais c'est vrai que vous deviez l'aimer pour aller prendre des coups à sa place.

On est plantés l'un en face de l'autre sur le trottoir. Les gens passent autour de nous, déjà indifférents à la bagarre. L'incongruité de la situation m'apparaît. Je suis en train de discuter avec un type qui m'a protégée, certes, mais qui fait partie de ceux que je déteste.

— Excusez-moi, vous avez un accent. Vous n'êtes pas d'ici ?

Je réponds avec colère :

— Et pourtant j'y suis !

Il éclate de rire une nouvelle fois.

— Vous avez raison, vous y êtes !

Son rire n'est pas moqueur, plutôt étonné, presque admiratif. Je réalise que j'ai dû être la seule fille prise volontairement dans cette bagarre, et que j'aurais pu effectivement y laisser mes dents.

— Je m'appelle Thierry de Sainte-Foix, dit-il.

— Ah bon.

Il rit encore.

— Vous étiez là pour quoi ?

— En quoi ça vous regarde ?

Il hoche la tête.

— Ça ne me regarde pas, mais j'ai cru comprendre que vous étiez là par hasard.

J'hésite à continuer à lui parler. C'est quand même un fasciste.

— Je suis venue échanger un dictionnaire chez Gibert. Tiens, dis-je, constatant que je ne l'ai plus. Eh bien, je vais en acheter un autre.

— Sans indiscrétion, un dictionnaire de quoi ?

Il m'agace mais je le trouve sympathique.

— Français-italien.

— Vous êtes italienne ?

— Ou une Française qui veut apprendre l'italien…

Ça le fait rire. Décidément, c'est un garçon joyeux.

— Sans vouloir vous vexer je croirais plutôt au contraire, si je tiens compte de votre accent.

— Bon, alors je vous remercie d'être intervenu, bien que je ne pense pas avoir été en danger. Et bonne route.

— Je peux vous offrir un café ?

Je le toise avec ironie.

— Ce serait avec plaisir mais ils sont tous fermés. Merci.

— J'en connais tout près qui ne le sont pas.

J'ouvre des yeux effarés.

— Vous pensez que vous être mêlé de mes affaires vous donne le droit de me courtiser ?

— Vous courtiser ? Je n'y pense même pas ! Ou alors, coiffé d'un casque lourd !

On va prendre un café. Il est drôle et ne correspond pas à ce que j'imaginais d'un type de son bord. Je ne connais personne à Paris. Ni Michaël ni moi ne sommes jamais sortis avec des jeunes de notre âge et le temps parfois nous semble long. Mais, sans papiers, le risque est grand de nous faire arrêter, nos parents nous ont mis en garde.

— Vous avez fui Mussolini ? me dit-il alors que nous papotons, assis à une terrasse près du Panthéon.

Nous sommes remontés jusque-là car malgré la fin de la manifestation, le boulevard était surveillé et je n'avais pas envie d'être remarquée.

— Ah, qu'est-ce qui vous fait dire ça ?

Il fait tourner sa tasse de café et regarde au loin.

— Mon père est diplomate et, bien sûr, fréquente des diplomates. (Il sourit.) S'il était plombier, il aurait, j'imagine, fréquenté des plombiers.

Je ne peux m'empêcher de sourire.

— Probablement.

— Et nous ne sommes pas sans ignorer ce qui se passe en Italie, termine-t-il.

— Ça doit vous plaire, vu vos opinions, je rétorque, assez contente de moi.

Il hoche la tête.

— Un autre café ?

— Merci, non, plutôt un verre d'eau.

— Bien sûr, les bagarres, ça assèche ! rit-il.

Il commande une bouteille de Vichy. Ça tombe bien, j'aime cette eau.

— Et vous suiviez des études en Italie ? s'enquiert-il, une fois désaltéré.

— J'avais commencé des études de droit.

— Non ! Mais moi aussi, je fais du droit ! Ça ne m'étonne pas que vous fassiez du droit ! Défenseur de la veuve et de l'orphelin, je vous vois bien dans le rôle ! s'exclame-t-il en riant.

— Vous, ce serait plutôt pour être procureur, j'imagine.

On rit. Je suis détendue. Il fait bon, j'adore Paris et la langue française. Et j'ai même trouvé un fasciste sympathique. On parle encore et je m'avise qu'il est tard.

— Ça a été une journée particulière mais vous avez réussi à ne pas la rendre trop grave, je vous remercie, dis-je en lui tendant la main. Mais je dois rentrer, mes parents savent que je suis dans le quartier et si on a parlé de la manifestation à la radio, ils vont s'inquiéter.

— Ça m'étonnerait. Ce genre de manifestations, il y en a beaucoup. Les Français sont divisés sur la politique du gouvernement.

— Parce qu'il est de gauche ?

— Radical de gauche, rectifie-t-il, mais pas seulement. À part que la gauche laisse trop faire. Ne croyez pas que je sois pour Mussolini, et encore moins pour Hitler, le boucher d'outre-Rhin. Mais justement, ce qui s'est passé à Munich avec Daladier nous fait craindre l'abandon de la patrie, à nous autres, patriotes. Les Français ont perdu la fierté de leur pays. Notre mouvement est dirigé par le colonel de La Roque, un patriote qui n'aime pas Mussolini, ou, ici, Maurras, plus que vous, dit-il en me fixant.

— Pourquoi pensez-vous que je n'aime pas Mussolini ?

— Parce que les derniers Italiens que j'ai rencontrés et qui, pour certains, sont devenus mes amis n'aiment pas non plus Mussolini, et c'est la raison de leur venue. Tenez, voilà mon adresse avec mon numéro de téléphone. Si vous voulez rencontrer des compatriotes de votre bord, comme vous diriez, je vous les présenterai. Je peux savoir votre prénom ?

— Judith.

— Très joli. Vous avez une ancêtre femme de tête ! dit-il en éclatant de rire. Même si elle a fait perdre la sienne au roi Holopherne ! Je dois me contenter du prénom ?

— Ça doit suffire. Merci monsieur de Sainte-Foix.

— Thierry. Et ne me remerciez pas. Je l'aurais fait pour n'importe qui. À une autre fois, j'espère.

Il a tourné les talons et j'ai pris le métro à Luxembourg. Je me suis trompée de direction et suis revenue tard à la maison. Mais mon « sauveur » avait raison. La radio n'a pas mentionné la manifestation. Comme il disait, il y en a trop.

27

Rebondir !

Quand je suis rentrée, ma mère m'a demandé d'où je venais, peut-être s'étonnait-elle de mon allure quelque peu échevelée.

— De chez Gibert Jeune, j'avais besoin d'un dictionnaire.

— Et t'as trouvé ?

— Euh, non, il faut que j'y retourne.

Et je ne lui parle ni de ce qui s'est passé, ni de Sainte-Foix. Est-ce dû au fait qu'à mon âge, on n'aime pas être interrogée par ses parents ? Je ne sais pas.

Mon père rentre un quart d'heure après, gai comme un pinson, souligne ma mère qui semble aimer l'expression.

— D'où tu viens, à cette heure ? l'apostrophe-t-elle. T'as gagné à la loterie pour être si joyeux ?

— Presque, dit-il en se déshabillant et en l'embrassant. Il brandit en même temps une bouteille de vin italien. Et ce soir, on fait la fête !

Il nous apprend que son ami Grappelli a été ravi de le revoir, qu'ils ont évoqué leur jeunesse comme deux anciens combattants, que Grappelli, toujours fringant et beau garçon, a à peine changé.

— Et, a-t-il ajouté, ménageant ses effets. Il m'a proposé de travailler avec lui !

On s'est regardés, interloqués, car si notre père est un artiste dans son métier, un amateur éclairé d'architecture et de peinture, on ignorait qu'il était mélomane au point de connaître davantage qu'une dizaine d'opéras italiens et quelques chansons napolitaines.

— Travailler comme quoi ? demande ma mère.

— En raison de son métier, Georgio se déplace beaucoup pour voir ses clients. Il a besoin de quelqu'un qui reste à la boutique et soit capable de juger de la qualité de fabrication d'un instrument.

— Et en quoi tu t'y connais en instruments de musique ?

— Georgio est spécialisé dans les instruments à cordes frottées dont les caisses de résonance sont en bois, comme vous le savez. Eh bien, à part les cordes, la caisse de résonnance doit être faite d'un bois de qualité qui corresponde à l'instrument. Et il a été quelquefois obligé de refuser des violons ou des violoncelles à cause de la mauvaise qualité du bois. Et moi, le bois, je connais, non ?

On se regarde, dubitatifs.

— Et il sait que tu n'as pas de papiers ? intervient ma mère qui aime que les lignes soient droites.

— Eh oui, bien sûr !

— Et il te payera comment ?

— Au noir. Deux mille trois cents francs par mois plus les primes sur ce que je vends.

Silence autour de la table. Deux mille trois cents francs, c'est la possibilité de vivre presque normalement. Car depuis que l'on est là, on a beaucoup tiré sur nos réserves, et on arrive au bout, bien que chacun d'entre nous ait été économe.

— Bon, alors d'accord, débouche cette bouteille, monsieur le directeur Samuel Livi, et buvons à notre fortune !

Ce qui caractérise l'être humain, pensé-je en les écoutant, c'est sa faculté à s'adapter et à rebondir. Mon père a déniché un emploi qui, sans être mirobolant, nous permet de mieux respirer, et nous nous sommes aussitôt repris à espérer.

Et cela continue les semaines suivantes, bien que l'atmosphère dans le pays soit lourde à cause de la guerre d'Espagne qui se termine par la victoire de Franco et qui nous afflige particulièrement, en raison de la participation massive de l'Italie aux côtés des nationalistes. Bien que nous sachions que, pour la même raison que Mussolini s'est rapproché d'Hitler, le dictateur italien s'est allié à Franco, sans affinité idéologique, l'Espagnol est un fervent catholique et un militaire de carrière conservateur, tandis que l'Italien se présente comme un socialiste fasciste, athée et révolutionnaire. Ceux qui le connaissent un peu comprennent qu'il s'est engagé dans cette guerre pour profiter de cette victoire d'ampleur internationale et privilégier les intérêts économiques de l'Italie par la vente massive de matériel de combat. Hitler aussi le sait, ce qui expliquerait le peu de confiance qu'il manifeste si souvent envers son allié.

Nous discutons âprement de la situation chez moi, cependant que mon père, devant la défaite de la République espagnole qu'il a pressentie, se déclare conforté dans sa décision d'avoir quitté notre pays, même au prix de lourds sacrifices.

— Vous voyez, la pauvre Espagne a perdu à cause de la coalition des fascistes italiens et allemands. Au moins, la France ne s'est pas déshonorée !

Mon père a conservé la fraîcheur de l'enfance.

Pendant ce temps, même si notre père a dégotté un emploi qui nous permet un temps de survivre, ma mère, qui n'est pas femme à ne pas participer au redressement familial, se tracasse à la recherche d'une solution.

Dans les jours qui suivent je la vois s'habiller comme une Parisienne. Je dis « Parisienne » car nous avons conscience d'habiter la capitale de l'élégance et de la mode. Quelle femme normalement constituée ne l'aurait pas remarqué ? Donc, un après-midi où je planche sur une version en français en somnolant à moitié, elle me demanda de l'accompagner pour regarder les vitrines.

— Comment ? Mais tu ne vois pas que je travaille ? Qu'est-ce que j'irais faire à regarder des vitrines ? Tu n'as pas besoin de moi.

— Si, justement. Allez, viens, tu as assez travaillé.

Il fait beau et j'en ai marre de potasser le Lavisse qui n'est pas spécialement un bouquin passionnant, alors j'accepte sa proposition. Nous descendons par le boulevard Voltaire pour gagner la place de la République où nous savons que des boutiques se trouvent tout le long.

— Qu'est-ce que tu cherches exactement ? lui demandé-je.

— Exactement ? Rien. Je ne veux plus ressembler à une paysanne du Danube, c'est tout. Si je veux trouver du travail, il faut que je présente bien.

Ainsi, elle veut travailler. Mais le problème reste le même. Nous n'avons toujours pas de permis de séjour ni de travail, encore moins de papiers français. Et depuis le 21 janvier, un décret-loi passé plus ou moins inaperçu, sauf de moi qui passe mon temps à lire les journaux, autant pour me tenir au courant que pour perfectionner ma compréhension du français, a créé le camp de Rieucos en Lozère (j'ignore où se trouve la Lozère), où le gouvernement enferme administrativement les étrangers indésirables. Je n'en ai rien dit aux miens pour ne pas les assombrir.

Les prix dans les vitrines me paraissent astronomiques. Ma mère regarde, entre parfois dans une boutique pour un renseignement, et ressort.

— Ce n'est pas bien ?

— Non.

On se retrouve place de la République, sans avoir fait aucun achat. Mais place de la République, il y a un grand magasin qui s'appelle Les Magasins réunis sur le trottoir de droite, et un autre qui s'appelle La Toile d'avion sur le trottoir de gauche, et tous deux se vantent d'habiller les Parisiennes avec élégance. Je ne sais combien de fois nous sommes entrées dans l'un et l'autre, et j'ai oublié aussi le nombre de fois où nous avons dû traverser la très large place au milieu des voitures. Je suis exténuée, ma mère sans que je sache comment, reste fraîche comme un gardon. Enfin, vers 5 heures – nous avons quitté la maison à 2 heures –, on revient à La Toile d'avion. Ma mère, alléluia, y trouve une robe d'un joli gris fumé en lainage, et un manteau plus long, dans les mêmes tons. Et le tout lui va très bien. Nous redescendons d'un étage. Elle déniche une paire de chaussures noires qu'elle essaye en marchant de long en large pendant une bonne vingtaine de minutes devant la vendeuse, prête à tourner de l'œil.

— Tu les prends ou pas ? lui demandé-je, écroulée et à moitié asphyxiée de fatigue dans un fauteuil.

— Peut-être, mais ces chaussures je risque de ne pas pouvoir les quitter de la journée, et je dois surtout ne pas avoir mal aux pieds !

Je ne lui fais pas remarquer que je ne vois pas pourquoi elle les garderait toute la journée. À la maison, elle porte des mules en vernis noir. Mais je veux surtout rentrer. Elle finit par les prendre, met le tout dans un très grand et beau sac du magasin, paye et me dit :

— Je suis un peu fatiguée, allons nous rafraîchir avant de rentrer.

Je ne demande que ça, et nous nous asseyons à la terrasse d'un grand café sur la place, Le Thermomètre. Je suis étonnée d'y voir des clients d'un certain âge jouer aux cartes et, comble de l'étonnement, ils ont la physionomie et l'accent d'Europe centrale. Ma mère est ravie et regarde autour de nous avec un plaisir évident. Je suis contente de la voir ainsi.

Depuis que nous sommes arrivés en France, elle en a bavé, sans jamais se plaindre.

On prend un tram pour revenir à la maison et, à peine arrivée, elle range ses emplettes dans un placard.

— Ne dis rien à personne, m'enjoint-elle, je leur ferai la surprise.

28

Travail

Et la surprise est de taille. Le jeudi suivant elle rentre en fin de journée, la mine rayonnante, et prépare le dîner en chantonnant. Mon père arrive un peu plus tard avec Michaël, eux aussi de bonne humeur. L'on se met à table, et je remarque sans en comprendre la raison que l'ambiance familiale a une variante rose.

— Alors, quoi de neuf ? demande ma mère quand nous sommes installés autour d'une table particulièrement chargée de mets appétissants.

Mon père jette un coup d'œil à son fils qui glousse.

— J'ai trouvé du travail grâce au fils de la boulangère, dit celui-ci, en se dandinant sur sa chaise.

— Hein ? Quel travail ?

— Ton fils, coupe mon père, va devenir garçon de café dans un très bel établissement. Je l'ai vu, c'est très chic.

— Comment ?!

— Le Bistrot de l'Odéon, lâche Michaël avec une feinte indifférence en se beurrant une tartine.

— Mais… mais, balbutie ma mère. C'est sérieux ?

— Tout à fait. Mille cinq cents francs par mois pour commencer, plus les pourboires.

On éclate de rire et ma mère se lève pour l'embrasser.

— Ah, que je suis contente. Et les papiers ?

— On verra ça plus tard…

L'éclat de rire général perdure autour de la table.

— Bon, dit ma mère en se levant, puisque c'est comme ça ! Vous savez d'où je reviens ?

Devant notre mutisme, elle passe dans sa chambre et en sort avec le sac contenant ses achats de la semaine précédente.

— Bon, puisque vous ne trouvez pas, je vais vous le dire.

— C'est quoi, ce sac ? demande mon père, le désignant d'un coup de menton.

— Tu vas savoir, dit-elle en sortant un à un les vêtements et les chaussures. Voici ma tenue de travail.

— Quelle tenue de travail ? s'illumine mon père.

— Celle que je vais porter la semaine prochaine à l'ambassade d'Italie en allant prendre mon poste de secrétaire particulière de l'attaché culturel.

— Qu'est-ce que tu racontes ?

— Toi, mon fils, tu as trouvé un travail grâce au fils du boulanger, dit-elle en regardant Michaël. Moi, j'en ai trouvé un…

Elle sourit, garde le silence un instant… et poursuit, la mine coquette, en parlant avec notre traiteur italien préféré, dont l'épouse, Philomena, que vous ne connaissez pas car c'est moi qui vais faire les courses, prépare les cocktails de l'ambassade.

— Hein ?

— Cette charmante Philomena qui, souvent, me fait des petits cadeaux d'une bonne chose ou d'une autre dont vous vous régalez sans imaginer un instant que, vu l'argent dont je dispose, l'acheter ne serait pas possible, m'a annoncé le mois dernier que le service du personnel cherchait une femme, italienne, parlant bien notre langue, pour s'occuper du courrier que l'attaché en question envoie à Rome au sujet des spectacles qu'il voit à Paris.

— Mais… mais… bégaye mon père… Quelle ambassade ? Enfin, ceux qui t'ont embauchée… Ils savent… Ils connaissent ta situation ?

— J'ai passé un examen avec une douzaine d'autres postulantes et l'on a estimé que je suis la meilleure pour la mission proposée, ajoute-t-elle en riant. Oh, ce n'est pas sorcier, il suffit de savoir tourner quelques phrases sans faire de fautes d'orthographe, ensuite d'expédier à Rome les plis de l'attaché culturel relatant les soirées officielles auxquelles il assiste, les films, les pièces de théâtre, les soirées, ce que je sais, moi ! Il me dictera les textes au début, m'a-t-il précisé, et ensuite, si tout va bien, je m'en chargerai de A à Z. Et voilà !

Sidération générale. Ma mère va travailler à l'ambassade de notre pays et ce n'est pas plus compliqué que ça, d'après elle. À part que nous sommes des réfugiés clandestins, justement d'Italie.

— Et… et… ils acceptent… continue à bégayer mon père.

— Pour les papiers ? J'aurai un engagement officiel après ma période d'essai d'un mois. Avec ça, j'irai chercher mon permis de travail à la préfecture de la Seine, et voilà. Fin de l'histoire.

On est sortis sur le boulevard sans débarrasser la table, on est allés place Voltaire où se trouvent plein de cafés agréables. Michaël et moi, on a pris des glaces, maman et papa ont pris des flûtes de fine champagne, ils nous les ont fait goûter et on a trouvé ça très bon. Puis papa a dit à maman qu'il mangerait bien une religieuse.

— C'est quoi ? a demandé ma mère.

— Je ne sais pas mais le nom me plaît, a répondu mon père.

On en a tous commandé, on rit comme si l'on était soûls, et peut-être qu'on l'est. C'était le joli mois de mai et il sent délicieusement bon, et la vie ce soir nous paraît très belle. On rentre et papa tient maman par la taille, et chahute en l'embrassant sur la joue. Elle rit en protestant et en disant que ce n'est pas de leur âge. Michaël et moi, on rit aussi comme des gosses, et c'est normal, car l'on en est.

29

Après le beau temps

Après la pluie vient le beau temps, selon le bon sens populaire, mais ça marche dans les deux sens. Le surlendemain de notre euphorie familiale, je prends l'autobus pour la place de la Nation où ma mère m'a chargée d'une course. Je m'assieds à une place contre la vitre, toujours aussi amoureusement curieuse de la ville. Un homme de forte corpulence s'installe à mes côtés et sort de sa poche *L'Action française*, qu'il étale sans vergogne au point que je dois me protéger de la main pour qu'il ne me balaie pas le visage. Il se tourne vers moi.

— Ça vous gêne ?

— Oui, si vous pouviez le replier un peu, ça éviterait qu'il me rentre dans l'œil.

Honnêtement, je ne suis pas certaine de ma bonne foi. J'aurais pu me pousser contre la vitre mais est-ce à moi de reculer ou à lui de se pousser ? L'éternelle histoire de l'œuf et de la poule, à la différence que c'est un gros lard mal élevé et que je suis réduite par sa taille à la portion congrue sur ma banquette. Il ne répond pas, m'examine de haut en bas en tordant la bouche et en haussant les épaules.

— Tu sais sans doute que c'est les plus gênés qui s'en vont, ricane-t-il.

Il m'a tutoyée ! Il se presse un peu plus contre moi et du coup, je sens son odeur. Tabac gris et transpiration.

— Ça ne vous ferait rien de vous pousser ? je lance.

— Si t'es pas contente, tu peux retourner dans ton pays !

Il l'a dit assez fort pour que les voisins se tournent vers nous.

— Ma parole, continue-t-il d'un ton grossier, cette morveuse venue d'on ne sait où veut m'apprendre la politesse !

Personne ne proteste. Mieux, ils détournent les yeux. Je suis isolée contre ma vitre, coincée par ce gros tordu, insultée, tutoyée, sans que quiconque intervienne. J'ai deux solutions. Je me lève et m'en vais, ou je lui balance un coup de pied dans la jambe qu'il presse contre la mienne. Je ne choisis ni l'une ni l'autre parce que je tremble autant de colère que de trouille. Je me lève, me plante devant lui et, en articulant le mieux possible pour que mon accent n'enlève rien à ce que je dis, me penche vers lui, écarte sa saloperie de journal d'un grand revers de main et lui crache :

— T'es qu'un gros lard qui pue et je t'emmerde !

Et je me rue dans la travée, profite de ce que le bus ralentit et saute sur la plateforme, arrache la chaîne qui la ferme et me retrouve sur la chaussée. Je me retourne et vois le véhicule s'éloigner. Des passants me regardent, ahuris.

Je ne vais pas à la Nation ce jour-là, j'ai trop les jambes qui tremblent et le cœur secoué dans tous les sens.

Mais la semaine suivante qui voit, tôt le matin, l'envol des membres de ma famille chacun vers son labeur, je me retrouve seule et, pour paraphraser la fable du poète Jean de La Fontaine, fort démunie. Je me suis acharnée à apprendre la langue de notre pays d'accueil dans l'espoir de trouver rapidement un emploi, et père, mère et frère qui baragouinent encore un italo-français en ont déjà un. Ai-je fait le mauvais choix ? Michaël est devenu garçon de café, même si j'attends pour en prendre bonne note, me souvenant de sa maladresse de mouvements, mais père et mère sont déjà à la manœuvre, ce qui me rappelle qu'un certain Thierry de Sainte-Foix dont j'ai presque oublié l'existence m'a proposé de me faire rencontrer des compatriotes. Or c'est grâce à des compatriotes que mes parents travaillent. Où ai-je mis sa carte ? La matinée et la moitié de ma bonne humeur y passent sans que je puisse remettre la main dessus. Vers midi, je m'assieds, à bout de nerfs, ne ménageant pas ma nature que j'estime aussi insouciante que bordélique. J'ai regardé partout. Sauf… sauf dans la poche de la veste que je me rappelle avoir portée ce jour-là. Je la sors du bout des doigts.

Thierry de Sainte-Foix, 25 avenue de l'Observatoire, Odéon 32-45

Je descends en trombe en bas de l'immeuble où je vais parfois lire le journal en prenant un café à peine buvable.

— Bonjour, je peux téléphoner s'il vous plaît ?

La patronne du bistrot, Camille – je n'ai jamais su si c'est son prénom ou celui de son mari –, me montre du pouce la cabine. C'est le coup de feu du midi. Au comptoir sont agglutinés les employés et les ouvriers du coin devant leur petit blanc, leur blanc cass, leur Pastis ou une bière. Les petits noirs arriveront plus tard.

La rue Saint-Maur est une rue populaire où l'on trouve des ateliers, des fabriques diverses, des commerces de bouche, des drogueries, des vendeurs de cycles, des petites boutiques de lingerie, de confection homme et dame, et même une voyante dans un immeuble, toute une population laborieuse qui n'aime rien tant que commenter la politique et les événements du jour. Et les Français sont les incontestables champions de ce que l'on nommera plus tard les conversations du café du commerce. S'il y a des femmes, et il y en a, qu'on appelle je crois les « cousettes », car elles travaillent plutôt dans la confection, elles sont assises aux tables.

— Allô, bonjour madame, excusez-moi de vous déranger mais pourrais-je parler à M. de Sainte-Foix ? Comment ? Non, le fils… Thierry. Ah… ? il sera là dans l'après-midi ? Ah bon, merci madame. Euh… Non, je rappellerai, merci madame.

Voilà. C'est fait. La personne qui m'a répondu est une femme aimable, sa mère sans doute, quoique je lui aie trouvé une voix assez jeune. Enfin, peu importe. Mais qu'allais-je lui dire, à ce garçon avec qui j'ai pris seulement un café ? Que j'aimerais rencontrer ses amis ? Ça ne tient pas debout. Parce qu'ils sont italiens ? Alors ils pourront supposer que je voudrais me réjouir avec eux de l'écrasement de cette pauvre Espagne dont j'ai lu depuis des récits de massacres effrayants. Les Français ont participé du bon côté à la guerre, contrairement aux Italiens. J'ai lu des récits sur les Brigades internationales qui se sont comportées de façon héroïque, ou crapuleuse, selon les journaux que je lisais, mettant un point d'honneur à lire aussi bien *L'Humanité* que des journaux de droite, voire d'extrême droite, dont la plupart me mettent en rage en raison de leur antisémitisme virulent et de leur mauvaise foi. Je viens de terminer *Les Grands Cimetières sous la lune*, un roman de Georges Bernanos que j'avais trouvé excellent. Bien que l'on n'ait pas le même point de vue, l'auteur s'épouvantait aussi de cette guerre qui a été un charnier. Dans la foulée, j'ai lu aussi *L'Espoir*, d'un autre écrivain, André Malraux, plus proche de mes opinions et qui s'est engagé dans cette guerre.

Je sais aussi que Léon Blum, qui brûlait d'intervenir pour soutenir les républicains, en a été empêché par les radicaux de Daladier qui ont rejoint la droite du gouvernement, et par le couard Chamberlain qui l'a lâché une fois de plus.

La France est divisée, mais j'ai compris que c'est une de ses spécialités et que cela explique la multiplicité des manifestations dont j'ai déjà pu profiter. Au comptoir, les voix s'élèvent au fur et à mesure des commentaires et des boissons. Les Italiens, on le sait, sont volubiles. Les Espagnols, péremptoires, les Allemands, brutaux, et les Français sont un peu tout ça à la fois, passionnés, de mauvaise foi, braillards, et chicaneurs. J'essaie de comprendre ce qu'ils crient, mais sans beaucoup de résultat car chacun se hisse au-dessus de la voix de l'autre. Je me dis qu'avec un peuple pareil, les Allemands n'auront peut-être pas la partie aussi facile qu'avec les Italiens s'il leur prend l'envie de se montrer belliqueux, et que nous avons peut-être bien fait de les rejoindre.

Bon, mais je n'ai pas eu Sainte-Foix. Je remonte, grignote sans appétit, fais un peu de rangement et pense tout à coup avec angoisse que, si Sainte-Foix me fait rencontrer ses amis, je n'ai rien à me mettre. J'ai compris que son monde n'est pas le mien et qu'en France, on se doit d'être à la mode. Mais quelle est la mode ? J'ai remarqué que pour la Parisienne, il n'y a pas vraiment de règles, l'essentiel est d'être originale, ou mieux, chic. Tous les magazines parlent du chic parisien. C'est ça, la mode. Le chic. Les femmes portent aussi bien des pantalons que des robes longues classiques, des robes courtes décolletées, des vestes, structurées ou pas, se coiffent de bibis de feutre, de bérets, bref, la « mode parisienne » n'existe pas. Ça n'arrange pas mes affaires car si je pense à ce qui est accroché dans la penderie que je partage avec mon frère, j'en suis à peu près au même point que lors de mes vacances chez Francesca. Et, bien sûr, penser à elle me donne un vrai coup de cafard.

Je me plante devant la tringle et me crispe. Je n'ai absolument rien à me mettre. Je retourne à la salle à manger me faire un café, regarde machinalement ma montre pour constater que c'est l'heure où je peux de nouveau téléphoner à Sainte-Foix. Pour quoi faire ? Me faire passer pour une pedzouille, terme parisien très désobligeant qui renvoie ses victimes, si j'ai bien compris, à leur origine paysanne, et moi à une Ritale des Pouilles, comme je l'ai déjà entendu ? Et puis la colère prend le dessus et je redescends téléphoner. Si la proposition de ce type tient, il sera toujours temps d'aviser.

— Allô ? monsieur Thierry ?

— Oui ?

— Je… je ne suis pas sûre que vous vous souveniez de moi, on s'est rencontrés il y a quelque temps, boulevard Saint-Michel, où…

— Jeanne d'Arc ? me coupe-t-il en éclatant de rire.

— Quoi, Jeanne d'Arc ? grogné-je.

— On ne dit pas preux chevalière, n'est-ce pas ?

— Qu'est-ce que vous racontez ? Je suis…

— Oui, je sais, la belle Judith ! La défenseuse de la veuve et de l'orphelin ! En l'occurrence, d'un communiste ! Mais bien sûr que je me rappelle. Je suis ravi de vous entendre, je ne l'espérais plus !

Il me coupe le sifflet. Ça va trop vite pour moi.

— Comment allez-vous ? Combien de méchants fascistes avez-vous terrassés depuis que l'on s'est vus ? (Devant mon silence, il finit par se calmer.) Alors, que devenez-vous ? Voyons-nous, nous en parlerons. Je plaisante, c'est une méchante habitude dont je ne peux me défaire. Tiens, coïncidence, ce soir, je rencontre mes amis italiens dont je vous ai parlé, l'un d'eux fait une petite fête chez lui. Joignez-vous à nous, ce sera l'occasion parfaite de mieux se connaître !

Je reste muette. Étourdie, furieuse de son insolence. Pour qui se prend-il et pour qui me prend-il ? S'il pense que je vais accepter ses…

— Vous savez quoi, Judith, rejoignez-moi chez moi ou je passe vous chercher chez vous, et nous partirons ensemble chez mes amis, ce sera plus facile pour vous. Je vous présenterai, vous verrez, ils vous plairont. Qu'en pensez-vous ?

Je n'en pense rien. Chez lui, chez moi ? Il me prend pour une dinde.

— En général, ce genre de soirée commence vers 8 heures. Ça vous irait si l'on se retrouve une demi-heure avant ? continue-t-il.

Qu'est-ce que je dois répondre ? Et depuis quand je me pose tant de questions ? C'est moi qui l'ai appelé, c'est à moi de décider.

— Rencontrons-nous du côté de chez vous.

Voilà, ça, c'est net.

— D'accord, vous avez mon adresse sur ma carte de visite. L'avenue de l'Observatoire longe le jardin du Luxembourg. Je suis au 24. Je vous attendrai en bas, ça vous va ? Sept heures et demie ?

— Ne faudrait-il pas mieux prévenir vos amis avant ?

— Non, la surprise les enchantera. À ce soir, Judith, ravi de votre coup de fil.

Et crac, il raccroche.

Je sors de la cabine et commande un café. Le café, les Français, ce n'est pas ce qu'ils font de mieux. D'abord, ils posent sur la tasse un truc en métal où est censé passer la poudre. Mais quand elle est dans la tasse, elle est sans goût et sans odeur. Mais je suis trop timide pour payer simplement ma communication.

— Merci, à bientôt, madame, dis-je avec un grand sourire.

Mais Mme Camille ne me répond pas, trop occupée à présent à verser ses petits noirs. Je fonce chez moi. Je m'assieds, réfléchis. Je regarde la boîte où maman range l'argent du ménage. Si j'en prends, bien sûr, je le lui dirai.

Mais avec quoi rembourser ? Je retourne à la penderie comme si une fée avait pu passer et changer mes vieilles fringues en vêtements chics. Elle n'est pas passée. Je regarde du côté de Michaël. Pantalons, chemises, pulls, avec et sans manches. Veste. Une cravate. Que j'ai toujours trouvée moche. Je reste plantée devant comme une souche. Une souche un peu désespérée. Je bouscule mes affaires. Impossible. Sans forme, sans couleur, comment ai-je pu porter ça ? Je n'irai pas à cette soirée ! Je retourne m'asseoir dans la salle à manger, au bord de la crise nerveuse. Est-ce que si j'étais un garçon, je ferais tant d'histoires ? Sûrement pas ! Les garçons peuvent mettre n'importe quoi ! Rien ne les dérange.

Je retourne à la penderie, décroche les deux pantalons de Michaël. Un beige en toile, un gris en une espèce de tweed. Ma mère les lui a achetés avant qu'on quitte l'Italie. Moi, j'ai eu droit à une paire de chaussures marron, style bonne sœur. J'examine le gris. On a la même corpulence, Michaël et moi. Longs et minces. J'hésite la moitié d'une seconde et je l'enfile. Je le boutonne, tâtonne au niveau de la braguette, fonce dans la chambre de ma mère me coller devant le miroir. Super. Il me va comme un gant, comme elle dirait. Enfin, si j'étais un garçon. Mais en France, les femmes portent des pantalons ! Je retourne à la penderie, décroche la chemise bleue que porte Michaël le dimanche. Reviens devant le miroir. Parfait. Je ne ferme pas les deux premiers boutons. Plus féminin. Je fais bouffer mes cheveux courts. Mignon. Ce qu'il me faudrait pour faire chic, ce serait un béret penché sur le côté de la tête comme en portent les jeunes filles. Il n'y en a pas dans la penderie de Michaël. Je vais directement à la boîte magique et prends un billet de cinq francs appelé billet Berger parce que, dessus, il y a la photo d'un berger. Je le dirai à maman en rentrant.

Elle comprendra, j'en suis sûre. Je lui expliquerai que c'est pour la bonne cause. « Je voulais rencontrer des compatriotes comme vous l'avez fait, papa et toi, pour trouver un emploi. »

Je ne réfléchis plus et dégringole l'escalier. C'est la mode des bérets, tous les magasins pour femmes en proposent. Je dévale la rue pour en chercher un bleu-gris, assorti à ma tenue. J'en vois un ; soixante-cinq centimes. Je rentre, m'en coiffe.

— Ça vous va très bien, mademoiselle, susurre la vendeuse.

Tu parles ! Je me serais mis une casserole sur la tête qu'elle m'aurait dit la même chose. Mais c'est vrai que ça me va bien. Je paye et remonte. Il est 6 heures.

Avenue de l'Observatoire, le long du Luxembourg, a précisé Sainte-Foix. Je connais le Luxembourg pour m'y être souvent promenée quand j'allais chez Gibert. Je me recolle devant le miroir. Les chaussures. Plates, fermées avec deux œillets mais elles me plaisent. Elles me font un pied de cycliste. Si je me mettais un peu de la crème que ma mère se passe sur le visage ? Mais j'ignore où elle la range. Du rouge à lèvres ? Même problème. Sept heures moins vingt.

Je redescends et me dirige vers le métro. Jardin du Luxembourg, sortie Port-Royal. Je suis la ligne du doigt. Je prends à la station Saint-Maur et je change à République et Châtelet.

7 h 20, je suis devant le 24 de l'avenue de l'Observatoire. Thierry m'y attend.

— Bravo. Une femme exacte.

Je souris sans répondre. J'aurais pu répliquer : « Bravo, enfin un homme à l'heure. » Je n'ai pas encore l'habitude.

— Venez, on y va à pied, ce n'est pas loin. Je passe juste à ma voiture prendre une bouteille.

Il a une voiture. Une traction noire. Superbe. Je fais comme si c'était habituel pour moi de monter dans de tels véhicules.

— Allons-y, Judith. Vous ai-je dit que vous étiez habillée comme une Parisienne dans le coup ? Bravo.

Dans le coup ? Qu'est-ce que ça veut dire ?

Ils habitent au 144 boulevard du Montparnasse, à un jet de pierre de chez moi, m'explique-t-il en marchant. Chaussé de mocassins clairs, il porte un pantalon golf marine et un pull beige négligemment jeté sur les épaules. Très chic.

— C'est comme ça que l'on s'est connus, continue-t-il. Au Luxembourg. Au tennis. On a tout de suite sympathisé. Vous verrez, ils vous plairont.

30

Les beaux quartiers

Le 144 est un très bel immeuble orné de cariatides qui s'ouvre sur une belle porte cochère en fer forgé très travaillé. Un hall dallé de marbre, les murs couverts de miroirs, un ascenseur.

— 5e étage. Je vous en prie, m'invite mon cavalier.

Arrivés sur le palier, on entend de la musique. Il pousse la porte. Je m'étonne :

— La porte n'est pas fermée.

— Non, sinon avec la musique, on n'entend pas sonner.

On entre. Tellement de monde, je me fige. De la musique, des rires, des conversations. Un garçon surgit à nos côtés. Pas grand, brun, cheveux drus et frisés, le visage barré d'un grand sourire, une bouteille de chianti à la main.

— *Aïe tchao Thierry* ! *va bene* ?

— Super. (Ils s'embrassent.) Dante, je te présente mon amie Judith. Une Ritale comme toi !

— Non ! Bienvenue payse ! Entrez, entrez !

Il nous tire par le bras, on pénètre dans une pièce qui, pour ce que j'en vois, est grande et luxueuse. Des gens parlent, boivent, rient fort. Le dénommé Dante nous traîne derrière lui.

— Venez Judith, que je vous présente à mes amis ; laissez, Thierry, ce n'est qu'un petit Français bourgeois. Voici Sergio, qui sera un grand architecte… un jour.

Un garçon déjà un peu dégarni et souriant à qui je serre la main s'incline devant moi.

— Ce jour est demain, gazouille-t-il d'un air comique.

Et les présentations continuent, je ne cherche pas à retenir les noms, il y en a trop. Thierry salue les uns, tape sur des épaules, embrasse des filles. Dante continue de me chaperonner, les convives sont gais, chaleureux, je salue les uns, réponds aux autres, suis Dante qui chipe au passage un petit four, fait le tour d'un canapé et s'arrête.

— Judith, je voudrais vous présenter ma sœur, Sofia.

Moi aussi, je m'arrête. Élancée, des cheveux qui ont la couleur miel du blond vénitien coupés en vagues souples sous les oreilles, elle porte une robe verte de la même couleur que ses yeux et me fixe comme si elle m'attendait.

— Bonjour, bienvenue, dit-elle. Vous êtes Judith ? Thierry nous a parlé de vous.

— Euh… oui… je…

— Vous buvez quelque chose ?

— Tu ne me présentes pas ?

Une jeune femme vient de surgir à ses côtés. Grande, un bandana noir serrant ses cheveux très blonds coupés à la garçonne. Une grande bouche, des traits forts mais harmonieux.

— Si. Judith, Martine.

On se serre la main. J'ai du mal à détacher les yeux de Sofia.

— Alors, vous débarquez ? lance Martine.

— Depuis quelques mois seulement. D'Italie.

— D'Italie ? De quelle ville ? Bientôt, il y aura plus d'étrangers à Paris que de Parisiens ! s'exclame-t-elle. Vin ou champagne ?

— Euh…

— Champagne, intervient Sofia à ma place.

On me tend une coupe. C'est Thierry qui nous a rejoints alors que Dante répond à l'appel d'un convive.

— Elle vient de Florence, dit Thierry. La ville des arts. Celle aussi de Dante Alighieri, un géant qui a mal fini.

— Pourquoi il a mal fini ? s'exclame Martine.

— Il a mal fini parce qu'il était trop amoureux d'une femme qu'il a perdue. Béatrice, qu'il a toujours aimée.

— C'est ce qui nous attend tous, s'exclame-t-elle en éclatant de rire. Quelle érudition, mon cher Thierry !

— J'ai potassé pour montrer à notre amie que les Parisiens ne sont pas aussi légers qu'on le dit.

— Détendez-vous, Judith. À Paris, on s'amuse beaucoup, on étudie un peu, on aime souvent, dit Sofia sans me lâcher des yeux.

— Vous ne vous rendez pas compte, intervient Thierry, que cette jeune étrangère doit se sentir lâchée dans la fosse aux lions !

— Des lions apprivoisés, dit Sofia.

— Ou gavés, ajoute son amie Martine.

Elle s'éloigne pour rejoindre un homme plus âgé avec qui elle rit bruyamment.

— Vous fumez ?

Et sans attendre ma réponse, Sofia m'allume une cigarette et me la tend.

— Apparemment, dis-je en souriant.

Je fais attention à ne pas avaler la fumée car entre le champagne et la cigarette, je me souviens de mon malaise chez les de La Corda. Un instant me reviennent les images de ce moment. Des images d'un autre siècle, d'un autre monde. Pourtant, dans un sens, celui d'ici ressemble à celui de là-bas.

Quelqu'un appelle Sofia qui s'éloigne en me jetant un regard par-dessus son épaule. Je me sens potiche et heureuse.

Juste encore un peu sur mes gardes. J'erre au milieu des invités, souriant à l'un, répondant à l'autre, et sens la timidité me quitter peu à peu. Tournant la tête, j'aperçois, accroché au-dessus d'un piano, un tableau troublant qui représente le visage si mystérieux d'Eleonora Fini. Une femme, un coude appuyé sur le clavier, est assise à côté. Elle fume, tient un verre dans l'autre main, et paraît un peu plus âgée que le reste de l'assistance qu'elle semble observer. Il se dégage d'elle quelque chose de différent, une sorte d'aplomb dans l'attitude qui laisse deviner une femme sans peur. Elle doit se moquer des normes sociales et des commentaires hostiles. Sans réfléchir, je vais vers elle.

— Bonsoir, c'est une soirée agréable, n'est-ce pas ? J'admirais le tableau.

Je ne sais pas pourquoi je lui ai dit cette niaiserie, ni, surtout, pourquoi, je me suis sentie obligée de lui parler. Ni comment, en quelques fractions de seconde, j'ai pu penser autant de choses d'elle. Elle me fixe sans répondre et j'ai envie de me glisser sous le tapis.

— Vous ne les connaissez pas beaucoup ? lâche-t-elle.

— Euh, qui ? Non, je suis venue…

— Oui, j'ai vu, avec Thierry de Sainte-Foix, ce charmant garçon qui veut se faire passer pour un méchant, dit-elle.

Elle possède la voix rauque d'une grande fumeuse, un regard qui vous fouille et une large bouche. Jolie ? Non, mieux. Fascinante.

— Ah, il ne l'est pas ?

— Vous devez le savoir mieux que moi puisqu'il vous accompagne.

Elle parle avec un très fort accent allemand.

— Il ne m'accompagne pas, mais comme je suis italienne, il m'a proposé gentiment de me faire connaître ses amis.

— Italienne ? Moi, Allemande.

Je me raidis malgré moi. Je m'en doutais, bien sûr, mais l'entendre le dire sur ce ton tranquille… Elle a un vague sourire.

— Vous êtes italienne. Et vous êtes en France pourquoi ? (Elle écrase sa cigarette dans un cendrier et en rallume une autre.) Moi, je suis là, poursuit-elle en soufflant sa fumée, parce qu'il y a des nazis dans mon pays.

Son français n'est pas meilleur que le mien. Je m'enhardis :

— Moi aussi. Pas encore des nazis mais ça ne saurait tarder.

Et comme je l'ai vu faire au cinéma, je dis :

— Je suis de Florence et m'appelle Judith Livi.

— Je suis de Königsberg et m'appelle Hannah Arendt. Enchantée.

— Lévi et Arendt, nous devons avoir les mêmes problèmes, dit-elle.

Elle s'est un peu radoucie mais continue d'être impressionnante.

— Sûrement.

— Comment avez-vous fait la connaissance de Sainte-Foix ?

Elle est directe et je lui réponds de la même façon, en lui racontant l'épisode. Ça la fait rire.

— Vous ne manquez pas d'audace, jeune fille !

— Lui non plus.

— C'est un garçon intelligent qui cherche sa voie. Il la trouvera. Que faites-vous ici ?

Aïe ! tout ce que je craignais. Je vais répondre quoi ? Que je n'ai pas d'emploi, que je ne peux pas entrer à l'université car je n'ai pas de papiers ? Que mon frère travaille comme garçon de café, que mon père s'occupe du magasin d'un ami, que ma mère travaille à l'ambassade italienne comme employée de bureau et que nous sommes des clandestins ?

Elle sourit.

— Difficile d'obtenir des permis de séjour en France, n'est-ce pas ?

Je m'enhardis.

— Vous êtes là depuis longtemps ?

— Six ans.

— Ah bon ?

J'ai failli dire : « Et vous n'avez pas encore de papiers ? » Je coince les mots entre mes lèvres.

— L'antisémitisme a commencé tôt en Allemagne, dit-elle comme si elle me devait une explication.

— Vous êtes seule à Paris ?

— Oh non, j'y avais des amis et nous nous en sommes fait d'autres.

— Nous ?

— Avec mon mari, Günter, qui va d'ailleurs bientôt arriver. Il est en retard, comme toujours. Et vous, si je ne suis pas indiscrète ?

— Euh… juste mes parents et mon frère.

— Et que se passait-il chez vous ?

Je fais une grimace.

— Effectivement, que se passait-il chez nous de si grave ?

— Nous avons eu… des soucis… enfin, ce n'est peut-être pas le mot exact…

— Vous parlez bien français, coupe-t-elle.

— Merci, mais pas assez bien.

— Soucis, de quel genre ?

À cet instant, Sofia nous rejoint. Quand elle s'est éloignée et que je me suis retournée à quelques reprises vers elle, j'ai rencontré son regard. Juste son regard posé, sans plus.

— Ah, vous vous êtes trouvées. Hannah, je peux vous l'enlever un instant ?

— Mais bien sûr, cette jeune fille n'est pas à moi ! D'ailleurs, je vois arriver Günter.

Sofia se détourne vers l'arrivant qui se faufile près de sa femme.

— Toujours séduisant, votre époux, chère Hannah.

*C'est vrai. L'intellectuel comme on se l'imagine. Boucles brunes, lunettes rondes cerclées de fer, complexion menue, l'*élégance de l'*intelligence*, pensé-je.

— Oui, répond-elle brièvement. (Elle lui fait signe de la main.) Par ici.

Je suis Sofia qui m'entraîne sans attendre vers un groupe de jeunes gens.

— François Lambert, le chouchou de Thierry car il joue bien au tennis. Judith Livi, qui nous arrive de Florence, dit-elle en s'arrêtant devant un grand garçon au visage ouvert qui se penche vers moi avec un sourire. Un sportif, sans doute, vu sa carrure.

— Ce n'est pas mon unique qualité, dit-il, je sais aussi cuisiner.

On rit. Je trouve ces gens plus agréables les uns que les autres. À quel moment vais-je me réveiller dans le réel ? Quand vont-ils comprendre que je ne pourrai jamais faire partie de leurs vies ? Que je ne possède qu'une année d'université. Que ma famille et moi habitons un deux-pièces dans un quartier ouvrier ? Que les vêtements que je porte ne sont pas à moi mais à mon frère ?

— Et voici Jean Langlois. Celui-là, c'est mon second petit frère, dit Sofia.

Un visage découpé, pâle, des cheveux blonds et raides coiffés avec une raie sur le côté, des yeux clairs presque transparents, taille et corpulence moyennes, habillé d'un costume croisé qui, à mon sens, doit le vieillir.

— Son grand frère, rectifie-t-il. J'ai deux ans de plus, mais elle adore me couver.

— Jamais de la vie ! s'exclame-t-elle. Il travaille avec moi mais je suis obligée de réparer toutes ses bêtises !

Je me tourne vers elle. Et encore une fois, nos regards s'accrochent pour ne plus se lâcher, au point que son ami Jean s'éclaircit la voix.

— Méfiez-vous, Judith, Sofia a le regard aussi dangereux que celui de la Gorgone ! C'est comme ça qu'elle compte faire plier ses amis !

Je tente de reprendre pied en disant :

— Vous travaillez ensemble ? Que faites-vous, si je peux me permettre ?

— Jean se prend pour un artiste, intervient la jeune femme, ce qu'il est d'ailleurs, et il sera un jour un grand artiste, ajoute-t-elle en exagérant sur un ton négligeant. J'ai décidé de lui donner sa chance en ouvrant une galerie d'art.

Il lui donne par jeu un coup de poing sur l'épaule.

— Vous savez, réplique-t-il, si je n'étais pas là, elle n'aurait même pas de quoi payer ses cigarettes !

Leur jeu continue sur le même ton, alimenté par des remarques du garçon qui me font rire sans retenue. À un moment, je sens Sofia me prendre la main et y glisser un papier, mais je n'ai pas le temps de réagir car Hannah Arendt nous rejoint, accompagnée de son époux.

— Ma chère et charmante Sofia, nous allons partir et sommes désolés, mais Günther doit assister demain au séminaire que donne Alexandre Kojève à l'École pratique des hautes études, et s'il se couche trop tard, il ne pourra pas se lever.

— Oh, quel dommage, Hannah !

— Je suis de votre avis mais mon cher Günther est un être fragile.

Le ton avec lequel elle prononce ces mots pourrait être rangé dans le tiroir des plaisanteries, mais il n'y aurait pas complètement sa place car il y a une condescendance qui l'en empêche. L'Allemande se tourne vers moi :

— J'habite rue de la Convention, dans le 15e. Venez me rendre visite, nous parlerons. J'ai été comme vous une nouvelle immigrante et j'en garde le souvenir. Sofia connaît mon numéro de téléphone, vous le lui demanderez.

— Je suis touchée de votre invitation, dis-je, en rougissant.

Elle ne répond pas et tourne les talons avec son mari.

— Vous avez de la chance, dit Jean Langlois, Mme Arendt est un esprit supérieur que l'on dit unique, et qui connaît beaucoup de monde que l'on peut ranger parmi les beaux esprits. Profitez de son invitation.

— J'ai tout de suite compris que c'était une femme remarquable. (Je consulte ma montre.) Oh mon Dieu, il est plus de minuit !

— Et la nuit commence, enchaîne le futur grand artiste.

— Pas pour moi.

J'ai failli lâcher que mes parents allaient s'inquiéter. J'aurais perdu combien d'échelons sur l'échelle de leurs valeurs ?

— Excusez-moi, je dois partir.

En prononçant ces mots, je serre le papier qu'a glissé Sofia dans ma paume.

— Vous habitez où ? On va vous raccompagner, suggère-t-elle.

— Certainement pas, c'est moi qui ai eu le plaisir de l'amener, je la ramène à bon port !

— Thierry, tu profites de toutes les occasions ! s'exclame Lambert, le sportif qui, lui aussi, nous a rejoints.

— Je suis un gagneur, pas un opportuniste comme tu pourrais le croire, réplique son ami.

— Je vais vous mettre d'accord, je vais appeler un taxi.

Et à peine ces mots prononcés, je pense avec horreur que je n'ai pas un sou pour le payer.

Il me raccompagne jusque chez moi malgré mes protestations embarrassées, la traction file comme un bateau sur l'eau, c'est la première fois que je vois Paris la nuit. Et c'est magique. Je le fais arrêter sur le boulevard Voltaire, ça me semble plus chic que la rue Saint-Maur.

Je serre dans ma main le papier de Sofia avec son numéro de téléphone. Mme Arendt m'a invitée à aller la voir. Je viens d'aborder une autre planète.

31

Accents anglais

J'ai laissé sur la table un mot à l'attention de mes parents, les prévenant de ma soirée. Quand je rentre, les chaussures à la main comme dans une pièce de Feydeau, je traverse la salle à manger sur la pointe des pieds et la lumière s'allume dans la chambre de mes parents. Ma mère surgit sur le pas de la porte comme une apparition. On se regarde, et sans un mot mais le visage crispé, elle va se recoucher.

Quand je me lève le lendemain, je suis de nouveau seule et je raccroche dans la penderie les vêtements de mon frère. Puis je me prépare et je descends. Je ne peux pas rester en place. Le sol me brûle les pieds. Le quartier doit ressembler à ce qu'il était la veille mais pour moi, il est différent. J'ai marché des heures dans Paris, et, n'y voyons qu'un hasard, je me retrouve devant le 144 boulevard du Montparnasse. Je passe et repasse devant, m'attendant à quoi ? À une apparition ? Sur le trottoir d'en face, il y a un joli établissement avec une terrasse arborée, La Closerie des lilas, que je connais de réputation comme refuge des Montparnos dans les années 1920. La terrasse est bondée, c'est une de ces journées de mai qui, par leur douceur ineffable, chassent les idées les plus noires.

Je m'assieds sur un banc et je repense à la légende des oiseaux du lac de Stymphale, ces horribles volatiles dont le seul but est de détruire et de ravager par leurs griffes, leurs fientes empoisonnées et leur violence, les humains vivant au bord de ce lac d'Arcadie qu'Hercule, pour la cinquième épreuve de ses douze travaux a été chargé de supprimer, avec l'aide d'Athéna. C'est le dottore Sorel, notre professeur d'histoire, qui nous l'a racontée et j'ai été fort impressionnée. Je me demande ce qu'est devenu ce charmant monsieur à l'allure légèrement surannée que le lycée a chassé, parce que juif, et les oiseaux de Stymphale reviennent me hanter.

Puis je repense à la soirée de la veille, à Sofia que je brûle de revoir, ainsi qu'à cette femme, Hannah Arendt, qui m'a si fortement marquée par sa personnalité hors du commun, mais je me dis en même temps que ma condition actuelle ne me permettra pas de les approcher sans risquer de solides déconvenues. J'en suis là de mes pensées quand une musique militaire venant du boulevard Port-Royal retentit. Aussitôt, fidèles à leur réputation de badauds, les Parisiens qui se baladaient sur le boulevard se précipitent. Je me lève aussi et vois apparaître une troupe de militaires anglais sanglés dans des uniformes à la coupe impeccable, blousons et guêtres blanches. Comme je me retourne pour me renseigner sur eux, je tombe presque nez à nez avec Dante.

— Judith !

— Dante.

— Qu'est-ce que vous faites ici ? Quelle bonne idée !

— Euh… Je suis pétrifiée comme un enfant surpris, les mains dans le pot de confiture.

— Vous profitiez de cette journée magnifique ? Êtes-vous bien rentrée hier ? Thierry n'a pas fait d'excès de vitesse avec son bolide pour vous impressionner ? Figurez-vous que les invités sont restés, pour certains jusqu'à 3 heures, je suis éreinté !

Heureusement que Dante parle avec le débit d'une mitrailleuse, ça m'évite de répondre. Il regarde les derniers militaires qui défilent.

— Ils sont beaux, les Roastbeef, n'est-ce pas ? De vous à moi, je ne les aime pas. Des dégonflés, ces gens-là !

— Mais pourquoi sont-ils ici ?

— Je crois qu'ils font partie de la British Expeditionary Force, articule-t-il avec force grimaces, les English nous les ont envoyés pour faire croire qu'ils vont nous aider contre les Boches ! Ah, les sournois !

Visiblement, Dante a une dent contre les Anglais.

— Vous ne vous rappelez pas ? continue-t-il comme je marque mon étonnement. En juin 1936, Samuel Hoare, l'Anglais, ministre de je ne sais plus quoi, signe un traité avec von Ribbentrop autorisant l'Allemagne à disposer d'une flotte égale à 35 % de celle la Royal Navy, la plus forte marine du monde ! Au mépris de tous les engagements. Et vous savez quoi ? Ce traité « amical » vient d'être dénoncé par les nazis ! Tant mieux !

J'objecte :

— Mais pourquoi ? Nous ne sommes pas en guerre.

Il se retourne vers moi.

— Vous suivez l'actualité, ma petite amie ?

— J'essaye, bien qu'elle soit trouble et compliquée.

— Je ne vous vexerai pas en pensant que vous avez quitté votre pays par crainte de la guerre ?

Je ne sais quoi répondre. De quel bord sont Dante et les siens ? Sainte-Foix m'a dit qu'ils sont là depuis un moment, et d'après ce que j'ai vu, ils ne semblent pas avoir de problèmes pour y rester.

— Et vous ? lâché-je brutalement, soudain excédée par ma propre pusillanimité.

— Pour les mêmes raisons, nous avons prévu ce qui allait se passer avec Mussolini au pouvoir, me répond-il après un instant, mais nous n'avions pas prévu que les Français risquaient d'entrer en guerre contre l'Allemagne et nous.

— Nous ? Qui, nous ?

— Les Italiens.

J'ai un haut-le-cœur.

— Nous sommes en guerre ?

— Pas encore.

Ce n'est plus le Dante qui faisait la fête la veille avec ses amis, ni même celui qui m'a interpellée le moment précédent, c'est un homme grave, inquiet.

— Venez, me dit-il soudain, je vous offre l'apéro, comme disent les Français. Allons en face.

— Il ne semble pas y avoir de places libres.

— Ne vous en faites pas, j'ai mes habitudes.

En effet, le maître de rang connaît mon compagnon et nous guide vers une table, moitié soleil, moitié ombre, la meilleure sans doute de la terrasse.

— Il est italien ?

— Qui ?

— Le chef de rang.

Dante a un grand sourire.

— Vous avez vite compris, ma chère amie, que dans l'état actuel des choses, le chauvinisme est une vertu.

Il commande un Cinzano et moi un Vittel. Pour le coup, pas par vertu, mais je crève de soif. Nous restons à regarder autour de nous sans rien dire. Dante vide son verre d'un coup et se tourne vers moi.

— Vous faisiez quoi à Florence, si ce n'est pas indiscret, au moment où vous êtes partie ?

— Qui, moi ?

— Oui.

— Je finissais ma première année de droit à l'université.

— Et vous êtes quand même partie ?

— Je suis juive, Dante, et j'ai été refusée en deuxième année.

Il ne répond pas, hèle le garçon pour recommander des verres.

— Prenez autre chose que de l'eau, vous allez vous noyer.

— Un verre de vin blanc, alors.

Il boit son second Cinzano aussi vite. Moi, je sirote mon vin blanc que je trouve un peu doux.

— Et, dit-il après un long moment de silence, vous ne voudriez pas reprendre vos études ?

Je le regarde d'un air ironique.

— Vous pensez que si je pouvais, je ne l'aurais pas fait ?

— Qu'est-ce qui vous en empêche ? Les universités sont ouvertes à tous en France.

Je termine mon verre sans lui répondre.

— J'ai dit une bêtise ?

— Non, enfin, pas tout à fait, Dante. Vous et votre sœur semblez bien installés ici, vous êtes peut-être arrivés à un moment où les choses étaient moins… difficiles. Votre sœur m'a dit qu'elle a une galerie d'art, j'ai pensé que pour cela, il faut avoir des papiers français, ou tout au moins des permis de séjour, je me trompe ?

— Et vous n'en avez pas, c'est ça ?

Je me dispense de répondre.

Après ça, il ne dit rien pendant un moment. Et je me demande si c'est moi qui ne suis pas normale ; peut-être aurions-nous pu reprendre notre vie antérieure sans papiers ? Ou les gens ont-ils la moindre idée des difficultés qui attendent les immigrés dans cette période entre guerre et paix ?

— Comment êtes-vous avec Sainte-Foix ? Il ne m'a rien dit, reprend-il.

— C'est-à-dire ?

— Il m'a juste raconté votre rencontre qui semble l'avoir beaucoup amusé.

Je réplique sèchement.

— Tant mieux pour lui.

Il me lance un regard ironique.

— Vous savez, commence-t-il en jouant avec ses doigts et d'un air volontairement négligeant, que son oncle, qui est comme son père, est ministre de la Justice de l'actuel gouvernement. Il a épousé la sœur du père de Thierry, officier du génie qui a été tué cinq jours avant la fin de la guerre, en 1918. La mère de Thierry appartient à une des grandes familles de filateurs du Nord et est apparentée à la famille de Georges Bonnet, le ministre des Affaires étrangères. (Comme je ne réponds pas, il poursuit :) Paul Marchandeau, c'est le nom de son oncle, est l'auteur du décret-loi du 21 avril de cette année punissant les auteurs de diffamation ou d'injures commises envers une personne ou un groupe en raison de sa race ou d'une religion, et qui auraient pour but d'inciter à la haine entre les citoyens. Enfin, je résume.

En quoi me concerne cette énumération de tous ces gens de la haute, si ce n'est pour me faire sentir où est ma place ?

— C'est bien.

— Sainte-Foix m'a dit qu'il vous trouvait étonnante. Ce qui, dans son esprit rétréci, signifie qu'il vous trouve à son goût.

Je réponds en le regardant droit dans les yeux :

— Je suis flattée, mais c'est tout.

— Je m'en doutais, sourit-il. Ma sœur Sofia aurait répondu la même chose et j'ai remarqué que vous… vous étiez trouvées en empathie.

Je lâche sur un ton qu'il ne peut manquer d'estimer excédé :

— Où voulez-vous en venir, Dante ?

Il se met à rire.

— Vous êtes une vraie Italienne ! Un tempérament de feu ! Rassurez-vous, Thierry est un gentleman et jamais ne lui viendrait à l'idée de vous manquer de respect. C'est-à-dire que vous ne serez pas obligée de passer à la casserole, comme le disent vulgairement certains, mais qu'en revanche, il peut peut-être vous être utile.

— De quelle manière ?

— En vous aidant à obtenir ces fameux bouts de papier qui vous donneront la couleur virginale bleu blanc, rouge.

Je le regarde sans comprendre.

— Vous êtes seule ici, ou avec votre famille ?

— Avec ma famille.

— C'est-à-dire ?

— Mes parents et mon jeune frère.

— Pour vous le demander d'une manière élégante, vous et votre frère êtes majeurs ?

— Non, Michaël vient d'avoir seize ans et moi, j'en aurai vingt à la fin de l'année.

Il me fixe, plissant les yeux sous la réflexion.

— Vos parents travaillent ?

— Ma mère, au consulat italien où elle rédige les plis qu'envoie l'attaché culturel à Rome. Et mon père s'occupe d'une boutique d'instruments de musique avec un ami. Ah, j'oubliais, mon jeune frère travaille comme garçon de café dans un établissement de la rue de Buci.

— Et ils ont leur permis de travail ?

— Non.

— Donc, quatre personnes, dit-il, réfléchissant à haute voix en se caressant le menton.

Je me désintéresse un peu de son discours. Je connais les gens de chez moi et leur propension au baratin. Dante, aussi sympathique qu'il soit, ne se détache pas du lot. Sainte-Foix lui a dit qu'il me trouvait étonnante, ce qui, en langage masculin italien, ou même d'ailleurs, signifie qu'il veut sans doute coucher avec moi. Un homme ne dit pas d'une femme qu'il la trouve étonnante, il la trouve pas mal ou moche. Et dans le premier cas, il tentera de la mettre dans son lit. L'Italie, est un pays macho et patriarcal, et je ne suis pas tombée de la dernière pluie.

— Il a vos coordonnées ? reprend-il.

— Non.

— Personne ne semble les avoir, réplique-t-il avec un sourire en coin. Judith Livi, pas de téléphone, pas d'adresse.

Je ne réponds pas.

— Vous habitez dans une cave ? me demande-t-il d'un air narquois.

— Dante, vous… et votre sœur m'êtes très sympathiques et les gens que j'ai rencontrés chez vous, tout autant, mais je ne suis pas habituée à étaler ma vie, surtout… surtout dans notre situation. Si nous entrons en guerre avec la France, comment croyez-vous que seront traités les Italiens ?

— Ils nous arrêteront et nous mettront dans des camps.

— Exact.

Il hèle le garçon.

— Combien je te dois ?

— Pour la jeune femme qui vous accompagne, rien. Pour vous, Dante, deux Cinzano.

Il éclate de rire.

— Ça, c'est les Ritals, Judith, faites-nous confiance.

On se quitte sur le trottoir.

— Je n'ai pas le téléphone, Dante, mais je vous appellerai.

— Ne tardez pas, je fais un tennis ce soir avec Sainte-Foix. Je le mettrai dans le coup, dit-il en me serrant la main. Sofia vous a donné son numéro, appelez-la. Sa galerie est au 43 rue Jacob, elle présente de très beaux tableaux. *Ciao*, et gardez votre mauvais caractère, j'adore.

Je l'ai regardé traverser au milieu des voitures et j'ai pris le boulevard Saint-Michel. La rue Jacob n'est pas loin, j'ai décidé d'y faire un saut comme si cette rencontre avec Dante m'avait enlevé mes entraves. Tout en marchant, je regarde les vitrines et tout ou presque me fait envie. La France est un pays de cocagne, mais pour combien de temps ? Ce que m'a dit Dante sur l'éventualité d'une guerre entre mon pays et l'Hexagone m'a ébranlée. Ni moi ni les miens n'avons, en choisissant l'exil, évoqué cette possibilité. Mussolini a certes suivi Hitler dans toutes ses turpitudes, mais jusqu'à faire la guerre aux Français ? Et pourquoi pas ? Les peuples se méfient de l'Allemand parce qu'il est puissant et cruel. Mais Mussolini et ses foucades peuvent aussi inquiéter.

J'arrive bientôt à cette délicieuse rue Jacob qui a la particularité, sur chacun de ses trottoirs, de présenter alternativement des galeries d'art, des bistrots de charme, des librairies de livres anciens, des boutiques de mode, des galeries d'antiquaires. Je prends le trottoir des numéros pairs. Je trouve vite la galerie et la regarde de loin. Galerie du Temps présent. De grands tableaux dans les vitrines me cachent l'intérieur. Sofia est-elle là ? Ou peut-être son ami Jean Langlois, le futur Picasso ?

Et puis elle est sortie sur le pas de la porte, a allumé une cigarette et m'a aperçue. Elle a laissé tomber la main qui tenait sa cigarette. J'ai traversé.

— J'ai cru ne jamais vous revoir, a-t-elle murmuré.

— Nous ne sommes que le lendemain.

— Peut-être, mais je n'avais rien de vous. J'ai téléphoné à Thierry, mais lui non plus n'a rien.

— Et me voilà.

Elle m'a pris la main et m'a entraînée à l'intérieur.

— Votre ami Jean n'est pas là ?

— Il est à son atelier.

J'ai regardé autour de moi.

— Tableaux anciens et modernes ? Bel éclectisme.

Elle n'a pas répondu. Elle est allée à son bureau, a ouvert un tiroir, a pris son sac et y a glissé son paquet de cigarettes.

— Allons-nous-en, a-t-elle dit.

— Où ?

— J'ai mon studio au-dessus.

Je l'ai suivie dans la cour et nous avons monté un escalier de fer, en colimaçon. Nous sommes arrivées dans une galerie et elle a ouvert une porte. Elle l'a refermée derrière nous, s'y est adossée et m'a demandé :

— Vous croyez au destin ?

— Quand ça m'arrange, ai-je répondu sur le ton de la boutade.

— Et cette fois, ça vous arrange ?

Elle ne m'a pas laissé le temps de lui répondre, elle s'est serrée contre moi et je l'ai enlacée. Elle a balancé son sac et nous nous sommes embrassées comme si nous n'avions jamais fait que ça. Ou comme si nous n'avions jamais attendu que ça.

32

Action directe

J'ignore si c'est la rencontre avec mes nouveaux amis, l'arrivée de Sofia dans ma vie, ou si je prends conscience de la situation après l'incident du bus qui m'a secouée plus que je ne l'imaginais, mais je décide d'aller au bureau du journal de la Lica. Je ne suis pas complètement familiarisée avec le métro et je me trompe de direction avant de débarquer à la station Gare-de-l'Est, pourtant proche de chez moi.

Le 27 rue du Château-d'Eau, petit immeuble à la façade en plâtre de Paris, c'est-à-dire beigeasse, une porte cochère à doubles battants à la peinture marron sérieusement écaillée, deux étages en bois lavé, une odeur de choux dans l'escalier. Je frappe à la porte. Un temps, puis des pas. La porte s'ouvre devant un garçon à lunettes dont la lèvre supérieure porte un fil de moustache.

— Oui ?

— Bonjour, j'ai rendez-vous avec Suzanne… la rouquine, je précise.

— Oui. Vous êtes qui ?

— Judith Livi on s'est rencontrées…

— Laisse entrer, Robert ! crie une voix de l'intérieur, et Suzanne la rouquine apparaît. Salut, t'arrives bien !

Sans un autre mot, elle me fait signe de la suivre et j'entre dans une pièce enfumée comme une fumerie de harengs où sont assis une bonne demi-douzaine de garçons et filles. Ils me regardent sans surprise et se remettent à discuter. Suzanne tape sur la table avec une règle.

— Elle, c'est Judith Livi, une Italienne qui veut se joindre à nous. Elle a fait son droit là-bas et ça peut bien nous aider !

Les têtes s'inclinent.

— Salut, laissent échapper quelques voix.

Je ne réponds rien. Je n'en reviens pas ; je me pointe dans ce que je crois être un journal clandestin ou tout au moins subversif, et je suis accueillie comme une nouvelle invitée à un thé dansant.

— Assieds-toi, m'invite Suzanne, on fera les présentations plus tard car là, on est sur un coup !

Je m'assieds en me rendant compte que je dois avoir l'air gelé de la cousine de province. « Sur un coup » semble être le mot à la mode en France. « Être dans le coup », « être sur un coup », « préparer un coup », je cherche l'équivalent dans ma langue natale. Sur la table, il y a des plans de Paris étalés en compagnie de ceux d'un immeuble. Suzanne se tourne vers moi.

— T'es toujours décidée à participer ?

— Ben… ça dépend à quoi…

— Bon, tu crois que tu saurais coller des affiches ?

— Ben…

— Ce n'est pas dur, t'as un seau de colle dans une main, des affiches dans l'autre et des murs devant toi. (Des rires fusent.) Parce qu'on a une de nos colleuses qui est tombée malade, diplomatiquement, je crois. (Les rires redoublent.) Les copains rient, ajoute Suzanne, parce que la maladie diplomatique ressemble à un petit blond. Bon, si t'as pas de petit blond actuellement dans ta vie, est-ce que tu nous aiderais à coller des affiches ?

— Euh… oui, pourquoi pas, ce serait quand ?

— Selon. Cette fois, ce serait un soir dans deux semaines.

Je dois avoir l'air totalement idiote.

— Un soir dans deux semaines. C'est à la fois vague et précis. Loin, et près.

— Oui, peut-être.

— Ah, peut-être, ça suffit pas, couine Suzanne.

— Bon, si j'y arrive, pourquoi pas ?

— Vendu ! ce sera le... dit-elle en cherchant dans un calendrier... Le mercredi 14, t'es libre ?

— Je n'en sais fichtrement rien. Qui le saurait ?

Suzanne semble le comprendre.

— Bon, tu réfléchis d'ici demain et tu nous le dis. D'accord ?

— D'accord.

Et la séance se poursuit dans ce style décousu. Tous se connaissent et ont sûrement l'habitude, on n'est pas à l'Assemblée nationale, même pas à un parti politique, je crois comprendre que c'est juste une bande de copains qui veulent faire un peu de bruit dans les rues. Spécialité française s'il en est.

— Raconte pourquoi t'es là, m'apostrophe l'un des participants.

— Euh... on a dû quitter l'Italie, mes parents et moi, à cause de Mussolini et de son alliance avec les nazis.

— Il y a longtemps ?

— Non, quelques mois.

— T'as appris le français, où, là-bas ?

— En partie.

— Comment ça va pour les nôtres, là-bas ? reprend une fille.

— Moyen, dis-je en hochant la tête. Très moyen.

Ils en discutent quelques minutes.

— Ça te semble mieux ici ?

Je hausse les épaules en soupirant

— Disons… que les Français n'ont pas fait alliance avec les fascistes, ici.

— Ouais, c'est vrai, dit un autre, mais faut se méfier.

— Bienvenue à toi, dit une fille. Une fille de plus, ça permettra de rabattre le caquet des garçons !

Une houle de protestations suit sa sortie.

— Bon, coupe Suzanne, passe dans la semaine, disons demain ou après-demain, je t'apprendrai à coller. D'accord.

— D'accord, demain après-midi ?

— Vendu ! s'exclame Suzanne qui doit se prendre pour un commissaire-priseur.

33

Identités

Depuis la fin de la guerre d'Espagne en avril, j'ai lu dans les journaux que quatre cent cinquante mille Espagnols ont franchi la frontière avec la France et que nombre d'entre eux ont été internés dans des camps tels ceux d'Argelès, de Montreuil-Bellay, Gurs, ou le camp des Mille, et que leur vie est très difficile. Ils se sont fait avoir quand le gouvernement français a reconnu le gouvernement de Burgos, mais ce qui me semble inquiétant, c'est qu'un décret datant de 1938 a déjà autorisé l'ouverture d'un camp en Lozère, destiné aux étrangers indésirables. Pas difficile à comprendre que la politique de la France vis-à-vis des étrangers n'est pas d'une grande ouverture. Peut-être pour faire passer la débandade de Munich. Les Juifs allemands et autrichiens qui ont fui le nazisme l'ont appris à leurs dépens. Pour la Lozère, je n'ai rien dit à mes parents, mais difficile de leur dissimuler le coup de Burgos.

Depuis ma liaison avec Sofia je vois moins ma famille, prenant le prétexte de chercher un emploi. Mais un soir, ma mère profite de ce que nous sommes seules pour m'interroger.

— Tu cherches quel genre d'emploi ?

À son ton, je comprends que je vais très vite me trouver devant un problème.

— Oh, plutôt dans le commerce, vendeuse, étalagiste, tu vois. Maintenant, je me débrouille pas mal en français.

— Oui. Et le soir, tu cherches aussi un emploi de vendeuse ? Mais le soir, les magasins sont fermés, non ?

— Je t'ai dit avoir rencontré des jeunes gens de chez nous, garçons et filles, des gens très bien, et j'espère qu'ils vont me donner des tuyaux. Et parfois, on prend un verre ensemble.

— De quel genre, les tuyaux ? Percés ? Un verre ensemble ? Comme c'est français ! Ici, on prend toujours un verre ensemble !

— Pas plus que chez nous ! Ils sont là depuis un moment et ont obtenu des permis de séjour. Et le père de l'un d'eux a des relations, et il pense qu'il pourra peut-être, je dis bien, peut-être, nous dépanner. Mais c'est long.

J'invente mon histoire au fur et à mesure, cherchant une échappée.

— Très long. Parce que ça fait un moment que tu cherches un emploi et que tu prends des verres « ensemble » sans nous en parler !

— Et toi, dis-je pour faire diversion, ça se passe comment au consulat ? J'ai vu que pour Michaël, ça marchait bien.

Elle ne répond pas et se met à couper des tomates et du fromage.

— Oh, n'en fais pas pour moi, je dîne avec mes amis ce soir.

Elle se retourne d'une pièce.

— Tu me prends pour une idiote avec ta recherche d'emploi ? Et ces gentils Italiens qui vont nous « dépanner » ?

— Mais… Pourquoi tu dis ça ?

— Parce que tu me prends pour une loco et que je n'aime pas ça ! Tu fréquentes un garçon !

— Maman !

— Oui, maman, maman qui a vécu avant toi. Ton père ne se rend compte de rien parce que c'est un homme et que les hommes, c'est comme ça ! Mais moi, je suis une femme ! On est dans une situation particulière et ce n'est pas le moment de faire des bêtises !

Je retiens mon souffle. Est-ce le moment de lui dire la vérité ? Je n'ai jamais remarqué que mes parents aient quoi que ce soit contre les homosexuels. Parce que, je rectifie aussitôt, le problème ne s'est jamais présenté dans notre entourage. Même Francesca, malgré son peu de discrétion, ne les a pas alertés.

— Écoute, fais-moi confiance, cet ami m'a dit que son père a beaucoup de relations. Ici, c'est comme chez nous, il faut du piston. Et je ne fréquente pas de garçon.

— Et tu le crois ? Et tu espères que je te croie ?

— Mais oui, le père de ce garçon… est proche du gouvernement. Très proche. Et pourquoi tu ne me croirais pas ?

— Ah bon ? Et lui est proche de toi. Et je dois croire qu'il fait ça juste parce qu'il est italien et nous aussi ?

Je ne sais que répondre. Visiblement, ma mère croit le schéma habituel selon lequel une fille qui sort trop « fréquente » obligatoirement. Ce n'est pas faux dans la plupart des cas. Pas même dans le mien, même si elle se trompe de cible. Je suis coincée, tout ce que je dis est vrai à part que ce n'est pas d'un garçon que je suis amoureuse, mais d'une fille.

— Maman, celui qui peut éventuellement nous aider est français, et son père et aussi sa mère sont très bien placés pour nous obtenir peut-être des permis de travail. Je ne peux pas tellement t'en dire plus.

— Ah, ils ont une imprimerie et les font à la commande ? C'est un bon travail. Et ils ne demandent rien en échange ? Des anges, ces gens-là !

— Puisque tu m'en parles, ce garçon m'a demandé des photos d'identité de chacun d'entre nous, un certificat de domicile, et comme je lui ai dit que tu travaillais à l'ambassade d'Italie, une attestation de ton employeur, de même que pour papa et Michaël. J'attendais d'en savoir davantage pour vous en parler. Les lois changent si vite en ce moment que c'est un peu au jour le jour.

Elle lâche son couteau, se laisse tomber sur une chaise et me fixe avec une rare férocité.

— Ma fille, tu es folle ! Tu t'es laissé embarquer par ce type qui va nous coûter notre liberté, et peut-être plus ! J'ai appris par une lettre reçue de Margherita, la marchande de lingerie à côté de notre ancienne boutique, que l'Italie se mettra sûrement avec l'Allemagne si celle-ci déclare la guerre à la France. Tu comprends ce que ça veut dire ?

Je comprends, et j'espère de toutes mes forces que ma mère se trompe car dans le cas contraire, on se sera exilés pour rien. Mais, hélas, c'est la seconde fois que j'entends la même chose. Je sais néanmoins que Thierry se démène pour obtenir ces foutus permis de séjour qui nous permettraient de rester en France, d'y travailler, et pour moi, d'intégrer l'université de droit, même si je dois redoubler ma première année. De plus, Hannah Arendt que j'ai revue entre-temps m'a raconté sa vie ici, et m'a laissé entendre que grâce à ses relations, elle pourrait peut-être me faire travailler avec elle.

Elle m'a raconté qu'en Allemagne, elle a fréquenté durant son cursus universitaire le monde des philosophes en devenant l'élève d'un certain Heidegger, très apprécié outre-Rhin, mais qu'elle en a connu d'autres en arrivant ici, tel Jean-Paul Sartre qui émergeait dans l'*intelligentsia* française et qui ne l'intéressait pas spécialement, mais aussi un professeur de l'École normale, Raymond Aron, qu'elle a connu à Berlin et qu'elle appréciait plus que le précédent car faisant preuve d'une réelle empathie. Par ailleurs, ses positions politiques et philosophiques sont de plus en plus estimées dans certains cercles intellectuels. Il leur a entre autres obtenu l'autorisation de suivre le célèbre séminaire d'Alexandre Kojève, leur permettant de rencontrer d'autres réfugiés déjà installés et ainsi d'améliorer leur situation.

Hannah et son mari Günther Stern ont vécu les trois premières années de leur exil d'une façon précaire, et bien qu'il ait publié un livre de philosophie, ça ne leur a pas apporté grand-chose. Elle m'a dit qu'en ce temps-là, ils passaient beaucoup de temps à discuter dans les cafés avec des amis de Günther. Des artistes comme Bertolt Brecht, mais aussi Stefan Zweig, que je connaissais pour avoir vu une pièce de théâtre du premier, et lu un livre du second.

J'ai été éblouie de parler avec quelqu'un qui connaissait tant de monde de la pensée. Un jour où je la trouve chez elle avec Sofia, elle nous confie que grâce à son engagement sioniste, elle a réussi à trouver un emploi à l'association juive Agriculture et artisanat, et dirigé la branche française d'Allyah, financée par l'association américaine Hadassah, qui formait de jeunes Juifs à vivre en Palestine. Elle a aussi assisté en 1936, à Genève, à la création du Congrès juif mondial et accompagné un groupe de pionniers en Palestine, ce qui lui a permis de découvrir l'expérience des *kibboutz*. Entre-temps, elle a travaillé pour la baronne Germaine de Rothschild en s'occupant de son mécénat en faveur des œuvres de charité juives. Pour moi, chaque révélation de cette femme exceptionnelle m'ébranle profondément, me donnant soudain accès à un monde que je n'avais jusque-là même pas soupçonné d'exister.

Puis-je raconter ça à ma mère ? Sûrement pas, elle me prendrait pour une mégalomane ou, encore plus, pour une timbrée. Le nom même d'Hannah Arendt ne lui dirait rien, pas plus que ceux de ses amis. Est-ce que Florence, ma Florence, ne serait rien d'autre qu'une banlieue oubliée de ces lieux où s'élabore la vie intellectuelle et où se forgent les événements du monde ? Ou avons nous fait partie, ma famille et moi, de ces gens si préoccupés de leur médiocre quotidien qu'ils sont sourds et aveugles à ce qui se passe d'intéressant ailleurs ? J'ai pris ce jour-là une grande claque.

C'est par Sofia que j'en apprends le plus sur Hannah Arendt. Elle fréquente les expositions de peinture, les galeries, et c'est de cette façon qu'elles ont fait connaissance.

— Elle ne s'intéresse pas beaucoup à la vie politique et intellectuelle française, ses activités sionistes l'accaparent davantage. D'ailleurs, elle s'est mise à l'hébreu, me dit Sofia.

— Et son mari ?

— Ce n'est plus son mari, ils ont divorcé il y a deux ou trois ans, je crois. L'autre soir il est revenu à Paris pour la publication d'un de ses livres. Hannah est depuis avec un spartakiste allemand.

— Un quoi ?

— Le spartakisme est un mouvement que Rosa Luxembourg a cofondé et à qui elle a donné ce nom en hommage à l'esclave qui a fomenté la plus grande révolte contre l'Empire romain.

— Très bien, cette Rosa Luxembourg ! je déclare, sans avoir la moindre idée de qui elle est.

— C'est le grand amour entre Hannah et lui, je ne le connais pas, personne du groupe d'ailleurs. Il serait un peu fruste mais très intellectuel et très politique. On sait juste son nom : Heinrich Blücher.

Est-ce que je peux raconter cette histoire à ma mère ? Certainement pas. D'une part, le sionisme, ce mouvement de libération du peuple juif apparu au siècle dernier, lui est inconnu, sans parler du spartakisme, et d'autre part, ce monde lui paraîtrait si éloigné de ce qu'elle considère comme étant le nôtre qu'elle en resterait traumatisée un moment. Et si je veux garder un semblant de liberté, ce n'est pas en l'inquiétant avec mes fréquentations.

Sofia m'a aussi expliqué que si elle et son frère ont quitté l'Italie, c'est davantage à cause de la crise économique, et surtout familiale, que politique. Ils appartiennent à une branche de la fameuse famille Agnelli, mais leurs parents restés au pays se sont plus ou moins fâchés avec le fondateur de la lignée, Giovanni Agnelli, créateur de la marque automobile Fiat à Turin avant la Première Guerre, et Sofia et Dante, suite à cette rupture, ont vu leur destin professionnel compromis au sein de la famille. Cependant, ils ne sont pas arrivés démunis en France, loin de là, m'a-t-elle confié.

Dans la semaine, je déjeune avec Thierry qui a insisté pour me voir sans vouloir m'en donner la raison.

— Tu aimes le homard ? me demande-t-il alors que nous nous installons à la terrasse du restaurant La Méditerranée, rue de l'Odéon, un excellent établissement connu pour sa cherté et l'excellence de ses poissons.

— Du homard ? Tu as gagné à la loterie ?

— Non, mais ma mère, elle, a gagné je ne sais quoi, et a substantiellement augmenté ma pension. De plus, on a quelque chose à fêter.

— Ah bon, quoi ?

— On en parle après avoir dégusté ce pauvre crustacé arraché à l'amour des siens.

On s'entend bien, Thierry et moi, quand on évite de parler politique. Il a tenté de m'expliquer que son mouvement, les Croix de feu, quoique faisant partie de la droite dure, n'a rien à voir avec la Ligue des patriotes créée après la Grande Guerre, ou avec l'Action française de Charles Maurras, nettement antisémite et responsable, entre autres méfaits, de la violente agression contre Léon Blum et des campagnes anti-juives des journaux.

— Mon oncle n'aurait pas supporté que je me mêle à cette racaille, précise-t-il.

Je ne connais pas assez les milieux politiques français pour le contredire. J'ai entre autres lu le journal *Je suis partout* et je sais ce que sont les campagnes antisémites de cette presse. Ni plus ni moins, à peine déguisés, que des appels au meurtre, au lynchage. Ces mouvements ont d'ailleurs été dissous sous le gouvernement d'Albert Sarraut et ensuite sous celui de Blum. Le colonel de La Roque est un patriote qui respecte la République et refuse le fascisme, m'explique Thierry, il n'est pas antisémite même si l'on peut en trouver, hélas, dans ses rangs.

Bon, j'évite d'en discuter, connaissant mal le problème ; je n'ai comme exemple que l'extrême droite italienne qui, c'est vrai, combat le bolchevisme mais sert surtout les intérêts de son leader et s'intéresse peu à l'antisémitisme, sauf dans les temps récents. On en est au café et je me garde bien de lui poser la moindre question car je vois que c'est lui qui ne tient plus d'impatience. Il finit par prendre, dans sa serviette déposée à ses pieds, un dossier bleu, serré par une sangle, repousse les tasses et le pose sur la table.

— Qu'est-ce que c'est ?

— Un viatique, répond-il.

— Je ne sais pas ce que ça veut dire.

— Normal, tu ne parles pas un bon français.

— Comment ça ?

— Laisse tomber, dit-il avec un grand sourire. Aujourd'hui, j'ai le droit de te taquiner plus que de raison.

Il détache la sangle en prenant son temps, ouvre lentement le dossier. Je ne bronche pas d'un poil. Il me regarde, et dit :

— Ça t'intéresse de savoir à quoi ressemble un certificat de nationalité française ?

À ce moment-là, je ressens quelque chose qui m'est inconnu. Un mélange d'incrédulité, de joie, de crainte, qui n'arrive pas à prendre sa place dans mon estomac.

— T'es toute pâle, me dit Thierry, soudain inquiet. (Puis, ne résistant pas à son goût pour l'humour noir :) Tu ne vas pas me demander en même temps un certificat de décès, quand même !

Je le fixe sans rien dire, et à ce moment, à ma grande honte, je sens couler des larmes.

— Thierry, balbutié-je, tu ne me fais pas une farce ?

— Si c'en est une d'augmenter de quatre unités la population française, ça peut être une farce.

— Ça veut dire que… et je m'arrête comme si certains mots pouvaient représenter un danger, ou ne rien signifier, ou simplement ne pas traverser mon gosier.

— Ça veut dire que, dès que tu m'auras fourni ce que je t'ai demandé, à savoir : photos récentes en double exemplaire, certificat de domicile, attestation d'employeur, une dictée en français écrite par chacun des postulants, carte d'identité italienne, et que je les aurai fait parvenir au service concerné, il ne faudra que quelques semaines, voire quelques jours, pour que ton petit frère Michaël ait le droit d'être mobilisé dans l'armée française.

— Quoi ?

— Eh oui, droits et devoirs vont de pair dans notre République.

Je n'ose pas faire un geste vers lui, pourtant je brûle de l'embrasser et de le serrer contre moi. Ce garçon tellement différent de moi, de nous, que je connais depuis si peu de temps, m'offre ce que je n'aurais pas cru possible. Je pense à ma mère et à ce qu'elle pourrait dire, et je me mets à rire, d'un rire saccadé, nerveux et incoercible, qui l'alarme avant qu'il comprenne, qu'il se lève, fasse le tour de la table, me serre dans ses bras et m'embrasse comme sa sœur, sa mère ou sa fille.

34

ALLÉGRESSE

La première chose que je fais en le quittant, c'est téléphoner à Sofia.

— Sofia chérie, tu sais ce qui m'arrive ?

— Non, à part que ça semble t'avoir mise de bonne humeur…

— Je viens de quitter Thierry qui m'a dit qu'il allait nous obtenir des papiers français !

Je l'entends rire.

— Ce n'est pas une nouvelle, je le savais déjà. Je sais même où vous avez déjeuné.

— Comment ça ?

— Crois-tu, ma charmante naïve, que ces papiers, il te les as obtenus tout seul ? Nous nous y sommes mis à plusieurs car il fallait en même temps avoir le blanc-seing de nos compatriotes.

— Ah, bon, et alors ?

— Et le blanc-seing, c'est Dante qui s'en est occupé.

— Des complotistes autour de moi ! dis-je en éclatant de rire.

Je suis aux anges et j'ai l'impression de rêver. Ces papiers ne sont pas encore obtenus, car je suis suffisamment superstitieuse pour ne pas les faire exister avant de les avoir en main. Ils nous garantiront de mener notre vie en France sans avoir la crainte d'être arrêtés et expulsés, de perdre une nouvelle fois ce que nous avons construit, et surtout, en ce qui me concerne, de devenir avocate ou magistrate, j'hésite encore, et de vivre mon amour.

— Tu viens me voir ce soir ? me demande Sofia que mon silence inquiète peut-être.

— Non, je vais rentrer car j'ai des choses à annoncer à ma famille. Tu veux que je fasse un saut maintenant ?

— Ça va être difficile, j'ai des clients égyptiens qui vont débarquer et qui sont un peu difficiles.

— Bon, on fêtera ça demain. Je te couvre de caresses !

Je reviens jusqu'aux quais de la Seine avec la sensation de marcher sur un tapis de nuages floconneux. Il existe sûrement très peu de réfugiés à pouvoir prétendre, moins d'un an après leur arrivée, avoir obtenu la nationalité française, bien que je connaisse la culture du piston qui sévit aussi en Italie. À la différence peut-être que dans notre cas présent, on ne nous demande pas de *bakchich*, comme on dit. Est-ce de la corruption ? J'évite d'épiloguer, je prends un bus jusqu'à la République et termine la promenade à pied, en souriant à ceux que je croise.

Il est d'usage que le premier qui rentre prépare, sinon le dîner, qu'on laisse par prudence à ma mère, les courses et dresse la table. Je rentre, ouvre toutes les fenêtres, vérifie que ce matin en partant, je n'ai pas laissé de désordre derrière moi, et descends chez notre traiteur préféré, Mario, le mari de Philomène, la bienfaitrice de ma mère. Mario vient de Vérone et adore préparer les plats de chez lui. Ses clients ne font pas la différence avec une quelconque nourriture italienne mais, en général, se régalent, d'autant qu'il est le seul traiteur italien de la rue.

— Mario, bonsoir, comment ça va ?

— Très bien, *bella regazza* ! *Tuto va bene* ?

Je lui prends une bonne portion de tous les antipasti qu'il a dans ses raviers, plus une bouteille d'Asti *spumante*, le champagne italien, qu'il va chercher dans sa glacière.

— C'est un anniversaire ? s'enquiert-il en me les emballant.

— Non, Mario, une naissance !

Il se fige, me regarde mais n'ose pas insister.

— Mettez ça sur le compte de ma mère, Mario, je n'ai pas d'argent. Merci.

Je remonte le dîner, emplis l'évier d'eau froide pour y plonger la bouteille d'Asti afin qu'elle reste fraîche. Nous n'avons pas de glacière, d'abord parce que nous n'avons pas encore passé ici un été, et ensuite parce que nous manquons de place. Le samedi et le dimanche, dès le printemps, m'a indiqué un commerçant, un glacier passe dans les rues avec sa charrette en criant : « Glace, glace ! » Les clients, l'entendant, descendent avec une bassine et il leur vend des morceaux de glace qu'il coupe sur des pains enroulés dans une toile. J'installe la table avec une nappe, y pose des bougeoirs, dispose les couverts en argent, examine l'ensemble quand j'entends une clé tourner dans la serrure. C'est ma mère qui entre et sourit en m'apercevant.

— Ah, tu es là, ma fille, ouf ! J'ai mal aux pieds !

Elle vient m'embrasser sans remarquer la table élégante, et passe dans sa chambre.

— Ah, ça fait du bien de se déchausser ! me crie-t-elle. Je ne sais pas ce que j'ai à avoir autant mal aux pieds. C'est peut-être la chaleur. Et toi, comment vas-tu ?

— Très bien.

— Tu es sortie ?

— Oui.

Elle revient dans la salle à manger, se dirige vers la cuisine.

— Je me lave les mains, t'as rien préparé ?

— Si, si.

— Ah bon, où ?

La porte qui s'ouvre devant mon père m'évite de répondre.

— Ah, comme il fait chaud aujourd'hui ! s'exclame-t-il en entrant. (Il nous aperçoit et nous salue :) Bonsoir mesdames.

Il avance dans la pièce, fait le tour de la table, va embrasser ma mère, puis moi. Aucun des deux ne s'est aperçu de la nappe blanche, des serviettes soigneusement pliées, les bougeoirs et les couverts en argent du shabbat.

— Qu'est-ce que tu as préparé, ma fille ? je ne trouve pas. Et c'est quoi, cette bouteille dans l'évier ? me crie ma mère de la cuisine.

— Maman, papa, vous voulez venir ici et vous asseoir ?

Ils se retournent, étonnés.

— Qu'est-ce qui se passe ? s'inquiète mon père qui se lave les mains, gêné par la bouteille.

— Venez à table, insisté-je.

Ils sortent de la cuisine et je ne peux m'empêcher de sourire en voyant la tête de ma mère car je viens de comprendre que ma prière gentiment autoritaire lui a fait craindre le pire, à savoir : l'annonce de mes fiançailles avec un Français ou un autre, sans que j'en aie jamais parlé. Mon père, de nature plus insouciante, s'assied à sa place en souriant, et poussant son assiette, remarque les bougeoirs, la nappe.

— Qu'est-ce qu'il y a ce soir ? dit-il en regardant ma mère.

Puis, s'apercevant de son air fermé, il s'alarme aussitôt.

— Je ne sais pas, répond sèchement ma mère.

Je décide, pour m'amuser, d'enfoncer le clou.

— J'ai quelque chose à vous annoncer mais j'aimerais attendre que Michaël soit là. En attendant, on peut boire l'apéritif, dis-je, allant chercher la bouteille.

Je remplis les verres, faisant mine de ne pas me rendre compte de leur air méfiant autant que soucieux.

— Tu peux nous dire ce qui se passe ? demande ma mère d'un ton rogue. C'est pourquoi, cette bouteille et ce mystère ?

Michaël arrive sur ces entrefaites, salue tout le monde d'un air épuisé, et je veux bien croire qu'il l'est car son travail est crevant, surtout quand on n'a pas l'habitude.

— Viens ici, Michaël, dis-je. Et je lui sers son verre. Je les regarde alternativement, souriant légèrement.

— Voilà, je voudrais… dis-je en levant mon verre… (Je laisse passer un moment.) Je voudrais que vous me fournissiez, comme j'en ai déjà parlé à maman, deux photos de chacun d'entre vous, des attestations de vos employeurs, un certificat de domicile, une quittance par exemple, et vos cartes d'identité italienne. Plus, j'allais oublier, une dictée en français.

Ils se regardent, interloqués, sauf ma mère qui semble plus ou moins comprendre, ou pense que j'ai été piquée par une tarentule, pendant que mon père lui lance des coups d'œil éperdus dans un silence qui pèse son pesant de plomb avant que ma mère le rompe d'une voix tendue :

— Bon, Judith, si tu nous expliquais ce qui se passe ?

— Bien sûr. Ce sont les documents que l'on doit fournir pour obtenir nos papiers pour la naturalisation.

Ce n'est plus un silence de plomb, mais de mercure ou d'un autre métal plus lourd, qui s'installe. Comme je regrette de ne pas avoir un Kodak pour immortaliser leur expression. Ils se regardent, me regardent, et mon père lève les yeux au plafond. Michaël soupire, mais sur le visage de ma mère se dessine tout doucement un sourire.

— Qu'est-ce que tu racontes ? dit mon père. Comment on pourrait être naturalisés ? On n'a même pas de permis de séjour.

Je vide mon verre d'un coup.

— On saute les intermédiaires. Maman est au courant, elle sait que j'ai des amis qui s'en sont occupés et aujourd'hui, j'ai appris que ça marchait.

En même temps, je fais silencieusement une prière. Après que je leur ai raconté toute l'histoire ou presque, et qu'ils l'aient digérée, la pièce a semblé exploser. Et ça m'a rendu heureuse. Car grâce à moi qui n'avais rien fait jusque-là pour notre famille, nous allions commencer une vie nouvelle où l'on ne serait plus obligés de mentir, de détourner la tête en croisant des policiers, de craindre de se retrouver dans un de ces camps où l'on enferme les étrangers avant de les renvoyer d'où ils viennent. Bref, vivre, travailler, aimer, comme tout un chacun, comme ces Français qui nous accueillaient si généreusement.

La soirée s'est prolongée tard, mon père est redescendu chercher une bouteille d'Asti chez Mario qui était en train de fermer. On l'a entièrement bue, ma mère s'est plainte de ne pas marcher droit en allant au lit, Michaël s'est endormi sur la table, la tête dans ses bras, mon père a entamé à tue-tête l'air de la *Traviata* sans se soucier, pour la première fois, de faire du bruit. Et moi, je souriais aux anges, à Sofia, à Thierry, à tous mes amis nouveaux, à Hannah la philosophe sioniste qui n'avait peut-être pas eu la même chance que moi quand elle était arrivée ici, fuyant son pays devenu mortel. J'aurais été croyante, je L'aurais remercié, Lui, le grand maître de l'univers, mais je me suis contentée de laisser déborder mon cœur de tendresse à l'attention de tous ceux qui nous avaient aidés.

Nous sommes le 16 mai et la journée a été somptueuse jusqu'au bout.

35

AFFRONTEMENT

Mercredi 17 mai. Depuis hier, je suis française ou sur le point de l'être, et depuis huit jours, je sais coller des affiches. Je connais mieux aussi les bénévoles, garçons et filles « toutes mains » du journal *Le Droit de vivre* dont j'ai appris depuis qu'il n'est pas aussi confidentiel que ça, qu'il a été créé une première fois en 1898, au moment de l'affaire Dreyfus, sous le titre *Journal de la Lica*, et que depuis, il a fait du chemin. On me passe l'exemplaire de l'édition spéciale du 7 mai où l'on voit un costaud arracher de la terre une croix gammée sous le slogan :

> *Déracinons le racisme, et encourageons nos compatriotes. Sois des nôtres, Français, pour sauver tes libertés. Chrétien, musulman ou juif, ton ennemi, c'est LA HAINE.*

— Comment tu trouves ? s'inquiète Suzanne. Chouette, non ?

— Très.

C'est une ruche ici, ce soir. Je suis déjà venue deux fois, une pour apprendre à coller et la seconde pour apprendre que l'on allait le soir même au siège de l'Action française, rue Croix-des-Petits-Champs, barbouiller ses murs de nos affiches vengeresses. Je suis à la fois très excitée et très inquiète. Je n'ai aucune idée de la façon dont se passe ce genre d'affaire. Et à cet instant, comme si elle défrichait mes angoisses, Suzanne distribue les rôles.

— Les garçons encadreront les filles le temps que l'on colle nos affiches. Deux gars pour une fille, si possible. Vous avez l'habitude. Et, si l'on peut, on déborde sur les autres immeubles et même dans les rues voisines, précise-t-elle.

J'ai appris depuis que c'est elle qui commande et organise. Elle est adhérente active depuis trois ans et passe la moitié de son temps au journal. Elle n'est de ce fait pas inconnue des services de police qui l'ont déjà arrêtée trois fois pour « troubles à l'ordre public ».

— Et si on se fait arrêter ? je demande.

— Ben, tu passeras la nuit en tôle, comme nous.

Je me crispe. En tôle ? Et mes parents qui ne sont même pas au courant de ce que je fais ! Comme je suis mineure, ils seront prévenus ! Je sens mon estomac se retourner mais je ne pipe mot. Je sais qu'il est trop tard pour se dégonfler, à moins de simuler une crise cardiaque. Pourvu que ce ne soit pas ma mère qui l'ait si elle doit venir me récupérer chez les flics ! Suzanne distribue les rouleaux d'affiches que l'on enveloppe dans des toiles. Histoire de nous faire passer pour des amateurs de peinture. Mais je vois les gars se munir de lourds bâtons, et pour deux des plus costauds, de ce qu'on appelle des poings américains, des cercles d'acier dont on entoure les doigts, que j'ai vus dans des films de gangsters américains. Mon inquiétude prend des proportions alarmantes.

— On va se battre ? je demande à une fille appelée Lise, bâtie comme une lanceuse de poids.

— Ce n'est pas impossible, espérons que non. On n'a pas des tendres en face de nous, ce sont des putains d'anti-juifs, purs et durs !

Je suis autant stupéfiée de son vocabulaire que du reste. Je roule ma toile d'affiches et me la colle sous le bras en priant pour qu'elle ne s'ouvre pas quand je serai dans le métro. Mais on ne prend pas le métro. On a une voiture pour les « colleuses » et leurs affiches, et les garçons s'entassent dans une camionnette. Je suis heureusement surprise. Il est 20 heures et les rues pour arriver rue Croix-des-Petits-Champs sont animées. J'en fais la remarque à Suzanne.

— Ne t'inquiète pas, là-bas, c'est un quartier calme le soir, mais il faut toujours y être à l'avance pour les repérages.

— Les repérages ?

— Ben, qu'est-ce que tu crois ? Qu'un coup pareil, ça se prépare comme aller boire un verre ? On n'improvise pas. On a déjà passé pas mal de soirs dans le coin, à tout visualiser. Ces salauds ne sont pas des enfants de chœur, faut pas se tromper, ma grande ! Tu participes ce soir à une vraie action anti-fasciste contre de vrais tordus qui ne nous ont jamais fait de cadeaux ! Mais à côté de ce que les Polonais, les Roumains, les Ukrainiens font aux Juifs de leur pays, les nôtres, c'est des nounours ! Ces fumiers de là-bas, ils les tuent, les brûlent, violent les femmes, enfin, tu vois le genre ! Les nazis seront pas dépaysés s'ils les envahissent !

Voilà un discours qui ne me donne pas vraiment d'allant. Est-ce que mes nouveaux papiers de naturalisée me protégeront en cas d'arrestation ? Pourront-ils protéger les miens s'ils viennent me chercher au commissariat ? Est-ce que je ne me suis pas emballée trop vite au détriment de la sécurité de ma famille, et de la mienne ?

On arrive par la rue Étienne-Marcel, on fait le tour de la somptueuse place des Victoires et les véhicules se rangent l'un derrière l'autre dans une rue étroite et sombre qui la coupe.

— Voilà ce qu'il nous faut, se félicite l'un des gars avec un accent slave à couper au couteau.

C'est Roman, réfugié de Pologne, grand blond costaud au teint et aux yeux clairs, l'archétype dont raffolent les nazis. On sort des voitures, on se disperse, on regarde partout autour, j'ai les jambes qui flageolent, des gens ne passent pas loin sans faire attention à nous, pourtant, un groupe de jeunes gens en balade ça ne passe pas inaperçu dans ce quartier d'affaires où tous les commerces ferment à 7 heures. Suzanne me fait signe de la suivre et s'engage dans une petite rue qui donne dans la rue Croix-des-Petits-Champs.

— Regarde, c'est là qu'on barbouille, dit-elle en me montrant du doigt un immeuble solide dont portes et fenêtres sont fermées.

Mais à l'instant, s'ouvre la large porte cochère et en sort un quarteron de garçons qui en croisent quatre autres, qui entrent.

— Relève de la garde, marmonne Suzanne. Zut.

— Quoi. Relève de la garde ?

— Ce soir, il y a une grosse fête chez eux, c'est pour ça qu'on s'est invités, m'explique-t-elle tranquillement. J'espère que t'as de bonnes chaussures parce que ça ne m'étonnerait pas qu'on pique un cent mètres après !

Je la regarde. Non, elle ne plaisante pas. Elle a même l'air un peu inquiète. Elle fait signe à l'un de nos gardes du corps. Jean-Pierre, un intello à lunettes mais vachard comme pas deux, m'a spécifié Suzanne en me le présentant. « Faut pas se fier aux lunettes », a-t-elle ri.

— Jean-Pierre, tu te postes au coin de la rue des Saint-Pères et tu dis à Maurice d'en faire autant côté rue de la Vrillère. D'accord ? Tiens, regarde, me dit-elle, tu vois le drapeau français au-dessus de la porte, là-bas, avec devant un gardien de la paix ? C'est le commissariat du quartier, alors si ça se passe mal ou s'ils nous séparent des autres ou nous tapent dessus… (Elle se met à rire.) T'as compris où tu vas ? demande-t-elle au garçon.

— Ouais, dit-il en s'éloignant.

— Bon, toi, tu colles avec moi, me dit-elle. Lise colle seule, elle a l'habitude.

— On est moins nombreux que tu le pensais ?

— Ouais, c'est souvent comme ça, les gens ont toujours autre chose à faire. Mais t'inquiète pas, on fera le boulot.

Je ne m'inquiète pas pour le boulot, je m'inquiète de voir que l'on est six et les méchants, peut-être deux douzaines. Une fête, ça attire du monde. Mon rouleau d'affiches commence à me tirer le bras. On se déplace dans le quartier pour ne pas se faire remarquer, mais six ados, l'expression un peu crispée et déambulant vaguement, style Fantômas, avec, pour trois d'entre eux, des rouleaux sous le bras, et pour deux autres, un imper que le temps ne justifie pas, porté en travers le bras, ne me semblent pas si anodins que ça pour un observateur à peine avisé. N'oublions pas que dans ce pays, mine de rien, on attend la guerre et on nous conseille de nous méfier des oreilles ennemies.

Mais déjà Suzanne a saisi son seau, empoigné sa brosse qu'elle avait laissés dans la voiture. Du coup, je me sens obligée de l'imiter et l'on se dirige vers l'immeuble en surveillant les alentours. On arrive devant le bâtiment sans rencontrer personne, mais au-dessus de nous, au premier étage, les fenêtres laissent passer le brouhaha de la fête. Il suffirait que la chaleur augmente pour que ces tordus aient envie d'un peu d'air, ouvrent les croisées et nous voient. Je badigeonne mes affiches à grands coups de pinceau, surveillant les fenêtres du dessus. À mes côtés, Suzanne, moins inquiète, en colle deux quand j'en colle une. Pas loin, Jean-Pierre surveille en fumant. J'aperçois Lise qui, déjà, s'attaque à un autre immeuble, quand je vois Jean-Pierre jeter sa cigarette, se précipiter vers nous et crier :

— 22 ! Y'a un groupe qui se ramène !

Suzanne achève de coller son affiche, contrairement à moi qui me mets à cavaler. Évidemment, je me jette pile sur le groupe qui arrive. Ils pigent vite ce qui se passe en me voyant débouler avec mon seau et ma brosse, et s'écartent pour me coincer. Nos cris attirent dans la minute l'attention de ceux de l'immeuble. J'entends Suzanne crier pour prévenir les autres, mais déjà Roman, qui m'a rejointe, est aux prises avec deux des arrivants qu'il envoie bouler à terre. Un barbu essaye de m'arrêter dans ma course et je lui balance un grand coup de brosse dans la figure. Aveuglé par le savon, il me lâche, mais un de ses comparses m'attrape par la taille et veut me soulever de terre. Mais je me tortille si bien qu'il est obligé de me lâcher. Pendant ce temps, les portes de l'immeuble se sont ouvertes et laissent sortir un groupe de fêtards.

Maurice, qui veut protéger Suzanne empêtrée dans ses affiches, est violemment pris à partie avant que Lise vole à son secours et le dégage. Ça se bagarre partout, ça hurle des jurons, on est pris dans un tourbillon de coups, de corps qui roulent à terre, quand Roman et Jean-Pierre se servent de leurs poings en acier. Suzanne est violemment projetée contre un mur et je me précipite vers elle en brandissant ma brosse et mon seau, avec lequel je frappe son agresseur. En le voyant trébucher, Suzanne éclate de rire et lui balance un coup de pied qui l'envoie rouler dans le caniveau. Mais on va être submergés par le nombre quand retentissent des coups de sifflet et qu'une poignée de flics déboule en brandissant des matraques. D'abord, ils frappent sans choisir, puis il faut le reconnaître, s'aperçoivent qu'il y a trois combattantes dans le lot et s'en prennent plutôt à nos agresseurs qui en profitent pour les traiter de tous les noms en les cognant.

À moitié dans le cirage, je vois accourir d'autres flics qui parviennent, à coups de matraque et de pèlerine roulée, à remettre un semblant de calme. Ils réussissent avec difficulté à en menotter quelques-uns, séparent les combattants sans tendresse. Je reçois sur l'oreille un coup de matraque qui me fait voir trente-six chandelles, suis violemment repoussée avec les autres. On me passe les bracelets, comme on le dit dans les livres policiers, et je suis traînée plutôt qu'emmenée vers le commissariat qui se remplit vite de combattants ayant du mal à se calmer avant qu'une espèce de flic géant vienne remettre de l'ordre à coups de poing et de bourrades en envoyant valdinguer les récalcitrants contre les murs. Coups de sifflet stridents, des flics referment les portes du commissariat pendant que des collègues en sortent poursuivre les autres. Je suis poussée avec Suzanne dans une cellule en même temps que deux types de l'Action française, qui nous regardent férocement mais choisissent, devant notre attitude, de rester dans leur coin.

Après, on nous a extraits des cellules, on a poireauté un temps indéfini dans les couloirs sous la surveillance de flics armés, et puis, un par un, on a été présentés à un gradé. Je ne voulais pas penser à ce qui allait se passer. Sur le conseil de Suzanne, je n'ai pas pris mes papiers. D'ailleurs, je n'en ai pas encore. Mais quand le brigadier m'interroge sur mon identité, je me suis sentie coincée.

— Votre nom, votre adresse, votre lieu de naissance, votre nationalité ? m'a-t-il demandé d'un ton rogue.

Je les lui ai donnés en essayant de ne pas balbutier de trouille. Il a tout noté et m'a regardée.

— Vous êtes française depuis quand ?

— Comment ? Euh… Depuis ce mois-ci. Enfin, bientôt.

— Vous n'avez pas pris de retard pour vous faire remarquer. Vous logez où ?

— Euh… Chez moi, chez mes parents, pour mes papiers…

— Ah, vous habitez chez vos parents ?

— Oui monsieur… Oui, monsieur le brigadier.

— Vous êtes mineure et vos parents sont responsables de vous, vous le savez ?

— Euh, oui, monsieur le brigadier.

Il a soupiré, m'a regardée de nouveau.

— Vos parents sont nationalisés ?

— Oui, monsieur, très bientôt, c'est en cours.

— Ils travaillent ?

— Oui, monsieur le brigadier.

Et, étonnée, je l'ai vu brièvement dissimuler un sourire.

— Vous êtes ici depuis quand ?

— Un an.

— Pourquoi avez-vous quitté votre pays ?

Je l'ai fixé sans savoir quoi répondre. J'avais une chance sur deux que ma réponse lui déplaise.

— Pourquoi avez-vous quitté votre pays ? a-t-il insisté.

— À cause de Mussolini, monsieur, nous sommes Juifs.

Je n'ai pas balbutié, je n'ai pas bafouillé, je l'ai dit fort et clair. Il m'a encore regardée un petit moment comme s'il réfléchissait.

— Je m'en serais douté, à voir contre qui vous vous battiez, finit-il par lâcher.

Puis il a pris la feuille où il a inscrit mon identité, l'a pliée et mise dans un tiroir.

— Rentrez chez vous, je ne veux plus vous voir ici, ni dans un coin quelconque, en train de vous battre comme une chiffonnière. On ne dirait pas, à vous voir. Où sont les affiches restantes ?

— Je ne sais pas monsieur, je les ai perdues au cours de l'attaque.

— Au cours de l'attaque… et il a retenu un sourire.

— Bon, alors puisque les cow-boys ont battu les Indiens, filez !

— Mais mes amis, monsieur ?

— Vos amis sont majeurs, on a le temps d'aviser. Vous voulez les attendre ou vous préférez rejoindre votre famille qui, à mon avis, se fait du souci pour vous ?

— Je veux bien partir monsieur, merci monsieur. Merci bien.

Il n'a pas répondu et je suis sortie de son bureau. J'ai vu Suzanne me faire un clin d'œil en entrant dans un autre bureau en compagnie de Maurice. J'ai abandonné ma brosse et mon seau et j'ai filé. Au coin de la rue, une horloge indiquait 2 h 30. Je me suis mise à courir à petites foulées jusque chez moi. Je suis arrivée épuisée, transpirante, ahanante, j'ai ouvert la porte de l'appartement plongé dans le noir et dans le silence, et j'ai constaté avec soulagement que la porte de la chambre de mes parents était fermée.

J'ai compris le lendemain qu'ils ne s'étaient aperçus de rien.

36

Jours de fête

Le 3 juin, je suis chez Dante avec ma bande de copains franco-italiens, Sofia, pressée contre moi, à boire du vin, manger des saucisses, et suivre à la TSF le championnat d'Europe des lourds-légers entre le champion français Marcel Cerdan et le tenant du titre, l'Italien Saverio Turiello à qui il le ravira. Et pour fêter en même temps ma nouvelle nationalité.

Le même 3 juin, le général Gamelin se rend à Londres pour mettre au point avec son homologue, John Gort, la future coopération militaire entre les deux pays.

Le 12, nous recevons, ma famille et moi, nos nouvelles identités, faisant de nous des Français. Nous refuserons par courtoisie et gratitude de conserver les deux nationalités.

En mai, les journaux ont couvert la déclaration solennelle de la France qui s'engage à sauvegarder la Pologne en cas d'attaque allemande contre celle-ci. Le 28 du même mois, alors que la température est toujours aussi douce et que les bourgeons explosent, la Grande-Bretagne et la France acceptent l'aide de l'URSS en cas d'agression contre la Pologne.

Et le 20 juin, pour remercier mes amis et leur faire connaître ma famille, je loue des places à Bobino où se produit l'une des grandes vedettes de la chanson du moment, Lucienne Delyle, qui fait danser et pleurer tout Paris avec ses chansons phares *Sous les ponts de Paris* et *Mon amant de la Saint-Jean*, entre autres grands succès. Nous sommes neuf et occupons un demi-rang. Quand je les ai présentés au café où j'ai donné rendez-vous à tout le monde avant le spectacle, et où nous avons rapidement avalé un verre de vin rouge pour accompagner nos sandwiches, j'ai essayé, et je crois en partie réussi, à lier famille et amis. Tous étaient pourtant intimidés, mes amis parce qu'ils sont jeunes, et ma famille parce qu'elle est très reconnaissante sans savoir comment le montrer. Nous nous asseyons, nous, à un bout du rang, mes amis, à l'autre. Et puis il y a le récital de celle qui est en ce moment l'une des chanteuses les plus populaires du pays. Alors, tous, sous son charme, finissent par laisser tomber leur air guindé. Quand le spectacle se termine sous les applaudissements déchaînés du public, tout le monde rit, se parle, se lève ensemble. C'est gagné et je peux enfin me détendre.

Nous sortons sur le trottoir de la rue de la Gaîté dont je trouve que le nom lui va si bien, avec ses cabarets, ses théâtres et ses salles de spectacle. On est joyeux mais on a faim et soif, et Thierry, toujours attentif, nous propose d'aller au Dôme, l'incontournable brasserie parisienne qui, selon son habituelle expression, est à un jet de pierre, pour boire un verre et peut-être manger une bricole. C'est l'adhésion générale, sauf pour mes parents qui s'excusent, prétextant la fatigue de leur âge. Mais je sais que c'est par discrétion et, négligeant la bouderie de mon frère qui aurait tant aimé nous accompagner, nous les reconduisons au métro Raspail. Ma mère, bien sûr, me demande de ne pas rentrer trop tard, ce qui me fait un peu grincer des dents, me renvoyant à mes dix-neuf ans.

Nous restons jusqu'à la fermeture. Je sais que je regarde Sofia trop amoureusement, mais c'est pour moi une soirée inoubliable, la première du genre dans notre nouvelle patrie, avec peut-être, si les hommes sont raisonnables, un avenir où j'intégrerai l'université, pourrai aimer une femme qui m'aime, verrai mes parents s'installer enfin, et la vie s'organiser. Je meurs d'envie de rester dormir avec Sofia mais ça m'est encore impossible. Un jour, peut-être. Thierry se propose de me raccompagner, mais je refuse. J'ai gardé un peu d'argent pour le taxi sur la somme que m'ont donnée mes parents pour mon invitation.

Il y a encore à 2 heures du matin des promeneurs et des fêtards qui traînent sur le boulevard et on rit et plaisante avec eux.

37

Défaite

Un mois plus tard, le 20 juillet, devant les menaces d'Hitler contre la Pologne, Georges Bonnet, ministre des Affaires étrangères, part pour Moscou discuter de la situation avec son homologue, Molotov. Mais auparavant, me servant du plus usé des mensonges, j'annonce chez moi que je passe un week-end à la campagne chez la sœur de François Langlois, dans sa maison de Fontainebleau, suffisamment éloignée de Paris pour qu'il n'y ait pas d'embrouilles. Après avoir acquiescé à toutes les recommandations maternelles, je me retrouve, à 3 heures du matin, alanguie et épuisée aux côtés de Sofia, dans son studio, après notre dernière étreinte. Je fume, car elle m'a appris qu'après l'amour, cette cigarette est la meilleure. C'est notre première nuit ensemble et je me sens devenue adulte. Sofia a dix ans de plus que moi et elle en sait dix fois plus. Elle a posé sa tête au creux de mon bras et je saurai plus tard que la crampe qui suit au bout d'un moment s'appelle la crampe des amoureux. Mais je pourrais avoir le bras coupé en deux, pour rien au monde je ne lui demanderais de soulever sa jolie tête.

— Pourquoi, lui demandé-je, les mères veulent absolument que leur fille se marient ? Hors épousailles, point de salut.

— Parce qu'elles se débarrassent d'un fardeau qu'elles portent depuis le jour de leur naissance, les soucis de santé, d'éducation, d'instruction, qui se transforment en angoisse pour une adolescente rongée par ses hormones, et qu'elles surveillent comme le lait sur le feu pour qu'elle ne « tombe » pas enceinte. Tu as remarqué le verbe « tombée » ? Pas « devenir » enceinte. « Tomber ». Et quand elles ont la chance de passer enfin ce fardeau au futur mari qui doit l'entretenir comme elles ont été forcées de le faire pendant des années, la nourrir, l'habiller, la soigner, elles se sentent légères et prêtes à revivre leur vie de femmes.

Je soupire. Sofia a bien résumé l'histoire.

— Et bien sûr, les mères devront faire comme si leurs filles volaient vers le bonheur, dis-je.

— Bien sûr, car le bonheur de leur fille fait partie du leur, dit-elle en se levant.

— Où vas-tu ?

— Boire, tu as soif ?

— Oui.

— Champagne ?

— Non, de l'eau s'il te plaît.

Elle a une grimace.

— Après une pareille fête, tu as envie de boire de l'eau ?

— J'ai envie de boire de l'eau mais je boirai du champagne.

Je ne savais pas à cet instant que je venais d'oublier mon libre arbitre.

38

Étudiante

Quand je suis revenue du faux week-end bucolique le lundi soir, prétextant avoir attendu que l'on me ramène en voiture, j'ai une bouffée de remords en constatant que mes parents ont profité du week-end et de mon absence pour faire installer l'eau et une douche dans la pièce qui me sert de chambre. Comme je m'extasie et les remercie, ils me disent qu'ils savaient combien une douche m'aurait fait plaisir, et qu'ils ont profité de ce que je dorme ailleurs pour demander à un plombier, ami de je ne sais quel voisin, de l'installer.

— Oh, mais elle n'est pas seulement pour toi, on l'a déjà tous essayée, s'exclame ma mère en riant.

Comme je l'ai espéré, notre vie s'organise. Dans la semaine, je me rends à la faculté de droit, rue d'Assas, me faire inscrire, munie de mes papiers de naturalisation flambant neufs. Je m'attendais à faire la queue mais je me suis trompée. Le bureau des inscriptions est presque vide, et comme je m'en étonne, la préposée m'apprend que les étudiants attendent de voir la tournure que prendront les événements.

— Vous êtes déjà inscrite ?

Elle a une apparence sévère et je m'inquiète déjà. Mais je m'attendais à quoi, à une danseuse des Folies-Bergères ?

— Pas encore. J'ai fait ma première année de droit en Italie et…

— Vous n'êtes pas française ?! me coupe-t-elle.

Elle me fixe, lèvres pincées, pointées en avant.

— Si, si, voilà mes papiers de naturalisation, dis-je en les brandissant.

Elle les prend avec la circonspection d'un biologiste manipulant le bacille de Hansen, ouvre l'un des épais registres posés sur son bureau, examine attentivement les deux pages de mon certificat. Penchée sur le comptoir, je sens mon estomac se rétrécir au fur et à mesure de sa lecture circonspecte. Y a-t-il tellement de faux papiers ? Et il me vient soudain l'affreuse pensée que ces papiers peuvent être faux ou ne pas exister. Mais pourquoi Thierry m'aurait-il fait ça ?

— Il y a longtemps que vous êtes naturalisée ? C'est votre nom de femme ou de jeune fille ? demande-t-elle sans relever la tête.

Je réponds au hasard.

— C'est le nom de ma famille.

— Livi ? C'est ça ?

— Oui…

— Vous avez les attestations de votre première année de droit en Italie avec vos certificats ? interroge-t-elle, mes papiers toujours serrés dans sa main.

— Oui, réponds-je en me fouillant. Voilà, dis-je en les lui tendant.

Elle s'en saisit, et même topo, elle passe chaque feuille aux rayons X de sa vigilante méfiance.

— Il est indiqué que vous étiez en première année à la faculté de Florence. C'est bien ça ?

— Oui. Ce sont les quatre certificats que je vous ai donnés.

— Oui…

— Votre naturalisation est récente…

— C'est-à-dire… balbutié-je.

— Rare d'obtenir sa nationalisation en si peu de temps… ajoute-t-elle en feuilletant les certificats. Je crains que vous soyez obligée de refaire… (Elle marque une longue pause.) De repasser le baccalauréat français…

Je sens mes jambes se dérober sous moi.

— Mais… mais… je l'ai passé en Italie.

— Le bac français ?

— Euh…

— Je ne pense pas. Vous avez l'attestation de votre diplôme italien ?

— De mon baccalauréat ? Euh… (Je cherche…) Attendez… (Je fouille…) Oui, tenez, le voilà !

Un coup de chance, je l'ai et l'ai trouvé. Je le lui tends en tremblant, imaginant que ça ne va pas lui suffire. Ou que ce ne sera pas le bon document. C'est courant, en Italie, de revenir dix fois de suite parce qu'il manque un papier. Mais ici, cela me sera impossible. Elle s'en empare, l'examine, le joint aux autres, les tapote pour les aligner, se lève et me dit :

— Attendez-moi là s'il vous plaît. Je dois vous prévenir qu'il n'y a pas toujours d'équivalence entre les diplômes étrangers et français. D'autant que votre naturalisation est très récente et que vous n'avez pas encore occupé d'emploi. Et tout ça dépend des accords entre les pays. Surtout en ce moment, lâche-t-elle avec un regard éloquent. Puis-je vous demander la raison qui vous a fait quitter l'Italie ?

Je la fixe sans savoir quoi répondre. Où est le piège ?

— C'est-à-dire… Nous avons de la famille ici et mon père a perdu son emploi.

Dois-je lui en donner la raison ? Elle me regarde en réfléchissant visiblement.

— Bien…

Et elle disparaît derrière une porte, me laissant les jambes molles et une envie de vomir aux entrailles. Je n'imagine pas une seule seconde la voir revenir et me dire que les diplômes français et italiens sont en équivalence. Ce n'est pas possible, compte tenu de la situation militaire entre les deux pays, et si je veux être honnête, je comprendrais parfaitement que la France refuse. En même temps m'envahit un désespoir sans fond. Le moral en vrac, je vais m'asseoir sur un banc, certaine que derrière cette porte, des fonctionnaires sont en train d'éplucher chaque mot et de vérifier que ma naturalisation est légale, ainsi que mes diplômes. Dans le cas contraire, mon obstination à rester en France coûterait l'expulsion, ou même pire à ma famille, sans compter que mes amis reconnus faussaires courraient un risque énorme que je ne veux même pas envisager. Les minutes passent, qui se transforment en demi-heure. Je marche de long en large, me tordant les mains, prête à m'enfuir dans les prochaines minutes. La salle est quasiment vide et personne ne s'y opposera. Au fur et à mesure que le temps s'allonge, je monte un scénario de western.

Mes papiers sont faux, et la femme téléphone à la police pour la faire venir et m'arrêter. Ensuite, elle débarque chez mes parents qu'elle jette en prison avant de les interner dans un camp de concentration pour étrangers, puis va arrêter mes amis qu'elle expulse par représailles. Je dois filer avant son retour et courir les prévenir. L'angoisse me coupe le souffle, un point de côté me plie en deux, la sueur m'inonde le dos.

Elle revient seule et avec mes papiers.

— Vous avez de la famille ici, m'avez-vous dit ?

— Oui, mes parents… et des cousins.

J'ai la voix si faible que je suis étonnée qu'elle m'entende.

— Ils travaillent ?

— Oui, bien sûr madame.

— Vous vivez avec vos parents à cette adresse ?

— Oui, madame.

Ça y est, ils vont les arrêter ! Elle me fixe, me détaillant comme un cannibale qui choisirait le morceau qu'il va manger.

— Je viens de parler avec le doyen qui s'occupe des inscriptions des étudiants d'origine étrangère. (Elle se tait et laisse passer un moment qu'elle utilise pour lire de nouveau les papiers – à cet instant, elle doit les connaître par cœur.) Puisque vous venez d'un pays… hostile à certains éléments de sa population… et que ce certificat de naturalisation a été obtenu au plus haut niveau… (Elle s'octroie de nouveaux silences permettant à mon squelette de se tordre en deux.) Le doyen a accepté.

— Accepté… quoi ?

— Votre inscription à la faculté de droit de Paris. Mais vous n'irez pas en deuxième année.

— Ah… et je dois repasser le… ?

— Non, compte tenu des mentions d'excellence que vous avez obtenues pour les diplômes de l'université de Florence… (Elle s'arrête encore et, ce coup-là, c'est pour me toiser, ce qui me permet de remarquer que ses iris sont quasiment de la même couleur que le fond de ses yeux, et c'est cette particularité qui rend son regard un peu effrayant.) Vous êtes arrivés en octobre de l'année dernière et vous avez déjà vos papiers de naturalisation ? M. le doyen s'est étonné et m'a demandé… Vos parents, qu'est-ce qu'ils font ?

J'ai une illumination.

— Ma mère travaille à l'ambassade d'Italie. Elle s'occupe de la correspondance de notre ambassadeur avec notre ambassade de Rome.

— Ah, oui. C'est ça… lâche-t-elle comme si ça expliquait tout.

Elle a de la chance d'avoir compris. Car j'ai sorti ça au hasard sans me comprendre moi-même. Mais le mot

« ambassade » placé deux fois dans la même phrase l'a impressionnée.

— Bien. Veuillez attendre un moment, que je vous donne votre inscription. En France, la rentrée des universités se fait en général fin septembre. Vous serez prévenue, de toute façon, mademoiselle.

Son attitude a changé, c'est le coup des ambassades. Mon coup de bluff a porté. Elle doit penser, et son doyen avec, que nous avons de sacrés appuis pour être devenus si vite citoyens français à une époque où les étrangers, surtout venant d'un pays hostile, sont plutôt mal vus et pratiquement toujours déboutés de leurs demandes. Confronter les réfugiés espagnols et les Juifs allemands et autrichiens. Quand je vais raconter ça à ma mère, elle va se tordre de rire en sachant que c'est son poste d'employée de bureau subalterne qui a emporté l'adhésion.

Elle repart et revient avec un dossier.

— Voilà votre dossier, mademoiselle. Quand vous recevrez votre convocation, vous vous présenterez au Bureau des étudiants. Je vous rends vos papiers, j'en ai fait des photocopies.

— Je vous suis reconnaissante, madame. Nul doute que ma mère sera ravie et en fera part à sa hiérarchie.

Elle sourit, je lui réponds d'un sourire désinvolte, espérant ne pas en faire de trop, et tourne les talons avec le plus de naturel possible. Je m'aperçois qu'entre-temps, des étudiants sont arrivés et font la queue aux guichets pour s'inscrire.

39

Été

Thierry, qui ne décolère pas de ce qu'il appelle le coup fourré de Munich, m'explique, avec François Lambert qui partage son avis, que les Français sont devenus tellement pacifistes, autant les bourgeois que les ouvriers, la droite que la gauche, que le seul mot « guerre » les fait se coucher et les aveugle volontairement, j'opte pour la seconde hypothèse.

— Je crains les retours de bâton, a-t-il ajouté. Ils ne manqueront pas de venir, crois-moi.

— Mais si Hitler envahit la Pologne ou la Roumanie auxquelles votre pays a accordé sa protection, vous n'aurez pas le choix, ai-je rétorqué. Vous devrez intervenir.

Je n'ai pas encore pris l'habitude de parler comme une Française.

— Ah, tu crois ? Eh bien moi, je te parie le contraire. Tu verras, je les entends, les gens, que ce soit à la fac ou au bistrot. Ils ne sont pas nombreux à envisager de se battre contre Hitler. Tu n'as peut-être pas fait attention à l'article de ce vendu de Marcel Déat, un socialo-pacifiste comme ils le sont tous, prêts à livrer leur pays pour rester dans leurs pantoufles, demander à la une de *l'œuvre*, un de leurs torchons, s'il fallait se battre pour Dantzig ? Je te laisse deviner sa conclusion !

Je me retrouve près de l'avenue de l'Observatoire que, Décidément, je fréquente beaucoup en ce moment, marchant, le sourire aux lèvres, et me dirige pour me remettre de mes émotions vers mon jardin favori. Nous sommes le 8 juillet, les Français semblent confiants dans l'avenir car ils préparent déjà la revue du 14 juillet qui célèbre en même temps les cent cinquante ans de la Révolution française. Et c'est Jean Zay, ministre de l'Éducation nationale que j'admire pour sa droiture, qui est chargé de l'organisation.

Les radios et les journaux annoncent les festivités. Ils insistent sur l'importance du défilé militaire qui, d'après les avis autorisés, n'aura jamais été aussi spectaculaire. Avions de chasse et bombardiers, colonnes blindées, troupes aéroportées, Air, terre, mer, différents corps d'armée, véhicules militaires terrestres et amphibies, canons tractés, génie militaire, corps médical, commandos alpins, Légion étrangère, grandes écoles. Un foisonnement de feux d'artifice est annoncé jusque dans les plus petits villages, et des bals de pompiers sont organisés partout où c'est possible. Seront aussi à l'honneur les associations d'anciens combattants et les vétérans de 1914-1918. Seront déposées des gerbes devant les monuments aux morts et de nombreux discours seront prononcés, en même temps que seront remises des médailles et des décorations civiles et militaires par le président Albert Lebrun à l'Élysée. Tout un peuple en liesse s'apprête à célébrer avec éclat la Fête nationale du 14 juillet 1939.

Je me dis avec un certain cynisme que, ou les Français se sentent protégés par leurs frontières et leur puissante armée, et le pays ne craint rien du fou qui s'agite près de lui, ou ils ont choisi de s'enivrer dans une pseudo-gloire. Il fait beau et les arbres dans le jardin sont éclatants, mais les propos de Thierry résonnent trop bien avec les actualités que diffusait Pathé Cinéma quand, avec Sofia et Dante, je suis allée voir la *Règle du jeu* de Jean Renoir. Film admirable, mais que les actualités ont gâché. Déjà le générique n'a rien de gai, avec sa succession d'images fragmentées qui se superposent. Il a dû être choisi, me suis-je dit, dans ces derniers temps bouleversés.

À Berlin, a commencé de commenter le journaliste, ont eu lieu d'importants autodafés d'auteurs juifs suivis par l'arrestation de milliers d'intellectuels.
À Nuremberg, on a pu assister à un meeting monstre où des dizaines de milliers d'Allemands hystériques ont ponctué de leurs hurlements et de leurs applaudissements les vociférations du Führer.
À Rome, de nombreuses arrestations de professeurs et d'intellectuels sont intervenues. En Pologne, incendie de commerces et d'établissements appartenant à des Juifs et assassinat du principal chef de la communauté et de sa famille.
À Prague, on a assisté à la pavane d'officiers nazis devant le monument aux morts de la ville.
À Vienne, l'interdiction a été faite aux Juifs d'exercer un métier public, et de demeurer dans les principales institutions autrichiennes.

Je me souviens que cette énumération m'a porté un coup au point que je me recroqueville dans mon fauteuil, d'autant que la conclusion de cette sinistre litanie a été presque sur le même ton, la présentation joyeuse à Paris de la dernière collection haute couture de Maggy Rouff et de Lanvin, où l'on peut voir de riches clientes s'extasier sur les modèles présentés dans une ambiance de bonheur général et de déni de la réalité française. Sofia me prend dans ses bras et me serre contre elle. De côté, je vois le profil de Dante, fermé comme le poing. Et si Thierry avait raison ? Mais je ne veux pas me laisser gagner par le pessimisme et la peur, juste aujourd'hui, où j'ai réussi à me faire inscrire à la fac. Et puis nous sommes français, et ce 14 juillet que fêtent mes « compatriotes » a été le prélude à bien des libertés ailleurs.

Un café étale sa petite terrasse au soleil, à le voir, un café d'habitués. Je m'interroge un instant sur la facilité pour une femme de s'y asseoir seule. Je n'y ai pas prêté attention jusque-là. Je pousse une chaise et m'installe, me reprochant mes réflexes d'Italienne. Je commande un double café et le garçon m'apporte une tasse avec plus d'eau dans le filtre mais pas plus de poudre. Je suis étonnée que les Français, peuple de gourmets, se contentent de cette eau à peine chaude et sans goût. En face de la terrasse, il y a un kiosque à journaux que le kiosquier a fermé avec une double vitrine, le transformant presque en petite librairie. Je suis friande de la presse même si parfois, je la trouve complaisante.

Je me lève pour regarder le nom des parutions et tombe tout de suite sur *L'Action française* de Charles Maurras que j'ai appris à vomir, et qui occupe la plupart des portants. Tout à côté, *Je suis partout*, un journal nationaliste et antisémite créé par l'éditeur Arthème Fayard, une dizaine d'années plus tôt. Je m'aperçois que la plupart des articles datent de l'année passée ou du début de l'actuelle, et proposent des éditos qui non seulement ne traitent pas de l'actualité mais font la part belle aux mouvements fascistes européens comme si rien ne s'est passé depuis l'ascension de Mussolini, la victoire de Franco et l'invasion de la Tchécoslovaquie par Hitler. J'imagine, puisque nous sommes dans un quartier d'étudiants, qu'ils sont destinés à une clientèle de militants ou d'historiens. Je me dois de les acheter pour en savoir davantage. En me rendant la monnaie, le kiosquier habillé d'une blouse grise et coiffé d'un béret me sourit.

— C'est bien mademoiselle, vous allez apprendre des choses intéressantes.

Je reviens à ma table et, dès les premières lignes, me sens honteuse de les lire, comme si je trahissais les miens. Ceux qui écrivent dans ces journaux sont nos ennemis et ceux de la paix. Les mêmes que ceux que l'on a fuis en Italie et que nous retrouvons ici, sous d'autres patronymes, mais avec le même discours. Cette internationale antisémite et fasciste qui fait le lit du nazisme.

40

Slogans

— Qu'est-ce que tu fais là ?

Je relève la tête, cherche quelques secondes qui m'a apostrophée.

— Ah Suzanne ! Ça alors.

Je me lève et l'embrasse. Ça a l'air de la surprendre.

— Tu te promènes ?

— Non, j'ai une course à faire boulevard Saint-Michel, et toi ? Qu'est-ce que tu lis ?

— De la mélasse, pour ne pas dire autre chose.

Elle se penche par-dessus mon épaule.

— *Je suis partout*, *L'Action française*. Ben t'es dingue, t'as pas compris, l'autre soir ?

— Je les ai achetés au type en face. Je voulais savoir ce que c'est. Je ne connaissais pas *Je suis partout*.

— T'es maso, toi. Garde tes sous pour les donner à notre canard. T'as compris l'autre soir que Maurras et les siens sont des vrais salopards. Au fait, comment ça s'est passé avec tes parents ?

— Ça a été, dis-je, ne voulant pas lui avouer qu'ils ne se sont aperçus de rien.

— Tu passes quand au canard ? Tu fais quoi ici ?

— Je me suis inscrite à la fac de droit et je suis ravie.

— J'imagine. Mais les cours te laisseront du temps pour nous donner un coup de main, hein ?

— Tu ne laisses jamais tomber, toi.

— Pourquoi je laisserais tomber ? Ils laissent tomber, les autres ? T'as pas encore lu *La Libre parole* ? Tu devrais. Ils écrivent que les difficultés de travail pour les artisans français sont dues aux « Youpins » qui ont installé des ateliers où ils embauchent les leurs pour des salaires misérables et dans des conditions d'hygiène épouvantable. Tu y crois, toi, à ces salauds ?! Tous mettent sur l'arrivée des quelques milliers de Juifs qui fuient leur pays pour venir ici la cause du chômage de millions de Français. Un canard qui s'appelle *L'Anti-Juif* – y a pas plus clair – vient de sortir et a imprimé dans son numéro 1 que le Juif est l'élément de désintégration, l'élément de division. Avec ça, repose-toi sur tes deux oreilles ! Tous ces types, les Darquier, les Henry de Coston, les Jean Drault, n'attendent qu'une chose : l'arrivée en France d'Hitler ! Il y a aussi des écrivains prestigieux, comme Châteaubriant, qui a eu le Goncourt ! Ce salaud étale dans son livre *La Gerbe des forces* son admiration quasi mystique pour Hitler. Et je n'oublie pas ce fumier de Céline qui, dans son livre *Bagatelles pour un massacre*, impose le symbole de l'antisémitisme littéraire de nos belles années ! Ah, quelle saloperie, ce bouquin ! Et il se vend bien, en plus !

— Tu les connais tous ! Moi, je viens juste de découvrir ceux-là. J'ai du retard à rattraper. Les Lucien Rebatet, Pierre Gaxotte, Maurice Bardèche, Drieu La Rochelle, Robert Brasillach, Darquier de Pellepoix, Claude Roy, tous anti-juifs et antiparlementaires, signent dans ces foutus canards ! Ils se félicitent du rapprochement de l'Italie avec l'Allemagne, de la victoire de Franco sur les républicains, des accords de Munich, prenant le prétexte de vous éviter une guerre que nous n'aurions pas gagnée par la faute de la politique d'abandon des valeurs des gouvernements radicaux, mais surtout du youtre Léon Blum, grand « bradeur de la nation ». Tu sais, quand on est arrivés, on n'aurait jamais pensé que les Français étaient si antisémites. Je m'en aperçois au fur et à mesure que je lis les journaux ou que j'écoute la radio.

— Attention, je ne dis pas que la France entière est antisémite, c'est comme partout ! C'est une minorité, la plupart se fichent que tu sois juif ou pas. Mais avec tous ces salauds qui écrivent n'importe quoi, l'antisémitisme gagne du terrain. Et tu sais bien que depuis Moïse, on joue les boucs émissaires. Dès que ça ne va pas quelque part, c'est la faute des Juifs ! Et là, entre la guerre qui nous guette avec l'autre monstre d'Hitler et les gens qui n'ont pas de travail, on a du souci à se faire ! Je ne m'occupe pas du journal pour mon plaisir ! Pour moi, c'est indispensable de se battre !

Je l'écoute, étonnée. Pourtant, à lire ces torchons, je devrais m'étonner de mon étonnement. Mais en Italie, ça n'a jamais été un problème d'être juif.

J'ai lu en arrivant en France que le nombre de gens sans travail était passé de cinquante mille en 1931 à presque un million maintenant. Il faut bien trouver une raison. Et la raison est toute trouvée. Les Juifs. Qui sont venus manger le pain des Français. Les analystes politiques non atteints par le virus le savent. Mais tous ces pseudo-intellectuels ont excité la xénophobie ordinaire des Français augmentée par l'arrivée d'Hitler au pouvoir qui, faisant de l'antisémitisme un programme politique entraînant l'immigration en France de réfugiés juifs d'Allemagne et de certains pays d'Europe de l'Est, concomitamment avec la victoire du Front populaire de Léon Blum et les menaces d'une guerre censée avoir été voulue ou provoquée par les Juifs, a libéré la parole des indécis. « Collusion de la juiverie », ai-je lu. On ne peut pas être plus aveugles aux réalités que nous l'avons été en décidant de nous expatrier en France. À notre décharge, cet antisémitisme, déjà à l'honneur sous le fouet d'Édouard Drumont a pris une ampleur imprévue.

— Tu sais, m'objecte Suzanne, ce que tu dis est sûrement juste mais ça peut s'expliquer aussi par le fait que la communauté juive française est notablement plus importante qu'en Italie. Elle est passée, d'après les recensements, de deux cent mille à trois cent mille entre les années 1930 et 1939. Pile quand vous avez débarqué. Vous faites partie de la fameuse goutte d'eau bien connue, dit-elle dans un rire.

J'ai du mal à rire avec elle. J'ai dans la bouche un goût amer qui ne vient pas du café. Thierry aurait-il raison ? Des Français justifieraient le fascisme, jusqu'au nazisme, même en sachant ce qui se passe en Allemagne, en Espagne et en Italie, et depuis peu en Tchécoslovaquie, pour refuser de se battre et préférer le mensonge à la vérité ? Je ne peux oublier la lucidité de Churchill déclarant à Neville Chamberlain après la signature des accords de Munich : « Ils ont choisi le déshonneur pour éviter la guerre, ils auront le déshonneur et la guerre. »

Je froisse furieusement ces journaux. Je ne peux pas les abandonner à ma place, je ne veux pas que d'autres les lisent par hasard. Je regarde férocement le kiosquier qui me renvoie un sourire complice. Le salaud croit que je pense comme lui. Je paye ma lavasse et me lève.

— Excuse-moi, je suis un peu pressée, mais tu vas me revoir, dis-je à Suzanne en lui tendant la main. T'as raison, faut se battre et je me battrai, tu peux me faire confiance. L'avenir est sombre, particulièrement pour nous d'après ce que j'entends de ce qui se passe dans les autres pays. Garde-moi un seau de colle et une brosse.

— D'après moi, si ça continue comme ça, ce n'est pas d'un seau de colle et d'une brosse qu'on aura besoin, mais d'un chef et de fusils. Allez *ciao*, comme on dit chez vous, n'oublie pas le 27 de la rue de Château-d'Eau. Tu t'es bien débrouillée la dernière fois, rue Croix-des-Petits-Champs.

Dans ma tête tambourine l'idée que nous n'aurions pas dû quitter l'Italie. Mais je garderai ça pour moi. Inutile de rajouter aux angoisses de mes parents. Pourtant, la chance nous a souri quand j'ai rencontré Sainte-Foix et ses amis. Les obstacles se sont non seulement aplanis mais nous avons réussi à nous assimiler à cette société qui sait être généreuse si nous évitons les imbéciles.

Je traverse le Luxembourg, scrutant les visages des gens que je croise. S'ils me savaient juive, que feraient-ils ? Attendent-ils que les Allemands les envahissent pour se conduire comme les autres pays déjà sous leur botte ? Pour le moment, les nombreuses échauffourées qui opposent les Français presque chaque semaine sont monnaie courante et ne changent pas les habitudes. Au Parlement, les communistes et la droite s'insultent comme des chiffonniers et en viennent parfois aux mains sans que ça semble étonner quiconque, surtout pas les journaux qui paraissent toutefois s'en lasser. Si je regarde autour de moi, rien de ce que je vois est inquiétant. Et pourtant pour la première fois depuis que je suis arrivée en France, j'ai peur pour l'avenir de ce pays. Et comprends que, Française de papiers, je le suis dorénavant devenue de cœur.

Mais peut-être les choses se passent-elles ailleurs ? À l'Assemblée, le quatrième gouvernement d'Édouard Daladier ferraille à son habitude autant avec sa coalition qu'avec ses adversaires. Cette quatrième version est en place depuis le mois de mai, et à part quelques nouveaux noms de ministres et des visites spectaculaires du gouvernement au grand complet sur la ligne Maginot, que l'on montre déjà réarmée et occupée par trente mille soldats, rien n'évoque une guerre prochaine. J'emprunte la grande allée qui mène au bassin central. Des enfants jouent, des mères promènent leurs landaus, d'autres, leurs chiens. Tous semblent paisibles. Lisent-ils les journaux ? Écoutent-ils la radio ? Ou pensent-ils, comme Gribouille, qu'il suffit d'enfoncer la tête dans l'eau pour ne pas être mouillé ? Ou est-ce moi qui m'inquiète trop ? Pourtant, je dois être joyeuse et soulagée d'avoir obtenu mon inscription en fac de droit et d'être devenue, avec ma famille, officiellement française. Je sors du jardin par la rue Médicis, et bien sûr, mes pas m'entraînent vers la rue Jacob.

Sofia… Par quel coup du destin les ai-je rencontrés, elle et ses amis ? Tout était-il déjà en place quand Thierry est intervenu, ce fameux jour du boulevard Saint-Michel ? Nombreux pensent que ce qui arrive a été préparé en amont. Qu'une action amène une contre-action. Qu'il faut simplement être prêt. Mais ce serait croire au destin, dans les étoiles et aux prophètes, et pourquoi pas en Dieu ? L'histoire n'a jusque-là pas exhibé beaucoup de preuves de leur existence, car l'humanité semble toujours surprise par ce qui lui arrive.

À hauteur du théâtre de l'Odéon, un orateur harangue une petite foule d'étudiants en leur demandant de s'opposer à la guerre. Certains rient aux slogans alarmistes qu'ils entendent. Et je m'aperçois que celui qui parle porte un pull décoré de la faucille et du marteau.

— Refusez de servir de chair à canon au grand capital ! braille-t-il. Ne vous battez pas pour les financiers et les deux cents familles ! Ne recommencez pas la funeste erreur de 1914 ! Nous sommes le peuple et ils se servent de nous pour augmenter leur fortune !

Je continue ma route. Je n'aime pas trop les communistes, je les trouve opportunistes et surtout naïfs. Quand André Gide, revenu en 1936, d'URSS dont il était jusqu'alors un fervent admirateur, a publié sa désillusion dans un livre intitulé *Retour de l'URSS*, il a subi de virulentes attaques des communistes, mais a persisté avec courage dans sa dénonciation du totalitarisme soviétique. Son récit m'a sérieusement ébranlée et fait perdre mes dernières illusions.

41

Apparences

Arrivée boulevard Saint-Germain, je prends la rue Saint-Benoît à la hauteur du café de Flore pour gagner la rue Jacob, et j'aperçois, assise en terrasse, Hannah Arendt plongée dans un livre. Je m'approche sans qu'elle me remarque, m'assieds à sa table sans qu'elle bronche.

— Il a l'air passionnant, votre livre.

Elle relève la tête, me regarde, cherchant qui la dérange.

— Judith, que faites-vous là ?

— Je viens fêter mon inscription à la fac de droit.

— C'est vrai ? Bravo !

— Je peux vous offrir un café ?

— Si vous voulez. Vous alliez où ?

— Chez Sofia.

— Ah…

Dans cette seule interjection, il y a beaucoup d'humour et de bienveillance.

— Vous savez me dit-elle, vous tombez bien. Je reviens moi de l'organisation Agriculture et artisanat. (Je fouille ma mémoire pour savoir à quoi correspond cette organisation.) Eh bien, ils cherchent quelqu'un pour les aider à tenir leur bureau, inscrire les postulants qui voudraient partir en Palestine, et j'ai pensé à vous. Ce n'est pas bien payé mais c'est intéressant.

— Ah, merci, bonne idée.

— Oui, c'est un petit boulot, comme on dit ici, mais ça aide.

Je suis ravie, disposée à prendre tout ce qui se présente. Je suis en permanence fauchée car je n'ose pas demander à mes parents d'augmenter la somme qu'ils me donnent chaque semaine. En compensation, ma mère m'achète des vêtements. Et, bien qu'elle soit souvent surprise de mes choix, elle les accepte. Je crois qu'elle a compris qu'à Paris, l'apparence est importante, et elle a rencontré mes amis, elle ne veut pas que j'aie honte.

On papote, j'apprends qu'elle attend quelqu'un. Qu'elle prépare un essai sur le romantisme allemand. Puis on se quitte après qu'elle m'a donné les coordonnées de l'association.

— Je les préviendrai que vous allez les voir, me dit-elle. Embrassez Sofia pour moi, je l'aime beaucoup. Son frère aussi, ce sont de bons Italiens, ajoute-t-elle dans un sourire. Vous aussi, Judith, j'espère que lorsque ce malade d'Hitler aura disparu, nous pourrons vivre de nouveau normalement.

— Comment pourrait-il disparaître ?

— Oh, quelqu'un l'abattra. On ne peut pas laisser vivre de tels monstres. Le mal et le bien sont des notions abstraites, difficiles à combattre. Parce que le mal pour l'un est le bien pour l'autre. Et que c'est seulement dans le vide de la pensée que s'inscrit le mal. L'être humain ne doit jamais cesser de penser, c'est son seul rempart contre la barbarie. Et j'espère que dans ce monde, beaucoup en ont conscience. Action et parole sont les deux vecteurs de la liberté. S'il cesse de penser, chaque être humain peut agir en barbare.

— Merci Hannah, sachez que je me garderai d'oublier vos paroles.

On se serre la main, qu'elle a forte et sèche, et on prend rendez-vous pour le surlendemain, à l'adresse de son association sioniste.

Sofia n'est pas à la boutique. Jean m'indique qu'elle est montée à son studio.

— Vas-y, tu sais où c'est ?

Je m'aperçois que je n'ai rien perdu de ma timidité, car je dis :

— Oh, je ne veux pas la déranger, je repasserai.

Il éclate de rire.

— D'accord, tu repasseras, je mets le fer à chauffer ! Allez, grimpe !

Je ne sais pas si elle m'attendait, mais je voudrais le croire. Je lui ai tout raconté : la fac, en essayant d'en faire une histoire drôle, ma rencontre avec Hannah, mais pas mon inquiétude, car l'inquiétude est une toxine qui rend vulnérable et fait perdre du temps. Et je refuse autant que faire se peut ces deux options. Et surtout de les exhiber.

— Tu tombes bien, me dit-elle. Tiens, regarde ce que je t'ai trouvé.

Elle sort un carton qu'elle ouvre. À l'intérieur, un pantalon blanc, à pont, style marin, un ras-de-cou en coton rayé bleu et blanc, une écharpe de même couleur et des mocassins blancs. Un ensemble très « dans le coup », comme dirait Thierry.

— C'est pour quoi ?

— On a décidé avec la bande de partir à Deauville pour éviter la foule du 14 juillet, les fanfares et les feux d'artifice ! Très peu pour moi, le peuple en fête !

— C'est où, Deauville ?

— Pas loin de Paris, on l'appelle d'ailleurs la plage des Parisiens ou le XXIe arrondissement. On y rencontre les vedettes de la scène, de l'écran, en compagnie des politiques, des financiers ou des écrivains. Sur ses fameuses lattes de bois, on croise plus de célébrités que dans n'importe quel coin de France, et on y signe davantage de contrats que partout ailleurs. Tu verras, ça te plaira ! Dante a retenu des chambres. On sera six avec les garçons. On descend au Normandie, très chic !

Je ne réponds pas. Je n’irai pas. Ce n’est pas un costume de marin d’opérette qui changera ma situation. Ils ont tous de l’argent, moi, pas. Et je ne veux pas être l’amie pauvre que l’on traîne. Je me souviens des vacances chez les de La Corda. Là-bas aussi, on m’a habillée, mais ça n’a rien changé.

— Ne compte pas sur moi, dis-je.

— Comment ça ?

— Je ne vous accompagnerai pas.

En un instant, ses yeux vert lacustre se chargent de tempête. Mademoiselle n’aime pas qu’on lui résiste. Mais moi, je n’aime pas qu’on m’achète. Elle referme violemment le carton de vêtements.

— Et tu peux me dire la raison ?

— Je n’aime pas qu’on m’achète.

Elle suffoque et crache :

— Si je dois t’acheter, ça me coûtera plus cher que ces bouts de chiffon ! C’est Dante et les garçons qui nous invitent.

— Justement. Ce sont des amis, pas des bienfaiteurs ! Je regrette.

Si ses yeux étaient armés, je serais déjà étendue sur le plancher.

— Ton orgueil te perdra !

— Ce qui perd n’est pas l’orgueil mais la complaisance.

Elle reprend les vêtements et les colle violemment dans le carton.

— Comme tu voudras !

Bon, nous sommes l’une en face de l’autre et tout est dit. Je pivote sur mes talons et me dirige vers la porte. Je fais mine de l’ouvrir difficilement, mais elle ne me rappelle pas.

42

Argent

J'y suis allée. C'est Dante qui a joué les plénipotentiaires.

— Tu ne peux pas faire ça à Sofia, elle se faisait une fête qu'on soit tous ensemble pour te faire connaître ce coin qu'elle aime particulièrement.

Je suis encore un peu butée, de moins en moins, je l'avoue, et je me suis demandé si elle y est déjà allée avec une autre. Je me suis répondu par l'affirmative et ça m'a enlevé mes dernières hésitations.

D'autant que ma mère n'a élevé aucune objection devant le projet, m'assurant que ça me changerait les idées, et a même tenu à m'accompagner pour acheter quelques babioles. Nous sommes plus à l'aise avec les trois salaires qui ont même un peu augmenté, mais nous faisons toujours attention à nos dépenses tant l'avenir nous semble incertain. Mes parents se doutent que je vis mal le fait de ne pas pouvoir participer au budget familial et ma mère essaye d'alléger mon malaise. On n'a pas les mêmes goûts, et j'évite de remarquer ses sourcils qui se soulèvent quand je choisis un pantalon en crêpe grège avec veste assortie, un chemisier de même tissu et une cravate large qui doivent lui paraître fort peu pratiques. Mais dans l'ensemble, ça se passe bien.

Je n'ai pas revu Sofia depuis notre dernière dispute, et quand Dante vient, le matin du départ, me chercher dans sa Panhard décapotable en sa compagnie, je place mes bagages dans le coffre, monte à l'arrière, en lutte contre mon air constipé. Elle a raison. Deauville m'enchante. Je suis comme un gosse qui découvrirait la fête foraine et ses manèges, et qui aurait envie de tous les essayer. Ça fait rire la bande, comme on s'appelle maintenant, et puisque ni Sofia ni moi n'avons envie de prolonger la bouderie, je suis aux anges.

Le premier soir on décide d'aller au Casino risquer notre chance comme le propose Jean.

— Qui a de la chance parmi nous et risquera les premiers enjeux ?

— Moi, j'ai de la chance ! clamé-je, m'étonnant de mon culot, pour me rendre compte que c'est l'euphorie qui encourage mon culot.

— Alors vas-y !

On s'installe devant la table de la roulette déjà occupée par d'autres joueurs. Je les observe car je ne sais pas du tout comment m'y prendre pour jouer. Mes amis, qui le savent, s'en amusent.

— Lance-toi, chérie, m'encourage Sofia.

Me lancer, je ne demande que ça. Mais comment ? On a chacun une pile de jetons devant soi et je n'ai pas la moindre idée de leur valeur.

— Mets dix francs, me souffle Sofia.

Je sursaute ! Dix francs, c'est la moitié d'un salaire moyen ! Devant mon hésitation elle saisit un jeton et le place sur un numéro.

— Ça te va ?

— Non, mets-le sur le numéro d'à côté. Et surtout, que personne ne m'en demande la raison.

Le numéro sort. Exclamation enthousiaste de mes amis comme si j'avais remporté le Derby d'Epsom.

— Allez, continue, m'encourage Jean.

J'ai continué. Et j'ai toujours, sauf une fois, sorti le numéro gagnant. Autour de nous les autres joueurs se sont arrêtés de miser. La fois où j'ai perdu, c'est parce qu'un joueur a voulu profiter de ma chance. Il s'est presque fait conspuer par la table et le croupier a fini par en rire. Je me suis arrêtée quand j'ai senti que ma chance risquait de tourner. Les autres m'ont engueulée.

— On ne s'arrête jamais quand on gagne ! s'exclame Sofia.

Je n'ai pas répondu et je me suis écartée de la table pour reprendre mon souffle comme avant une balle de match. Tous, autour, attendaient ma décision. J'ai regardé ma pile de jetons sur la table et j'ai entendu une petite voix me dire : *Laisse tomber, ne tente pas le diable, n'oublie pas qu'il est toujours à l'affût.* Je l'ai écoutée, sourde aux protestations de mes amis, aux encouragements du croupier qui espérait sans doute me voir tout reperdre. Sofia, à contrecœur, m'a aidée à ramasser mes jetons en s'aidant du Borsalino crème de Thierry qu'elle a presque rempli. Je suis restée sidérée à la caisse devant l'échange jetons contre liasses de billets.

— Mes amis, on va faire une super nouba ! Je vous invite où vous voulez !

Je suis ivre, je titube presque ! On est allés au bar mais c'est la direction qui nous a offert deux bouteilles de champagne. J'en ai recommandé deux autres, qu'on a vidées jusqu'à la dernière goutte. Des joueurs venaient me féliciter, certains m'ont interrogée sur ma martingale qu'ils étaient prêts à m'acheter. Comme je ne comprenais pas, je leur souriais bêtement. Sofia était accrochée à mon bras et je ne l'avais encore jamais vue aussi belle. Les garçons étaient soûls et nous tenions à peine debout. On nous a raccompagnés à la sortie en nous faisant promettre de revenir le lendemain, où l'on nous offrirait le champagne. On est allés sur la plage qui nous invitait à quelques pas, nous tendant son miroir noir et son ciel brillant d'étoiles, et le contraste m'a fait rire sans que je sache pourquoi.

On est remontés à l'hôtel et on s'est réunis dans notre chambre, à Sofia et moi. François a fait monter une nouvelle bouteille de champagne qu'on a bue en comptant les billets et les pièces éparpillées sur le lit, comme des voyous après un bon coup. J'avais gagné huit mille cinq cents francs. En m'amusant. J'avais oublié Hitler.

Le lendemain il faisait encore beau, ce qui faisait s'esclaffer les habitués. Dante et Thierry ont voulu m'initier au tennis et on s'est retrouvés sur les terrains de Trouville, face à la mer. Je n'avais pas exactement la tenue adéquate et j'ai mis le pantalon blanc que m'avait offert Sofia. On m'a appris à tenir très fermement le poignet, à suivre jusqu'au bout la balle des yeux, à me déplacer latéralement, à pas chassés, à cavaler après toutes les balles. J'ai tout fait, j'ai raté trois balles sur quatre, mais tous m'ont dit que j'avais du potentiel et qu'il me fallait juste de l'entraînement. M'en foutais de rater les balles, j'étais heureuse comme le fameux poisson dans l'eau. Après, je les ai emmenés déjeuner au Central, à Trouville, *the place to be* des Parisiens ! On s'est gavés de fruits de mer et de vin blanc, de côtes de veau à la normande et de tartes fines au calvados. À la fin du repas, on pouvait à peine se lever de table et l'on s'est traînés jusqu'à l'hôtel pour faire nos valises.

La pluie s'est enfin mise à tomber, ce qui a semblé rassurer les autochtones car tout redevenait normal. Dante a recapoté la Panhard, Sofia et moi, on s'est rencognées sur la banquette arrière sans se lâcher la main. On était tristes. Au volant, Dante râlait comme un chameau à cause de la pluie dont les gouttes épaisses formaient un rideau. On est arrivés un peu tard et Sofia a insisté pour que je reste avec elle, et son regard aurait fait fondre une banquise. Mais je savais que quitter ses bras le lendemain matin serait pire.

Je m'inquiète de la façon d'expliquer à mes parents la provenance des huit mille cinq cents francs. Je suis sûre que ni l'un ni l'autre n'ont jamais mis les pieds dans un casino, et encore moins joué à la roulette. J'attends le lendemain soir, que l'on soit à table, que je réponde complaisamment à leurs questions sur Deauville, ses jolis magasins, ses hôtels de luxe, la taille de la plage, et ce que sont exactement ces fameuses planches dont même eux ont entendu parler, pour, après avoir satisfait leur curiosité, aller dans ma chambre et revenir avec les billets que je pose sur la table. J'ai beaucoup de succès. Après s'être penchée sur les billets et les avoir fixés avec le même étonnement qu'elle aurait manifesté devant Joséphine Baker ceinturée de bananes, chantant pour elle *J'ai deux amours*, ma mère, plus vive que mari et fils, demande :

— C'est quoi, ça ?

Je fais un grand sourire rassurant.

— Ça, c'est ce que j'ai gagné en allant jouer avec mes amis au casino de Deauville.

Le sourire rassurant fait chou blanc. Tous les trois me fixent d'un air ahuri.

— Tu as fait quoi ? gargouille ma mère.

— J'ai gagné au casino ! répété-je, la bouille fendue, cette fois, d'un sourire dégoulinant de perfidie. Et j'ajoute, en retirant un billet de mille de la liasse : Celui-ci est pour moi et les autres, pour la famille !

Manœuvre hardie qui déclenche un triplé de regards braqués, incrédules, et un *pfft* lâché par Michaël.

— Tu viens de nous dire que tu as gagné une somme pareille au casino… Et que tu es repartie avec ! s'exclame ma mère, au bord du collapsus.

— C'est comme ça que ça se passe ! répliqué-je. Je ne vais pas en faire un métier, rassurez-vous ! J'ai juste eu de la chance, parce que, comme on dit : « Aux innocents les mains pleines ! » Et cet argent est honnête et bienvenu !

Le gag a duré un peu, puis s'est terminé, non pas par des félicitations comme j'aurais pu en espérer, mais par un péremptoire :

— Chez nous, on gagne notre argent en travaillant, pas en jouant comme des enfants !

43

Hannah

Après ces jours de fêtes, la vie reprend. Après avoir évité les rassemblements des minorités agissantes entraînant les foules crédules, comme l'a plus ou moins dit Albert de Mun, nous assistons aux lendemains de gueule de bois de la capitale et aux chassés-croisés des juvéniles congés payés de juillet et du mois d'août. Il fait chaud et beau, chacun ne pense qu'aux bords de mer, aux alpages fleuris et aux retrouvailles familiales, et a oublié la réponse de Paul Reynaud, Président du Conseil, au jeune Pierre Lazareff, directeur du journal *Paris-Soir* qui l'interrogeait sur sa confiance en l'avenir : « Confiance dans l'avenir ? C'est peu de dire que nous dansons sur un volcan car qu'est-ce que l'éruption du Vésuve à côté du cataclysme qui se prépare sous nos pieds ? »

De mon côté, je rejoins dans la semaine Hannah Arendt à l'adresse du Bureau social sioniste qui s'occupe d'envoyer des jeunes gens vivre en Palestine sous mandat britannique, pour le poste qu'elle m'a proposé, et logé au 37, rue de Caulaincourt. Le quartier est agréable, si ce n'est la station de métro Lamarck-Caulaincourt qui oblige à prendre deux ascenseurs pour atteindre l'air libre et donne l'impression de remonter de la mine. Le 37 est un immeuble haussmannien comme on les désigne à Paris mais je m'étonne auprès d'Hannah qu'aucune plaque n'indique l'association.

— Voudriez-vous que l'on affiche une association juive, avec l'antisémitisme ambiant ?

— Nous ne sommes pas en Allemagne, ici, on a encore le droit d'être juif !

Elle ne me répond pas et l'on prend l'escalier jusqu'au deuxième étage. On pousse la porte et on entre dans une pièce de dimensions modestes dans laquelle un comptoir occupe une grande partie. Derrière sont assis deux jeunes gens, un garçon et une fille. Tous deux portent de sages lunettes, ont les cheveux pareillement tirés, et sont habillés quasi à l'identique, d'un gilet tricoté main. *Frère et sœur* ? pensé-je.

— Bonjour Josiane, dit Hannah avec un sourire en tendant la main à la jeune fille. (Le garçon est assis à l'arrière et continue d'écrire.) Je viens vous présenter mon amie Judith Livi qui arrive d'Italie et serait désireuse de vous aider. Est-ce que j'ai du courrier ?

— Oui, dit la Josiane en question en sortant de sous le comptoir un paquet de lettres qu'elle lui tend.

Hannah le prend et le consulte rapidement. S'installe un silence.

— On m'a dit que vous recherchiez de l'aide et j'ai pensé à mon amie, reprend Hannah.

La jeune fille me regarde, ce qu'elle n'a pas fait jusqu'alors.

— Oui… vous parlez français ? me demande-t-elle.

— Absolument, j'ai fait ma première année de droit en Italie et dois poursuivre en France.

Elle réfléchit en regardant le mur derrière moi. Hannah me jette un bref coup d'œil.

— Vous savez taper à la machine et disposer un texte ?

— Non, mais j'apprends vite.

— Il s'agit aussi de ne pas faire de fautes d'orthographe.

J'entends Hannah soupirer.

— Je lis beaucoup depuis que je suis arrivée et je me débrouille en allemand.

— Il faut travailler du dimanche au vendredi, de 9 heures à 17 heures, sauf le vendredi où nous sortons à 15 heures, lâche-t-elle.

— Je ne crois pas pouvoir venir chaque jour mais je vous en dirai plus lorsque j'aurai mon emploi du temps à la fac.

Elle réfléchit en plissant les lèvres.

— Vous n'avez sans doute pas besoin d'une aide à temps complet, intervient Hannah, parles-en à Simon, c'est lui qui m'a contactée. Et demande-lui en même temps quels sont les émoluments pour un demi ou même quart de temps.

Je reconnais là le pragmatisme allemand.

— Oui…

— Le travail consisterait en quoi ? je demande.

Elle réfléchit. Ou c'est une lente, ou c'est un esprit torturé. Le garçon n'a toujours pas levé la tête de son ouvrage.

— Compilation des dossiers après les voir remplis et, si possible, recevoir les postulants et les conseiller, répond-elle d'une traite.

Un travail passionnant, pensé-je, et dans une ambiance moins agréable qu'un centre de redressement si c'est toujours comme ça. Josiane semble avoir autant envie de ma collaboration que de se noyer.

— Bien, décide soudain Hannah, merci Josiane, on va y aller.

— Je n'ai ni votre adresse ni votre numéro de téléphone, me dit la Josiane.

— Seulement mon adresse, je réponds en lui tendant la feuille que j'ai préparée, je n'ai pas le téléphone.

— Bien, on vous préviendra, dit-elle.

— Allez, à bientôt, les jeunes, travaillez bien, lâche Hannah d'un ton ironique.

On redescend et l'on se retrouve sur le trottoir.

— Euh… Je ne crois pas, commencé-je…

— Laissez tomber, on est à côté de la place Clichy où il y a la brasserie Mollard qui fait la vraie choucroute alsacienne. Vous mangez du porc ?

— Mais oui.

— Alors allons-y, je vous invite.

Un soir où je dîne boulevard du Montparnasse, je remarque un certain malaise de Dante à peine rentré d'un voyage en Autriche. Je partage ma vie entre Sofia et mes livres de droit. Tous deux ne se valant pas. Pendant que l'on prend l'apéritif avec un vin blanc pétillant rapporté de là-bas, je lui pose une question :

— Ton voyage ne s'est pas bien passé ? Tu as l'air sombre. Fatigué, peut-être ?

Il hoche la tête.

— Oh, un peu inquiet, c'est tout. Je suis content d'être rentré.

— Ça va si mal là-bas ?

Il jette un coup d'œil à Sofia.

— Ça pourrait aller mieux, dit-il avec un sourire contrit.

— Tu as vu des choses ?

Il hésite à répondre, lance un autre regard vers sa sœur.

— Je suis allé visiter un de mes clients à Vienne et…

— Excuse-moi, Dante, mais je n'ai jamais osé te demander en quoi consistait ton activité.

Il me sourit.

— J'importe des tissus, surtout d'Italie mais aussi d'Angleterre, que j'exporte en Europe, aux grossistes en tissu, aux tailleurs, aux couturiers.

— Ah ? Je l'ignorais.

— Oui. Et lors de ce dernier déplacement à Vienne, je suis allé voir un de mes bons clients, un excellent tailleur qui a habillé jusque-là la quasi-totalité du gouvernement viennois, entre autres.

Il se tait, regarde autour de lui. Sofia allume une cigarette et me verse du vin.

— Et ? dis-je.

— Et l'on discute en buvant du schnaps et en grignotant des petits pâtés que sa femme sait que j'apprécie et qu'elle prépare quand elle sait que j'arrive. On papote, on parle boulot, je déballe les cartes des échantillons, et je me fais en même temps la réflexion qu'il évite les sujets politiques pourtant très lourds là-bas, et que nous évoquons généralement, lui en tant qu'Autrichien et moi en tant qu'Italien.

— Pour te donner une idée, j'ai dû voir passer une dizaine de fois devant ses vitrines des *Feldgendarmes* autrichiens accompagnés d'Allemands qui ne manquaient pas de lancer un coup d'œil à l'intérieur à chaque fois. Je lui fais la remarque : « Excusez-moi Wolf, vous ne me semblez pas détendu. Les affaires sont dures ? » « Dures, oui, cher Dante. Très dures. » Effectivement, lui qui, habituellement, touche les échantillons, les palpe, les examine comme des étoffes précieuses, cette fois, il ne semble pas s'y intéresser. « J'espère, mon cher Dante, que vous ne vous êtes pas déplacé seulement pour moi », dit-il après un silence. Il parle un peu italien et moi un peu allemand, et l'on s'est toujours très bien compris. « Ces étoffes ne vous plaisent pas mon cher Wolf ? J'en ai d'autres, vous savez mon ami. Mais si vous ne m'achetez rien j'aurai déjà eu le plaisir de vous revoir et c'est très bien. » J'aime beaucoup cet homme. Je le connais depuis que j'ai commencé, il y a dix ans. Il est honnête et droit, un artiste en plus ! Ses costumes sont vraiment des œuvres d'art.

— Qu'est-ce qui n'allait pas ? coupé-je, sentant venir la suite et l'appréhendant.

Dante se ressert du vin pétillant. Je constate à ce moment-là que les deux ouvriers très compétents avec qui il travaille depuis toujours sont absents.

— « Où sont Frédéric et Holger, en congé ? » Il regarde sa femme qui vient de nous rejoindre. « Pas en congé, non, euh… ils sont partis. » Partis, en milieu de collection ? Il soupire, lance un coup d'œil rapide vers la rue où une Volkswagen et une autre voiture se sont brutalement arrêtées. S'en s'éjectent quatre hommes en manteau noir qui se précipitent vers l'immeuble voisin. « Que se passe-t-il Wolf ? » Il se tourne vers moi. Il est devenu pâle comme un mort. « Partis, oui, mes ouvriers sont partis comme beaucoup d'autres », répète-t-il. Je commence à comprendre. « Vous voulez dire qu'ils ont quitté le pays ? » « C'est ça. » « À cause de la politique ? » « Ils ont bien fait, il n'est que temps », murmure-t-il.

Et à ce moment-là j'entends des cris dans la rue et, regardant à travers la vitrine, je vois les hommes en noir sortir de l'immeuble en traînant un jeune couple avec un enfant qu'ils enfournent violemment dans la seconde voiture, et toutes les deux filent à toute vitesse. « Qu'est-ce que ça veut dire ? » je demande à Wolf. Il ne répond pas et regarde longuement sa femme. Tous les deux semblent anéantis. « Qu'ils sont juifs, mon ami. Si on le peut, on quittera notre pays avant qu'il ne soit trop tard », murmure-t-il.

— Alors que faites-vous là tous les deux ? Pourquoi restez-vous ?

— Partir ? pour aller où ? J'ai soixante-deux ans, ma chère Hilda pareil, nous ne pourrons pas vendre ni ma boutique, ni mon atelier, ni notre appartement. Nos comptes bancaires sont bloqués, nous restons sans argent. Et recommencer ailleurs, à notre âge ? Nous ne sommes que tous les deux. Peut-être nous oublieront-ils, nous ne représentons aucun danger pour eux. « Et le couple avec l'enfant, il représentait un danger ? » « Non, bien sûr, je les connais bien, des gens très gentils, ils ont trop attendu. Je le leur ai dit. » « Si je peux vous aider, dites-le-moi… Wolf, vous le savez, j'habite Paris, je peux essayer de vous faire sortir. Je peux vous prêter ce qui vous manque. » Il me prend la main comme on le ferait pour un enfant qui ne comprend pas, et plante son regard dans le mien. « Je vous remercie Dante, vraiment. Vous êtes un vrai ami depuis le temps que nous nous connaissons. Mais nous sommes nés ici, nos familles aussi, c'est notre pays, nous n'en avons pas d'autre. Nous y avons vécu les trois quarts de notre vie. »

— Mais que font-ils à ces gens ?

— On ne sait pas. Nous pensons qu'ils les enferment dans des camps de travail pour les faire travailler dans des usines ou des ateliers, gratuitement bien sûr, et qu'ils placent les enfants dans des institutions. Qui sait ? Personne ne les revoit car ils doivent les transférer ou les disperser dans d'autres régions. Nous espérons qu'ils reviendront après. » « Après quoi ? » « Après, quand le pays sera redevenu normal. Venez mon ami, je vous raccompagne. Ce n'est pas bon que l'on vous voie avec nous. Même si vous êtes italien », sourit-il. « Wolf… Vraiment, je peux… »

« Il me coupe en mettant son doigt sur ses lèvres, sa femme me salue et je vois qu'elle a les yeux pleins de larmes. « Au revoir, M. Dante, mon cher Wolf a toujours apprécié de travailler avec vous. Au revoir. » Wolf ouvre la porte, sort avec moi et regarde à droite et à gauche. « Rentrez chez vous, cher ami, et si vous avez d'autres clients juifs à Vienne, je crois que ce n'est pas la peine d'aller les voir. Prenez soin de vous. » Il me garde un moment, les mains dans les siennes, puis rentre très vite dans sa boutique et tire le verrou.

« Voilà ce que j'ai vu à Vienne, ma chère Judith.

44

Jours de glace

Je suis incapable de dire un mot. Ce danger que je sentais rôder se rapproche, j'en suis certaine. Les Allemands et les Autrichiens sont non seulement voisins, mais alliés. On a tous vu au moment de l'Anschluss, quand les troupes allemandes sont entrées le 12 mars 1938 à Vienne, la multitude applaudissant et hurlant sa joie en agitant des drapeaux nazis. Les Autrichiens n'ont pas été envahis, ils espéraient les Allemands, les attendaient. On a dit que leur chancelier, Kurt Schuschnigg, attaché à son indépendance et anti-nazie, a voulu organiser un référendum, espérant que ses compatriotes refuseraient l'annexion. Mais il n'en a pas eu le temps, ce référendum qui devait avoir lieu le 11 mars a été interdit, le parti nazi autrichien ayant organisé depuis longtemps le coup d'État. Le mois suivant, il a organisé un plébiscite qui a recueilli 99 % des voix en faveur de l'annexion.

Tous ces événements qui me reviennent, je les avais oubliés. En ce moment, nous sommes préoccupés, ma famille et moi, par ce qui se passe en Italie. Et aucun pays européen, si je m'en souviens, n'a manifesté son opposition à l'Anschluss.

Sofia me prend la main.

— La France n'est pas l'Autriche, chérie, tu n'as pas à avoir peur. S'il y avait la guerre, ces salauds la perdraient.

La Grande-Bretagne et la France sont bien plus fortes qu'eux. Et n'oublie pas Staline et l'Armée rouge, même si je ne les aime pas beaucoup. Hitler est un salopard de dictateur mais il sait compter. Si tu additionnes ces pays, l'Allemagne, même avec l'Autriche, ne fait pas le poids. Elle l'a bien compris en 1914.

— Et notre pays, l'Italie, tu l'as compté ?

— Mussolini ? C'est un fantoche ! Il y a plus d'opposants chez nous que de fascistes. Dès qu'il verra le vent tourner, il abandonnera ! Il n'a confiance en personne, pas même en lui !

Dante ne dit rien. Je ne suis pas certaine qu'il pense comme sa sœur. Moi non plus. Les Allemands ont perdu en 1914 parce que tout le monde s'est ligué contre eux. Ce ne sera pas pareil cette fois. Hitler a vendu le Reich de mille ans à ses alliés, et ses adversaires meurent de trouille de revivre la boucherie de 1914. Ils ne désirent que rester en dehors du conflit.

La soirée se poursuit, mais sans entrain. La bonne a préparé un *osso bucco* mais nous n'y touchons presque pas. Je vois bien que Dante pense à son ami viennois et s'inquiète aussi peut-être pour moi. Dans les pays qu'Hitler a déjà conquis, les Juifs sont les premières victimes.

Sainte-Foix débarque vers 9 heures et, curieusement, Dante ne lui dit rien de son voyage en Autriche. Mais moi, je lui en parle. Je veux savoir ce qu'il a dans le ventre. Le fait qu'il nous ait aidés à avoir nos papiers français ne le dédouane pas d'adhérer à un parti fasciste. Je lui demande, après voir fini de raconter :

— Qu'en penses-tu ?

Il comprend immédiatement le sens de ma question.

— Penses-tu que j'approuve cette scélératesse ?

— Je ne sais pas. Qu'en dit ton parti ?

— Ce n'est pas un parti, c'est un mouvement patriote, je te l'ai dit. Il n'est pas antisémite, juste nationaliste.

— La différence ?

— La différence, c'est qu'il veut une France forte et respectée. Avec tous ses compatriotes, juifs ou pas. Je ne l'ai jamais entendu dire un mot contre les Juifs, et si tu veux le savoir, notre mouvement a eu honte du traité de Munich, il a eu honte quand notre pays, comme les autres, n'a pas réagi au moment de l'Anschluss, et maintenant, il a honte de l'apathie des Français.

— Ah ? ce n'est pas lui qui a dit avec Maurras que la première coupable de la « purulence juive » est la franc-maçonnerie ? Qu'elle en est la « protectrice », l'« inspiratrice » ? Pas lui non plus qui a accusé Blum d'être entouré d'une clientèle « israélite » ayant littéralement encombré les postes rémunérateurs ? Pas tes amis, les Camelots, qui ont attaqué Léon Blum et l'ont envoyé à l'hôpital ?

Sainte-Foix est devenu très pâle. Dante et Sofia restent muets.

— Je vois que tu connais tes classiques, lâche-t-il d'une voix sourde. (Il se lève, va vers le bar, se verse un cognac et allume une cigarette.) Mais ta mise en accusation ne vaut que pour le colonel de La Roque, dit-il en me fixant. Je n'ai de ma vie signé aucune des déclarations que tu viens de citer, jamais participé à aucune action contre les Juifs. Crois-tu que si c'était le cas, je me serais démené pour vous obtenir, à toi et aux tiens, des papiers ?

Je savais que ça viendrait un jour sur le tapis. Comment l'accuser d'être antisémite alors qu'il nous a tellement aidés ? Et cette aide va-t-elle longtemps m'obliger à me taire ?

— Nous savons que chaque antisémite a son bon Juif, Sainte-Foix. Quand nous nous sommes rencontrés, nous étions face à face, pas côte à côte.

— Ça ne m'a pas empêché de t'aider ! crie-t-il.

— Arrêtez ! arrêtez tout de suite !

Sofia s'est levée comme une diablesse et s'est dressée entre nous. Dante n'a pas eu le temps d'intervenir.

— Arrêtez ! Vous êtes fous ! Judith, tu es injuste ! Je comprends ta peine et ton inquiétude. Nous aussi, quand nous avons connu Thierry, nous sommes restés sur la réserve. Mais depuis, nous avons appris à le connaître, à l'apprécier en tant qu'homme et pas en tant que militant. Ce qu'il te dit est vrai. Avant que l'on te connaisse, nous n'avons jamais entendu sortir de sa bouche un seul mot antisémite. Crois-tu que Dante et moi l'aurions supporté ? Ou tu te méfies de nous aussi ?

Je ne sais plus où j'en suis. Je me sens cassée. Suis-je injuste ou méfiante ? Mais si mes parents et moi sommes là, c'est à cause de l'antisémitisme fasciste, pas comme pour Sofia et Dante parce qu'ils ont craint ne pas recevoir leur héritage… Je les regarde. Ils semblent anéantis par ce qui vient de se passer. Sainte-Foix nous tourne le dos. On entend le bruit des klaxons sur le boulevard. J'ai envie de pleurer ou de vomir. J'ai plus mal que chez les de La Corda. Ai-je trahi notre amitié ? Mon amour avec Sofia ? Suis-je ingrate ou lucide ? Nous sommes figés dans nos attitudes, comme si nous avions peur de faire un geste ou de dire un mot de trop. Sofia s'approche de moi.

— Dans les temps que nous vivons… commence-t-elle, il n'y a pas la place pour ce genre de dispute. Ce n'est pas une engueulade politique entre amis d'opinions différentes. Pour nous tous, autant que nous sommes, et je parle pour tous ceux qui nous entourent et que nous apprécions, il n'y a pas l'épaisseur d'une feuille de cigarette entre ce que nous pensons. Et ce que nous pensons, c'est, comme Paul Raynaud l'a dit, « que nous dansons sur un volcan pire que le Vésuve », ou quelque chose du genre. Judith, je t'aime, nous t'aimons, et jamais, je le jure sur la Sainte Vierge à laquelle je ne crois pas, aucun d'entre nous ne te trahira ! ajoute-t-elle en m'embrassant.

— Tu jures sur quelqu'un auquel tu ne crois pas ?

— Ce n'est pas grave, elle ne le saura pas !

— Nous sommes tous patriotes et anti-nazis, dit soudain Sainte-Foix en se retournant et en me fixant. Et tous, nous voulons combattre cette horreur, et puisque tu aimes les citations, voilà ce que disait, sur les ondes de Radio Paris, Maurice Thorez, secrétaire général du PCF le 17 avril 1936 :

> *Nous te tendons la main, catholique, ouvrier, employé, artisan, paysan, nous sommes les laïques. Nous te tendons la main, volontaire national, ancien combattant devenu Croix de feu, parce que tu es un fils de notre peuple...*

Et je sais que le colonel de La Roque et la plupart de mes camarades reprendraient ces mots.

45

Vents contraires

Fin août, nous allons au Flore avec Sofia pour essayer de penser à autre chose. Il fait très beau et la terrasse est pleine, la seule table libre se trouve près d'une autre à laquelle, avec surprise, je reconnais deux visages connus. Les écrivains Sartre et Beauvoir, époux dans la vie. L'on s'installe avec Sofia, captivées par ce couple mythique. Certains en passant les saluent. Sartre fume la pipe et sa femme, qu'il a surnommée Le Castor, porte un turban. Je la trouve séduisante comparativement à Sartre que je trouve d'une laideur absolue. Je n'ai encore rien lu d'eux et ne sais que ce qui se colporte sur leur vie dont on dit qu'elle n'a rien de rangé. Sofia, fascinée, a du mal à rester discrète, d'autant que nos tables sont proches. On fait comme si, mais l'une et l'autre, nous tendons l'oreille. Un homme arrive un peu plus tard, qui s'installe de guingois à leur table. Son visage aussi m'est familier mais je n'arrive pas à le situer. Le couple entame aussitôt une discussion avec lui et ils semblent avoir des avis différents. Curieuse, je tends l'oreille et j'entends Sartre déclarer avec assurance :

— Il est impossible qu'Hitler songe à entamer une guerre. Étant donné l'état d'esprit des populations allemandes, c'est du bluff !

On se regarde, Sofia et moi, et bêtement, on se sent un peu rassurées. Sartre doit avoir ses entrées dans certains cercles privilégiés.

On est le 30 août.

Le 1er novembre 1936 a été signé le pacte germano-japonais.

Le 6 novembre 1937, l'Italie fasciste rejoint le pacte anti-Komintern.

Le 22 mai 1939, le ministre allemand des Affaires étrangères, von Ribbentrop, et Galeazzo Ciano, son homologue italien signent le pacte d'Acier.

Le 20 août 1939, Georges Bonnet, ministre des Affaires étrangères, rencontre à Moscou son homologue Molotov pour discuter des modalités d'entente face à Hitler.

Le 23 août 1939 est signé le pacte de non-agression germano-soviétique et les journaux communistes sont interdits de parution en France.

Le 25 août, on apprend que les premières colonnes motorisées du général von Kleist sont stoppées et rappelées par Hitler au moment où elles vont atteindre la frontière polonaise.

Le 26 août, une information reprise par toutes les radios signale que de nombreuses bandes de soldats allemands ont franchi la frontière et ont attaqué les blockhaus et les postes de douane à la mitrailleuse et à la grenade.

Le 26 août, la Belgique ordonne la mobilisation générale.

Le 27, Charles Maurras écrit dans *L'Action française*, très lue par les officiers de l'armée de terre et de la marine, un éditorial où il affirme que « les Britanniques et les Juifs tirent les ficelles pour jeter la France dans un conflit armé ».

Le 28 août, les autorités françaises créent une ordonnance établissant la censure sur les radios, la presse et le cinéma.

46

Agression

Le 1er septembre 1939, à 4 h 45 du matin, les radios annoncent par la voix d'Adolf Hitler que les troupes allemandes ont franchi la frontière séparant l'Allemagne de la Pologne et ont envahi le territoire ennemi.

Le 3 septembre, suite à l'agression de la Pologne, la France et la Grande-Bretagne déclarent la guerre à l'Allemagne.

Le 4 septembre 1939 à 5 heures du matin, l'armée française, conjointement avec l'armée britannique, a commencé les opérations visant à porter secours à la Pologne lâchement attaquée par les armées nazies.
Général Gamelin, général en chef des forces armées.

Ces agressions seront autant de coups portés à la population française et à ses chefs restés sans réaction. Cette attitude mortelle pour la suite des hostilités sera la conséquence de l'incapacité des généraux irresponsables et de l'absurde pacifisme des Français qui leur fera perdre la guerre.

Partie 2

La guerre

47

Mobilisation

Aujourd'hui, en venant à la fac, je tombe sur les murs recouverts d'affiches où figuraient des drapeaux français, des silhouettes de soldats partant pour la bataille, laissant derrière eux des familles inquiètes, et au bas de l'affiche, le texte suivant :

Tout Français soumis aux obligations militaires doit obéir aux prescriptions de son fascicule de mobilisation. Sont concernés les hommes de vingt et quarante ans (classes 20 à 39). Dès réception, ils devront se rendre au centre de recrutement où au dépôt indiqué sur le fascicule. Les hommes mariés comme les célibataires sont mobilisés, sauf ceux bénéficiant d'une exemption telle que charges de famille ou état de santé, etc.

3 septembre 1939, j'entame mon année de droit. Je suis venue deux jours plus tôt pour connaître mon emploi du temps et rencontrer mes futurs professeurs. En première année, nous sommes dans les amphis 1C et 2D, deux salles de moyenne taille étagées de gradins jusqu'à l'estrade où se trouve le bureau des professeurs, et derrière, l'inévitable tableau noir accroché au mur. Pas de surprise à ce sujet, mais comment, en une année, me familiariser avec tant de lois et de décrets dont j'ai compris que le droit français est

friand, et qui seront inévitablement différents et peut-être même contradictoires avec ceux que j'ai appris ? D'autant que ces dernières années, m'a confié Sainte-Foix qui commence sa troisième année et les stages, ont été enrichies d'une pléiade de lois qui se chevauchent ou se superposent, comme si les législateurs s'apercevaient *a posteriori* qu'ils ont oublié tel ou tel article. Mais ce n'est pas ça qui m'angoisse aujourd'hui.

De vingt à quarante ans, Michaël n'est pas dans le coup, mais mes amis, oui.

Je rentre chez moi. Mes études universitaires ne sont aujourd'hui plus d'actualité. Les kiosques étalent la première de *Paris-Soir* en caractères gras et noirs, annonçant l'entrée en guerre de l'Angleterre avec l'Allemagne, suivie de celle de la France ce même après-midi, à 17 heures.

Hier soir, ma mère nous a dit que la directrice du personnel de l'ambassade l'avait convoquée. La pauvre est aux aguets.

— Crois-tu, a-t-elle demandé à mon père, que c'est à cause de la guerre ? Ils ont compris que je suis juive à cause de mon nom ?

Mon père n'a su que répondre mais voulait surtout la rassurer.

— Ton nom n'est pas nouveau et ça ne les a pas gênés jusque-là. Ce n'est sûrement rien.

Ce qui soucie terriblement ma mère c'est que son salaire est le principal revenu de la famille, peut-être bientôt rattrapé par celui de Michaël et ses pourboires, mais mon père a été à peine augmenté par son ami Georgio Grappelli car les affaires sont mauvaises, et bien que celui-ci rapporte de ses voyages des instruments que mon père a appris à remettre en état, les ventes, compte tenu des événements, sont en chute libre. Et Grappelli qui court l'Europe à la recherche d'instruments de qualité constate que c'est partout pareil.

Les pays retiennent leur souffle, et comme il dit : « Qui aurait envie d'acheter des instruments de musique alors que ce sont des armes dont on va avoir besoin ? »

— Maman, je ne crois pas que ce soit notre patronyme qui pose problème. D'ailleurs, elle ne t'en a pas parlé. Ça peut être tout autre chose.

— Ma fille, quand les crises arrivent, ce sont les Juifs qui payent en premier. Il n'y a pas d'autres employés juifs à l'ambassade. D'ailleurs, j'ai été très étonnée quand ils m'ont engagée, mais nous n'avions pas encore la guerre.

— Bon, imaginer le pire ne l'évitera pas. Ou ton raisonnement est le bon, ou pas. Si oui, ils ne feront rien d'autre que te renvoyer. Dans cette éventualité, tu trouveras un autre emploi. Tu sais, là où nous en sommes, il faut prévoir au jour le jour.

— Mais on mange tous les jours, ma fille !

— Nous avons un peu d'avance, entre autres grâce à l'argent du casino qui vous faisait tellement honte. Je ne pense pas que je vais pouvoir aller à la fac, j'y suis inscrite mais je vais sûrement attendre que les choses se tassent. Je trouverai un travail.

— Ah, oui ? Avec tous les chômeurs qu'il y a ici ! Ils vont embaucher une Italienne à la place d'une Française ?

— Je te rappelle que nous sommes devenus français, grâce à mes amis. Alors ne voyons pas tout en noir, il sera toujours temps.

La mobilisation générale de la mi-août ne m'a pas vraiment surprise. C'est dans l'air du temps, même si les Français faisaient mine de l'ignorer ou tout au moins de ne pas s'en soucier. Les unités des forteresses sur les frontières ont été mises en alerte, c'est-à-dire, d'après le cabinet de guerre dirigé par Daladier, que les casemates et les fortifications de la frontière nord-est ont été occupées et réarmées. Ça n'a pas fait la première page des journaux. On est ensuite passés à l'alerte renforcée : les réservistes frontaliers affectés aux forteresses ont été appelés, ce qui permettait d'armer l'intégralité, nous a-t-on expliqué ; et le même jour, a été transmis l'ordre de mise en sûreté. Les réservistes non frontaliers seront affectés aux unités combattantes des forteresses car toutes les positions de combat le long de cette frontière devront être occupées sous trois jours. Du coup, ils ont rajouté des classes à partir de 1909, incluant pour les trois premières des anciens combattants entre quarante-huit et cinquante ans. Ce qui fait, en tout, nous a confirmé le cabinet de guerre, cinq millions d'hommes, dont une partie de vétérans.

Un sacré trou dans la population, mais curieusement, celle-ci a semblé l'intégrer sans soucis. Pas de fébrilité tricolore comme on l'a vécu en 1914. Rien de cocardier, constate-t-on. Juste le déplaisir d'un changement, au plus, d'un dérangement. Cependant, ces cinq millions d'hommes sont bien occupés dans le civil, et qui les remplace à présent ?

Si avec ça on ne comprend pas que nous allons entrer en guerre sous peu, c'est que les Français sont devenus aveugles et sourds, car à Paris, chacun continue ses petites affaires. Ce qui se passe aux frontières, c'est-à-dire ailleurs et loin, où l'on a même commencé à évacuer des populations, ne semble pas inquiéter plus que cela. On écoute la TSF qui, comme les journaux, décrit jour après jour un front sur lequel il ne se passe rien. Une guerre sans morts et sans bataille n'est pas une guerre, juge-t-on. Cependant à Paris, l'Hôtel de Ville a commencé à organiser avec ses équipes d'îlotiers la défense passive, nous recommandant de nous conformer aux directives. Des affiches avec des flèches peintes en rouge sont apparues sur les murs, indiquant les abris, mais on ignore où ils sont et comment on y entre. J'espère qu'au front, s'il existe un jour, les troupes auront davantage de détails. On voit aussi fleurir des annonces représentant un quidam à la mine patibulaire, la main en cornet à l'oreille, proche de gens qui discutent, sous lequel s'étale un commentaire : « Méfiez-vous, les murs ont des oreilles. » Et bien que le 28 août, les autorités françaises aient décrété une censure sur les radios, la presse et le cinéma, *Paris-Soir* publie la lettre d'un soldat français, Léopold Baccini, mobilisé sur le front est :

En septembre, on a été mis en alerte mais on n'imaginait pas du tout la suite. En août, on a bien entendu des paroles de guerre mais rien d'inquiétant. Mon régiment doit partir pour la Norvège mais sur 15 chars, 13 sont en panne, sabotés par les communistes qui ne voulaient pas qu'on s'attaque à la Russie, alors on n'est pas partis. On ne s'est pas préparés, on n'est pas sur le front, c'est de l'entraînement et l'ambiance est familiale. On faisait des abris avec les arbres pour les chars mais il n'y a pas vraiment de travail. C'est vrai qu'on entendait des avions de reconnaissance allemands nous survoler. Eux sont bien équipés mais on n'a pas peur.

J'ai pensé bêtement en lisant cette lettre qu'elle annonçait peut-être une désescalade de la tension, que les allers et venues des Britanniques et des Français à Berlin pour engager Hitler à la modération avaient fini par porter leurs fruits. J'en ai parlé avec Suzanne et Jean-Pierre que j'avais rejoints au journal en leur présentant cette lettre.

— Vous savez ce que je crois ? Hitler est au courant de ce qui se passe, et il ne réagit pas. Cette guerre va se dégonfler comme une baudruche parce que personne n'y croit. Même pas lui. Et pour se battre, il faut y croire !

Ils ne m'ont pas crue.

— Tu penses vraiment, a objecté Jean-Pierre qui, en fac de sciences, fréquente ce qu'il appelle ses réseaux, que cette guerre va s'arrêter avant même d'être commencée ? Tu rêves ! Pour quelle raison les Fridolins abandonneraient ? Ils ont déjà conquis combien de pays simplement en avançant droit devant eux ?

Pourtant, s'il y en a un qui exulte à la nouvelle de la déclaration de guerre, c'est Sainte-Foix. Il n'a pas lu la lettre du soldat et je ne lui en parle pas, d'autant que je ne suis pas sûre d'avoir raison dans mon analyse. Lui et François Lambert ont reçu leur fascicule de mobilisation. Pas Jean Langlois, qui a été exempté au moment de son service militaire pour raisons de santé. Personne ne lui a demandé pourquoi. « L'armée sait ce qu'elle fait », a déclaré Thierry pour couper court.

Quant à Sofia, elle est ravie. Jean est le plus proche des trois garçons. Pas seulement parce qu'ils travaillent ensemble mais il exhibe moins sa virilité que ses copains m'a-t-elle confié un jour, allant jusqu'à soupçonner qu'il pourrait être homosexuel, mais préférerait le cacher. Ce qui ne serait pas étonnant : l'époque n'est pas généreuse pour celles et ceux qui vivent des amours différentes. Les insultes les plus usitées ciblent grossièrement la sexualité des « tantouses ». Le temps est favorable à la virilité, au modèle du guerrier, même s'il est sorti fourbu de la guerre de 1914. Les Jeux olympiques de 1936 à Berlin ont exalté le corps et la brutalité masculine au travers des photos de Leni Riefenstahl et de son film, *Le Triomphe de la volonté*, tourné sur les lieux mêmes des Jeux, que j'avais vu à l'époque en Italie, dans lequel les corps sportifs reprenaient la statuaire grecque. Les amours saphiques y échappent davantage, pas par générosité, mais parce que la sexualité féminine s'impose moins, est plus secondaire dans les esprits masculins.

Elle sert, mais ne se sert pas. La femme est une proie, voire un trophée, pas un prédateur.

En fin de compte, la convocation de ma mère par la directrice du personnel ne concernait pas son patronyme mais au contraire une promotion. Cependant, elle est inquiète de voir des officiers allemands à l'ambassade. Ils vont et viennent dans les couloirs comme s'ils étaient chez eux. Par chance, leur arrogance les empêche de s'intéresser aux subalternes. Ma mère s'entend bien avec l'attaché de presse pour qui elle travaille. Il est plutôt paresseux et même si ma mère fait le plus gros du travail, elle est ravie. C'est un garçon de Venise et il a l'élégance de sa ville natale. Il a invité ma mère à y venir dès que la situation le permettra. Il a un appartement où il sera heureux de la recevoir. Ma mère l'a vivement remercié et lui a demandé en même temps si elle pourrait y venir avec son mari. Il a, paraît-il, tiqué, mais s'est repris en acquiesçant. Ma mère en a fait des tonnes avec mon père en rentrant le soir.

48

Offensive

Je dîne avec Sofia et Hannah Arendt dans le quartier de la rue de la Convention, où elle habite. Le restaurant s'appelle Le Pot-au-feu gaulois mais on n'en commande pas, il fait trop chaud. Cet été 1939 est aussi chaud climatiquement que politiquement. Sofia demande à Hannah où est son ami Heinrich qu'elle aimerait bien connaître, mais Hannah élude et répond rapidement qu'il est très occupé. Elle semble inquiète des nouvelles qu'elle reçoit d'Allemagne, où les persécutions s'amplifient. Depuis les lois restrictives du début 1939, limitant les déplacements des citoyens juifs par la suppression des permis de conduire et des cartes grises, faisant suite à leur interdiction de paraître dans de nombreux lieux publics, ils viennent de se voir interdire les emplois gouvernementaux qu'ils doivent rapidement quitter, et se sont vu intimer l'interdiction d'exercer dans de nombreuses professions.

— Ça rappelle le Moyen Âge. Espérons qu'ils ne rétabliront pas la rouelle, dit Hannah.

Elle nous apprend qu'elle n'a plus de nouvelles de beaucoup de ses amis.

— Je ne sais pas s'ils ont été arrêtés ou ont quitté le pays. Ceux qui le pouvaient sont partis, ne sont restés que ceux qui n'y croient pas ou n'ont pas les moyens de s'en aller. Et ceux-là, je ne sais pas ce qu'ils vont devenir.

J'ai pensé à Wolf, l'ami autrichien de Dante à qui l'on a bloqué les comptes bancaires. Toute une vie de travail avec son épouse, et plus un sou pour s'échapper. Sofia aussi doit y penser car elle m'a regardée et pris la main sous la table.

— Que comptez-vous faire ? je demande à Hannah.

Elle hausse les épaules en soupirant.

— Essayer de quitter l'Europe, dit-elle. Mais pas tout de suite.

— Pourquoi attendre ? demande Sofia.

Elle nous regarde fixement. Puis :

— Heinrich Blücher a été arrêté.

— Votre ami ! Pourquoi ? Où ? s'exclame Sofia.

— Ici, en tant que ressortissant d'un pays hostile.

— Mais vous, qu'allez-vous faire ?

— Attendre qu'ils le relâchent. Un ami avocat m'a dit qu'ils n'ont rien pour le garder longtemps.

Je lui demande :

— Et où irez-vous après ?

— Aux États-Unis, probablement, si nous réussissons à obtenir un visa. De nombreux amis y sont déjà. Les Allemands ne pourront pas traverser l'Atlantique.

— Pensez-vous, lui demandé-je, que comme ils l'ont fait en 1914, les Américains vont nous aider ?

— Aucune idée. Roosevelt se préoccupe plutôt de son New Deal que de ce qui se passe à l'étranger.

— Vous pensez que s'il y a une guerre, nous allons la gagner ?

— Comme je vois les choses, si nous ne la gagnons pas, ce ne sera pas seulement une guerre perdue avec une paix boiteuse au bout comme en 1918. Ce sera la dernière. Nous n'avons pas affaire au *Kaiser*, mais à un monstre. Vous avez lu *Mein Kampf*, Judith ?

— Vaguement, je l'ai seulement parcouru. Trop épouvantable.

— Si vous avez l'occasion, lisez-le complètement. Vous avez raison, c'est un livre abominable écrit par Hitler pour la première fois en 1925. Il y a inventé le mouvement Völkisch qui situe les non-Aryens, en particulier les Juifs, entre l'homme et le singe. Il affirme qu'enfin que l'homme ne tombe pas jusqu'au singe, Dieu a créé le Juif entre les deux. Il ne l'a pas inventé tout seul, il s'est servi de pseudo-hommes de sciences comme Hermann Gauch, aussi cinglé que lui, ou de Theodor Fritsch qui exposait déjà ces idées en 1881. Le postulat est que les hommes non nordiques ne sont pas des hommes complets.

Elle énonce ces abominations avec un sourire, sa façon sans doute de dédramatiser ses propos. Mais il faut davantage qu'un sourire pour que mes cheveux ne se dressent pas sur ma tête. Je prends lentement conscience que la guerre qui se prépare avec un tel ennemi n'a rien à voir avec les conflits antérieurs. Sans remonter au temps de « messieurs les Anglais, tirez les premiers », les guerres ont toujours eu des conventions qui protégeaient les prisonniers, parfois les civils, réglementaient les interrogatoires. C'était le plus souvent vrai sur le papier, mais ça existait. Mais ce dont nous parle, Hannah, ce n'est pas ça. Ce mouvement Völkisch préfigure l'éradication de ceux qu'il juge impropres au nom d'humain. En allemand, des *Untermenschen*. Des sous-hommes en français. Je demande :

— Et vous, Hannah, n'avez-vous pas peur, en tant que réfugiée d'un État hostile, qu'on vous arrête comme votre ami ?

— Si, ils le peuvent, mais qu'y puis-je ? Même si je le voulais, je ne pourrais pas partir, nous n'avons pas de visas.

— Alors qu'allez-vous faire ?

— Continuer à vivre. Je ne le pourrais pas si j'étais restée en Allemagne. Même si je suis arrêtée, ici, je ne risque pas la mort, enfin, j'espère.

Cette scène représente exactement les incertitudes et les inquiétudes de l'époque. Chaque jour apporte son lot de mauvaises nouvelles, démenties par d'autres le lendemain. Que signifie la lettre de ce soldat ? Personne ne sait où il en est. Les actualités de début septembre nous ont montré Varsovie écrasée sous les bombes de la Luftwaffe, les quartiers éventrés, la population fuyant dans les rues alors que, les jours précédents, les cafés étaient encore encombrés de consommateurs.

Dès le début des hostilités, la Pologne a été terrassée par les Panzers nazis avec l'aide des volontaires de la ville de Dantzig et des fantassins de l'Armée rouge, mais l'Europe n'a pas cru aux rodomontades d'Hitler et ne voulait surtout pas mourir pour Dantzig, ce couloir mal foutu accordé par le traité de Versailles à la Pologne et qui séparait le Reich de sa ville allemande. Et on pouvait le comprendre car beaucoup d'entre nous se souvenaient du discours d'Hitler, prononcé le 6 octobre 1939 à la tribune du Reichstag devant les députés, debout, en uniforme : « Pourquoi cette guerre à l'Ouest ? pour la restauration de la Pologne ? il serait insensé d'anéantir des millions d'hommes et de détruire des biens valant des millions pour reconstruire un État qualifié d'avorton dès sa naissance par tous ceux qui ne sont pas d'origine polonaise. »

Et si Daladier et Chamberlain ont repoussé son offre de paix ignominieuse, la considérant comme un leurre, le poison est distillé dans les têtes : *Mourir pour Dantzig, cette ville allemande qui vient, en délire, d'applaudir Hitler ? Mourir pour l'avorton polonais ? Folie !*

49

Drôle de guerre

De retour au front, François nous envoie des photos où on le voit se promener dans un village frontalier, puis laver son linge au soleil. Beaucoup d'hommes sont absents mais les périodiques comme *L'Illustration*, *Match* ou *Le Miroir*, spécialisés dans le reportage photographique, les montrent faisant fonction de gardiens de chèvres, éleveurs de porcs, la cigarette fichée dans le bec et le calot incliné sur la tête, à la manière d'un canotier. Mes parents, mes amis sont ravis et espèrent que la guerre se fera sans les Français, et que l'on continue de voir nos pioupious, comme on les appelle, rassemblés quelque part au front autour d'une pancarte où s'étale à la craie le menu du jour de Chez Dédé, l'un des soldats tenant un cochon dans les bras, et l'autre, une énorme louche.

Les chansonniers ne se gênent pas les pour les mettre en boîte dans leurs revues auxquelles j'emmène mes parents et Thierry qui ne décolère pas et n'a pas de mots assez durs pour fustiger le haut commandement français. Jean Langlois ne vient presque plus à la galerie et Sofia m'apprend qu'il travaille beaucoup à son atelier.

Et en quelques jours la Pologne s'effondre, attendant en vain le secours de ses protecteurs britanniques et français restés aux abonnés absents, autant que leurs opinions publiques.

L'absence de réaction des chancelleries indigne un officier de blindés nommé Charles de Gaulle, qui écrit à Paul Raynaud :

> *Notre système militaire a été bâti exclusivement sur la défensive en vue de la seule défensive ; si l'ennemi n'attaque pas, c'est l'impuissance quasi totale. Or, à mon avis, l'ennemi ne nous attaquera pas de longtemps. Son intérêt, c'est de laisser « cuire dans son jus » notre armée mobilisée et passive en agissant ailleurs entre-temps. Puis quand il nous jugera lassés et désorientés, mécontents de notre propre inertie, il prendra en dernier lieu l'offensive contre nous avec dans l'ordre moral et dans l'ordre matériel, de toutes autres cartes dont il dispose aujourd'hui.*

Nommé colonel, Charles de Gaulle n'aura de cesse, quand il sera dans l'entourage de Pétain, de vouloir persuader les personnalités politiques de privilégier les unités blindées dans la guerre contemporaine. Après plusieurs contre-attaques menées pendant la bataille de France, il sera promu à titre temporaire général de brigade, puis nommé sous-secrétaire d'État à la guerre et à la défense nationale par le gouvernement de Paul Reynaud. Malgré l'hostilité affichée du généralissime Weygand à qui Reynaud lui demandait quels étaient ses griefs contre lui, il répondait : « C'est un enfant. »

Charles de Gaulle a cinquante ans.

Les Français n'ont pas caché leur lâche soulagement. Que le gouvernement polonais n'ait pas tenu quinze jours devant les Panzers divisions et l'Armée rouge, c'est triste, mais qu'y pouvons-nous ? Nos troupes sont prêtes à repousser l'ennemi au Nord-Est, mais il n'est pas venu. Frileusement installé sur sa ligne Siegfried, le haut commandement allemand n'a pas jugé bon de faire traverser la frontière à son armée. Pourtant, on l'attendait de pied ferme. Mais les soldats en permission, dont François Lambert qui réussit à rester une semaine à Paris, nous déclarent que leur plus grand ennemi, c'est l'ennui, et pensent que la guerre, à peine commencée, va vite s'arrêter.

Il a été mobilisé sur la ligne Maginot, en face de la Belgique, et d'après les déclarations du généralissime Gamelin qui commande l'armée française, on a toute confiance dans cette ligne de défense érigée depuis 1929 entre les différentes frontières séparant la France de ses voisins. Et tout au moins, dans les débuts du conflit, les faits semblent lui donner raison car il ne se passe rien sur la ligne de front côté français où l'on apprend, par des lettres de soldats, qu'ils se contentent de dénombrer les dizaines de wagons de la Wehrmacht traversant sur la rive droite du Rhin, à cinq cents mètres de nos lignes, sans que nos artilleurs ouvrent le feu, ni que leurs parties de belote soient sérieusement interrompues. Sainte-Foix a été mobilisé à Paris, au ministère de l'Équipement et du Matériel lourd situé à l'École militaire, et ne décolère pas, d'autant qu'il soupçonne sa mère de l'avoir pistonné. On le console en lui affirmant qu'il n'en ferait pas davantage à la frontière, bien qu'il ait été, compte tenu de ses années de fac, incorporé avec le grade de caporal en chef.

Moi, je me morfonds car j'ai commencé les cours de droit sans conviction, pour pouvoir envoyer à Thierry les polycopiés des cours de troisième année. François, qui lave son linge sur la ligne Siegfried comme le chante Maurice Chevalier – il étudiait aux Arts et Métiers dans la section mécanique avant d'être mobilisé –, aura, si la guerre se déclare un jour, de quoi s'occuper quand on voit aux actualités nos longues colonnes de chars et d'engins blindés se déplacer près de la ligne Maginot. Néanmoins, on commence à dire que c'est une drôle de guerre que cette guerre franco-allemande sans batailles et sans morts.

Un témoin note pourtant que les villages qu'il a traversés regorgent de troupes et de matériel. Les trains déversent ravitaillement et engins de guerre. Les usines travaillent jour et nuit pour la défense nationale. Mais rien ne se passe. Et comme d'autres, il se pose la question : est-on en guerre ? Il faut dire que l'activité la plus fébrile concerne l'organisation des spectacles pour la section du théâtre aux armées. Mais si, de notre côté, le temps semble s'être arrêté, la propagande allemande ne faiblit pas, inondant de tracts nos troupes désorientées, leur répétant que cette guerre est inutile, repris à satiété par des émissions de radio-Berlin, qu'elle ne sert pas les intérêts français mais ceux de la City de Londres et rappelle l'offre de paix d'Hitler.

50

Observation

Je bois ce soir un verre chez Sofia qui vient de remonter de sa galerie. Il y a quelques jours que nous ne nous sommes vues car j'essaie plus ou moins de me tenir à jour de mes cours. Je travaille pour obtenir un certificat de droit civil qui me donnerait accès, compte tenu de ce que j'ai déjà préparé à Florence, à un poste d'avouée. Ce n'est pas mon ambition mais ça me permettrait de gagner un salaire, même de débutante. Je l'ai dit à ma mère qui ignore ce qu'est exactement la fonction d'avoué. J'avoue que moi aussi. Si c'est rédiger des procès-verbaux et prendre en dactylo les attendus d'un jugement, je ne m'y vois pas.

— Si c'est pour taper à la machine et gagner des clopinettes, tu ferais mieux de te trouver un mari, me dit-elle, lisant dans mes pensées.

Elle semble avoir perdu l'espoir de me voir devenir avocate, et j'avoue que je ne suis pas loin non plus de le craindre.

— Pourquoi tu ne serais pas avocate ? me reproche Sofia quand je lui raconte cela. Regarde, les choses semblent s'arranger. Je pense, comme beaucoup, que nous allons éviter cette guerre idiote. Personne n'a envie de la faire !

— J'ai besoin de gagner de l'argent, grogné-je, je ne supporte plus d'être à la charge de mes parents. Michaël travaille, lui, au moins.

Elle se lève et se rapproche de moi sur le canapé où je suis assise.

— Tu sais ce que j'ai pensé ? J'ai pensé que depuis que Jean ne travaille plus avec moi, faute de temps, je ne fais pas ce qu'il faut pour la galerie. Je ne peux plus aller aux vernissages, relancer les acheteurs, trouver de nouveaux talents, et en même temps être à la galerie et recevoir les clients…

— Fais-toi aider. Même si Jean connaissait bien le travail, tu pourrais trouver quelqu'un qui saurait se débrouiller. J'imagine qu'il ne faut pas avoir suivi des années de cours à l'école du Louvre pour savoir vendre un tableau, pour peu que tu trouves une personne qui connaisse un peu l'art et la peinture.

Elle ne répond pas et me fixe, le regard vague.

— Tu as peut-être raison, lâche-t-elle en m'envoyant un baiser. Oui, quelqu'un, qui aurait été habitué à visiter les musées, les expositions, à apprendre l'art dès sa jeunesse.

— Évidemment.

Elle sourit et se lève.

— On boit un verre et on va dîner quelque part pour en discuter ?

— Discuter de quoi ? C'est à toi de prendre la décision. Je crois qu'en ce moment, il y a pas mal de gens que ça intéresserait. Des femmes, principalement, qui se retrouvent seules depuis le départ de leur conjoint. Il doit bien y avoir dans le tas des femmes intéressées par la peinture et qui sauraient s'adresser à un amateur. C'est à mon avis le moment idéal si Jean ne revient pas.

— Oui, j'imagine. Un Cinzano ?

— Non, merci. C'est vrai que j'ai un peu faim, mais aussi la flemme et peut-être pas assez le moral pour sortir.

— Pourquoi pas le moral ? Tu sais ce que j'ai entendu dire par un de mes clients ? Que les Allemands s'étonnent du peu de réaction de nos soldats. L'un d'eux lui a confié que ses cheveux se dressaient sur sa tête quand il pense à la possibilité d'une attaque française d'envergure dans l'Est, alors que le gros des forces allemandes, tanks, divisions blindées, Luftwaffe, unités d'élite, sont en Pologne. Ils pensent que les Français ne veulent pas faire la guerre, et à mon avis, il n'a pas tort.

— Ah, eh bien je ne sais pas si c'est mieux. Reculer n'a jamais été une bonne tactique face à un ennemi comme les nazis. Je n'oublie pas que nous avons dû quitter l'Italie parce que Mussolini n'a pas l'intention de s'opposer à Hitler. Les ennuis ont commencé à ce moment-là.

— Tu veux que l'on dîne ici ? Je te fais des pâtes. On sera aussi bien, répond Sofia sans commenter ce que je viens de dire.

Je soupçonnais vaguement une manœuvre de sa part, et je n'avais pas tort, car tout en dégustant des *linguine* aux brocolis, fines herbes et jambon, m'étonnant comme à chaque fois que Sofia qui mange si peu chez elle ait toujours ce qu'il faut pour confectionner en un tournemain des pâtes délicieuses. Elle me dit :

— Voilà ce que je te propose, et c'est aussi intéressant pour toi que pour moi. Tu continues ton droit, c'est-à-dire que tu suis les cours, je mets à ta disposition en bas à la galerie un endroit où tu peux les travailler, sachant que les trois quarts de la journée, le temps est libre. Je te paye, et comme je ne te déclare pas, je peux te donner un peu plus. Voilà, toi, ça peut t'aider à régler ton problème de conscience et moi, ça me permet de mieux faire tourner la galerie.

— Tu l'as mijoté, chérie, ou ça t'est venu comme ça ?

— Tu veux que je jure sur la tête de la Vierge que je viens seulement d'y penser ?

— Laisse cette Vierge tranquille, vous ne vous connaissez pas.

— Peut-être, mais c'est vrai. C'est une très bonne solution et si ça ne va pas, on laisse tomber.

Je suis repartie vers minuit, largement ragaillardie. Je commencerai la semaine prochaine à la galerie. Penser que l'on va se voir beaucoup plus m'enchante. Repenser à ce qu'a dit l'officier allemand à son client me réjouit. A-t-il tort, a-t-il raison ? Qui vivra verra.

51

Prières

Un dimanche, en allant nous promener, mes parents et moi, dans le quartier juif de la rue des Rosiers – manière de se retrouver après ce que nous entendons des atrocités commises contre les Juifs dans les pays occupés par les Allemands –, nous sommes surpris par son intense activité et apprenons que les fêtes de Roch Hachana, le jour de l'an juif, et du Yom Kippour, le Grand Pardon qui les termine, jour le plus sacré de la liturgie juive, se fêteront cette année du 14 au 21 octobre, dans moins de deux jours. On a peine à entrer dans les boutiques où sont vendues les victuailles consommées pour ces fêtes tant elles sont envahies de monde, à l'image des trottoirs et des chaussées où se promène joyeusement, comme pour conjurer le sort qui se prépare, un peuple en fête. Cependant, nous constatons que les rues qui mènent au centre du quartier sont barrées et gardées par des jeunes gens à l'allure déterminée.

À Florence, ce n'était en rien comparable. D'abord, la communauté juive de la ville n'approchait en aucune mesure celle de Paris, on en a parlé pour la première fois en 1430. Appelés par les seigneurs de l'époque en qualité de prêteurs, activité interdite aux chrétiens, les Juifs ont initié leur activité avec tous les droits dont jouissaient les autres citoyens, jusqu'au décret institué par le grand-duc Cosimo qui les a en partie relégués dans un ghetto le 3 octobre 1570, le quartier le plus mal famé de la ville de l'époque, pour ne pas, disait-il, qu'ils se familiarisent trop avec les chrétiens, en réalité pour en garder quelques-uns près de lui afin de mieux commercer. Le ghetto ne s'est ouvert qu'en 1848 sans que les Juifs, d'après ce que j'en ai lu, apprécient cette émancipation avec enthousiasme tant leur vie dans le ghetto avait été active et riche, presque plus paisible que celle de leurs coreligionnaires de l'extérieur. Ils y avaient reconstitué une vie en quasi-autarcie, allant jusqu'à créer des tribunaux, des écoles, des hôpitaux et des comptoirs commerciaux.

J'avais tout appris dans un petit livre en allant avec mes parents, pour un mariage de voisins, à la grande synagogue de Florence, appelée le Temple monumental, élevée en 1882 au milieu d'un magnifique jardin après huit ans de travaux, grâce à l'héritage laissé par le chevalier David Levi, président du conseil de l'université israélite entre 1860 et 1870, et dont la construction avait été décidée quand le nombre de Juifs avait atteint les mille individus. Je dois reconnaître que j'avais été favorablement impressionnée par cette construction de style mauresque, très pure, son intérieur magnifiquement coloré de céramiques de teintes vives, et le Hékhal, le sanctuaire où sont gardés les rouleaux de la Torah. Elle suivait le rite espagnol, contrairement, m'avait appris une dame à qui je m'en étais ouverte, aux deux autres petits temples du centre-ville qui suivaient le rite italien. Comme je ne connaissais pas les différences, je m'étais abstenue de tout commentaire.

Nous sommes aujourd'hui le 21 octobre et il est 5 h 30 de l'après-midi. Avec Michaël et mes parents, nous sommes allés dans l'imposante synagogue de la rue de la Victoire, la plus importante de France. Je lis sur un mur que sa construction fut commencée en 1867, quand le nombre de français de confession juive atteignit les vingt-sept mille.

Inaugurée en 1874 par le président de la République de l'époque, elle fut ouverte au public en 1875. Ma mère et moi sommes montées au premier étage tandis que mon père et Michaël sont restés au rez-de-chaussée. Ça m'agace déjà un peu, cette séparation, et aussi ce qu'à mon avis elle signifie. Une minoration de la place des femmes comme dans les autres religions monothéistes où elles sont privées de responsabilités religieuses. J'aurais aimé qu'étant la première monothéiste, la religion juive donne l'exemple de l'égalité hommes-femmes, que les femmes prient comme les hommes à la *bimah*, la tribune de l'officiant, et aient des responsabilités dans la vie religieuse. J'en ai parlé avec Suzanne pour m'en plaindre.

— C'est bien pour ça que je ne mets pas les pieds au temple, a-t-elle rétorqué avec force.

— D'accord, mais la religion soude également les gens. Tu connais le proverbe qui dit que quand un Juif de Varsovie reçoit un coup de pied, celui de New York fait aïe !

— Au lieu d'accepter le coup de pied et de prier, le Juif de Varsovie devrait plutôt prendre un fusil quand il reçoit un coup.

Mais je n'ergote pas longtemps, impressionnée par la majesté de l'endroit, son architecture monumentale, les phrases du Lévitique gravées au-dessus des portes, son style néo-byzantin. Et c'est au moment où s'élèvent les chœurs, amplifiés par une admirable acoustique, que, sans que je puisse les retenir, les larmes me montent aux yeux. C'est dans un étrange élan que j'entonne avec tous l'une des dernières et plus belles prières du rituel, quand le peuple en dévotion chante le *Shema Israël*, *Écoute-moi mon Dieu*, quand il crie son amour et sa fidélité à Adonaï dans un *crescendo* de prières et d'émotion irrésistible, quand les voix mêlées des hommes et des femmes emplissent l'espace entier et s'élèvent jusqu'à la voûte vertigineuse. Puis c'est le *shofar*, cette corne de bélier à l'extrémité relevée, venue de la nuit des temps, dans laquelle le grand rabbin souffle pour mettre fin au jeûne de Kippour, après que chacun a demandé à Dieu le pardon de ses fautes pour l'année écoulée. Le son, qui a pour nom *tequiya*, est aussi long et ininterrompu que l'officiant a de souffle.

Nous sommes sortis avec les autres, mais il n'y a pas tant de monde que ça, certaines synagogues et organisations ayant reçu des menaces. Le nombre de jeunes costauds a encore augmenté depuis la fois où nous les avions remarqués, rue des Rosiers. Ils surveillent, dirigent les fidèles vers les issues des rues, en accompagnent certains, plus âgés ou plus vulnérables, jusqu'à ce qu'ils sortent du périmètre. Quelques agents de la police nationale sont en faction, regardant avec une certaine curiosité cette population pacifique qui, pour l'occasion, s'est mise sur son trente-et-un, comme on le dit à Paris quand on est bien habillé, dirigeant les quelques voitures appartenant aux notables. À un moment, quand une limousine noire et luxueuse s'arrête devant la synagogue sous la protection des agents, j'entends une femme dire que c'est celle d'un des fils Rothschild, le baron Guy, descendant du baron Gustave, principal souscripteur à l'érection du temple. Je vois à cet instant une longue silhouette emmitouflée dans un manteau entrer dans la voiture dont le chauffeur referme la portière aussitôt et qui démarre rapidement.

— Ce sont des philanthropes formidables, dit mon père, autant pour leur peuple que pour les autres. Les immeubles en briques rouges que vous voyez un peu partout à Paris, ce sont eux qui les ont construits pour que les gens peu fortunés aient de quoi se loger. Et des hôpitaux aussi, des hospices. Des gens formidables, répéta-t-il.

— Mince, ils sont chouettes, ces immeubles en briques ! dit Michaël. Ils ont toujours un jardin. On ne peut pas y obtenir un logement ?

— Je ne crois pas, et je ne saurais pas à qui demander, répond mon père en secouant la tête.

— Ben, peut-être à la synagogue ou à une organisation juive, réplique Michaël, qui ne doute de rien.

— Ce n'est pas pour nous, c'est pour les Français qui n'ont pas de quoi se loger. Nous, on est logés.

Michaël, pas convaincu hoche la tête d'un air dubitatif. Et comme nous avons faim, pas parce que nous avons jeûné comme le veut la tradition, mais parce qu'il est tard, mon père et Michaël nous invitent à dîner dans une brasserie des grands boulevards, le Café de Paris, où mes parents, quand ils veulent se faire plaisir, vont prendre l'apéritif, ou plus rarement dîner, éblouis, dit ma, mère par la superbe décoration Art déco de l'établissement. Nous y allons à pied, ce n'est pas loin. Certaines rues sont vides et sombres à cause du couvre-feu qu'a décidé la fameuse défense passive, par crainte des bombardements qui ne sont pas encore à l'ordre du jour. En revanche, par une logique que nous ne comprenons pas, les Grands Boulevards sont brillamment éclairés.

On obtient une bonne table car il y a peu de clients. Michaël et moi prenons du gigot et mes parents, de la volaille. Le sommelier vient nous présenter la carte des vins et je vois que mon père est fier et heureux de choisir un vin comme aiment le faire les Français, même s'il n'y connaît rien, et d'être considéré comme un connaisseur.

52

Découvertes

Aujourd'hui, je suis majeure. Cette étape décisive de la vie qui fait de vous un citoyen à part entière, capable de décider, de choisir, de se tromper, mais aussi d'être pleinement responsable de ses actes, ma famille l'a fêtée avec amour mais sans joie. Comment se réjouir et faire la fête dans une atmosphère où demain n'a pas d'avenir ? Un joli dîner, des cadeaux qui, je le sais et le déplore sans rien dire, ont coûté bien plus que leur valeur pour nous qui sommes devenus des précaires. Des souhaits de vivre encore cent vingt ans, selon la formule juive rituellement prononcée à chaque anniversaire, et qui, cette fois, paraît bien dérisoire. Et cette angoisse palpable de mes parents, terrorisés au point que je peux sentir le poids et l'odeur de leur frayeur.

D'après Sofia, je me suis bien glissée dans mon rôle de conseillère en art. Elle a fait graver ce titre ronflant sur mes cartes de visite qu'elle a aussitôt commandées. Je les ai montrées chez moi et ma mère en a rougi de plaisir. Mon père a réagi un peu différemment. Toujours un peu en retrait, mon cher papa, d'autant qu'il a appris que son emploi chez son ami Georgio tient à un fil. La rue Amelot et le boulevard Beaumarchais, tout proches, sont devenus au fil des ans le lieu privilégié de tout ce qui concerne les artistes lyriques : éditeurs de musique, magasins d'instruments à vent, à bouche ou à cordes, accordeurs de pianos, concessionnaires de grandes marques internationales, etc. Mais la difficulté des affaires a généré une âpre concurrence entre les commerçants. Quant à Georgio Grappelli, bien qu'installé dans le quartier depuis les années 1920 et réputé pour la qualité de ses prestations, on se souvint opportunément qu'il est italien et juif. Double faute.

Ce bruit, s'appuyant sur l'antisémitisme français, jamais mort, entretenu par les ligues et journaux antisémites où signent des écrivains connus ou d'anonymes scribouillards, ainsi que différents parlementaires et députés venus de l'extrême droite – tels Xavier Vallat qui sera nommé par Pétain commissaire général aux questions juives et sera directement responsable de dizaines de milliers de déportations et qui, plus tard, s'illustrera avec tant d'autres dans un engagement collaborationniste total –, mais aussi par une gauche radicale hostile à la guerre et animée d'une *doxa* marxiste jamais apaisée contre les patrons, autant que par les réflexes corporatistes du commerce, de l'artisanat, et du monde ouvrier, craignant la concurrence de la communauté juive récemment augmentée des réfugiés fuyant le nazisme, encourage la xénophobie, servant opportunément à désigner Georgio Grappelli, Juif venu d'un pays hostile, comme ennemi.

Nous nous sommes couchés tôt, incapables de prolonger cette soirée où chaque mot, chaque sourire, sonnait faux. En me souhaitant bonne nuit à la porte de ma chambre et en appelant sur moi, encore une fois, tous les bienfaits que j'aurais pu attendre de cet anniversaire, ma mère a les larmes aux yeux et la gorge nouée, au point d'avoir du mal à prononcer les mots de tendresse dont son cœur est rempli. Essayant de m'endormir et repensant à eux, je sens monter dans mon ventre une houle de rage et de haine contre les responsables de ces malheurs fabriqués, contre ces démiurges fanatiques coupables de briser des générations sans ressentir le moindre regret, et encore moins de remords. Je suis prête à cet instant à détester le monde entier.

Et puis le lendemain est arrivé. Sofia m'attend à la galerie en fin d'après-midi. Je lui ai raconté au téléphone mon dîner d'anniversaire et ma rage devant le chagrin de mes parents. Elle a à peine cherché à me consoler et je me suis étonnée de sa froideur. Je la rejoins en fin de journée, de ce jour qui n'en finit pas. Elle s'est habillée comme pour une sortie et je m'en étonne.

— Ah bon ? Ce n'est pas un jour spécial aujourd'hui ? me dit-elle en me prenant dans ses bras. Alors ce cadeau n'est pas pour toi, ajoute-t-elle en me glissant une boîte dans les mains.

— Tu y as pensé ?

— Par hasard, en regardant le calendrier, se moque-t-elle.

— Je croyais que tu avais oublié.

Elle soupire d'un air exaspéré.

— Tu le mériterais.

— C'est quoi ? dis-je en ouvrant la boîte. Oh… une montre.

— Pour que tu sois toujours exacte à nos rendez-vous de la vie, dit-elle, l'air un peu grave. Regarde derrière. Nos initiales et la date de notre rencontre.

Nous avons parlé longtemps, sa tête posée sur mon épaule, nos mains enlacées. On a même évoqué un début d'avenir, avec précaution, comme pour conjurer un sort contraire. Puis elle s'est redressée et s'est passé la main dans les cheveux. Et, placée devant le miroir de sa coiffeuse, s'est remis du rouge à lèvres. Tous ces gestes, je les connais pour souvent les suivre des yeux tant il y a de grâce dans chacun d'eux.

— Oh, on va être en retard. On y va !

— Où ?

— Tu vas voir, viens !

Elle a réservé une table dans un restaurant italien de la rue Delambre où deux musiciens chantent du *bel canto.* L'atmosphère est assourdie par le velours sombre tendu sur les murs et les lumières voilées des lampes. À peine arrivées et sans qu'on commande rien, on a été servies de champagne, et comme dans les mauvais films, on a entrelacé nos coupes et on s'est promis de ne jamais s'oublier. Pas de ne pas se quitter, de ne pas s'oublier. Nous sommes toutes les deux dans le réel. Elle a prévu le dîner et je n'ai eu qu'à me laisser faire.

— Tu connaissais ces plats, bien sûr, s'est-elle inquiétée après le dessert.

— Je les connaissais de nom comme en France on connaît le homard thermidor et la poularde à la royale, mais je n'en avais jamais mangé. Tu me gâtes trop.

— C'est vrai, tu es très gâtée, mais pas par moi, c'est Dante qui a choisi le restaurant et le dîner, et m'a demandé de t'embrasser.

— Ah, et toi ?

— Moi, c'est maintenant.

On part sous les compliments du maître d'hôtel qui sourit, complice. On remonte la rue jusqu'au boulevard Edgar-Quinet et je crois que je n'ai jamais été aussi heureuse, et je m'étonne de pouvoir être à la fois heureuse et accablée, joyeuse et désespérée. Nous arrivons devant un établissement qui se remarque par son enseigne horizontale représentant un monocle. Je suis perplexe :

— Où est-on ?

— Dans l'un des cabarets les plus célèbres de Paris, fréquenté par les femmes les plus célèbres, brillantes et fortunées du monde lesbien.

— Quoi !

Sans répondre, elle pousse la porte et derrière un lourd rideau d'épais velours s'ouvre une salle sombre précédée d'un étroit corridor qui ne l'est pas moins. Les murs sont couverts de photos de femmes connues de l'art, des lettres, et de la nuit. Domine l'odeur du parfum cher et des cigarettes blondes mêlés aux rires et au brouhaha. Sur une piste étroite dansent des couples de femmes qui tournent la tête quand nous entrons. Sur la droite, assises sur une estrade, trois musiciennes jouent des airs de jazz. Sofia, qui paraît chez elle, avance comme une figure de proue, répond en souriant aux saluts tandis qu'une hôtesse en smoking l'accueille avec chaleur.

— Bonsoir Sofia, quelle joie de vous revoir.

— Bonsoir Mona.

Elles s'embrassent, semblent bien se connaître. J'essaye de ne pas faire pâle figure, mais reste en retrait. La dénommée Mona se penche vers moi.

— Qui nous amenez-vous là ?

Sofia se tourne vers moi et me prend par le bras.

— La femme de ma vie, Judith. Et je voudrais que vous l'aimiez comme vous m'aimez.

On nous installe à une table bien placée qui paraissait nous attendre. Sofia salue nos voisines et semble si à l'aise que, n'y tenant plus, je lui dis :

— Mais tu connais tout le monde ! Tu viens souvent ?

Elle rit, me prend le menton et m'embrasse.

— Je suis venue souvent, plus depuis un certain soir de l'an dernier où une jeune Italienne m'a regardée comme si elle voulait me voler aux autres.

Une femme arrive vers nous, grande, blonde, féminine, portant smoking et monocle.

— Chérie, je te présente la prêtresse des lieux, Carita.

La femme s'incline sur la main de Sofia.

— Je suis tellement contente de vous revoir, chère Sofia. (Puis se tournant vers moi :) Votre amie est charmante. Puis-je vous offrir les premières coupes ?

— Avec plaisir.

Il y en a eu beaucoup d'autres après, mais ou la majorité que j'ai atteinte en ce jour m'a permis de mieux supporter l'alcool, ou l'ambiance m'a donné des ailes car je me sens parfaitement bien. À notre droite, une femme seule, habillée elle aussi d'un smoking, fume à l'aide d'un fume-cigarette, une bouteille de champagne Lanson trempant dans un seau sur sa table. À notre gauche, une jolie brune est assise sur les genoux d'une femme en costume masculin ayant l'allure d'un homme de main.

— Tu veux danser ? me propose Sofia.

— Non.

Elle rit.

— Ça c'est net. Tu n'es pas bien ?

— Il faut que je m'habitue.

— À quoi ?

Je la fixe.

— Je n'imaginais même pas que ça existait.

— Quoi donc ?

— Des femmes en smoking, des femmes qui s'embrassent à pleine bouche, des femmes qui rient bruyamment comme elles le font avec les hommes.

— C'est ce qui m'a plu chez toi et me plaît toujours. Ta fraîcheur d'âme. Je suis heureuse de t'apprendre la vie. Je veux rester le guide de ta vie.

53

La vraie vie

Je vais pour répondre quand un brouhaha enfle dans la salle, des femmes s'exclament, s'interpellent, sur la piste, des couples se défont pour regarder.

— Que se passe-t-il ?

— Tu as de la chance, chérie, me répond Sofia en se dressant pour mieux voir. Pour ton dépucelage au monde interlope, tu vas rencontrer la femme qui fait courir Paris, ses artistes, ses cocottes, ses aristocrates qui aiment s'encanailler… Mais celle aussi qui les aime le mieux. Natalie Clifford Barney, la reine des nuits parisiennes, richissime héritière américaine, poétesse, écrivaine, amoureuse. Les soirées qu'elle donne dans son délicieux hôtel particulier de la rue Jacob réunissent tout ce que Paris compte de beaux esprits.

— De quoi tu parles ?

La foule s'écarte et Carita vient vers notre table, accompagnée d'une femme qui, à l'instant où je la regarde, me donne le même genre d'impression qu'Hannah Arendt. Celle-ci est plus séduisante, plus élégante, mais possède le même regard brillant d'intelligence et d'audace qui semble, dans la seconde, vous avoir jaugé. Elle porte aussi un smoking mais, fantaisie, une jupe longue et noire, une veste cintrée à larges revers de satin noir sur un jabot de dentelle.

— Vous avez de la chance, Sofia, notre grande Natalie Barney nous fait ce soir la joie de nous visiter, dit Carita.

— C'est vrai, j'ai de la chance, répond Sofia en se levant. Il y a trop longtemps que nous ne nous sommes vues, Natalie et moi.

Elles s'embrassent et je remarque sans plaisir que la nouvelle venue dépose son baiser très près des lèvres de Sofia.

— Où étiez-vous passée, belle étrangère ? murmure-t-elle en gardant ses mains dans les siennes. Elle se tourne vers moi. Est-ce cette séduisante adolescente qui a eu l'audace de nous priver de vous ? Notez que je vous comprends, elle est tout à fait charmante et vous formez un couple remarquable.

Sur la prière de Sofia, elle s'assied à notre table. Se dégage d'elle un parfum d'érotisme palpable. C'est une séductrice née, un de ces êtres faits pour le plaisir. Belle, drôle, élégante, mais s'intéressant aussi aux autres, d'après ce que me glisse à l'oreille Sofia qui semble elle aussi sous le charme. Les femmes passent devant notre table et la saluent avec timidité. Elle répond à toutes comme si elle connaissait chacune d'entre elles. À un moment, elle nous quitte pour se rendre au bar et Sofia en profite pour me dresser son palmarès amoureux.

— Je crois qu'en ce moment, celle qui occupe son cœur et son lit est Romaine Brooks, un grand peintre. Tu connais ?

— Non

— Belle femme ténébreuse dotée, d'après ce qui se sait, d'un caractère… très difficile, mais que Natalie dit adorer. Mais Natalie adore toutes les jolies femmes. Quand elle est arrivée à Paris, elle avait vingt ans, et tu sais qui est sa première conquête ? (Je secoue la tête.) Liane de Pougy, une danseuse célèbre et une demi-mondaine derrière laquelle courent tous les hommes riches. Liane s'est prise de passion pour cette jeune Américaine à la blondeur argentée. Elles ont vécu un amour fou de plusieurs mois mais notre Natalie, peu encline à la fidélité, n'a pas tardé à s'éprendre d'autres femmes, entre autres de modèles féminins qui posaient pour sa mère, peintre de talent.

— Elle fréquente tant de monde ?

Sofia se met à rire.

— Dans sa maison au 20 de la rue Jacob…

— Elle est ta voisine ? je la coupe avec surprise.

— Oui… où elle a un jardin, une serre étonnante, et surtout un ravissant petit pavillon qu'elle a baptisé le Temple de l'amitié, et dans lequel elle reçoit ses amies, poursuit Sofia qui m'a semblé ne pas vouloir s'étendre sur sa proximité de voisinage avec l'Américaine. Et chaque vendredi, tous les littérateurs, les peintres, les personnages les plus en vue de Paris, sont invités à ses soirées littéraires. Je te cite des noms ?

— Je ne connais personne.

— Mais si, des écrivains, tu connais. Somerset Maugham, Ezra Pound, Paul Valéry, James Joyce, Paul Claudel, Gertrude Stein avec son amie Alice Toklas, cuisinière hors pair qui gâte beaucoup Gertrude et écrit de ravissants livres de cuisine… Tu en veux d'autres ? Radclyffe Hall qui a écrit le fameux *Puits de solitude*. Tu en veux encore ? Truman Capote, Pierre Louÿs, Scott et Zelda Fitzgerald, et aussi…

— Arrête, je n'en connais pas la moitié ! D'ailleurs, elle revient !

Natalie nous rejoint en effet, suivie d'une hôtesse portant deux bouteilles de champagne Roederer dans des seaux.

— Mes chères et belles amies, est-ce la chaleur, les jolies femmes qui nous entourent ? Je meurs de soif ! dit-elle en priant d'un geste notre hôtesse de remplir nos coupes.

Je refuse de la main, je commence à avoir la tête en vrac de tout cet alcool et de cette ambiance si particulière. Je m'aperçois que depuis un moment, je n'ai pensé ni à la guerre, ni à la peur. Est-ce le miracle de l'alcool et du plaisir ? Sofia me prend la main et dit à Natalie :

— Ma très chère Natalie, vous rencontrer ce soir est un hasard heureux. Nous fêtons aujourd'hui l'anniversaire de la personne que j'aime le plus au monde.

— Non ! s'exclame Natalie. Ce n'est pas possible ! oserai-je demander son âge à cette jolie femme ?

— Vingt et un an ! s'exclame Sofia en me serrant contre elle. À la fois l'âge de la raison, dit-on, et des libertés. Souhaitez-lui avec moi, chère Natalie, de connaître les deux !

Natalie me détaille avec beaucoup de bienveillance.

— Vingt et un an, répète-t-elle. (Elle se penche vers moi.) Curieuse période, ma chérie, pour commencer votre vie d'adulte. Mais je vois à votre regard qu'il n'y a pas grand-chose pour vous faire peur. Je me trompe ?

Je hoche la tête.

— En ce moment, chère Natalie, puis-je vous appeler Natalie ?

— Mais comment voulez-vous m'appeler ? Natalie est mon nom. Oui, en ce moment, disiez-vous ?

— En ce moment, devrais-je vous décevoir, le monde me fait peur.

Elle ne répond pas, lance un coup d'œil à Sofia et revient vers moi.

— Votre anniversaire, ma chérie, ne peut rester sans un souvenir de moi.

Et dans le même temps elle dégrafe de son revers une broche ravissante représentant un paon, ailes déployées aux ocelles lumineuses sur un port de reine.

— Gardez-la, vous penserez à moi et elle vous portera bonheur, je m'y engage.

Je reste coite, et elle en profite pour l'épingler à ma veste.

— Mais non, je ne peux pas… je ne…

— Taisez-vous tendre amie, c'est une joie pour moi de vous l'offrir. Je l'aime beaucoup et j'offre aux gens que j'aime ce que j'aime.

Sofia ne dit d'abord rien, puis elle rit et embrasse Natalie.

— Vous êtes folle, ma chérie, lui dit-elle, mais de vous rien ne peut m'étonner. Judith la gardera avec bonheur. Merci infiniment.

La soirée s'est poursuivie jusqu'au presque matin. Nous sommes rentrées par les rues sombres à la rue Jacob sans nous lâcher la main. Natalie voulait nous raccompagner dans sa voiture mais nous avons refusé. Nous avions besoin l'une et l'autre de revivre seules cette fin de soirée paradisiaque qui, le temps de quelques heures, nous avait enlevées aux ténèbres dans lesquelles nous vivions.

———

54

Immobilisme

Thierry, avec qui je discute des événements en compagnie d'Hannah Arendt qui n'a pas encore pu faire libérer son compagnon mais nous annonce qu'ils se marieront en janvier malgré le contexte difficile avec la mère d'Hannah, nous donne des informations venues des services d'espionnage de la section Train et matériel, révélant qu'Hitler élabore avec ses généraux un plan d'attaque, qui est la réédition de celui d'août 1914, consistant à violer la neutralité de la Belgique pour y attirer les forces françaises et britanniques qu'il coupera ainsi de leurs bases et détruira avec ses divisions blindées.

Fin novembre, Paris s'est préparé aux fêtes de fin d'année dans un engourdissement et un désintérêt dus au froid qui s'est brutalement installé. Le 23 novembre, le *Führer* tient devant les officiers d'état-major depuis la chancellerie du Reich un discours, diffusé sur les radios européennes en même temps qu'aux actualités cinématographiques. On le voit éructer, les yeux fixes et le ton exalté, ponctuant chacun de ses mots de ses mains qu'il tord nerveusement :

> *Aucun militaire, aucun civil ne pourra me remplacer. Je suis convaincu de la puissance de mon intelligence et de ma fermeté. Nul n'a jamais accompli ce que j'ai accompli. J'ai conduit le peuple allemand à un sommet*

même si le monde nous hait comme à présent... Le destin du Reich ne repose que sur moi et j'agirai en conséquence !

Puis, se raidissant, dressé sur la pointe des pieds, agitant ses poings fermés devant son visage, il continue :

Ma décision est irrévocable ! J'attaquerai la France et l'Angleterre au moment le plus favorable et le plus proche. Violer la neutralité de la Belgique et de la Hollande est sans importance. Personne ne remettra cela en question quand nous aurons vaincu... L'esprit des grands hommes de notre histoire doit nous encourager tous. Le destin ne nous demande pas plus qu'aux grands Allemands de notre histoire. Aussi longtemps que je vivrai, je ne penserai qu'à la victoire de mon peuple. Je ne reculerai devant rien et j'anéantirai tous ceux qui s'opposent à moi. Je veux anéantir l'ennemi.

Ce discours démentiel évoque plus un fou qu'un homme de guerre. Car quel chef de guerre prendrait le soin d'avertir assez tôt les ennemis qu'il veut combattre ? D'ailleurs, de quel ennemi parle-t-il ? s'interrogeront les chefs de guerre alliés dans les couloirs des états-majors et des parlements, qui ont semble-t-il, à l'exception de quelques-uns, déjà perdu l'intégralité de leurs cinq sens. De celui qui a fait exploser une bombe à Munich, à la brasserie du Bürgerbraükeller où Hitler devait se rendre pour célébrer, comme chaque 9 novembre, l'anniversaire de sa prise de parole et sa première tentative de prise du pouvoir ? Ou de ces passagers du paquebot *Athenia*, torpillé le 3 novembre à quatre cents kilomètres des côtes d'Irlande par un sous-marin U30 dont le capitaine ne pouvait ignorer qu'il s'agissait d'un navire désarmé ayant à son bord des Américains, dont vingt-huit ont péri ? Attentat que Goebbels, avec élégance, a attribué à Churchill. Ou d'Himmler, chef de la Gestapo et *Reichsführer* des SS, qui a raconté aux jeunes officiers de la Leibstandarte SS n'ayant pas pu participer à la campagne de Pologne combien il était pénible, par une température de quarante degrés en dessous de zéro, de traîner des centaines de milliers de gens, de supprimer une population encombrante et arriérée, de procéder à des exécutions de femmes en larmes ou à bout de nerfs, et de fusiller des milliers de notables ?

Les gens semblent lire ces nouvelles en toute quiétude et assister non moins sereinement aux images d'Hitler vociférant à chaque apparition où il promet le cauchemar au monde. Dans les temps qui suivront, je ne serai pas la seule à m'interroger sur cette anesthésie générale des Européens. Et je ne serai pas la seule à ne pas savoir y répondre. Devant trop de menaces, la peur s'efface. En tout cas, avec mon entourage, je suis hélas de ceux qui, l'ayant entendu, ne s'interrogeront pas pour savoir si cet homme est un fou ou le futur plus grand tueur de masse de l'histoire.

— J'imagine que si vous le savez, l'état-major allié aussi, fait remarquer Hannah, et qu'il va réagir.

— Probablement ma chère, répond Thierry, laconique.

J'interviens.

— Alors, ils vont réagir, ou non ?

Il ne répond pas et termine le kir que nous avons commandé dans un bistrot près de chez lui. J'insiste :

— Pourquoi tu ne réponds pas ?

Il marque encore une pause, puis :

— Parce que, ma chère amie, j'ai toujours scrupule à étaler les faiblesses, pour ne pas dire davantage, de mon pays…

Nous nous regardons, Hannah et moi, sans bien comprendre. Il le remarque, esquisse un sourire désabusé.

— Vous savez sans doute… commence-t-il après une nouvelle pause, que le général Gamelin est le généralissime des forces armées françaises… (Il se retourne pour héler le garçon.) Ça vous ferait plaisir de reprendre la même chose ?

— Voilà, ça, c'est tout Thierry. Je le pilerais !

— Si tu veux, craché-je, mais ce qui nous ferait encore plus plaisir, ce serait que tu nous répondes !

Mais il attend pour le faire, en tapotant la table, que le garçon nous rapporte une tournée des créations du chanoine Kir.

— Bon, dit-il en sifflant à moitié son verre, un peu d'histoire que vous ignorez peut-être. Gamelin a été, pendant la guerre de 1914, le bras droit dévoué et efficace du maréchal Joffre, surtout lors de la bataille de la Marne où il a rédigé les instructions qui allaient nous conduire à la victoire… (Il s'arrête, soupire, et reprend après avoir vidé son verre.) Depuis, le brave général, que l'on dit très attiré par le beau sexe, a perdu pas mal de ses moyens après une vilaine maladie sexuellement transmissible… et discrètement diagnostiquée il y a un certain nombre d'années, quand il a refusé, contre toute raison tactique et politique, d'intervenir en 1936, au moment de la réoccupation de la Rhénanie par les Allemands. Toujours est-il que ça ne s'est visiblement pas amélioré et qu'on commente à présent sa carence intellectuelle, ses exposés filandreux, son manque de jugement, ses télescopages mnémoniques qui lui font confondre la guerre de 1914 et la prochaine. Pour preuve, son refus coupable d'intervenir dès cette année en Belgique, au prétexte qu'il « hait le mouvement qui déplace les lignes », comme ça se faisait en 1914, sans tenir compte de la campagne éclair des blindés allemands contre la Pologne, qui a été terrassée en quinze jours. Il souffre également, selon un officier supérieur de son entourage proche qui s'est confié au mien, d'un défaut de synthèse, de clarté, montrant une désinvolture factuelle et un désintérêt pour les conseils de son entourage, il éprouve le besoin constant de se justifier et de reporter la faute sur les autres. Un autre de nos officiers supérieurs se plaint de ne pouvoir obtenir une réponse claire aux questions que lui adresse le président Daladier. Il est perpétuellement dans le pour et le contre, le blanc et le noir, mais jamais dans une position ferme. C'est une anguille, a conclu ce conseiller qui réussit toujours à passer entre les mailles du filet. Tout ce que je vous dis là, reprend notre indiscret ami avec un sourire, doit rester confidentiel. Le moral des Français est déjà assez bas.

Hannah et moi, probablement touchées par le même étonnement accablé, restons muettes.

— Hitler est un monstre, poursuit Thierry, mais un monstre pensant. Un renard affamé devant un poulailler. Il sait qu'en cas d'attaque, la France, surprise et rongée par son pacifisme bêlant, capitulera. Qu'il pourra ensuite traiter avec le Royaume-Uni, gagné, lui, par l'esprit néo-nazi de ses sphères politiques et financières. Il se tournera ensuite vers l'Union soviétique avec laquelle, ne l'oublions pas, il a signé en août 1939 un pacte de non-agression, et avec qui il compte se partager, après la Pologne, les autres pays de l'Europe de l'Est. Voilà la situation, mesdames, telle que nous la connaissons, achève Thierry, le visage fermé.

J'ignore ce que pense Hannah de cet exposé, mais si elle pense comme moi, elle doit se dire qu'elle et moi, et tous ceux qui ont compté sur les démocraties occidentales pour nous sauver et sauver le monde avec, ont fait une terrible erreur de jugement. Moins peut-être pour les réfugiés juifs et pour les dissidents allemands comme elle qui n'ont eu d'autre choix que de fuir le mortel régime nazi pour rester en vie, pour ceux qui ont cru échapper aux pogroms des pays d'Europe de l'Est en laissant tout derrière eux, pour se retrouver dans la même souricière. Et nous, qui vivions dans notre belle Florence, pourquoi avons-nous fui un péril supposé pour un péril qui, si j'en crois Thierry, va s'avérer ? Est-ce dans les gènes de mon peuple de craindre le pire pour le retrouver ailleurs ?

J'ai ce soir, en écoutant Thierry, l'horrible sensation de tourner comme le hamster dans sa cage, et de me trouver dans une situation qu'avant moi, d'autres ont vécue.

55

Nativité

Ce soir, nous ne sommes que trois. Michaël, justement à cause de Noël, a été retenu dans son café de la rue de Buci. Nous essayons d'être gais, mais je m'aperçois au fil du repas que, parfois, mon père ou ma mère laissent leur esprit s'évader. Je sais qu'ils retournent en arrière, dans notre joli appartement d'où nous apercevions la pointe du Duomo, une boucle de l'Arno, les douces collines éclairées par la lune et les toits, étagés devant nous comme des damiers. Et je me reproche de n'avoir pas retenu ces moments qui ont pu me sembler banals et qui s'avèrent précieux.

C'est avec ma famille que j'ai choisi de passer les fêtes de Noël. À Florence, selon la coutume instaurée par notre propriétaire, Mme Margherita, occupant le premier étage, elles se passaient chez l'un ou l'autre des locataires de l'immeuble. Comme il y avait quatre étages, nous nous en occupions tous les quatre ans. Nos voisins savaient que nous étons juifs, ou tout au moins pas catholiques, mais ça n'empêchait personne de faire la fête, chacun apportant son écot sous forme de nourriture et de boissons. Nous quatre, deux fois trois personnes aux étages du dessous, et Mme Margherita, qui devait être veuve de naissance car elle était toujours habillée de noir, autoritaire par son droit de propriétaire et par sa vie solitaire, son mari étant mort en

1915 lors d'une percée fougueuse, comme elle la racontait. Nous étions donc onze à table.

C'étaient des moments de fête et d'amitié. Les locataires du troisième avaient un fils, Gino, copain avec Michaël, ceux du second avaient aussi un fils, mais trop vieux pour les deux autres. Il avait dix-neuf ans, se donnait le style « affranchi » au grand dam de ses parents, mais venait boire avec nous l'Asti *spumante* après la messe de Noël à laquelle nous assistions tous avec plaisir.

Le jour de l'an, on le passe chez Dante et Sofia en compagnie de Thierry et de François, revenu la veille du front. Jean nous rejoint au moment du dessert. On attend encore Hannah, sans certitude. Elle en fait tant pour faire sortir son ami Heinrich du camp où il a été enfermé qu'elle est épuisée et démoralisée, nous a appris Sofia. Au cours du repas pour lequel Dante et Sofia se sont démenés, car on commence à manquer de certains produits, François tente de reconstituer la généalogie de la famille Agnelli, autant pour rompre le silence parfois pesant que par vraie curiosité. Dante, courtois, lui répond sans enthousiasme. Les sujets de conversation se succèdent dans le désordre, le but, semble-t-il, étant d'éviter de parler de la guerre. Ça marche jusqu'au moment où Thierry, resté inhabituellement distant toute la soirée, dit :

— Ce n'est pas la forme, hein ?

— Un peu fatigué, se justifie Dante, tandis que François rétorque qu'au contraire, il est ravi d'être là et d'avoir quitté l'infâme gourbi qui lui sert de maison.

— Vous êtes mal logés ? s'étonne Sofia avec innocence.

— Non, ce n'est pas ça, mais vois-tu, moi, j'estime que la salle de bains est trop loin de ma chambre, quant aux commodités, je n'en parle même pas, elles sont au diable ! réplique-t-il, exagérant un ton snob. Et vous savez quoi, le matin, pour obtenir un petit déjeuner, c'est la croix et la bannière. Les fruits frais arrivent chaud, et le café, froid.

On finit par rire et François en rajoute dans l'indignation.

— Enfin, dit-il en haussant les épaules, chacun sait que depuis le Front populaire, on n'est plus servi, comme dirait Thierry.

Dante sert de nouveau du champagne, heureux de la diversion.

— C'est peut-être la dernière bouteille que nous boirons, appréciez-la, dit-il, mon fournisseur m'a dit qu'il n'en recevrait plus.

— Ils les gardent pour les Allemands, lâche Thierry d'un ton rogue.

Le rire cesse aussitôt.

— Tu n'es pas joyeux ce soir, mon Thierry, lui reproche Sofia. Tu es quand même mieux ici qu'avec tes galonnés empesés ! Et pourquoi on garderait le champagne pour les Allemands ?

Il la fixe sans répondre, et se tourne vers moi.

— Je ne vous en ai pas parlé plus tôt pour ne pas assombrir cette soirée, commence-t-il, mais je voudrais vous lire un… petit bleu… vous savez, du genre que les services spéciaux s'échangeaient par exemple lors de l'affaire Dreyfus, ou pendant la guerre de 1914. Ces fameux petits bleus ultra-confidentiels frappés du tampon Secret-Défense mais qui ressortent toujours à un moment ou un autre…

— Comment t'as eu ça ? s'étonne François.

— Oh, par pur hasard, ce fameux hasard qui n'en est pas toujours un, réplique Thierry avec un sourire ambigu.

Tout en parlant, il fouille dans la poche de sa vareuse. Il est venu habillé en officier et personne ne lui en a demandé la raison, la connaissant plus ou moins. Depuis la pseudo-déclaration de guerre, Thierry souffre de la situation. Brillant cerveau, patriote convaincu, beau-fils de Paul

Marchandeau, Croix de guerre 1914-1918, et plusieurs fois ministre dans différents gouvernements radicaux-socialistes qui l'a élevé dans l'amour de la patrie, il craint que son pays fasse peu d'efforts pour résister aux nazis, et s'aligne sur la Grande-Bretagne, autre signataire du pacte de défense de la Pologne qui n'en a pas fait non plus. Il pressent qu'Hitler ne verra dans ces atermoiements que de la faiblesse, et tel le prédateur qu'il est, saura en profiter.

— Bien commence-t-il. Il se tourne de nouveau vers moi. Ce que je vais lire pourra vous faire peur, plus encore à toi, Judith, mais ce n'est qu'un « petit bleu », dit-il en mimant les guillemets, pas les Évangiles. Cependant, un homme prévenu en vaut deux. Ça vient d'agents envoyés par nos services secrets en Pologne dès son invasion, poursuit-il après un silence. Les Polonais, comme on le sait, ont résisté moins de trois semaines, pris en tenaille entre les Allemands et les Soviétiques qui se sont ensuite partagé le gâteau comme ils ont prévu de le faire.

Nos hommes se sont aperçus dès septembre 1939 que les Allemands, après l'Anschluss, ont mis en place un système dont le SS-Obergruppenführer, Reinhard Heydrich, l'adjoint direct d'Himmler, est responsable : des groupes d'intervention baptisés les Einsatzgruppen, qui ont pour projet l'élimination par fusillade des Juifs polonais, des cadres et des Tsiganes. En septembre 1939, premiers assassinats de 150 Juifs à Czestochowa, suivis de milliers d'autres à Ostrow Mazowiecka, Lublin, et dans d'autres villes, suivis du massacre systématique des nombreux soldats juifs engagés dans l'armée polonaise. On a appris depuis que les Einsatzgruppen ont été constitués dès juillet 1939 en Allemagne, et le premier ghetto créé à Piotrkow, le 8 octobre 1939. Comme ils ne sont évidemment pas sur place, nos agents ont d'abord pensé que ça pouvait être de la propagande destinée à faire quitter la Pologne aux Juifs, puisque, d'après ses déclarations, Hitler veut faire de l'Europe un LandJudenfree. Hypothèse reprise avec entrain par notre haut commandement qui pense qu'Hitler a autre chose à faire que la chasse aux Juifs s'il veut conquérir le monde.

Il replie le papier et l'enfonce dans sa poche.

— Voilà, c'est à prendre avec précaution. Les nazis ont un service de propagande qu'ils ont été les premiers à mettre en place, et très performant.

Personne ne bronche ni ne se regarde. Mais je remarque que c'est surtout moi que l'on évite.

— Vous avez entendu parler de *Mein Kampf* ? dis-je, rompant au bout d'un moment le silence qui nous enferme.

— Oui, disent en même temps Sofia et Dante qui ont été alertés comme moi par Hannah.

— Un ouvrage immonde, comme Le Protocole des sages de Sion, ce faux élaboré pour le tsar Nicholas II, destiné à lui faire croire à un complot mondial des Juifs, coupe Thierry.

Je le fixe. Thierry, le fasciste, Thierry, le militant des Croix de feu, serait-il celui qui nous rendra justice ? Et ce sont les communistes qui ont signé un pacte avec Hitler ? Mes idées s'embrouillent. Je sais que j'ignore trop de choses. Me manquent les années d'expérience, de connaissance, et en même temps, je sais aussi qu'il ne suffit pas d'années de vie pour savoir interpréter ce monde, sinon tous ceux qui sont au crépuscule de la leur ne se tromperaient plus.

— Aussi dangereux l'un que l'autre, continué-je. Dans *Mein Kampf*, Hitler étale sa haine des Juifs et son intention de les éradiquer de la surface du monde, et il semble avoir commencé si l'on en croit ce que nous a raconté Thierry, ou même ce qui se passe en Allemagne. Dans le *Protocole*, un faux écrit par la police secrète du tsar Nicholas II, on accuse les chefs de la communauté juive d'élaborer des plans pour conquérir le monde. Je crois me souvenir, pour l'avoir parcouru à la bibliothèque de ma ville où il est traduit, qu'il incrimine aussi les francs-maçons et les protestants,

— Ce ne sont pas des livres qui gouvernent l'esprit des gens, intervient soudain Jean Langlois qui, jusque-là, ne s'est pas beaucoup exprimé.

— Détrompe-toi, réagit Dante, Marx et son *Capital* ont changé une partie de la face du monde.

— Le Nouveau Testament aussi, complète François.

Un nouveau silence s'installe, chacun d'entre nous rumine ce qui vient d'être dit.

— Ton « petit bleu » a tout l'air d'un billet destiné à terroriser les foules, reprend Jean qui tient à son idée. La peur est ce qui fait courber les têtes et plier les peuples. Les autocrates en raffolent.

— D'accord, mais seuls les Juifs et les opposants au nazisme ont été pris jusque-là pour cibles et éliminés par Hitler, autant en Allemagne que dans les pays conquis. Et ça, ça ressemble à une politique organisée, protesté-je. Pas une stratégie.

— Justement, ça ne tient pas debout, rétorque Jean qui, derrière le canapé où sont assis Dante et Sofia sirote un alcool de prune apporté par François. Se débarrasser de ses opposants politiques, ça peut se comprendre, mais perdre son temps à se débarrasser d'une population de quelques millions de civils alors que le monde est déjà à ses pieds est idiot. Et Hitler n'est pas idiot.

Thierry sursaute.

— Tu vois déjà le monde à ses pieds alors que la guerre est à peine commencée ?

— Oh… il s'en faut de peu, crois-moi. J'ai lu des choses intéressantes sur le nazisme. Ce n'est pas, comme on le croit, un mouvement spontané mené par un type qui a du bagout, du culot et sait remuer les foules. C'est un mouvement profond, philosophique, avec des buts bien définis, qui remonte loin dans le passé. Vous avez sans doute entendu parler du royaume de Thulé, une île mythique située aux confins du monde dont parle d'abord l'explorateur grec Pythéas, puis Diogène, deux siècles avant Jésus-Christ et que personne n'a jamais visitée ni même reconnue. L'inaccessible étoile, en quelque sorte. Le bout du monde. Eh bien, une société secrète ésotérique créée après l'armistice de 1918 par des aristocrates, des industriels, la haute bourgeoisie, mais aussi par des militaires et des philosophes qui n'admettaient pas la défaite qu'ils attribuaient aux Juifs, aux communistes et aux francs-maçons se sont emparés de ce symbole. Pour eux, si l'Allemagne a perdu, c'est à cause des idées libérales de ces gens-là : l'abandon de la fierté nationaliste, la démocratie, le cosmopolitisme qui, en mélangeant les races, ont anéanti la pureté aryenne. C'est ainsi qu'ils ont inventé le mouvement Völkisch et qu'ils sont tombés sur Adolf Hitler, un agité frustré, qui s'est fait remarquer par ses talents d'orateur et son fanatisme. Et ils ont aussitôt senti en lui le potentiel d'un chef !

— Hannah Arendt nous a parlé du mouvement Völkisch. Un foutu mouvement destiné à hiérarchiser l'espèce humaine ! m'exclamé-je.

— En quelque sorte. Issu de groupes nationalistes nés en Allemagne à la fin du XIXe siècle et qui s'appuyait sur le nationalisme pour justifier la xénophobie. Pour ces gens-là, l'unité nationale ne pouvait exister que sur la germanité, facteur racial primordial. Ils ont bourré le crâne du petit caporal avec leurs théories sur le sang sacré de la race aryenne, et en quelques années, jouant sur son antisémitisme délirant couplé à sa folie impérialiste, en ont fait leur *Führer*.

— Tu sembles drôlement au courant, je le coupe. T'as tout compris mieux que tout le monde.

— Oh… rien d'extraordinaire. Il s'agit seulement de s'intéresser à ce qui se passe dans le monde, se justifie-t-il avec vivacité comme s'il en avait trop dit. Vous connaissez sans doute l'acosmisme ?

— Non, dis-je en me tournant vers les autres qui, d'après leur expression, ne connaissent pas non plus.

— Littéralement : « absence du monde ». Une situation où toutes relations, toutes communications sont détruites entre les hommes. Il en existe deux sortes, mais la plus courante, celle qui nous intéresse, concerne ceux qui se sont rendus étrangers au monde, donc à la politique, rejetés en eux-mêmes, seulement soucieux de leur moi. Un isolement qui rend possible la coagulation d'un lien humain entre le cercle de fer et la terreur totalitaire.

— Je ne comprends rien à ce que tu dis, je lance nerveusement.

Il fait un geste de la main.

— Rassurez-vous, il existe aussi un acosmisme de fusion qui fait naître un besoin de fraternité. Les persécutés, les exilés sont rejetés, mais peuvent partager une souffrance qui les rapproche. Un acosmisme des parias fondé sur la compassion. Mais on ne fait pas grand-chose avec la compassion. Hitler est certes un guerrier qui n'hésite pas à se montrer cruel, mais parfois, quand la gangrène est dans un membre, il ne faut pas hésiter à l'amputer pour sauver le reste, achève-t-il.

On le fixe sans prononcer un mot, comme si la fin de son discours nous avait coupé le souffle, ce qui est mon cas. La chape de plomb qui nous est tombée dessus depuis le début de son intervention n'est pas près de se soulever. Jean, l'artiste, l'ami, est en train de nous expliquer qu'Hitler a, sinon raison, du moins qu'il est un visionnaire qui veut nous éviter le pire. Et peut-être a-t-il été entraîné malgré lui par de méchants ésotéristes qui se sont servis de théories fulmino-cotonneuses remontant aux calendes grecques. En tout cas, c'est comme ça que je l'entends.

— Tu as appris tout ça où, je grogne. Dans l'album de Bibi Fricotin ? Elle est, où la gangrène, d'après toi ?

— Qu'est-ce que tu racontes ? crache Sofia après un temps. T'es devenu fou ou quoi ? Hitler penserait ? Il aurait élaboré une politique qui aurait débouché sur une action philosophique ? Et se servirait de cet acosmisme ou de je ne sais quoi pour la mener à bien ? Mais non, Hitler est juste un assassin ! Un foutu cinglé d'assassin !

Je lui pose la main sur l'épaule pour la calmer. Je la connais, une fois que le train est lancé, il est difficile de l'arrêter.

— Je dis simplement, continue Jean, imperturbable, qu'il faut peut-être regarder par le bon bout de la lorgnette et ne pas s'emballer comme en 1914. Je me souviens avoir vu des actualités de l'époque montrant, par exemple, un Noël au front où les soldats allemands et français fraternisaient. L'un exhibe des photos de sa famille, l'autre, des clichés du village qu'il habite, et ils s'aperçoivent à la fin qu'ils sont pareils. Simplement des hommes entraînés dans une guerre qui n'est pas la leur et qui est devenue une boucherie. Vous vous souvenez de 1914 ? Les soldats partaient en disant qu'ils reviendraient la semaine suivante. La fleur au fusil, on appelle ça. Vous voulez revoir des gueules cassées dans les rues ?

— Donc, coupe Thierry, on s'est servi d'un mauvais prétexte, à savoir l'assassinat de l'archiduc François Ferdinand et de sa femme à Sarajevo, pour faire la guerre à l'Allemagne ?

— En 1914, coupe Sofia, c'est le *Kaiser* qui a déclaré la guerre. Aujourd'hui, c'est leur *Führer* qui la déclare. Tu ne vois pas une analogie, une politique destructrice ? Une volonté de meurtres, puisque tu penses que la guerre n'est qu'un meurtre qui n'en finit pas, et dont les peuples finissent par se désintéresser.

— On peut aussi remonter à celle de 1870, intervient François. Je ne vois pas où tu veux en venir, Jean.

— Ce que je veux dire, reprend Jean, c'est que les guerres sont faites pour que certains en profitent pendant que les lampistes passent à la casserole. Tout le reste est de la littérature.

Je sens Thierry, debout à mes côtés, trembler d'indignation et serrer les poings. Il a pâli et regarde son ami comme s'il le découvrait.

— Alors qu'est-ce que tu préconises ? demande-t-il d'une voix sourde. Je crois entendre certains politiciens courageux de notre bon peuple. On met la crosse en l'air et on regarde sans réagir l'autre salopard massacrer des innocents ?

— Oh hélas, je n'ai pas le pouvoir de décider, mais si je l'avais, je crois que je tenterais un compromis avec ce type. Il veut l'Europe de l'Est ? Soit, laissons-la-lui. Empêchons-le seulement d'y faire des dégâts. Et les innocents ne le sont pas toujours.

— Ce que tu appelles dégâts, coupé-je sèchement, tentant de maîtriser ma colère, ce sont ces massacres de Juifs en Pologne, la Nuit de cristal en Allemagne, les camps de concentration, les arrestations arbitraires, Varsovie sous les bombes… Des dégâts ?

Il reste un moment à réfléchir. Et je vois bien que si nous attendons tous sa réponse, nous la craignons autant. Deux des nôtres sont mobilisés et seront un jour forcés de combattre. Je fais partie d'un peuple qu'Hitler veut éliminer, qui a été obligé de fuir son pays, martyrisé, et Jean, notre ami que Sofia, je le sais, aime comme un frère, que Thierry et François considèrent comme un fidèle compagnon, que l'on m'a présenté comme l'artiste de ce groupe que j'ai intégré pour ma chance, un homme libre et original échappant aux banales convenances, nous sort ce soir des ignominies dignes d'un Maurras ou d'un Léon Daudet, vrais épouvantails de la politique, d'un Jacques Doriot, maire de Saint-Denis en rupture de ban avec le PCF, et qui font leur la vieille formule de Drumont : « La France aux Français. » Et surtout, ne bougeons pas, ne résistons pas pour ne pas agacer l'ogre de Berlin. Idée reprise en chœur par les Jouhandeau, Céline, Brasillach et Drieu La Rochelle, qui, le premier dans son livre culte *Gilles*, manifeste son antisémitisme et son pacifisme sans évoquer pour autant le terme « acosmisme » inconnu de la plupart d'entre nous. Où que je me tourne dans la France de l'entre-deux-guerres, je me heurte à une confusion d'idéaux qui explique la situation dramatique dans laquelle est plongé notre monde.

56

Engourdissement

Vers 1 heure du matin, Thierry propose de me raccompagner, comme à son habitude. La soirée qui ne s'annonçait pas sous de bons augures en raison de la situation a été pire que nous le craignions. Un ami proche, un copain de lycée, un presque frère, a pourri avec ses théories scabreuses une amitié de l'enfance. Et la guerre n'a pas encore commencé. Sofia nous rejoint quand Thierry et moi nous préparons à partir en la remerciant pour le repas et la soirée.

— Pourquoi tu ne restes pas dormir ? me dit-elle.

Je secoue la tête, consciente d'afficher un sourire crispé.

— Je veux souhaiter la bonne année à mes parents, ils risquent d'en avoir besoin.

Elle se tourne vers Jean.

— Voilà où nous mènent tes théories stupides ! lance-t-elle. À effrayer ma tendre amie. Reste, insiste-t-elle, tu leur souhaiteras la bonne année demain matin. Je ne veux pas que tu partes avec ces idées dans la tête.

— Pas seulement dans ma tête, dans mon cœur aussi. Jean a seulement dit ce qu'il pense de ces événements…

— Mais pas du tout, proteste-t-il, je n'ai fait que rapporter ces idées ! Et tenter de les expliquer. Garder l'esprit lucide et critique me semble nécessaire dans les temps que l'on vit, réagit-il avec vivacité.

— Je ne suis pas certaine que tu y aies mis les réserves souhaitées, mon cher Jean. En ce qui me concerne, je ne les ai pas senties ainsi, probablement parce que je ne maîtrise pas les subtilités du français. Non, dis-je en me tournant vers Sofia, ne te tracasse pas, je ne reste pas car j'ai simplement envie de me retrouver avec les miens. On se verra plus tard et on en discutera.

— Je ne pense pas comme Jean ! proteste-t-elle. Ni aucun de nous.

— Je sais. On se voit dans la semaine. Je n'oublie pas que tu es mon employeur, dis-je sur le ton de la plaisanterie. Je ne veux pas perdre mon emploi.

Mon humour grinçant tombe à plat. Je la serre contre moi en l'embrassant, embrasse les garçons et salue Jean d'un signe de tête.

— Quand tu veux, dis-je à Thierry.

Nous roulons en silence dans une nuit qui ne semble pas celle du Nouvel An. Les rues sont vides et sombres en raison du couvre-feu et du manque de désir de fête des Parisiens. Je regarde Thierry qui, mâchoires crispées, fixe la route. Il m'arrête comme d'habitude au début de ma rue.

— Voilà, dit-il seulement en tirant le frein à main.

— Je sais ce que tu penses, tu sais, nous avons l'habitude de ce genre de surprise, lui dis-je.

Il ne répond pas. Puis :

— Jean n'est pas un mauvais, c'est peut-être seulement un con.

— C'est aussi dangereux.

Il acquiesce.

— Ce que je veux te dire, commence-t-il en se tournant enfin vers moi, c'est que ni toi ni ta famille ne craignez rien de nous. (Et comme je ne réponds pas, il ajoute :) Quand on s'est connus, tu as cru, à cause de mes engagements politiques, que j'étais ton ennemi et tu as compris que tu avais tort. Que le danger ne venait pas de ce côté.

J'articule :

— Pas seulement.

— Je viens d'une famille d'où l'antisémitisme est absent. Tu connais le décret-loi Marchandeau, « qui punit de poursuites lorsque la diffamation ou l'injure commise envers un groupe de personnes appartenant par leur origine à une race, à une religion déterminée, aura pour but d'exciter à la haine entre les citoyens ou les habitants. » Marchandeau était garde des Sceaux quand il l'a fait voter en avril 1939, pour modifier la loi sur la liberté de la presse de 1881.

— Tu le connais par cœur, ce décret.

— Parce qu'il nous l'a répété souvent. Ce n'est pas parce que je suis un fidèle du colonel de La Roque que je suis un salaud. Je suis juste un homme qui chérit son pays et est prêt à le défendre.

— Et ce n'est pas parce que je suis juive que je suis paranoïaque. Mais Jean a fait fort ce soir, il ne s'est pas rendu compte. Et c'est ce qui me fait peur. Qu'il ne se soit pas rendu compte. Ils sont trop nombreux dans son cas. Ils préfèrent vivre les yeux fermés car la réalité leur fait peur. En Italie, même si les gens étaient assez indifférents à ce qui se passait, ça pouvait s'expliquer parce qu'on était encore loin de la guerre, on n'en savait pas grand-chose. Mais je ne m'attendais pas à affronter ici, dans le pays des Lumières, un tel désenchantement. Il faut croire que les hommes changent, mais je sais aussi que certains restent fidèles. Et tu en fais partie.

Je l'ai embrassé avec chaleur, c'était la première fois. Ce n'est pas la mode de s'embrasser entre filles et garçons, sauf s'il y a quelque chose entre eux. Je suis sortie de sa belle Citroën et je suis remontée chez moi. J'avais le cœur pris dans un étau. Prémonition ? Peut-être. Déception, sûrement.

Le mois de janvier reflète l'atonie générale du pays. Froid de gueux, vie sans joie. Les journaux annoncent non pas les combats mais les déplacements de régiments comme s'ils cherchaient leur place. Les nouvelles du front n'apportent ni optimisme ni pessimisme car à les lire, il ne se passe rien. Je vis entre l'appartement de Sofia et celui de mes parents, suivant mes cours à la fac. J'apprends, en préparant un mémo sur le Code Napoléon, que l'obligation est faite à la femme d'habiter le domicile choisi par l'époux. Vive la liberté ! Réservée aux hommes.

Sofia, à qui je demande où est Jean que l'on n'a pas revu depuis la désastreuse soirée du Nouvel An, m'apprend qu'il a quitté son atelier dans lequel il travaillait et habitait, rue Jacob, pour rejoindre sa famille à Soissons, où elle possède une grande maison.

— Pourquoi ? demandé-je, soulagée malgré moi à l'idée que je ne le croiserai plus.

— Il prépare une exposition de très grandes toiles qu'il ne peut travailler que là-bas, où sa famille a mis une grange confortable à sa disposition.

— Ah bon ? Qui lui prépare cette exposition ?

— Une galerie connue de la rue du Renard, dans le IVe arrondissement.

— Il doit être content.

— Évidemment, bien que cette galerie soit plutôt réputée promettre, et pas toujours tenir.

— Ah, ce serait dommage, dis-je hypocritement. C'est où, Soissons ?

— Dans le Nord. Il y est né.

— Vous vous êtes un peu parlé ?

— Non. Il est venu un matin me dire qu'il partait mais que, bien sûr, il me donnerait des nouvelles.

— Il n'a rien dit de la soirée ?

— Non, c'est comme si elle n'a pas existé. Il m'a chargé de vous dire au revoir à tous, et qu'il reviendrait nous voir.

Un matin où je suis seule rue Saint-Maur à préparer une interro, Michaël, sur le point de partir travailler, s'assied à mes côtés. Je lui demande, un peu surprise :

— Tu vas bien ? Il y a longtemps que nous ne nous sommes pas parlé… Ça va, ton travail ?

— Oui, crevant, mais sympa.

Je le regarde, il a changé, mon petit frère. J'hésite même à dire « mon petit frère ». D'abord, le duvet de ses joues a épaissi et foncé, et son regard est plus ferme. Ça lui fait quel âge ? Je compte. Quatre ans de moins que moi. Dix-sept.

— Tu vas reprendre des études quand on en sera un peu sortis ?

— Sortis de quoi ? De la guerre ?

— Oui, et quand on sera plus à l'aise. Tu sais que j'ai un emploi, maintenant.

— Oui, chez Sofia. Elle est bien Sofia, continue-t-il. Tu l'aimes ?

Je reste coite. Que sait-il de ma relation avec Sofia ?

— Euh… Oui, bien sûr…

— C'est ta maîtresse, hein ?

Il plonge son regard dans le mien comme s'il voulait m'interdire de m'échapper. Je ne sais quoi répondre. On n'a jamais parlé de rien, mon frère et moi. Vieille pudeur des familles.

— Moi aussi je suis amoureux, continue-t-il, le regard soudain animé.

Je sursaute.

— Ah bon… ?

— Elle s'appelle Marlène et c'est une cliente du café. Elle a vingt-trois ans et elle est très belle.

— Ah bon… ?

— Elle travaille chez un éditeur de la rue Jacob, comme la galerie de Sofia. Tu ne trouves pas rigolo que les femmes que l'on aime travaillent toutes les deux rue Jacob ?

Heureusement, quand il s'est assis je sirotais un café. Ça me permet de garder une contenance.

— Il en reste ?

— De quoi ?

— Du café ?

— Oui, la cafetière est encore chaude.

Il se lève et va se servir. Il se rassied, vide sa tasse d'une seule gorgée et se tourne vers moi.

— Elle est juive autrichienne, réfugiée comme nous. Elle a de faux papiers et s'appelle maintenant Meltzer. Comme elle a un accent, sur sa carte d'identité, c'est marqué qu'elle est née à Metz. Tu sais où c'est ?

— Euh… non.

— En Moselle.

— Ah bon… ?

Il éclate de rire.

— T'en as encore beaucoup, des « Ah bon » ?

— Euh, excuse-moi mais je ne m'attendais pas à… toutes ces nouvelles. Papa et maman sont au courant ?

— Je ne sais pas. Comme pour toi, peut-être.

— Mais…

— Tu crois qu'ils sont idiots ?

— Ils t'en ont parlé ?

— Non, mais c'est évident. Moi, je vais leur dire ce soir pour Marlène.

— Ça passera mieux.

— Pas sûr. Elle a cinq ans de plus que moi, elle vit chez la sœur de sa mère, ses parents sont restés bloqués en Autriche et elle se fait un sacré mouron pour eux !

En l'écoutant je pense bêtement que ceux que l'on aime et avec qui l'on vit sont ceux que l'on connaît le moins.

Mon petit frère est amoureux. Et il dit « ta maîtresse » en parlant de Sofia. Mais j'étais où quand il grandissait ?

— Tu sais que papa est inquiet pour son travail, enchaîne-t-il.

— Ça ne s'arrange pas ?

— Pas vraiment.

Encore un événement que j'ai loupé.

— Les concurrents de son patron lui font la vie dure. Paraît qu'il y en a un qui est allé à la préfecture demander si Georgio Grappelli est bien naturalisé.

— Et ?

— Ben il l'est, depuis bientôt quarante ans ! Mais c'est des salauds, ces gens ! Ça fait des années qu'ils se connaissent, s'envoient des clients, boivent le coup ensemble, et l'autre va vérifier s'il est français !

Qu'est-ce que je peux lui répondre, à mon petit frère ? Que Jean Langlois, notre ami, a dit l'autre soir de drôles de trucs ? Au point de me faire penser que si les Allemands nous occupaient, peut-être que ça ne le gênerait pas tellement ?

— Bon, je pars travailler. Ne dis rien à nos parents si tu les vois avant moi.

— Couvre-toi, il a l'air de faire froid.

Qu'est-ce que je raconte ? Mon petit frère a une bonne amie et je lui dis de se couvrir ? On dirait ma mère !

Après son départ je me dis que ce qui vient de se passer doit m'encourager à prendre la décision que l'on a évoquée, Sofia et moi, quand, quelques jours après la malheureuse sortie de Jean, nous nous sommes retrouvées chez elle. Nous étions aussi embarrassées l'une que l'autre, mais nous avons vite compris que la force de nos sentiments suffirait à effacer ce malaise.

— Viens vivre avec moi, m'a-t-elle dit. L'avenir est trop incertain pour négliger le présent. Ici, tu ne risques rien, personne ne connaît cette adresse.

J'attends le retour de ma mère, fébrile comme peut l'être, imaginé-je, une jeune fille qui se retrouve enceinte d'un homme qui ne l'épousera pas. Elle arrive la première comme je l'espérais. C'est elle que je dois convaincre. Quand je l'embrasse pour lui souhaiter le bonsoir, je manque abandonner mon projet tant elle me paraît lasse, et pire, désespérée. Elle a cette expression que je lui connais quand le destin se met à tourner à l'envers. Je lui en demande la raison.

— Oh, rien ma fille, des problèmes au travail, répond-elle d'un ton désinvolte.

— De quel genre ? insisté-je, inquiète.

— Rien, un petit changement… (Et comme j'attends la suite :) Occupe-toi de tes études, me dit-elle d'un ton faussement bourru, et je m'occuperai des miennes.

— Dis-moi ce qui se passe.

— Oh, quel poison ! Tu veux tout savoir sans rien payer ! Bon, Pietro, l'attaché culturel avec qui je travaillais, a été renvoyé en Italie et son remplaçant paraît… Comment te dire ? Plus raide. Voilà, plus raide ! Mais je l'assouplirai ! dit-elle avec un rire forcé.

— Renvoyé en Italie ? Tu sais pourquoi ?

— Non, tu crois que l'on me tient au courant des affaires de l'ambassade ? Le nouveau, Giani Di Pettrazzi – il a un nom à coucher dehors –, est, d'après ce qui se dit, dans les petits papiers du chef d'un mouvement fasciste ouvrier dont j'ai déjà oublié le nom. Mais ce n'est pas grave. Ils sont tous fascistes !

Je n'insiste pas, je connais ma mère, pour ne pas m'inquiéter elle inventerait n'importe quoi.

— Et tu crois que pour papa, c'est mieux ? Le pauvre, enchaîne-t-elle. D'ici qu'il se retrouve sans emploi, il n'y a pas loin.

— Michaël m'en a parlé.

— Il va bien notre petit Michaël ? Tu veux me croire ? On ne s'est pas parlé depuis au moins… Je ne sais pas moi, une semaine, peut-être !

— On a déjeuné ensemble dimanche, t'as oublié ? Oui, il va très bien.

— Ah bon ? Ben tant mieux. Je me fais du souci pour lui, comme pour toi, d'ailleurs.

— Parce que ?

— Parce que ? Parce que je me demande tous les jours si on a bien fait de venir ici. Tu serais déjà avocate si on est restés en Italie, et le petit aurait commencé son école de maths !

Le « petit », elle est comme moi, ma mère, elle ne l'a pas vu grandir. Quelle va être sa réaction quand elle saura qu'il fréquente ?

57

Soupçons

En fin de compte, mon père a gardé son emploi chez Georgio. La mesquinerie de ses concurrents a fini par se calmer et Georgio a besoin de mon père pour la boutique. Il est toujours par monts et par vaux à la recherche de la perle rare, d'un instrument exceptionnel. La semaine précédente, il est allé à Bruges, en Belgique, où un de ses correspondants attitrés lui a signalé un violon Nicolò Amati en bon état. Il n'a pas hésité à s'embarquer dans une zone en « guerre » pour aller le voir, et il l'a rapporté, dissimulé dans son manteau roulé sous le bras, ne craignant pas de se geler à moitié. Les cinq millions d'hommes mobilisés sont remplacés en partie par leurs femmes qui ont repris les postes abandonnés où, de l'avis général, elles font des prodiges comme leurs aînées pendant la Première Guerre mondiale. Du coup, on sent du changement dans les mentalités des femmes autant que des hommes. Elles les remplacent aux champs, dans les commerces et dans les usines, et s'aperçoivent qu'elles sont capables de mener une affaire, et même de prendre leur place.

Le soir, quand mon père est rentré, ma mère a à peine attendu qu'il s'asseye à table pour lui raconter mes projets de déménagement, dont je lui ai parlé à demi-mot, cachant leur véritable nature.

— Ce sera mieux pour elle, moins fatigant que ces trajets incessants en métro, et elle aura plus de place pour travailler.

Comme à son habitude mon père l'a écoutée, a semblé réfléchir le temps de se beurrer une tartine et a dit :

— Excuse-moi Guilia, mais n'est-elle pas un peu jeune pour savoir se débrouiller, se nourrir, et tout ?

— Elle n'a pas loin de vingt-deux ans, à cet âge, la plupart des filles sont mères de famille, alors se nourrir n'est pas un problème.

Devant une telle logique, mon père n'a pu qu'en convenir. Mais quand je l'ai raconté à Michaël, il a jugé qu'il devait attendre un peu pour asséner le second coup.

Thierry est un visiteur habituel du 144 boulevard du Montparnasse. Et chacune de ses visites est soit un coup au cœur, soit une lueur d'espoir. Un soir où François Lambert, revenu une fois de plus en permission, dîne avec nous chez Dante et Sofia, nous formons un véritable conseil de guerre à nous cinq. Sainte-Foix nous apprend que son officier supérieur, le commandant Amaury des Camps, qui comme lui fait partie de la vieille aristocratie française et est affilié aux Croix de feu du colonel de La Roque, a compris de quel côté se situe son subordonné et l'a pris en amitié.

— Amaury est un vrai patriote, souligne Thierry, il a été nommé aide de camp d'un colonel, nommé Charles de Gaulle, qui commande la 507e unité de blindés cantonnée à Metz, et qui commence à faire parler de lui dans les antichambres du pouvoir où il tarabuste les haut gradés de l'armée et les responsables gouvernementaux.

— Il les tarabuste pour quelle raison ? je demande, curieuse comme une pie.

— Il m'a confié que ce type, grand comme un jour sans pain et animé d'un solide culot, ne jure que par l'armée blindée et déplore avec fougue l'inertie de nos forces. Pour lui, il n'y a que les blindés qui comptent ! dit Thierry. « Vous savez, m'a dit le commandant des Camps alors qu'on déjeunait au mess, ce colonel n'a pas hésité à proclamer devant un groupe de parlementaires londoniens en visite au camp de Blamont, où on forme les équipages de chars : "Messieurs, nous avons perdu la guerre, il s'agit maintenant de gagner la prochaine. J'ai lu *Mein Kampf*, a-t-il ajouté, les Allemands ne se contenteront pas d'envahir la Pologne et la Tchécoslovaquie. Ils veulent bouffer l'Europe ! Les blindés allemands ne traverseront pas la Manche, les Russes et les Américains entreront dans le conflit car le pacte germano-soviétique ne durera pas." »

Je suis épatée.

— Mazette, tu le connais, ce de Gaulle ? Parce que je crois avoir lu un article dans un journal il y a quelque temps, où il disait la même chose avec une détermination qui m'a plu. Un visionnaire ? J'ai pensé que ce type savait de quoi il parlait !

— Je ne le connais pas vraiment. J'ai été invité la semaine dernière à dîner avec le commandant au ministère des Finances, en compagnie de Paul Reynaud, enfin, c'est des Camps qui l'a été, mais il s'est arrangé pour me faire venir. Et j'ai entendu ce de Gaulle confier à Léon Blum qui était là aussi, et à qui Paul Reynaud lui demandait son pronostic : « Mon pronostic ? Le problème, monsieur le président, est de savoir si, au printemps, les Allemands attaqueront vers l'ouest pour prendre Paris ou vers l'est pour atteindre Moscou. » Et en fin de soirée, alors qu'il raccompagnait Blum et de Gaulle, Amaury des Camps l'a entendu dire à l'ancien président du Conseil : « Vous savez, monsieur le président, je parle des chars, mais les quelques douzaines de chars légers que je commande sont une poussière. Nos chefs n'ont pas pris au sérieux l'invasion de la Pologne car ils craignaient qu'en intervenant, ça arrive ici. Mais croyez-moi, si nous ne réagissons pas à temps, nous perdrons cette guerre. Je vous en supplie, si vous le pouvez, conjurez-en Paul Raynaud avant qu'il ne soit trop tard. »

— Et tu penses qu'il a raison ? dis-je avec un frisson.

— Oui, je crois. D'ailleurs, il n'arrête pas de le répéter partout que les chars employés comme il se doit seront l'arme décisive de cette guerre, la plus étendue et la plus violente de toutes celles que l'on a connues.

— Bigre ! Et alors ?

— Aucune réaction, de Gaulle n'est qu'un colonel d'à peine cinquante ans qui a été nommé commandant de chars au moment de la déclaration de la guerre. Il en a pourtant fait une sacrée en 1914, et Pétain l'apprécie beaucoup. Mais ça, c'est l'armée. On l'appelle la Grande Muette mais on pourrait aussi l'appeler la Grande Sourde.

— Et finalement, Blum en a parlé à Reynaud ? demande François.

— Oui, et il serait plutôt de son avis, d'après ce que m'en a dit Amaury, mais Daladier, quand il l'a appris, n'a pas réagi.

Je regarde mes amis. Ils paraissent aussi inquiets que moi. Dante se lève et va chercher une bouteille de vin avec laquelle il remplit nos verres.

— T'as rien de plus drôle à nous raconter ? demande-t-il avec un sourire contraint à Thierry.

— Si, à Londres, Churchill est sur la même ligne. Il a parlé au micro de la BBC et ce qu'il a dit donne froid dans le dos. Comme de Gaulle, il a compris que se dérober ne faisait qu'éloigner le danger, mais en l'empirant. Pour lui, si nous ne réagissons pas très vite et très fort, nos deux pays seront balayés. Mais lui non plus, apparemment, n'est pas entendu du gouvernement *british*.

— Ce n'est pas possible ! s'insurge François. Nos deux armées sont plus fortes que celle de l'Allemagne ! La marine anglaise est la première du monde !

— Mais nous avons les généraux les plus inaptes à une guerre de mouvement et les plus sourds à la modernité, rétorque Thierry. Et c'est ce que sera la prochaine guerre. On en a fini avec les tranchées. Ils croient que la ligne Maginot est infranchissable et que nous allons connaître une nouvelle guerre passive. Les cons ! Tu connais les problèmes de santé de Gamelin ? Pourri jusqu'à la moelle !

À la fin de la soirée, Thierry tient à nous raccompagner, Sofia et moi, chez elle, où j'habite depuis une bonne semaine. Devant notre refus, il insiste.

— Acceptez, les rues sont sombres et les voyous en profitent. Même à nous, nos chefs nous ont conseillé d'être prudents et de ne pas nous promener seuls.

— Tu plaisantes ? dit Dante. Des militaires ?

— Précisément, beaucoup de nos compatriotes nous voient d'un mauvais œil. Pour certains, on se planque et on ne fait rien. T'as lu les journaux ? On n'y parle que des soldats qui s'enivrent tant ils s'ennuient.

— Et c'est vrai ?

— En partie. Les Français ont perdu le sens du devoir et ce ne sont pas nos gouvernements qui vont le leur rendre. Là-haut, nos hommes vivent comme des Bohémiens. Vous avez vu leur allure ? Paraît que même les femmes du coin se méfient d'eux et les évitent.

François reste une nouvelle fois dormir chez Dante. Sa famille habite Maison-Laffitte et il a la flemme de rentrer, d'autant qu'il subit les questions douteuses de son père qui n'est pas loin de penser comme ses compatriotes concernant la combativité des militaires.

— Qu'ont dit tes parents quand tu leur as appris que tu allais vivre ici ? me demande Thierry en nous déposant rue Jacob.

— Pas grand-chose, je crois même que ça leur faisait plaisir. Tu sais quoi ? Michaël m'a demandé si Sofia était ma maîtresse.

— Il n'y a plus d'enfants, sourit-il. Dormez bien.

— Avec ce que tu nous as raconté, tu crois que l'on peut dormir ?

— Tant qu'il y a de la vie, il y a de l'espoir, répond-il en embrayant.

58

VIGILANCE

À la galerie, je ne vois personne. J'ai le temps de travailler sans entrain pour mes troisième et quatrième certificats. À la fac, beaucoup d'étudiants manquent à l'appel et je vois bien que Sofia se morfond. Avec les nouvelles qui arrivent de Pologne où cinq cent mille Juifs et un million de Polonais ont été déportés et emmenés de l'autre côté de la Vistule sans qu'on sache ce qu'ils sont devenus, elle craint elle aussi le pire. L'hiver est implacable pendant ces premiers mois de 1940. On court après le charbon, car les mines sont désertées par les mineurs et les femmes ne descendent pas dans les puits. S'ensuit une baisse générale de moral, activée par l'impression que le manque de combativité de l'armée serait dû à son impréparation. En même temps se répand la rumeur d'une « cinquième colonne » qui désorganiserait et paralyserait les armées alliées, donnant aux Allemands le temps pour nous attaquer au printemps. Cette rumeur se confirme quand un journaliste français dit qu'il connaît mieux l'emplacement de nos unités que leurs officiers, dont il cite les noms. Au front, les soldats se plaignent de subir la propagande de Radio Stuttgart.

En février, je lis dans un journal allemand qui m'est tombé entre les mains dans la salle de presse de la fac où sont compilées des revues européennes, qu'un certain *Oberführer* SS Richard Glücks, chef de la surveillance des camps de concentration, a informé Himmler avoir trouvé un « coin convenable » pour un nouveau « camp de quarantaine », situé à Auschwitz, ville de douze mille habitants perdue dans les marais et où se dressent, en plus de quelques usines, d'anciens baraquements d'une unité de cavalerie autrichienne, dans lesquels il a proposé de commencer des travaux. Ce qui lui a aussitôt été accordé par l'administration.

Je ne communique à aucun de mes amis cette information qui n'apporte à mon sens rien de nouveau sur les projets de l'Allemagne, les camps d'internement étant déjà nombreux sous le IIIe Reich, et nos inquiétudes concernant surtout les renseignements fournis par la Royal Air Force, qui signalaient des concentrations de navires allemands dans la Baltique, faisant craindre une agression contre le Danemark et la Norvège, pays restés neutres. D'autant que le 1er mars, Hitler a publié une directive en vue d'occuper ces deux pays pour lesquels les alliés, encore sous le coup de la signature de la paix entre la Finlande et l'URSS, désiraient aider, malgré le refus de ces pays de les accueillir.

— Que va-t-il se passer si les Allemands envahissent toute l'Europe ? s'inquiète Sofia que, depuis quelque temps, je sens très anxieuse sur notre avenir.

— Je ne sais pas. Quand j'apprends ce que font les nazis dans les pays qu'ils occupent…

— Veux-tu que l'on parte ?

Nous sommes assises dans la galerie où aucun client ne s'est montré depuis plusieurs jours. Sofia travaillait surtout avec une clientèle étrangère, anglaise et sud-américaine, ou avec des amateurs new-yorkais, et ces gens ne viennent plus. À présent, la rue Jacob ressemble à une rue de province à 2 heures du matin. Pourtant à quelques centaines de mètres, les cafés de Flore et des Deux-Magots font le plein et il est très difficile de trouver une place à la brasserie Lipp, de l'autre côté du boulevard. Les Parisiens donnent dans le déni et feignent ne pas s'intéresser à la guerre. Nous avons appris que Natalie Barney est partie pour New York où est déjà sa grande amie, Gertrude Stein. Et je ne peux m'empêcher de penser que même en temps de guerre, la fortune ou la notoriété sont des aides précieuses.

Le 7 mai, nous apprenons par un ami de son époux, Fritz Fränkel, qu'Hannah a été arrêtée et déportée au camp de femmes de Gurs, dans le sud de la France, en tant qu'« indésirable », et que son mari a été de nouveau interné. Cette semaine, en compagnie de Dante et de Thierry, je cavale dans les commissariats pour obtenir une autorisation de visite, mais nous faisons chou blanc. Puis nous dévalons dans les bureaux d'immigration où personne ne peut ou ne veut nous renseigner, avant que Thierry se décide à employer les grands moyens. Par l'entremise d'un obscur « administratif » du Service des étrangers de la préfecture, il nous obtient enfin un permis de visite. Car Sofia et moi, alertées par une lettre désespérée qu'elle nous a envoyée, sommes bien décidées à aller la voir.

Nous arrivons au camp de Gurs après un voyage long et laborieux, et sommes effrayées de ce que nous découvrons. Sous une température dépassant les trente degrés sont alignés sur plusieurs rangées des hangars aux toits de tôle, à peine aérés par d'étroites fenêtres quasi au ras du sol, entourés de barbelés, gardés par la gendarmerie et des supplétifs marocains, hantés par des internées venues de toute l'Europe, et qui, à part pour celles qui parlent yiddish, ne se comprennent pas. Une douche par semaine, de trop rares lieux d'aisances et une atmosphère de déréliction générale qui nous tire les larmes. On lui parle au travers du grillage, surveillées par un gendarme qui nous répond, quand nous nous étonnons de cette misère, que c'était presque pire quand c'étaient les Espagnols républicains qui étaient enfermés. Hannah est visiblement traumatisée par cette expérience qui lui fait vivre intimement le fait d'être apatride, et semble à bout de patience.

— Nous autres, réfugiés, avons été chassés d'Allemagne parce que nous sommes Juifs, dit-elle avec aigreur, mais à peine avons-nous franchi la frontière que nous sommes devenus des Boches. Nous avons ridiculement essayé de jouer le rôle de Français, ou tout au moins de futurs citoyens, et nous sommes devenus les premiers prisonniers volontaires que l'histoire ait jamais vus.

Plus tard, quand les Allemands auront envahi la France, elle dira que le gouvernement n'a eu qu'à changer le nom de la « boutique » où on les a d'abord enfermés parce qu'ils étaient allemands, et qu'à présent, on les privera de liberté parce qu'ils sont juifs.

Nous sommes rentrées à Paris le même jour après un voyage encore plus éprouvant que l'aller, avec des arrêts incessants et des changements de train anarchiques en pleine nuit, conservant dans la dernière image que nous avons eue d'elle, les mains accrochées aux barbelés, nous regardant partir, entourée de femmes dépenaillées et accablées qui ignoraient tout de leur sort, et nous avons eu le cœur déchiré. Quand nous sommes arrivées rue Jacob, rongées par de sombres pressentiments, exténuées par le voyage, alourdies par la touffeur de l'air, nous avons balancé les vêtements qui nous collaient à la peau. Sofia a pris la première douche, moi la seconde, et nous avons pris ensemble la troisième. Après, sans nous défaire, nous nous sommes glissées entre les draps frais. Nous nous sommes dit que nous avions vécu un cauchemar, que la vie allait reprendre comme avant. Nous nous trompions.

Les nouvelles de Pologne où les Polonais vivent l'enfer avec des déportations et des massacres systématiques, principalement contre mes coreligionnaires, nous font craindre le pire, à moi et mes parents. On apprend que les Allemands, après avoir imposé aux citoyens juifs une série d'interdictions – interdiction de voyager, identification des magasins juifs, port d'un brassard, interdiction d'écouter la radio –, ont commencé, dans diverses régions polonaises, l'édification de ghettos où ils enferment les Juifs.

— Si les Allemands arrivent, qu'allez-vous devenir ?

Voilà l'une des principales inquiétudes de Sofia.

— La France n'est pas la Pologne, nous sommes français à présent, enfin, plus tout à fait, mais je crois que la France nous protégera. Les Italiens sont les alliés d'Hitler. Espérons qu'en cas de guerre, les Allemands en tiendront compte.

— Tu crois que ça peut jouer ? demande-t-elle, pas convaincue.

— J'espère. Pourquoi notre ogre se serait-il compromis avec ce cinglé de nazi si ce n'est pour se protéger, et voler au secours de la victoire ? Mussolini est un joueur de bonneteau qui adore brouiller les pistes.

— Tu n'as pas peur ?

— Si, bien sûr, dis-je en haussant les épaules. Mais il sera temps d'agir quand le problème sera là. Il y aura forcément des solutions.

Est-ce que je le pense vraiment ou est-ce que je m'aveugle volontairement ? Je sais combien le cerveau peut nous jouer des tours. Je me trouve dans cette étrange situation où nier un problème peut le faire disparaître. J'évite de penser aux journaux antisémites français qui, non seulement ne se taisent pas, mais font des adeptes. La situation sociale s'aggrave de semaine en semaine, les usines ferment, les employés se retrouvent sans emploi du jour au lendemain et accusent les étrangers d'en profiter, ce qui, évidemment, est faux car ceux qui fuient le nazisme se retrouvent les premiers sans emploi. On commence à voir de longues files de chômeurs attendre devant les soupes populaires, et des gens, dans l'impossibilité de payer leur loyer, vivre dehors. Pendant ce temps-là, les militaires sont logés et nourris à ne rien faire, entend-on. Les Français, soutenant que la guerre doit rapporter gros à certains, finissent par en vouloir davantage aux leurs qu'aux Allemands qui, effectivement, ne se manifestent pas beaucoup.

Thierry se fait plus rare, et quand je ne vais pas rendre visite à mes parents, nous restons, Sofia et moi, chez elle à lire et écouter la TSF. François nous envoie des lettres de plus en plus désabusées, disant à mots couverts que si rien ne change, il prendra des vacances. Ses courriers nous font frémir car nous comprenons que ce qu'il appelle des vacances signifie déserter. Il n'est pas le seul mobilisé à le penser. Les hommes qui, depuis six mois, piétinent, désœuvrés, dans les tranchées du Nord ou jouent les taupes dans les galeries sans fin de la ligne Maginot caressent les mêmes projets quand ils reçoivent de l'arrière des lettres familiales leur disant combien ils manquent. « Dans quelques régiments, nous écrit François, il y a certains matins des trous dans les chambrées. » Mais abandonner son poste devant l'ennemi est passible du tourniquet, le nom donné aux conseils de guerre qui, après un court procès, envoient le fuyard devant le peloton d'exécution.

Sofia et moi lui écrivons presque chaque jour, l'encourageant à patienter, de crainte d'une mauvaise décision. Il nous répond en nous mettant en boîte, nous affirmant qu'il préfère recevoir nos lettres plutôt que des chaussettes, comme ses camarades, car il est sûr que ni l'une ni l'autre, nous ne savons tricoter. Ce qui est la vérité.

59

Capitulation

Le 26 mai, je suis à la fac où, devant M. Grillet, notre prof de droit civil, je planche sur des problèmes de nuisance de voisinage. M. Grillet est une caricature de prof. Il n'a pas d'âge, est maigre comme un coucou, et est vêtu hiver comme été d'un informe pantalon gris et noir à rayures, de deux gilets superposés sous une veste de grosse toile sans couleur, et d'une chemise en coutil gris. Pour compléter le tableau, il a la manie de se moucher tous les trois mots. Ses cours ne débordent pas de public. Et ce matin-là, alors que j'ânonne mon texte, surgit Briand, un étudiant de seconde année coiffé en permanence comme un dessous-de-bras, ce qui accentue son air agité, qui clame à pleine voix :

— Bruxelles vient de tomber ! L'armée belge a capitulé !

Je me glace car je sais ce que ça signifie. Des mois plus tôt, lors de nos fameuses réunions du soir au 144 boulevard du Montparnasse, aux environs de Noël, Thierry et François nous ont parlé de leurs craintes concernant la position du gouvernement belge et de son roi Léopold III, connus, pour employer un euphémisme, pour leur timidité face aux Allemands.

En 1936, le gouvernement belge a déclaré sa neutralité par antipathie pour le Front populaire, soutenu par les Flamands et un mouvement néo-nazi actif qui empêchera, au moment de la guerre la confiance de s'installer entre les alliés. Au point que lorsque le général belge, Van Oestraeten, grâce à des documents retrouvés lors de la chute d'un avion nazi tombé à Mechelen-sur-Meuse, en Belgique, préviendra en janvier le Roi d'une probable attaque allemande lancée en mai dans les Ardennes, celui-ci avertira Gamelin qui n'en tiendra pas compte. Le généralissime ne sera pas davantage ébranlé par un message radio envoyé de Berne par l'attaché militaire français confirmant une attaque par les Ardennes entre le 8 et le 10, pas davantage par les photos transmises par le pilote mobilisé, Antoine de Saint-Exupéry, montrant huit ponts jetés par le Génie allemand sur le Rhin entre Bonn et Bingen. Le lamentable Gamelin affirmera que cette hypothèse est invraisemblable, les Ardennes étant selon lui infranchissables.

Pourtant, depuis le 10 mai, l'inquiétude en France est patente. Une offensive des Panzers allemands sous l'autorité de Rommel a été lancée contre les Pays-Bas et la Belgique, permettant à la division blindée du général Guderian de réaliser une percée du côté de Sedan, prenant nos troupes en tenaille, menaçant Paris, et se rapprochant à moins de quinze kilomètres de l'artère Lille-Dunkerque. On apprend en même temps que les Anglais ont reculé de quarante kilomètres sans en avertir le haut commandement français, et ont commencé à mettre en place le plan Dynamo afin de rapatrier le corps expéditionnaire anglais. Le colonel Charles de Gaulle, le chouchou de Thierry, nommé récemment au commandement de la 4e division cuirassée basée à Wissembourg, pressant d'après ce que nous confie notre ami que les sept divisions de Panzers qui font mouvement vers la Meuse ne sont qu'une manœuvre destinée à attirer les armées alliées dans la nasse en les encerclant, pour ensuite percer vers Sedan, et si l'attaque réussit, foncer vers la mer alors que Français et Britanniques sont entrés en Belgique pour contrer les unités allemandes.

Nous apprenons ce qui se passe sur le terrain grâce à Thierry, décidément bien informé. Car les journaux ont beau remplir leurs feuilles de commentaires, la guerre se joue loin de l'arrière et la censure veille. Thierry profite de sa position près d'Amaury des Camps pour nous envoyer les informations qu'ils reçoivent des états-majors, sur le terrain. Comme François, il bout de rage devant l'incurie de nos chefs. Le 12, il nous prévient qu'il quitte Paris avec son régiment pour rejoindre la Somme avant de poursuivre vers le nord.

— N'empêche, dira-t-il, évoquant de Gaulle qui attendra jusqu'au 15 mai, bouillant lui aussi d'impatience, l'ordre de retenir les Allemands à Montcornet. Ce de Gaulle, c'est quelqu'un ! Il a redonné du courage et de l'honneur à nos gars !

N'empêche, entre le général Gamelin déglingué par sa syphilis, et le chef du gouvernement français, Philippe Pétain, presque gâteux, je crains que la France ne soit mal partie. Car malgré le courage des équipages français et l'audacieuse stratégie à Montcornet du colonel de Gaulle, bloquant et dispersant les colonnes de von Kleist, celles-ci poursuivront leur avance vers Cambrai et Saint-Quentin, creusant une large faille entre les unités de nos généraux Corap et Huntziger.

Les éditos des journaux sont alarmants. Les alliés perdent du terrain, et surtout l'initiative. J'ai déniché à l'Institut national géographique des cartes d'état-major des régions concernées par les affrontements de l'Est jusqu'aux Ardennes, englobant même la ligne Maginot, avec les emplacements des fortins. Pratique, pour les Schleus ! Nous les avons étalées sur la table des dîners à Montparnasse et nous pointons les sites de bataille selon les infos de la presse, mais surtout selon celles de Thierry. Elles sont rédigées en langage militaire et nous nous cassons la tête pour les traduire, surtout pour les latitudes et longitudes, pour lesquelles nous sommes nuls. Néanmoins, nous sommes ravies car nous avons l'impression, grâce à Thierry, d'en savoir davantage que les autres. Et surtout, nous sommes sûres qu'il est toujours vivant. Nous sommes restées plusieurs jours sans nouvelles de lui et de François et nous sommes terriblement inquiètes, malgré Dante qui essaie de nous rassurer.

— Vous croyez qu'il peut demander à sa secrétaire d'écrire son courrier pendant qu'il se bat contre les Schleus !

En revanche, nous n'avons aucune nouvelle de Jean Langlois depuis sa résidence à Soissons. Il ne doit pas être rassuré, avec l'avance des Allemands : Soissons est sur leur route. On n'a plus jamais parlé de la fameuse soirée, la dernière que nous avons passée tous ensemble.

Dans la semaine, je préviens Sofia que je vais bientôt rentrer chez moi pour soutenir les miens qui, j'en suis certaine, se tordent d'angoisse devant les événements.

— Bien sûr, chérie, vas-y, moi, j'ai Dante pour me rassurer.

Je n'en suis pas certaine, Dante a été convoqué, comme d'autres étrangers naturalisés, au commissariat de son quartier pour vérification de ses papiers. Il en est revenu pétri d'angoisse, mais s'est confié à moi plutôt qu'à sa sœur.

— Préviens ta famille, Judith, nous sommes tous en danger, qu'ils soient attentifs à la moindre alerte. Il est peut-être temps de quitter Paris.

— Pour aller où ? Si les Allemands nous envahissent, ils ne s'arrêteront pas à Paris. Et en plus, nous avons la double peine. Antifascistes et juifs. Attendons de voir. Notre armée a l'air de tenir le coup !

J'espère que c'est la bouillie des infos et contre-infos qui me brouille l'esprit. Pas une chose qui nous semble sûre. Pas une émission à la radio, pas un édito dans les journaux que nous pourrions prendre pour argent comptant. Le gouvernement s'évertue à nous rassurer ou, plus probablement, à se rassurer. Mais il échoue.

La seule bonne nouvelle de ce mois de mai 1940 est l'évasion d'Hannah du camp de Gurs, où elle a profité de la confusion provoquée par l'effondrement français dans ce début de guerre pour s'enfuir et rejoindre à Montauban sa vieille amie, la poétesse et historienne Lotte Sempell, l'épouse de Chanan Klenbort, un auteur autrichien réfugié en France au moment de l'Anschluss. Quelques jours plus tard, elle téléphone à Sofia pour lui dire que, par un hasard incroyable, elle y a retrouvé son mari au détour d'une rue.

— On va rester ici, dit-elle, en attendant nos visas pour gagner les États-Unis. La vie y est douce et il n'y a pas de nazis.

— Cette histoire est incroyable, dis-je. Retrouver son mari en pleine tourmente dans un patelin comme Montauban ! On ne pourrait pas l'écrire dans un roman, ce ne serait pas crédible.

Pendant ce temps, les batailles continuent de faire rage. À l'Est, il n'y a plus divisions ni obstacles de quelque nature que ce soit devant les Panzers des généraux Guderian, Schmidt, Reinhardt et Rommel, qui ont aligné, selon les infos diffusées par les radios auxquelles les Français sont accrochés nuit et jour, quelque mille huit cents blindés fonçant vers l'ouest, Péronne, Cambrai et la Manche. Rien que le chiffre fait frémir, bien que personne, j'en suis sûre, n'ait la moindre idée de nos forces.

Sedan est pris le 13, et la Luftwaffe, tapie sur la rive est de la Meuse, écrase l'artillerie française sous ses bombes, interdisant aux artilleurs de tenir le fleuve. Les Français réagissent faiblement aux attaques des Stukas et en quelques heures, relatent les reporters de guerre, la 55e division d'infanterie, bien que dotée d'une artillerie puissante, cesse d'exister. Les soldats s'enfuient, abandonnés par leurs officiers. Gamelin, de son donjon de Vincennes, téléphone au ministre de la Défense, pour lui annoncer que la défense française est enfoncée et que les blindés allemands foncent vers Paris, tandis que Daladier, affolé, martèle : « Ce n'est pas possible, c'est impensable ! »

À la seconde où la une de *Paris-Soir*, qui semble avoir ses entrées dans les antichambres du gouvernement, fait paraître la nouvelle, les magasins d'alimentation, de l'huile à la farine, des conserves aux bouteilles de vin, du sucre jusqu'aux ampoules électriques et aux produits ménagers, sont vidés par les consommateurs affolés. Le grand magasin Félix Potin de la rue Réaumur semble, en fin de journée, avoir subi l'invasion d'une armée de fourmis rouges. Il se murmure dans les couloirs que Paul Reynaud veut depuis longtemps se débarrasser de Gamelin car avec un tel commandant en chef, la France est sûre de perdre la guerre, a-t-il confié à des proches. Néanmoins, faute d'être soutenu par Daladier, il confirmera Gamelin à son poste, et le président du Conseil qui a mis la démission de son cabinet en balance, y renoncera, demandant aux ministres de garder le secret jusqu'à ce que le président de la République ait formé un nouveau gouvernement. *Mauvaise décision*, ai-je pensé avec Dante.

Tous ces atermoiements, ces allers-retours, ces contradictions qui sont rapportés par les médias inquiètent terriblement la population, déjà ébranlée dans sa confiance en la préparation de l'armée, qui voit le gouvernement incapable de tenir un cap. Dans le même temps, comme pour augmenter l'angoisse des Parisiens et leur rappeler que nous sommes en guerre, une circulaire de la préfecture de police enjoint les habitants de ne pas sortir sans leurs papiers d'identité, de façon à pouvoir les présenter à qui de droit à la première injonction, dans la rue ou à une terrasse, et les hommes de présenter leur livret militaire avec la position de leur affectation ou leur autorisation de permission.

Quand je me décide à rentrer chez mes parents, Sofia me propose de les faire venir boulevard du Montparnasse, arguant qu'ils y seraient plus en sécurité, n'étant pas connus des voisins, si la situation empirait, mais je refuse. Je sais qu'ils préféreront rester chez eux. Sofia le prend mal et une vive discussion nous oppose, mais soutenue par Dante, je reste inébranlable.

Le 14 du mois, ma mère a été mise en congé avec un demi-salaire, l'attaché culturel ayant pris sa « vraie » fonction d'attaché militaire auprès du consul, d'autant que les sorties culturelles n'existent plus. Le patron de mon père, Georges Grappelli, a fini par fermer sa boutique et mes parents se retrouvent désœuvrés à la maison. Seul Michaël continue pour l'instant de travailler, les gens fréquentant assidûment les cafés pour commenter l'actualité. Évidemment, la fac a fermé. Plus d'étudiants ni de professeurs en cette fin mai où nous aurions dû passer les partiels de fin d'année. Mes parents, imitant les autres, ont rempli les placards de la cuisine et de la salle à manger, qui débordent de paquets de pâtes et de riz. Et comme si ça ne suffisait pas, mon père, voyant les rayons des épiceries de notre quartier vides, pousse plus loin la quête du sucre et même du sel. Je proteste :

— Mais enfin, vous êtes fous, tout ça va pourrir avant d'être mangé !

J'avais entendu parler – et surtout j'avais lu dans les livres sur la guerre de 1914 – de cette propension qu'ont les Français, spécialement les Parisiens, à constituer des réserves de nourriture dès qu'arrive un événement grave, comme s'ils allaient soutenir un siège de plusieurs mois.

Ça remonte peut-être, ai-je pensé, à la guerre de 1870, où ils ont eu tellement faim qu'ils ont tout dévoré, jusqu'aux animaux du Jardin des plantes. Il aura suffi de quelques heures en cette « journée noire » du jeudi 16 mai pour que l'on apprenne que le front est crevé, et que le mot « débâcle » se répande comme un poison. Tout de suite, l'atmosphère change. Les négociations entre les Néerlandais et les Allemands, commencées l'avant-veille, cessent quand la Luftwaffe écrase Rotterdam sous ses bombes, glaçant d'effroi les populations belges qui se ruent sur les routes, rendant impossibles les déplacements des troupes alliées. Ce même jour, le commandant en chef des armées hollandaises ordonne à ses hommes de déposer les armes. Sur les routes des Flandres, les soldats français pleurent de désespoir devant les interminables files de fuyards. Pour rassurer les Français, Reynaud prononce une allocution diffusée le soir même à la radio :

On a fait courir les bruits les plus absurdes. On a dit que le gouvernement voulait quitter Paris ; c'est faux. Le gouvernement est et demeurera à Paris. Il faut tout de suite nous forger une âme nouvelle. Nous sommes pleins d'espoir. Nos vies ne comptent pour rien. Une seule chose compte : maintenir la France !

Le 26, on apprendra que Reynaud est parti à Londres informer le cabinet britannique de la situation militaire, évoquant la défaite. Mais il a interrompu ses plaintes devant le refus des Britanniques d'envisager que les Français signent un armistice puis une paix séparés.

60

Défaite

Je n'ai pas quitté la rue Saint-Maur depuis une semaine, résistant du mieux que je peux à l'ambiance électrique qui y règne, mais vivre à quatre dans deux pièces et demie en surjouant le calme pour dissimuler aux autres son angoisse est un réel exploit. Ma mère a préparé des sacs où elle a fourré de quoi subsister quelque temps hors de chez nous, et je m'émerveille de son inventivité, mais je ne peux pas dire que ça calme mes peurs. En descendant dans la rue pour m'aérer, je vois des groupes de Parisiens se diriger en criant vers le Quai-d'Orsay, où l'on brûle me dit-on, les archives du ministère, pendant que des fonctionnaires jettent par les fenêtres, sur les pelouses, des cartons contenant des dossiers recelant des pans d'histoire de France. Je me joins à eux et je peux voir une fumée noire s'élever au-dessus des toits, comme si le gouvernement voulait faire savoir aux Parisiens que tout est perdu, et qu'il faut brûler ce qu'on ne peut emporter avant de s'enfuir. Et ce n'est pas le nouveau discours de Paul Reynaud, revenu de Londres et parlant à la Chambre d'une voix vibrante, applaudi par les députés, qui combattra les peurs :

Hitler veut gagner la guerre en deux mois. S'il échoue, il est condamné et il le sait. Mais les temps que nous allons vivre n'auront peut-être plus rien de commun avec ceux que nous avons vécus. Nous serons appelés à prendre des mesures qui auraient paru révolutionnaires hier, peut-être changer de méthodes et changer les hommes. On dit que l'ennemi est à Reims, on a même dit qu'il est à Meaux, alors qu'il a réussi seulement à créer au sud de la Meuse une large poche que nos vaillantes troupes s'apprêtent à colmater. Nous en avons colmaté d'autres en 1918, vous, combattants de la dernière guerre ! vous ne l'avez pas oublié !

Comme pour rajouter une couche à nos angoisses, les journaux, publient le refus de Churchill à Gamelin qui lui a réclamé, pendant sa visite au Quai-d'Orsay, des escadrilles. Pour l'Anglais, on ne peut affaiblir la défense des îles britanniques. Il refuse donc de modifier la stratégie de la Royal Air Force. Le quittant pour rejoindre l'ambassade de Grande-Bretagne, il aurait même murmuré à son aide de camp : « Ils sont au bout du rouleau. » Churchill sait néanmoins qu'il ne peut pas rejeter la demande des Français si leur défaite en résulte, et il télégraphie à Londres. La réponse positive arrive à 23 h 30 et il annonce immédiatement la bonne nouvelle à Reynaud. Mais à ce moment où l'Europe s'effondre, rien ne peut changer le cours de l'histoire. Le 26 mai, jour de la capitulation des Belges qui ont refusé l'aide des alliés, craignant des représailles et offrant Bruxelles et le pays aux Allemands, même Paul Reynaud, vitupérant « contre cette attitude inqualifiable, ce fait sans précédent dans l'Histoire, cette trahison d'un roi félon qui sans prévenir ses camarades de combat français et anglais ouvre la route de Dunkerque aux divisions allemandes » n'y pourra rien.

Nouveau coup de fil d'Hannah depuis son patelin de Montauban. Affolée par la tournure des événements, elle nous exhorte, Sofia, Dante et moi, à la rejoindre.

— On peut vous loger si vous vous décidez vite, car ça commence à se remplir avec les fuyards. Je vous trouverai quelque chose. Les Belges ont lâché l'affaire et les Français ne pourront ni ne voudront tenir. Les Boches vont déferler comme une peste noire, il faut vous mettre à l'abri !

— Elle a raison ! martèle Sofia en me lançant un regard destiné à me convaincre, après avoir raccroché.

— Je crois, dis-je en hochant la tête, que Dante et toi, vous devez effectivement partir car la vie ici va être dure.

Elle me regarde comme si je lui avais répondu en sanscrit.

— Ah bon, Dante et moi ? Et toi, et tes parents, non ! Tu sais sûrement ce que ces salauds font aux Juifs en Pologne, en Autriche et chez eux !

— Je sais, hélas. Je serais seule, je partirais. Seule, je pourrais peut-être me débrouiller. À quatre, sans ressources, avec mes parents, leur accent italien et nos nouvelles identités ce sera très difficile.

Ai-je envie de me sacrifier, de perdre Sofia ? Ou me crois-je, dans ma vanité, invulnérable ? Sûrement pas. Alors à quoi est due cette paralysie de ma volonté ? À ma crainte d'endosser la responsabilité de ma famille à la place de mes parents ? Pourtant, je ne me fais pas d'illusion sur la suite des événements. Il me suffit de déchiffrer les billets que nous envoie Thierry, ou de lire les journaux entre les lignes pour comprendre que la France ne tiendra pas. Et ce n'est pas seulement la retraite des armées un peu partout qui me le dit ; les soldats accablés au bord des routes devant les colonnes de réfugiés ; les tonnes de matériel abandonné ; l'incohérence des généraux. C'est autant l'incurie de ces chefs militaires nés en 1867 pour Weygand, en 1896 pour Pétain, contemporains de l'affaire Dreyfus et de cette République qui a humilié l'armée, réhabilité Dreyfus puis dilapidé « leur » victoire en novembre 1918 ; et qui est aussi leur revanche.

Je crois que mes gènes millénaires me chuchotent que les Juifs ont partout et toujours été les victimes expiatoires, et qu'il est inutile de compter sur les autres pour les aider. Ça vient aussi de ces années de propagande pendant lesquelles le peuple a ressassé son opposition à la guerre ; des « caresses de velours » de l'extrême droite devant la politique nazie, qui écrivait dans l'hebdomadaire *Je suis partout*, évoquant le nouveau ministre de l'Intérieur, Georges Mandel : « À une guerre juive, il fallait un Clemenceau juif ! » C'est la position plus qu'ambiguë de la gauche communiste après le pacte germano-soviétique ; c'est la désillusion de Blum après la dissolution de son gouvernement, mais c'est aussi le manque de cohérence du pouvoir tiraillé à hue et à dia par les oppositions qui ont désarmé l'espoir.

Nous ne partirons pas rejoindre Hannah Arendt à Montauban. Entre-temps, dans un élan d'audace, Michaël a présenté Marlène à nos parents et il n'est pas question pour lui de l'abandonner à Paris. Maintenant, nous sommes cinq à vouloir fuir la barbarie hitlérienne. Et je pressentais que si on peut fuir seule, un groupe ne peut pas le faire.

Tandis que les Panzers déferlent depuis l'est et le nord en direction de la poche de Dunkerque où sont bloqués des centaines de milliers de soldats anglais et français qui attendent sous les bombes de la Luftwaffe d'être embarqués vers l'Angleterre, les civils Belges et Hollandais, mêlés aux Français, s'accumulent sur les routes de l'Hexagone, bloquant en même temps les convois militaires qui auraient pu les aider. Entre le 3 et le 14 juin, nous faisons partie des deux millions de Parisiens, selon les calculs des états-majors, et des huit à dix millions de civils, qui encombreront les routes en direction du sud.

61

Exode

Dante est venu nous chercher en voiture et nous nous entassons à sept dans sa Panhard quatre places. Dante au volant, Sofia à ses côtés, et moi, assise en biais. Ma famille est derrière, Marlène sur les genoux de Michaël, ma mère, écrasée au milieu, et mon père, assis sur une fesse, collé à la vitre. Le coffre à bagages, rempli jusqu'à la gueule, est retenu par des cordes. Mais nous n'irons pas loin. Au terme d'une matinée à nous traîner et à nous faire injurier par les autres fuyards, à pied, à cheval et en voiture depuis l'avenue d'Orléans, nous tentons, par la porte de Châtillon, d'échapper aux gigantesques embouteillages, mais sommes définitivement bloqués à la sortie du Kremlin-Bicêtre par deux véhicules accidentés qui ont pris feu. Et alors que nous nous extirpons de la Panhard, les membres raides, un bruit effrayant arrive par-derrière et surgissent trois avions ornés de la croix gammée.

— Des Stukas ! hurle la foule prise de panique.

Les plus forts bousculent les plus faibles pour se jeter dans les profonds fossés qui bordent la route ou pour courir droit devant eux comme des lapins happés par les phares. J'attrape ma mère et Sofia, et me rue dehors, en cavalant vers les fossés. Dante, mon père, Michaël et Marlène veulent nous frayer un passage à coups d'épaule mais sont vite pris à partie et doivent reculer. Des gens culbutent en hurlant, une femme tend son bébé à je ne sais qui à bout de bras, les avions surgissent en rase-mottes, mitraillant la route, faisant exploser des voitures qui prennent feu et brûlent vif leurs occupants et ceux qui sont proches. Je pousse dans le fossé ma mère qui roule sur Sofia, sur qui je m'aplatis. Une fumée noire et suffocante nous noie et je perds les miens de vue. Écrasés dans le talus, nous tressaillons sous l'impact des balles qui frappent les personnes tombées sur nous et qui, involontairement, nous protègent.

Puis les avions s'éloignent dans un hurlement d'enfer et je repousse avec horreur le corps d'un vieux monsieur mort qui m'écrase. Je me hisse, hébétée, au-dessus du talus et ce que je vois est apocalyptique. Des dizaines, peut-être davantage, de corps sont allongées dans toutes les positions. Certains crient et pleurent, d'autres se traînent sur la chaussée, les vêtements en feu, les membres à moitié arrachés. Je cherche ma famille à travers un brouillard de flammes et de fumée noire, et je vois Dante surgir du fossé d'en face. J'ai du mal à reconnaître son visage noirci, troué de ses yeux blancs et exorbités qui me fixent. Je me retourne vers mon fossé et rencontre le regard halluciné de Sofia. Affolée, je cherche ma mère en rampant et en repoussant les cadavres qui nous ensevelissent, quand soudain, les avions font demi-tour dans un vacarme de mort. Je sens le sol se soulever. Je me lève et hurle à Dante de replonger dans le fossé, mais au même instant, d'interminables rafales frappent le sol comme une grêle d'hiver, fauchant ceux qui sont sortis trop tôt et qui culbutent comme des guignolets. Deux jeunes filles se tenant par la main font quelques pas sur la route et tombent sans se lâcher. Je m'enfouis dans la terre, les mains sur la nuque, et vomis. Les avions s'éloignent. Je reste longtemps sans bouger, me croyant morte, le visage enfoncé dans le sol, la bouche pleine de terre, puis, n'y tenant plus, me hisse au-dehors.

Le macadam est en feu, des crevasses brûlantes le déchirent, une carriole et tout son chargement sont renversés et l'on entend les cris de ceux qui sont coincés dessous. L'âne qui la traînait est tombé sur le bord, le ventre ouvert. Ses braiements de douleur dominent le brouhaha. Je voudrais l'achever pour mettre fin à ses souffrances mais ne trouve rien. Partout autour de moi, des corps ensanglantés, brûlés, déchiquetés. L'enfer sous mes yeux.

Je sors du fossé en tenant ma mère dans mes bras, Sofia, à mes côtés, debout, impavide, fixe sans les voir les cadavres éparpillés. Au bout d'un moment, serrant toujours dans mes bras ma mère secouée de sanglots, je vois arriver vers nous Dante, mon père, Michaël et Marlène. Dante court vers sa sœur, mon père, vers moi et ma mère. Michaël, figé comme un mannequin, reste près du fossé, serré contre Marlène. Ma mère est pieds nus. Les vêtements de Sofia sont à moitié arrachés. Pendant un long moment, plantés au milieu des cris de souffrance des blessés, des pleurs et des rires de ceux qui se retrouvent, et des appels déchirants de ceux qui se cherchent, nous ne pouvons parler.

On rejoint la Panhard dont il reste bizarrement les portes et le coffre sur un châssis écrasé. J'en sors quelques paquets, puis nous nous regardons et je lâche tout.

Nous sommes le mercredi 13 juin, veille de l'anniversaire de ma mère.

Deux jours plus tôt, Mussolini a proclamé qu'il entrerait en guerre contre la France à minuit, indignant Paul Reynaud : « Quel peuple noble et admirable que ces Italiens qui nous poignardent dans le dos à un moment pareil ! » Nous, les Italiens, en l'entendant, ne pouvions qu'arrondir le nôtre en attendant la volée de coups qui ne tarderait pas à tomber avons-nous pensé. Car depuis le dernier week-end, le camp des défaitistes s'est renforcé. Camille Chautemps, ancien président du Conseil, juge qu'il faut mettre fin à la lutte. Quant à Pétain, d'un ton glacial n'admettant pas de réplique, il renchérit : « L'armistice est une nécessité, il faut examiner les conditions de la cessation des combats. Le salut et l'avenir du pays exigent que l'on procède ainsi avec courage. » Il sait que Weygand, mais aussi Chautemps, ancien président du parti radical-socialiste, et le collaborateur de Reynaud, Baudoin, veulent sortir de la guerre à peine entrés. Il sait aussi que Laval est l'âme cachée de la conspiration.

À 23 heures, un bref communiqué à la radio nous informe que le gouvernement quitte la capitale pour des raisons militaires impérieuses. Dans le moment qui suit se produit un raz-de-marée de Parisiens s'engouffrant dans les rues, s'entassant dans tout ce qui roule, voitures, camionnettes, charretons, landaus vides de bébés mais remplis de paquets et de baluchons, fuyant les combats à venir dans la capitale, se ruant sur les routes, se précipitant dans les gares, se bousculant, en proie à une bestiale panique, dira un journaliste Japonais médusé, prenant les wagons d'assaut devant des agents débordés, incapables de les contenir, et répondant à ceux qui leur demandaient s'il y a encore des trains : « Foutez le camp, tout est fini, les Allemands seront ici demain ! »

Nous pleurons en pensant à Thierry et à François, trahis encore plus que nous, et dont nous ignorons le sort. Je ne sais pas si l'un de nous a prié pour eux, je ne sais pas si quelqu'un sait le faire et si les mots prononcés sont plus importants que la ferveur de la pensée. Mais je suis sûre que tous avons prié pour eux de toute notre âme.

La foule, malgré les pertes et l'horreur du drame vécu, n'a rien perdu de sa densité. Les rescapés, hébétés, évitent les corps ou, s'ils ne le peuvent, les enjambent. La chaleur est telle que l'on sent sa peau brûler au travers des vêtements. Devant nous, une cohorte de fous continue d'avancer comme des poulets sans tête.

— Retournons, dis-je.

J'ai dû le dire avec force car aucun de nous n'a protesté. Mais c'est plus facile à dire qu'à faire car remonter ces foules à contre-courant relève de l'exploit. Nous nous faufilons entre les groupes, sourds aux protestations de ceux qui nous refusent la place, aveugles aux bras qui se lèvent contre nous. Je tiens ma mère contre moi, la protégeant du mieux que je le peux, mon père et mon frère encadrent Marlène qui semble à bout de forces, Dante, serré contre sa sœur, la dirige d'une main ferme. Groupe de silhouettes fantomatiques tenant à peine debout. À un détour de la route, des terrains agricoles apparaissent et j'encourage les miens à y grimper. L'on s'y hisse en s'aidant les uns les autres, suscitant, sans que j'en comprenne la raison, la colère de ceux qui continuent de se pousser en contrebas. Nous traversons des champs de tournesols noircis par la chaleur, des étendues de blé et d'orge moissonnés, mais aussi des champs de coquelicots piqués de bleuets et de fleurs sauvages, d'une beauté incongrue et presque indécente dans ce décor dévasté.

— Facile de laisser les autres dans la merde ! hurle contre nous un homme, le visage cramoisi de colère.

En quoi le laissons-nous dans la merde ? Il va de l'avant, nous rebroussons chemin. Nul ne sait qui a raison ou tort. Je retiens Dante qui veut répliquer et le pousse à continuer. Sur la route, des véhicules de tous genres s'obstinent à avancer malgré la foule et les obstacles. Ceux qu'ils dépassent, en les frôlant peut-être, lancent contre eux des invectives et parfois des coups de pied contre les carrosseries. Je me dis que la lutte des classes dont les Français ont toujours été le fer de lance n'est pas morte. Les piétons contre les automobilistes, les cyclistes contre les carrioles, les jeunes contre les vieux. Les pauvres contre les riches. Aussi loin que nous regardons, une foule en marche vers un avenir qu'elle ignore continue d'être vomie par la ville.

Des rangs serrés qui s'écrasent en contrebas, on entend des rumeurs filtrer comme quoi les Boches sont aux portes de la capitale, se livrent à des exactions, brûlent, pillent. À ce moment de l'histoire, c'est faux, mais ça entretient la fuite, le ressentiment, l'effroi. Des gens, nous voyant avancer plus facilement, nous rejoignent dans les champs, mais à contre-courant, et nous devons faire des écarts pour les éviter. Certains veulent savoir pourquoi nous repartons mais nous faisons comme si nous ne les entendions pas. Nous sommes harassés, les pieds en capilotade, les jambes en feu, nous déchaussant et nous rechaussant à la même vitesse, à cause des épis coupés, agressifs comme des piques. Mon père et Michaël soutiennent sous les aisselles Marlène qui semble ne pas pouvoir faire un pas de plus. Et quand je regarde Sofia, je vois un visage livide, creusé d'épuisement, les cheveux collés par la sueur, la poitrine dépenaillée, la bouche ouverte à la recherche d'un peu d'air.

Nous arrivons à la fin des champs, quand j'aperçois, cherchant visiblement à traverser la horde sauvage, un van blanc dont l'inscription sur une des portes indique qu'il appartient à une institution de jeunes filles et de jeunes gens. Au volant, un homme coiffé d'une casquette, les yeux rivés sur son pare-brise, le visage tordu de contrariété, ses larges mains reposant sur le volant. Je me précipite vers lui.

— Bonjour monsieur. (Il tourne la tête vers moi sans répondre.) Excusez-moi, mais iriez-vous à Paris par hasard ? (Il mâchonne en m'examinant, comme si ce que je lui dis était incompréhensible.) Parce que si c'est le cas, continué-je sans espoir, vu sa réaction, nous serions heureux de vous dédommager si vous pouviez nous en rapprocher…

— D'où venez-vous ? marmonne-t-il enfin, le visage toujours fermé.

— Nous avons voulu quitter Paris mais nous nous sommes aperçus que ce n'est pas possible et nous voulons y retourner. Ma mère ne tient plus debout, ajouté-je, nous sommes épuisés, et ma petite belle-sœur est enceinte, ajouté-je, désignant Marlène.

Mentant si effrontément, j'espère qu'il ne regardera pas la petite belle-sœur en question, épaisse comme un haricot vert. Il jette un coup d'œil derrière moi.

— Vous êtes combien et vous allez où ?

La question que je redoute : lui annoncer que nous sommes sept peut l'effrayer. Comme si nous détailler rendait le nombre plus léger, je compte :

— Trois hommes et quatre femmes. Nous sommes bien sûr prêts à vous dédommager selon ce que vous demanderez. Et vous nous déposerez où vous le pourrez.

Il hausse les épaules et je crois que c'est fichu.

— Bon, montez, mais je ne sais pas si l'on pourra passer, je ne vous promets rien, ça fait plus de vingt minutes que je suis bloqué !

— Oh merci, dis-je, vous nous sauvez !

Il hausse de nouveau les épaules et, sur ce coup, je lui donne raison car rien, effectivement, n'indique que nous pourrons décoller de là. Je me tourne vers les autres et leur fais signe de me rejoindre sans qu'ils réagissent, abrutis de chaleur et de fatigue. Je ne veux pas crier pour ne pas alerter les marcheurs, et je dois aller les chercher presque un par un parce que, visiblement, leur cerveau en basse tension les empêche de prendre une décision.

— Ramenez-vous, bon sang ! Cet homme accepte de nous reconduire à Paris, leur dis-je à voix basse. Venez avant qu'il ne change d'avis.

— T'es sûre ? s'inquiète Dante.

Craignant que le chauffeur ne réfléchisse, je le presse :

— Montez.

J'aide ma mère à s'asseoir près de lui, espérant que sa détresse visible l'attendrira un peu. Je la rejoins tandis que les autres se répartissent sur les banquettes. En montant, chacun remercie chaleureusement le chauffeur qui ne répond que par des hochements de tête. Mais traverser la foule en s'aidant du klaxon et de mes grands mouvements de bras par la vitre ouverte, n'augmente ni notre popularité, ni notre mobilité. On dirait que les gens jalousent ce qu'ils estiment notre chance et n'est qu'une opportunité.

On va finir avec force culot et négociations à se sortir du bourbier, quand on entend des cris, et qu'on voit, en se déportant vers la droite, une femme hurler des imprécations contre un taxi qui vient visiblement de bousculer son fils jusqu'à le faire tomber. En une fraction de temps, la foule se retourne contre le malheureux chauffeur sans voir que le gosse s'est déjà relevé et que sa mère, sans cesser de hurler, lui frotte si fort la tête que je crains qu'elle lui troue le cuir chevelu. Mais notre chauffeur, homme de décision s'il en est, embraye, faisant rugir son moteur, force le passage entre les groupes compacts, sourd aux injures et aux coups dans les portes, et nous finissons par nous retrouver sans savoir comment sur une route transversale de campagne, incroyablement déserte et silencieuse, à moins de cent mètres de l'enfer que nous venons de quitter. Le chauffeur se tourne vers moi et me fait un grand sourire.

— Vous avez vu là, mademoiselle, la bêtise et la méchanceté du monde contemporain.

Il ne croit pas si bien dire mais il n'a encore rien vu.

Notre chauffeur, qui nous dit juste s'appeler Robert, doit avoir une boussole dans la tête car il enfile des routes creusées à travers champs comme s'il y vivait depuis toujours. C'est peut-être le cas. Évitant adroitement les banlieues dont nous déchiffrons le nom sur des pancartes au passage, L'Hay-les-Roses, Clamart, Cachan, puis Montrouge, nous apercevons enfin le fameux clocher de Notre-Dame trouant le ciel. Je n'en reviens pas que la pleine campagne soit si proche de la ville, et je pense à Alphonse Allais qui souhaitait que les villes soient installées à la campagne. Il serait content de constater que ça s'est fait. Je me retourne vers Sofia, assise entre son frère et mon père, pour me rendre compte que son regard n'a repris aucun éclat, comme si elle s'était définitivement refermée après ce qu'elle a vécu, et j'ai peur pour sa raison.

— Ça va aller, nous sommes à Paris.

Elle ne répond pas, je lui prends la main et la serre.

— Vous allez où ? me demande notre chauffeur.

— Vers le boulevard du Montparnasse, mais laissez-nous où vous pouvez, monsieur, répond Dante depuis l'arrière.

— Montparnasse, hum… Nous n'en sommes pas loin. Mais vaut mieux éviter la gare si vous me croyez.

Bien sûr qu'on le croit. Il la contourne adroitement par des rues qui débouchent sur des boulevards inconnus, jusqu'à ce que nous nous retrouvions avenue du Maine dont le nom m'est familier. À notre gauche, une nouvelle foule aussi erratique que les autres surgit d'une avenue, et il tourne brusquement avec un bref juron dans une rue dont la plaque est chère à ma mémoire : la rue de la Gaîté. Je me retourne vers Dante et les autres pour voir si cela ravive en eux les souvenirs de cette merveilleuse soirée durant laquelle mes parents et mes amis ont fait connaissance en écoutant Lucienne Boyer, pour finir à la brasserie du Dôme où Thierry nous a entraînés. Mais je suis visiblement la seule à être en mesure d'y penser. La camionnette s'arrête au coin du boulevard du Montparnasse et de la rue de la Gaîté.

— Voilà, dit notre chauffeur en tirant le frein à main. Montparnasse pour vous, moi, je vais tout droit.

Dante se penche entre nous, son portefeuille à la main.

— Nous vous sommes très reconnaissants, monsieur, sans vous, nous n'y serions pas arrivés. Je voudrais vous dédommager à hauteur de votre service. Est-ce que cinquante francs vous iraient ?

Notre chauffeur se retourne vers lui et le fixe un moment sans rien dire.

— Range tes sous, mon petit gars, dit-il, vous allez en avoir besoin. Moi, ça ne m'a rien coûté, sinon le plaisir de rendre service. On a de fichus quarts d'heure qui nous attendent, si vous m'en croyez, et ton argent peut encore te servir à sauver ta famille. Bonne chance à tous, et descendez.

Dante veut protester mais l'homme l'arrête.

— Ouvre la portière et aide les tiens à descendre, dit-il en ouvrant la mienne. On se reverra peut-être un jour, ne t'en fais pas, tu me paieras le coup.

Il embraye quand nous sommes descendus, secoués et émus d'avoir trouvé un être humain après ce que nous avons vécu. Il porte deux doigts à sa casquette, me salue d'un coup de menton et démarre, nous laissant sur le trottoir. Sans doute que l'émotion est trop forte pour ma mère qui éclate en sanglots. Mon père la prend dans ses bras et lui caresse la tête en lui murmurant des mots que je ne peux pas entendre.

On remonte le boulevard par le trottoir de droite jusqu'à Port-Royal. Un trottoir quasi vide alors que sur celui de gauche, une foule indescriptible se presse, se bouscule, jusqu'à envahir la chaussée, comme si une barrière invisible séparait les deux moitiés du boulevard. Panurgisme de la foule se réconfortant par le nombre, ou gardant l'habitude de « rouler à droite » ? me demandé-je. Nous arrivons enfin devant le 144, presque surpris de retrouver l'immeuble intact et à sa place. Au croisement du boulevard Saint-Michel et de l'avenue Denfert-Rochereau qui rejoint le quartier dont nous avons eu tant de mal à nous dégager, la marée humaine hétéroclite et bruyante que nous avons évitée, chargée de bagages mal ficelés, mais toujours avide de fuir, court vers les portes et ce qu'elle croit être son salut.

Et l'on avait cru que la vie continuerait !

62

Refuge

Les femmes sont montées les premières par l'ascenseur, les hommes ont pris le suivant. Dante a ouvert la porte avec une certaine solennité et nous sommes restés quelques secondes sans oser entrer. Puis il l'a poussée.

— Allez, nous y sommes, mes amis !

Je vois ma mère regarder mon père d'un air gêné. Dante le remarque.

— Ma chère Anna, vous êtes ici chez vous comme tous ceux de votre famille. Vous n'allez tout de même pas faire de manières après ce que nous avons vécu ensemble.

Il rit et ses yeux pétillent de malice. Mon père franchit le seuil en le remerciant, suivi de Michaël et Marlène. Je saisis la main de Sofia et nous entrons à notre tour. J'ignore si ma mère a remarqué mon geste, mais ça me semble à la fois évident et sans importance.

Dante fait aussitôt le tour du propriétaire, ouvrant grandes les fenêtres au fur et à mesure et s'exclamant de plaisir à chaque fois :

— Ah, vous me direz ce que vous voulez, mais c'est toujours aussi agréable de se retrouver chez soi après des vacances !

Dante a le don que j'ai tant de fois remarqué de dédramatiser les situations. Il a, comme sa sœur, fait de bonnes études et m'a confié avoir lu et relu ce qu'il appelle les philosophes de la joie, Spinoza, Épicure, qui lui ont fait prendre conscience, tout jeune, de la rareté et l'importance du bonheur que l'on trouve d'après eux dans l'amour de la vie et dans l'amour tout court. En ce qui me concerne, je connais Spinoza pour l'avoir étudié au cours de philo. Plus tard, attirée par sa personnalité courageuse et son indépendance d'esprit, j'ai continué de le lire bien que son principal ouvrage, *L'*Éthique, m'ait lâchée au milieu. Je ne connais le second que de nom et de réputation, n'ayant jamais eu le courage de me lancer dans le reste de ses écrits.

Assoiffés, nous nous précipitons dans la cuisine pour boire tout notre soûl. Et au fur et à mesure que nous nous réhydratons, nous devenons comme ces plantes du désert qui se redressent sous l'effet de la pluie. Désaltérés mais épuisés, nous retournons dans le salon où l'on se laisse tomber comme des souches dans les fauteuils et les canapés. On se regarde sans avoir envie de se parler, ou plutôt sans savoir quoi se dire. Sofia, comme désireuse de profiter du clan protecteur des femmes, s'assied entre Marlène et ma mère. Dante revient avec des bouteilles de bière mais nous déclinons son offre. Et c'est à ce moment-là que, regardant face à moi les trois femmes assises sur le canapé, je le vois. Il s'est glissé entre Sofia et ma mère et me fixe. Il n'a pas d'yeux. À la place des orbites, une taie livide comme un pansement les recouvre. Je ne peux voir son visage, mais je le reconnais. Il est l'homme tombé sur moi dans le fossé, dont j'ai senti avec horreur le corps tressaillir sous l'impact des balles qui l'ont frappé. Et je revis la scène de crime. La terreur de la mort annoncée, le vacarme déchirant des avions, le *staccato* des mitrailleuses dont les balles traçaient la mort au hasard, les hurlements des blessés, les hennissements et les braiments d'un cheval et d'un âne fauchés tout près.

— Vous avez faim ? s'inquiète Dante.

À ces mots l'homme disparaît comme s'il n'était plus concerné.

— Eh, à quoi tu penses ma fille ? me lance ma mère depuis sa place.

Je secoue la tête et esquisse un sourire. Je ne peux pas lui expliquer que je viens de revoir ce pauvre homme dans son costume noir, coiffé, je crois, d'un feutre, et mort à ma place. Il s'est interposé entre moi et les balles qui m'étaient destinées. Ça l'a tué et moi je suis vivante. Je dois ma vie à cet inconnu qui a mal choisi son abri. Sofia s'est levée.

— Excusez-moi, je vais prendre une douche et je vous engage à en faire autant. Vous trouverez des vêtements propres dans les armoires, servez-vous. On pue la mort !

Elle semble avoir repris pied dans la vie mais je ne suis pas certaine que ça durera. Les fameux oiseaux de Stymphale ont du mal à s'envoler. Comme je ne bouge pas, Sofia vient me tirer de mon fauteuil.

— Toi aussi, tu pues la mort ! Je me dépêche, tu prendras ma salle de bains après.

Ils se lèvent tous, joyeux. Il y a deux salles de bains dans l'appartement, plus un cabinet de toilette. Dante a invité mes parents à se servir de la sienne pendant qu'avec mon frère et Marlène, il se douchera dans le cabinet de toilette. Je les laisse partir. Suis-je vivante ou morte ? Il s'esquive sans bruit, l'homme en noir qui m'a laissé sa place. Dans certaines civilisations, quand on sauve la vie de quelqu'un, on en est comptable. Peut-être l'ignore-t-il. Peut-être pas.

— Quelqu'un a entendu le barouf qu'a fait une moto cette nuit ? demande Sofia en se beurrant une biscotte.

Les autres secouent la tête.

— Pourquoi tu demandes ça ? s'étonne son frère.

— Parce qu'on aurait cru une division entière ! Et quand je me suis levée, j'ai vu qu'il n'y en avait qu'une, qui filait comme un dard.

Soudain je me souviens :

— Oh, maman ! On est le 14 juin, je te souhaite un très bon anniversaire, dis-je en me levant pour l'embrasser.

Tous se lèvent, l'embrassent, lui souhaitent de la santé, et de pouvoir rester avec nous. Que souhaiter d'autre ? Dante allume la radio. Il est 9 heures, on tombe sur les informations.

Aujourd'hui, 14 juin 1940, commence une voix sourde, le commandant Devouges, officier au 114ᵉ régiment alpin, a rencontré les officiers de l'état-major du général Block, commandant du groupe d'armées B, qui l'ont informé des dispositions prises pour l'occupation de la capitale sans possibilité de négociation, ont-ils précisé.

Si le gouverneur général de Paris refusait l'adoption d'une solution pacifique, la résistance de la ville serait brisée par les moyens les plus rigoureux, a souligné le général Block. En contrepartie, le général Block s'est engagé à ne détruire aucun pont de la capitale, à distribuer l'eau et l'électricité, et à autoriser la police à garder ses armes afin d'assurer l'ordre. La population ne devra pas sortir de chez elle pendant les premières quarante-huit heures.

À 5 h 20 ce matin, des compagnies de soldats allemands ont occupé les gares du Nord et de l'Est et encerclé certaines casernes afin de garantir le calme.

À 5 h 50, le boulevard Saint-Michel a été investi par des compagnies de motocyclistes encadrant des régiments d'infanterie et l'hôtel Crillon a été réquisitionné.

À 8 h 30, des compagnies militaires ont remonté les Champs-Élysées.

Il fait très beau, ce vendredi 14 juin 1940. Le rude hiver avec son mois de février descendu à moins dix degrés qui nous a fait grelotter malgré les couches de laine et les poêles chauffés au rouge n'est plus qu'un lointain souvenir. Le communiqué que l'on vient d'entendre est d'un autre siècle. Je comprends et crains qu'une autre vie, une autre histoire, commence.

On veut aller les voir, ces envahisseurs qui nous volent Paris. Je me retrouve avec Sofia, Dante Michaël et Marlène à l'angle de l'avenue George-V et des Champs-Élysées. Ils sont à peine plus vieux que moi, ceux que l'on regarde arpenter, d'un pas cadencé et le regard vide, l'impériale avenue. Les vents d'ouest ont poussé vers Paris les cendres des incendies qui ont détruit, de Rouen, jusqu'à Colombes et Port-Marly, les réservoirs de pétrole de la vallée de la Seine, et la ville est recouverte d'une poussière grise comme une neige salle. Tôt ce matin, « ils » ont accroché au sommet de la tour Eiffel leur bannière à croix gammée qui flotte au vent. On a vu en venant la même bannière accrochée sur l'hôtel Crillon et sur d'autres grands hôtels de la rue de Rivoli.

Sur les trottoirs, traversant la ville déserte, sont arrivés des badauds qui n'ont pas songé qu'il était interdit de circuler. Quelques-uns osent applaudir les Allemands. On les regarde de travers et ils se taisent. Sur les côtés de l'avenue, les officiers à cheval lancent des ordres gutturaux. Des véhicules légers blindés suivent la troupe, passant devant des chars embusqués aux carrefours et derrière l'Arc-de-Triomphe. Des fonctionnaires de la police nationale sont plantés sur les trottoirs et je vois un officier Allemand se diriger vers deux d'entre eux et leur montrer une carte en leur demandant visiblement une direction. Les flics se mettent en devoir de la leur indiquer, à grand renfort de bras tendus.

Au début, nous traversons des quartiers vides, puis vers midi passée, comme répondant à une injonction ou une invitation, les cafés commencent à installer leurs terrasses et les magasins, à lever leurs rideaux. Nous sommes tous les cinq aussi raides que ces mannequins de la Wehrmacht. Les lèvres serrées à ne pouvoir parler. On a froid dedans. Je prends la main de Sofia et nous descendons par les jardins jusqu'à la Concorde. On a eu tort, car la place a disparu sous les véhicules militaires de toutes sortes et les soldats vert-de-gris dispersés nous regardent passer comme si nous étions des visiteurs. Les gens les observent sans animosité particulière, presque soulagés de les voir enfin. Ils ont craint l'arrivée de barbares et ils découvrent des jeunes gens normaux, propres sur eux, tellement différents des soldats français dépenaillés croisés pendant l'exode, qu'ils semblent rassurés. La phrase que l'on entendra par la suite souvent dans la bouche des commerçants et des Parisiens est celle-ci : « Ils paient sans difficulté, pas comme les Anglais. Ils sont corrects. »

Un cheval lâche ses intestins en passant devant nous, ce qui humanise curieusement ce défilé mécanique. À part les ordres braillés et les bruits de chenilles et de moteurs, il règne partout un silence absolu. On traverse encore la Seine en se tenant par le bras, en marchant au milieu de la chaussée. Il fait chaud, on a soif et mal aux pieds. Un café est ouvert de l'autre côté du pont, au début du boulevard Saint-Germain.

— Allons, nous désaltérer, propose Dante.

Ce sont les premiers mots prononcés depuis un bon moment. On s'assied, d'autres consommateurs arrivent, plus diserts que nous, et qui commentent la situation en lançant des regards furtifs dans notre direction pour s'assurer sans doute que nous sommes bien français. Puis bientôt, des gens reparaissent dans les rues. Où étaient-ils tous, ce matin ?

— On ne pourra pas rester, dit soudain Michaël.

Et le fait que ce soit le plus jeune qui ait osé dire tout haut ce que pense chacun d'entre nous me surprend. À ce moment, un officier allemand tombe lourdement de cheval devant nous, et les gens attablés se lèvent comme un seul homme pour l'aider. Des femmes le brossent de leurs mains, un homme tient la bride du cheval.

— Non, on ne pourra pas rester, dis-je en les regardant avec dégoût.

Je vois des larmes couler sur le visage de Sofia. Dante les remarque et lui entoure les épaules de son bras. Je pense à mes parents que l'on a fortement encouragés à ne pas sortir et qui ont tenté, eux aussi, de nous dissuader de le faire. « Qu'est-ce que vous avez besoin d'aller voir ces sales gens ! s'est exclamée ma mère. Vous avez vu les mêmes chez nous ! » *Non, maman*, ai-je pensé*, ce ne sont pas les mêmes, ceux-là sont bien pires.* Mon sens prémonitoire ou peut-être ce que j'avais déjà compris en suivant de près les événements me donnera hélas raison.

On quitte le café et on descend le boulevard Saint-Germain. Curieusement, des autobus et des taxis circulent dans les rues. C'est presque un jour comme un autre dans le quotidien des Français. Nous nous séparons à l'Odéon. Michaël accompagne Marlène chez sa tante qui habite boulevard Sébastopol ; Sofia, Dante et moi repartons vers Montparnasse pour rejoindre mes parents.

— Alors, qu'est-ce que vous avez vu ? nous demandent-ils, visiblement inquiets, quand nous arrivons.

— Des soldats. Des blindés, des drapeaux nazis et une foule curieuse et indifférente.

Je descends sur le boulevard avec eux pour rentrer rue Saint-Maur, et par chance, comme ça arrive rarement à Paris quand on en a besoin, je peux arrêter un taxi. Je crains qu'il ne refuse la course.

— Rue Saint-Maur.

Mais il accepte et nous retraversons Paris. Pendant le trajet, ma mère refuse de regarder dehors.

63

Agir !

Le lendemain, je retourne boulevard du Montparnasse car Marlène est revenue chez mes parents, sa tante s'occupant d'une voisine malade. Je suis à peine arrivée que Sofia m'accueille à grands cris.

— Chérie, chérie ! Thierry vient de téléphoner, il va bien, il a réussi à embarquer pour l'Angleterre ! Oh que je suis heureuse !

— Formidable, c'est formidable ! Il a des nouvelles de François ?

— Non, hélas, ils ne sont pas du tout dans le même coin. Il craint qu'il ait été fait prisonnier. Tu sais, il est dans le Nord ! Sur la Maginot !

— Oui, et lui comment va-t-il ?

— D'après lui, très bien. Mais tu le connais, il ne craint pas la fanfaronnade ! Viens, Dante est dans la cuisine.

On s'embrasse, on rayonne. Première embellie depuis des semaines.

— On a pu parler un bon moment, m'apprend Dante. Il téléphonait d'un centre prêté par les Anglais aux soldats français.

— Alors, pas trop de rancune après ce qui s'est passé à Dunkerque ? dis-je, faisant allusion aux violentes bagarres ayant opposé Français et Anglais au moment de l'embarquement sur les bateaux, sous les bombardements de la Luftwaffe.

— Je ne sais pas. Toujours est-il qu'il a pu me confier certaines choses que, probablement grâce à son ami Amaury des Camps toujours bien placé, il a pu glaner.

— Qu'est-ce qu'il dit ?

Dante secoue la tête.

— Plein de choses. Tu sais que le gouvernement, Paul Reynaud en tête, s'est finalement replié à Bordeaux ? D'après ce que l'on sait, Pétain veut signer un armistice, ce qui fait enrager le président du Conseil qui ne peut pas s'y opposer. Sinon, il sera remplacé par Chautemps ou Pétain, et là, ce sera la capitulation assurée. Thierry a eu connaissance d'un ultime appel à Roosevelt, resté hélas sans réponse : « Si vous n'intervenez pas, vous verrez la France s'enfoncer comme un homme qui se noie et disparaître après avoir jeté un dernier regard vers la terre de liberté d'où elle attendait son salut, etc. » Thierry et quelques-uns ne croient plus qu'en de Gaulle, continue Dante, lui aussi résolument contre un armistice, d'autant qu'Amaury des Camps a entendu Geoffroy Chaudron de Courcel, son aide de camp, affirmer que le général ne va pas rester là comme une souche et qu'il va reprendre le combat.

— Oh là ! si l'aristocratie s'en mêle ! Quel combat ?

— Quand il a compris que Pétain avait décidé de conclure un armistice, le général a gueulé devant Paul Reynaud qu'il a rejoint à Bordeaux : « La vieillesse est un naufrage et pour que rien ne nous soit épargné, la vieillesse de Pétain va s'identifier avec le naufrage de la France. Moi, en tout cas je ne signerai jamais l'armistice. Ce serait contraire à l'honneur et à l'intérêt de la France. Jamais je ne m'y résoudrai. Je reprendrai un commandement, n'importe lequel ! Je vous ai donné mon modeste concours, a-t-il ajouté, mais c'est pour faire la guerre ! » Reynaud lui aurait répondu, enfin, c'est ce que Thierry a compris, qu'il irait à Alger continuer la guerre aux côtés de l'Angleterre car la France est liée par le traité du 28 mars. Pas d'armistice ni de paix séparée.

— Comprends pas… Qu'a répondu de Gaulle ?

— Que dans ces conditions, il partirait d'abord à Londres. Et il a demandé à Reynaud où il le retrouverait. « À Alger, aurait répondu l'autre. Comme je vous l'ai dit. »

Je me lève, la tête embrouillée par tous ces noms, ces révélations rapportées par des tiers.

— Mais tu connais Thierry, tout ce que dit son colonel adoré est parole d'évangile. S'il déclare qu'il va se battre, il le croit. Tu sais ce que Churchill a dit à de Gaulle à la fin du dernier Conseil allié ?

— Non…

— « Vous êtes l'homme du destin… »

— Je vous sers un verre de vin ? propose Sofia. Ça donne soif, tout ça !

— Vous croyez que cette agitation va déboucher sur quelque chose ? dis-je, sceptique. D'accord pour le verre de vin, *cara mia*.

— Reynaud est pris en tenaille entre sa maîtresse Hélène de Portes, grande hystérique qui le harcèle pour qu'il rejoigne le camp des partisans de l'armistice, Paul Baudoin et Bouthillier, qui en rêvent. Pauvre homme, il a bien besoin d'une folle à ses côtés. « Tu fais tuer des hommes pour rien, combien de temps cela va-t-il durer ? » lui répète-t-elle sans relâche, reprenant ce que Weygand lui a dit !

— Quels hommes ?

— Ceux qui continuent de se battre avec héroïsme et désespoir.

— Mais comment tu sais tout ça ?

— Par Thierry. Et je sais aussi grâce à son oncle Paul Marchandeau, qui n'est pas du tout de ce bord et à qui j'ai téléphoné ce matin pour savoir à quelle sauce nous, les

Italiens, nous allons être mangés puisqu'on n'est pas du bon côté, qu'il disait la même chose.

— C'est-à-dire ?

— Pétain et Weygand vont signer un armistice qui livrera la France pieds et poings liés aux nazis. Et nous, on est des salopards de Ritals anti-fascistes. Tu vois ce que ça signifie ? s'énerve Dante.

Je vois, pensé-je. Dante et Sofia seront sûrement arrêtés et placés en camp de détention, mais le sort des Juifs sera plus rude si l'on en juge par ce que l'on entend.

Je vide mon verre et à ce moment, ma tête se vide aussi. Je visualise une nasse de laquelle nous ne pourrons nous échapper, quel que soit le côté vers lequel l'on se tourne. Et ce sera la même punition pour Marlène, Juive autrichienne qui a fui le régime fasciste de son pays. Et ce sera pareil pour tous mes coreligionnaires.

Sofia s'aperçoit de mon humeur et me serre dans ses bras. Je lui souris et lui demande :

— Thierry t'a dit ce qu'il compte faire ? De Gaulle veut se battre, bon, quoique je ne sache pas comment, mais les officiers ? S'engager peut-être dans l'armée anglaise ? Des bruits courent que des Polonais qui ont pu s'échapper ont formé des groupes de combat. C'est peut-être ça.

— J'en sais rien, dit Dante, mais si c'est possible, j'irais bien le rejoindre.

— Comment ? À la nage ?

Il hausse les épaules et je me rends compte qu'il est aussi désemparé que moi. L'impuissance devant l'action est l'une des situations les plus pénibles qui soient. Assister sans pouvoir intervenir.

64

Colère

Incapables de rester couchés, Dante Sofia et moi, nous nous levons tôt ce lundi 17 juin où le soleil entre par les fenêtres pour nous retrouver à la table du petit déjeuner. Comme tous les Français, nous attendons du maréchal Pétain, héros de la Grande Guerre, le discours qui galvanisera le peuple et éloignera le spectre de la défaite rôdant sur nos têtes. Pétain dira que nous devons résister. Aux soldats de reprendre l'offensive, aux civils de garder le moral pour aider nos troupes. Les rumeurs qui ont couru depuis quelques jours laissant penser à une possible demande d'armistice de la part du généralissime, mais personne ne veut y croire. Pas lui. Son entourage, peut-être, farci qu'il est de défaitistes et de lâches, mais pas lui ! « Avec lui, il n'y a rien à craindre. Les Boches, il connaît, il les a déjà vaincus », entend-on un peu partout.

Tous attendent le discours du Maréchal comme un miracle qui mettra fin au cauchemar que nous vivons depuis le 10 mai. Et ce 17 juin, bien que les Panzerdivisionen marchent sur Bordeaux, Colmar, Metz, Roanne, Dijon et de nombreuses autres villes, il annoncera que l'armée allemande a été arrêtée, battue, que partout elle recule, et que nos armées reprennent le chemin de la victoire. Je me mets à la fenêtre, le quartier est immobile, vide, pas un piéton, pas une voiture. Je devine pourquoi. Dans l'ignorance qu'ils sont de l'exacte heure de diffusion de l'allocution du Maréchal, les Parisiens ont tous l'oreille collée à leur poste de TSF. Nous n'entendons depuis le matin qu'une diffusion de musique de chambre et des indications qui tournent en boucle sur les températures relevées dans les différentes régions. À 9 heures, un speaker détaille les infos entendues la veille et qui ne révèlent rien de nouveau. Puis un autre communiqué annonce que le Maréchal parlera à midi. Je vais chercher Sofia et Dante qui sont encore à la table du petit déjeuner

— Ouf, Pétain parlera à midi. Souhaitons qu'il ait trouvé la solution.

— Ouais, dit Dante en haussant les épaules. Je crains que la solution soit comme le Messie, qu'elle n'arrive jamais.

— Agréable, commente Sofia, j'ai toujours apprécié ton optimisme, mon frère.

— Tu n'as pas retenu ce que disait Thierry ? réplique-t-il. Tu ne te souviens plus des commentaires des différents ministres ? Combien sont-ils à vouloir se battre ?

— Parce qu'ils se croyaient abandonnés par le gouvernement. Si Pétain relève le flambeau, ils se battront !

— Ouais, ricane Dante, comme le fameux moral des troupes dont on nous rebat les oreilles depuis des mois, comme pour nous préparer. Il en disait quoi, François des soldats qui jouaient à la belote alors que les divisions blindées allemandes se positionnaient à leur nez et à leur barbe ? Et la défaite de Dunkerque ? Et celle de Narvik, après que les alliés ont été battus à plate couture ? C'est vrai que ça donne de l'espoir pour la suite !

On ne répond pas, et chacun va se préparer en prenant son temps car aussi bien Sofia que moi, nous savons confusément que Dante a raison. Ce que je ne comprends pas, c'est pourquoi les uns et les autres, nous avons cru à la détermination de la France face à Hitler. Pourtant, rien ne nous y encourageait. Aussi bien les Anglais que les Français ont lâché l'affaire au moment de la Tchécoslovaquie, et plus tard de la Pologne. Mais l'humain est comme ça. Il a envie de croire en s'autopersuadant.

À partir de 11 h 30, on est assis devant le poste radio. Les quarts d'heure puis les minutes s'égrènent avec une lenteur désespérante. À midi largement passé, un journaliste prend la parole pour nous annoncer une allocution importante du maréchal Pétain. Comme si on l'ignorait. Des parasites, des craquements, même à la TSF il y a du brouillage. Enfin, brusquement, la voix de Pétain s'élève, mot mal choisi, elle ne s'élève pas car sa voix est chevrotante. On se raidit tout de même.

À l'appel de monsieur le président de la République, j'assume à partir d'aujourd'hui la direction du gouvernement de la France... Un blanc, parasites, bruits de micros. Sûr de l'appui des anciens combattants et de l'affection de notre admirable armée qui lutte avec un héroïsme digne de ses longues traditions contre un adversaire supérieur en nombre et en armes, sûr que, par sa magnifique résistance, elle a rempli son devoir auprès de nos alliés, sûr de l'appui des anciens combattants que j'ai eu la fierté de commander, je fais à la France le don de ma personne pour atténuer son malheur.
En ces heures douloureuses, je pense aux malheureux réfugiés qui, dans un dénuement extrême, sillonnent nos routes. Je leur exprime ma compassion et ma sollicitude. Nouveau blanc, comme pour contrôler une respiration contrariée, ou il a égaré ses feuilles, me dis-je méchamment. C'est le cœur serré que je vous dis aujourd'hui qu'il faut arrêter le combat.

Je me suis adressé cette nuit à l'adversaire pour lui demander s'il était prêt à rechercher avec nous, entre soldats, après la lutte et dans l'honneur, les moyens de mettre un terme aux hostilités. Que tous les Français se groupent autour du gouvernement que je préside durant ces dures épreuves et fassent taire leur angoisse pour n'écouter que leur foi dans le destin de la patrie.

Je relâche seulement après un moment mon souffle coincé dans ma gorge. Je n'ose regarder ni Sofia ni Dante. La honte ne se partage pas comme le chagrin. La honte, c'est comme l'enfant surpris à voler, l'homme surpris à pleurer. La honte, c'est comme la mort de l'être cher qu'on n'a pas pu maintenir en vie. Sofia se jette dans mes bras et me secoue de ses sanglots. Dante, figé, pâle, fixe le mur devant lui. Je pense à ma famille, mon père, ma mère, mon frère, à Marlène aussi, et à tous ceux qui, comme nous, ont cru au mirage. Comment ce pays si orgueilleux, si fraternel, si épris de liberté et d'honneur a pu tomber dans le piège du nazisme ? À cet instant, je sais que personne n'a la réponse. Où sont passés les braves ? Où sont passés les hommes et les femmes d'honneur ? Où sont passés celles et ceux qui ont fait la gloire de ce pays que mes coreligionnaires, dans leurs ghettos, appelaient comme étant celui de Dieu en France ?

Je me dégage doucement de l'étreinte de mon amie.

— Ne m'en veuillez pas, vous êtes ma famille, vous le savez, mais je me dois aussi d'être auprès de mon autre famille. Je reviendrai plus tard, dis-je en me levant.

Ils m'ont regardé partir, les yeux pleins de larmes.

Par chance, les réactions à cette ignominie sont nombreuses. Celle de Daniel Cordier, par exemple, un maurrassien pur jus qui, depuis Pau où il assure la permanence de l'Action française, écrit à ses camarades le brouillon d'un texte qu'il veut publier.

Cela signifie qu'au lieu d'appeler à la revanche on déclare le désastre irréversible ? Avant même d'examiner les conditions de l'armistice on appelle à l'arrêt des combats ?! Je sanglote en silence. Et je fais cet appel aux jeunes Français.
Le traître Pétain demande la paix aux Boches. Nous leur déclarons la guerre. Les jeunes qui veulent bouter les Boches hors de la France doivent se joindre à nous pour les combattre. Rassemblement ! Haut les cœurs ! La France ne doit pas mourir !

À cet instant, il y a plus de Français décidés à résister que de Français enclins à céder. Ça ne durera pas. Nombreux sont les sursauts de lutte dans certains corps d'armée. Sur la Loire, le général Pichon donne l'ordre aux cadets de l'école militaire de Saumur de défendre la Loire, entre Montsoreau et Thoureil, soit quarante kilomètres de front. Et au maire de Saumur qui veut déclarer Saumur ville ouverte, le colonel Michon, commandant l'école militaire, répondra : « Saumur se défendra mais n'évacuera pas. »

Dans un article dans le *Journal du Parlement*, Albert Lebrun rend compte de l'attitude des Français qu'il rencontre.

Moment angoissant entre tous. Les Français connaissent la plus grande douleur de leur vie. Ce ne sont que visages baignés de larmes, poings crispés, colères rentrées. Que s'est-il passé en si peu de temps pour que la France soit tombée si bas ? Partout une grande lassitude, un profond découragement.

Albert Lebrun sait parfaitement ce qui s'est passé. D'abord la Constitution de la IVe République qui ne donne aucun pouvoir au président. Et en aurait-il eu, qu'en aurait-il fait ? Le pays est battu d'avance par un pacifisme bêlant qui l'a vaincu plus sûrement que n'importe quelle armée ennemie. Par la suite, l'immense masse des indifférents dépassera, de loin, celle des résistants, mais aussi des collaborateurs.

Quand j'arrive chez moi, je trouve ma famille atterrée, mais en proie à une vraie colère. Je connais leurs sentiments contradictoires. On a été accueillis avec bienveillance par des Français, puis rejetés et trahis par d'autres. Mais n'est-ce pas le sort de chacun dans ce monde ?

65

Appel

C'est Thierry qui nous transmet par Ronéo l'appel de de Gaulle car ce message n'est diffusé que par la BBC, presque inconnue des Français. Tout ce que je sais, c'est que son écho n'a pas frappé les esprits. L'espoir d'un redressement après le discours de Pétain n'est plus d'actualité. La débâcle a emporté les cadres de la société française en même temps que ceux de nos armées et la confiance des Français. Préfets, sous-préfets, maires et gendarmes ont quitté leurs postes malgré les instructions du ministre de l'Intérieur. Et pour la plupart de mes nouveaux compatriotes cette vacance de l'autorité est une source de désarroi supplémentaire. Ils se sentaient abandonnés, livrés à eux-mêmes, sans protection de l'État et de ses représentants. Mais pour d'autres, j'imagine que ce naufrage du collectif pouvait apparaître comme une grisante aubaine. Seul Michaël s'est mis à piaffer comme un poulain quand Sofia lui a parlé de l'appel de de Gaulle.

Le lendemain de ce jour funeste, un homme a déjà quitté sa patrie et rendu visite à son hôte, le Premier ministre Winston Churchill. « À quarante-neuf ans lui dira-t-il, j'entre dans l'aventure comme un homme que le destin jette hors de toutes les séries. J'ai été sommé de rentrer en France mais je ne rentrerai pas. » Pour Charles de Gaulle,

Churchill est l'allié naturel, celui qui ne cédera jamais. Il sait aussi que le Premier ministre a aussi besoin de lui pour montrer à son opinion publique qu'à Londres se retrouvent tous ceux qui veulent résister à Hitler. Tchèques, Polonais, Norvégiens, Néerlandais, Belges, et les premiers Français. Cet homme qui l'assaille de ses prières, Churchill l'a perçu comme « l'homme du destin » un temps plus tôt. Il consulte les membres du War Cabinet qui acceptent que ce général de brigade à titre temporaire, tombé littéralement du ciel, puisse s'exprimer sur les antennes de la BBC le 18 juin. C'est ce jour-là que quelques Français seulement entendront un appel qui restera dans l'histoire.

À tous les Français.

La France a perdu une bataille ! Mais elle n'a pas perdu la guerre.

Des gouvernants de rencontre ont pu capituler, cédant à la panique, oubliant l'honneur, livrant le pays à la servitude. Cependant, rien n'est perdu.

Rien n'est perdu parce que cette guerre est une guerre mondiale. Dans l'univers libre des forces immenses n'ont pas encore donné. Un jour ces forces écraseront l'ennemi. Il faut que la France ce jour-là soit présente à la victoire. Alors elle retrouvera sa liberté et sa grandeur. Tel est mon but. Mon seul but.

Voilà pourquoi je convie tous les Français, où qu'ils se trouvent, à s'unir à moi dans l'action, dans le sacrifice et l'espérance.

Notre patrie est en péril de mort, luttons tous pour la sauver.

Vive la France !

18 juin 1940. Général Charles de Gaulle.

— Je vais le rejoindre ce type ! Il lui faut du monde pour se battre !

— Tu veux gagner la guerre à toi tout seul ? gronde mon père. Attends au moins d'avoir de la barbe !

Ce n'est pas juste car déjà pas mal de poils poussent sur les joues de mon frère. Mais je comprends que mes parents ne désirent rien moins que leur fils unique aille se battre sous les ordres d'un militaire inconnu en rupture de la République. On a appris que le nouveau gouvernement l'a sommé de rentrer. Moi, je ne veux pas qu'il y aille, mais je veux y aller. J'ignore cependant le rôle qu'on attribuerait à une femme au milieu de ces troupes viriles. En 1914, très peu d'entre elles, et seulement celles qui l'ont désiré, se sont battues contre les Allemands. Infirmières, oui, conductrices d'ambulances, avec les mêmes risques et parfois plus que les soldats, oui, cantinières, au point qu'on en a fait des chansons pour galvaniser les hommes, oui. Mais je ne me vois pas dans ces rôles pacifiques, pourtant essentiels. Je m'imagine avec un fusil à la main. *Deviens ce que tu es*, me dis-je, retrouvant Nietzsche.

— La prochaine fois que tu sais que Thierry va appeler, préviens-moi, demandé-je à Sofia.

Nous avons rouvert la galerie visitée maintenant par nos occupants, quelques étrangers qui ne les craignent pas, et déjà certains Français à l'aise avec eux. C'est Dante qui nous en a donné l'idée : « Si Sofia ouvre la galerie, ça prouvera qu'elle n'a rien à se reprocher. D'autant que les voisins savent que nous sommes italiens. Même toi, Judith, tu peux y travailler. J'ai lu, ado, le livre d'Edgar Poe, *La Lettre volée*, que personne ne remarquait car elle était posée sous les yeux de tous. » N'empêche que ma mère tremblait quand elle est passée à la galerie un matin pour se rassurer.

Curieusement, dès le discours de Pétain, le consulat italien la rappelle. Elle y va, les nerfs à vif, mais la directrice du personnel qui la reçoit s'excuse qu'on l'ait privée de son poste pour des raisons, dit-elle, conjoncturelles, et lui propose, compte tenu de ses qualités professionnelles que chacun a appréciées, de lui donner un poste d'organisatrice. Quand ma mère lui demande ce qu'elle doit organiser, la directrice répond :

— À peu près tout ce qui se présentera, aussi bien les rencontres avec les militaires qu'entre civils.

Ma mère ne répond rien, comprenant à peine la proposition mais n'osant pas refuser.

— Vous pourrez commencer dès que nous aurons transformé votre ancien poste qui disparaît car nous n'avons plus d'attaché culturel. Vous travaillerez, d'après ce que j'ai compris, avec un de vos compatriotes de Florence. C'est de là-bas que vous venez, n'est-ce pas ? Vous serez mieux payée car vous aurez plus à faire, et probablement que le consul qui vous aime bien vous dédommagera du temps où vous n'avez pas pu travailler.

— Oui madame. Merci madame.

La directrice du personnel intimide ma mère depuis le début, car elle ne sait pas où la situer. Chez les « bons » ou les « mauvais » ?

— Ajoute à ça une stature imposante et des yeux qui te vrillent, précise-t-elle, et tu comprendras. Mais l'intérêt de l'histoire c'est que je vais rapporter un salaire à la maison, conclut ma mère avec son pragmatisme habituel.

C'est l'époque où l'on vit dans une schizophrénie permanente. Plus rien n'est à sa place. Les nazis sont chez nous partout chez eux, s'y comportant poliment mais en terrain conquis. Ils ont leurs quartiers de prédilection. Montmartre, Montparnasse, les Grands Boulevards, l'Opéra, tout le quartier des Champs-Élysées, Pigalle, bien sûr, et les bonnes tables que leur offrent complaisamment les maîtres-queux renommés. Les lieux de nuit ne tardent pas eux aussi à participer à la fête. C'est trop tentant pour les bistrotiers, même de luxe, de laisser passer l'aubaine de recettes confortables. Les Fritz étant réputés comme francs buveurs et gros baiseurs, d'après l'expression du cafetier de l'angle des rues Jacob et Saint-Benoît chez qui je vais prendre mon petit café le matin en lisant les nouvelles du jour. Les nouveaux titres de la presse (*La Gerbe*, *La France au travail*, *La Vie nationale*) acquise aux vainqueurs ont été autorisés à reparaître dès le 17 juin, participant à mon avis de la réévaluation de l'occupant. Et comme si ceci expliquait cela, Jean Langlois, « l'ami de toujours », fait sa réapparition.

Il s'encadre à la porte de la galerie alors que je téléphone à Dante. Souriant, à l'aise, il vient vers moi et me claque un baiser sur chaque joue avant que j'aie le temps de réagir.

— Hello la belle ! Comment vas-tu ? Heureux de te revoir !

— Dante, c'est Jean, dis-je dans le combiné, je te rappelle.

Je raccroche et je sens un coin de ma bouche s'essayer à remonter dans un sourire.

— Quelle surprise ! Sofia savait que tu venais ?

— Non, je n'ai pas eu le temps de la prévenir ! Figure-toi que la galerie qui veut m'exposer a accepté enfin mes exigences, et que j'expose la semaine prochaine !

— Ah ? Tu veux que je lui demande de descendre ? Elle est en haut, à faire ses comptes.

— Que nenni, je monte !

Là non plus, je n'ai pas le temps de réagir. Langlois bouge à la vitesse d'un Teuton, sans jeu de mots. Le Teuton est un insecte très vif. Il sort, et je soupire, agacée. Il n'a évoqué que son expo, nulle question sur nous, sur notre vie, ce qui s'y passe, rien sur Thierry et François, la manière dont nous appréhendons la vie actuelle. Le téléphone sonne. C'est Dante.

— Tu ne rappelais pas. Tu m'as dit que Jean est à la galerie ? Jean Langlois ?

— On n'en connaît pas trente-six.

— Tu savais qu'il venait ? Qu'est-ce qu'il a dit ?

— Qu'il revenait car sa galerie l'exposait à partir de la semaine prochaine.

— Et il est où maintenant ?

— Il est monté au studio voir Sofia.

— Bon… ça s'est bien passé entre vous deux ?

— Très bien, il s'est à peine aperçu que j'étais là.

— Bon, à plus tard, dit-il en raccrochant.

À cet instant, trois officiers entrent dans la galerie. Ils me saluent de loin et commencent leur inspection des toiles accrochées. Je ne connais pas grand-chose aux grades mais ceux-ci en ont. Plus une croix de fer au cou de l'un d'eux. Je sens mon sang se figer. Celui à la croix de fer se tourne vers moi.

— Mademoiselle, vous vous occupez de ça ? dit-il en désignant un tableau.

Sofia a bien sûr choisi ce que l'on expose. Pas d'art abstrait, pas d'artistes audacieux, que du figuratif, et quel figuratif. Des vues de Paris, Montmartre, la tour Eiffel, des poulbots de la butte, des toiles bucoliques, des portraits de jeunes filles nubiles, que du bon goût. Le tableau que me désigne l'Allemand représente justement une jeune paysanne occupée à lier un bouquet de fleurs des champs avec, en fond, un village anonyme et son église au milieu, le tout dans des teintes pastel.

— Oui, je peux vous aider ?

Il vient vers moi tandis que les autres poursuivent leur promenade.

— Joli, dit-il, village français ?

— Si l'on veut, ce genre de sujet est international…

J'ai la gorge serrée dans un étau. Son regard me met mal à l'aise et c'est voulu. Il est mince, pâle avec des yeux clairs qu'il plisse en parlant. Tout son attirail de cuir, du baudrier aux bottes, étincelle. Il me fait penser immédiatement au milicien qui commandait ceux qui, à Florence, ont tué le jeune homme inconnu. Il me détaille avec insolence.

— Vous, peintre, aussi ?

— Non, réussis-je à dire. Je les propose seulement.

Les autres se sont retournés et écoutent. L'un dit quelque chose.

— Combien ? me demande-t-il.

— Je… je vais aller chercher la responsable… Si vous voulez bien attendre ?

Et à ce moment, Sofia et Jean apparaissent. Je comprends tout de suite à l'expression de Sofia qu'elle est aussi bouleversée que moi. Jean, en voyant les Allemands, s'exclame :

— Ah, ah… Non, ce n'est pas là que j'expose. Ici, ce sont seulement des amis !

Les deux autres se rapprochent et serrent la main de Jean.

— Ah ! Des amis, reprend l'amateur d'art, à Paris, tu en as partout, des amis !

Tous rient.

— Je vous présente justement ma grande amie Sofia avec qui j'ai préparé mon exposition et qui m'a toujours soutenu, dit Jean. (Il parle lentement pour se faire comprendre.) Et là, cette demoiselle, c'est Judith, une autre grande amie aussi.

— Tu as de la chance, dit l'un des deux autres en riant, d'avoir autant de jolies filles comme amies…

Et bien sûr, ils s'esclaffent bruyamment. Leur français est moyen. L'allemand de Jean aussi. Je ne sais pas pourquoi, mais à cet instant, je suis contente d'avoir écouté ma mère et appris l'allemand. Jean examine la toile qui semblait intéresser l'amateur de scènes bucoliques.

— Ça t'intéresse ?

— Un peu, oui, opine l'homme. Très français, bon souvenir d'ici pour chez ma femme.

Il éclate de rire, accompagné des deux autres. Sofia s'est rapprochée de moi, elle n'a pas encore desserré les lèvres. Elle fixe Jean.

— Des amis à toi ? lui demande-t-elle d'une voix glaciale.

— Oui… On s'est connus dans un cabaret très parisien, le Melody's. Ah, ils se sont bien amusés, les bougres, dit-il en tapant sur l'épaule de l'amateur de peinture. Je te présente le capitaine Ostraeger.

Ils parlent entre eux, rient de leurs fautes de vocabulaire. J'ai envie de frapper Jean comme j'en avais déjà envie la dernière fois que nous nous sommes vus. Il ne fait même pas semblant d'être gêné, d'ailleurs il ne l'est pas. Ils parlent peinture, Jean les ramène à sa future exposition, ils ne regardent plus nos tableaux. Il se tourne vers Sofia.

— Dante va venir ?

— Je ne sais pas, répond-elle de la même voix dépourvue d'intonation. Mais toi que fais-tu ici ?

— Je te l'ai dit ma chérie, j'expose chez Rambaud la semaine prochaine, c'est pour préparer l'exposition que je suis parti de chez moi. C'est une belle ouverture. Il y aura du monde.

— Oui, mais ici, dans ma galerie, poursuit-elle, la voix dure, pourquoi es-tu venu ? Si tes amis, dit-elle en insistant sur le mot, sont intéressés par ce que tu fais, ce n'est pas chez moi.

— Oh, mais je voulais vous revoir ! Je vais habiter Paris un certain temps, j'ai trouvé un appartement rue de Miromesnil, il faudra que vous veniez ! À ce sujet, je pourrais reprendre l'atelier dans la cour ? Je ne peux pas évidemment peindre chez moi. C'est trop petit. Bien sûr, je te paierai un loyer.

Sofia est pétrifiée, ses yeux lui sortent de la tête, elle fixe Jean avec une vraie haine, j'ai soudain peur de ce qui peut se passer.

— Non, dit-elle enfin. Je ne peux pas te le louer.

Il plisse les lèvres d'un air surpris, redresse les épaules.

— Ah bon, tu as déjà quelqu'un dedans ?

Les autres écoutent, je ne crois pas qu'ils comprennent tout mais l'atmosphère est si tendue que les mots sont inutiles.

— Non, personne, je le garde pour mes besoins personnels.

— Oh, c'est dommage, tu me connais, je suis soigneux et un loyer aurait été un apport.

— Tu me connais aussi, et je n'ai pas besoin d'un apport, comme tu dis.

— Ah, tant mieux pour toi, mais les temps peuvent devenir difficiles. La clientèle doit se faire plus rare, non ? Les Américains, les Sud-Américains et même les autres qui venaient avant la guerre, t'es moins sûre de les avoir…

— J'aurai une nouvelle clientèle. Tu sais bien, Jean, que l'argent n'a pas d'odeur, réplique-t-elle en vrillant son regard dans le sien.

Il se raidit. Elle n'a pas pu se retenir. Ses yeux lancent des éclairs. Tout est tendu en elle. Je m'approche. J'interviens :

— Tu sais, si c'est mieux je peux déménager.

Elle me regarde d'abord sans comprendre, puis saisit que je veux lui sauver la mise. Si j'y habite, Langlois peut comprendre qu'elle ne veuille pas que je m'en aille.

— Non, tu y es très bien, coupe-t-elle.

Les autres écoutent, ils sentent la tension sans la comprendre. Ou peut-être que si. Ça les amuse, visiblement. Peut-être pensent-ils à une querelle d'amoureux. J'ignore ce que leur a dit Langlois.

— Bon, ben c'est dommage, j'aurais bien aimé reprendre mes anciennes habitudes, sourit-il. Au fait, comment vont

Thierry et François ? Vous avez des nouvelles ? Je sais qu'ils ont été mobilisés.

— Non, pas de nouvelles. Tu as mis du temps à t'en inquiéter.

— Oh, je crois que les batailles n'ont pas été trop rudes pour les soldats Français… Ont-ils été faits prisonniers ? J'espère que non. Je ne les vois pas vivre dans ce qu'on appelle les stalags. Pas trop confort pour des gens comme eux.

C'est à ce moment que j'ai le réflexe de saisir le bras de Sofia et de la bloquer alors qu'elle s'apprêtait à le frapper, j'en suis sûre. Elle avait une bonne raison de le faire. Elle se sent doublement trahie par Langlois avec qui elle partageait une forte complicité. J'ai bien fait d'intervenir, car il a fait instinctivement un pas en arrière. Les autres ont tourné la tête vers nous, alertés par le mouvement. Il grimace un sourire tordu dans sa direction.

— Bon, je vous préviendrai quand je serai installé, vous viendrez prendre un verre et tu nous feras tes fameuses pâtes, ma chérie. Je vous enverrai des invitations pour le vernissage, je compte sur vous. Je vais avoir un trac fou !

Il se tourne vers les Fritz :

— Bon, allons-y, les amis, je vous emmène à l'autre galerie. À Paris, on n'a jamais le temps de rien ! (Il s'avance vers nous pour nous embrasser.) Gonflé, ce type !

Mais Sofia se glisse derrière son bureau et le toise. Je sens qu'elle va en rajouter.

— Salut Jean, bonne chance, je coupe, ne souhaitant qu'une chose : qu'ils vident tous les lieux avant que ça tourne au pugilat.

— Ouais, faut de la chance dans cette vie… Surtout maintenant, réplique-t-il avec un sourire tordu.

Je déteste sa façon de le dire. C'est la revanche du médiocre. Du petit sur le grand. Ils sortent enfin après un dernier salut auquel ni Sofia ni moi ne répondons. On reste un bon moment sans parler, le souffle coupé.

— Quel foutu salaud, lâche enfin Sofia. Quel foutu con !

— Cet homme est dangereux, je renchéris, je t'en prie, ne perds pas ton sang-froid.

— Je l'ai compris, figure-toi. Je l'ai compris depuis la fameuse soirée. Même si j'ai mis du temps à l'admettre.

On a expliqué l'histoire à Dante quand il nous a rejointes. J'ajoute perfidement :

— Il est accompagné d'Allemands. Dont l'un avec une croix de fer. Un bon soldat, sûrement,

L'été 1940 n'apportera rien de nouveau. Aucun de nous trois n'a envie de quitter Paris, comme si, en restant sur place, on suivait mieux la situation. La ville s'est partout transformée. Les bannières nazies flottent sur les bâtiments officiels, les grands hôtels, les monuments. Des panneaux indicateurs peints en lettres gothiques noires sur fond jaune balisent la capitale comme un jeu de pistes. La circulation automobile profite aux occupants qui ont strictement limité celle des Parisiens à quelques milliers de véhicules, y compris les taxis et les bus, privant la ville de ses bruits habituels, mais lui en restituant d'autres, plus feutrés, tels le pas des chevaux ou le bruit des charrettes à bras sur le pavé.

Les bruits des voitures ont aussi changé avec le vacarme pétaradant des side-cars qui sillonnent la ville et que les Frisés, comme on les appelle maintenant, semblent apprécier. Les puissants moteurs des Mercedes ou des Volkswagen décapotées dans lesquelles se pavanent les gradés qui, sans vergogne, promènent leurs petites amies du moment, ont un bruit nettement plus luxueux que nos Peugeot ou nos Renault.

Jusque-là, la cohabitation s'est plutôt bien passée. Comme si une heureuse surprise avait saisi les Parisiens qui s'attendaient à pire. « Ils » n'ont pas coupé l'eau, ni l'électricité, ni le gaz. Et le métro continue de fonctionner, les entend-on dire, les restaurants sont pleins et il y a foule aux terrasses des cafés. Moins d'uniformes aussi, comme si les occupants avaient compris qu'avec les Parisiens, ils n'ont rien à craindre. Je réfléchis à tout ça en remontant le boulevard Magenta pour rejoindre ma famille, rue Saint-Maur. Je ne comprends rien à cette guerre qui s'est invitée à Paris sans qu'un seul coup de feu ait été tiré dans la capitale. Même si les bruits venus de l'Est sont inquiétants.

66

Traître

On n'a plus revu Jean Langlois de l'été. Bien sûr, aucun de nous n'est allé à son vernissage. Fin juin, quand il est venu à Paris, les Allemands bombardaient Bordeaux. Nous n'y avons vu aucune cause à effet, simplement, tous les trois, nous nous sommes demandé quelle avait pu être sa réaction en voyant ses « nouveaux amis » écraser sous leurs bombes les réfugiés sur les quais de la Garonne et ceux qui, dans les hôtels, attendent pour rejoindre l'Angleterre, comme Georges Mandel, collaborateur de Clemenceau, connu comme un patriote intransigeant qui a dit à Pétain : « Je vous plains, monsieur le maréchal, d'être à la merci de votre entourage, et je plains mon pays qui vous a pris pour chef. » Mandel rassemble toutes les haines, aussi bien celles de l'extrême droite que des communistes qui, le 17 juin, ont barré la première page de *L'Humanité* d'un : « Prolétaires de tous les pays, unissez-vous pour la paix par l'entente avec l'URSS ! *Proletarier aller Länder, vereinight euch* ! »

Autant que Jean Zay, député radical-socialiste, ministre dans le gouvernement de Blum, d'une intégrité qui lui a toujours valu la haine de ses condisciples qui le traitent de sale Juif alors qu'il est protestant, ou de Pierre Mendès France qui ne rêve que de sauver la France. Tous trois ont embarqué à bord du *Massilia*, ancré à Verdon, à l'embouchure de la Garonne, parce que la rivière plus en amont était minée.

Ces parlementaires ont revêtu leur uniforme de l'armée française mais se sont fait insulter par les marins du *Massilia*, certains même gifler, accusés de fuir et d'abandonner le pays alors que Pétain, lui, ne fuyait pas. Les insultes ont fusé : « Fuyards, lâches, vendus aux Anglais, sales Juifs ! » Le *Massilia* est désormais, pour ceux qui sont à bord, une prison et le signe de leur lâcheté et de leur infamie.

L'amiral Darlan a mis ce navire à leur disposition, mais c'est Laval qui a compris que ce bateau est un piège pour ces députés hostiles à l'armistice. Il sait que leur départ pour continuer la guerre deviendra la tache du déshonneur si on le présente comme un abandon du pays. Ce que feront les journaux, et il fallait être attentif pour démêler le vrai du faux.

Je n'ai évidemment pas parlé de la visite de Langlois à mes parents, pas seulement parce qu'ils le connaissent peu, mais surtout pour ne pas les alarmer. Mon père, qui ne travaille plus, n'est pas bien. Il ne supporte pas de rester à la maison, de faire les commissions, ce qui n'est pourtant pas une sinécure car on commence à manquer de beaucoup de produits.

— Mais vous vous rendez compte ! crie-t-il. Ma femme s'en va travailler à 8 heures du matin, rentre exténuée, parfois 9 neuf heures du soir ! Mon fils, se tue à servir tous ces poivrots, ma fille est obligée d'habiter ailleurs pour être plus près de son travail ! Et moi, moi, je fais la vaisselle, je lave par terre comme une bonniche ! Et je ne rapporte pas un sou à la maison pour ma famille !

Mon père ne veut vexer personne, surtout pas ma mère, en traitant de travaux de bonniche ce qu'elle a fait toute sa vie. Mais sa fierté de chef, de protecteur de sa famille, a pris un rude coup. Marlène fait de son mieux pour l'aider mais elle doit aussi s'occuper de sa tante, seule et pas en bonne santé.

Début juillet, nous apprenons que, depuis qu'ils ont débarqué à Londres après avoir été évacués de Dunkerque, Thierry et son ami le commandant Amaury des Camps travaillent dans l'entourage de de Gaulle, au premier étage d'un immeuble du 8 Seamore Grove qui appartient au directeur de cabinet du Général. Il lui en a remis les clés, et ils s'efforcent de trouver des astuces pour communiquer avec tous ceux qui, en France, veulent résister ou rejoindre Londres. Il nous explique à mots couverts en téléphonant à Sofia qu'en juin 1940, à peine connue la honte de la reddition de Pétain, cent vingt-huit marins-pêcheurs de l'île de Sein, à la pointe du Raz, les plus jeunes âgés de seize ans, se sont embarqués pour l'Angleterre, laissant leurs familles à terre. C'est par ce biais que l'ingénieux Thierry imaginera nous faire parvenir les premières lettres destinées à encourager les Français à rejoindre Londres ou à organiser des réseaux de Résistance. Son astuce : faire écrire aux marins des lettres destinées à leurs familles restées sur l'île, et glisser à l'intérieur une autre lettre sous enveloppe, que renverront les femmes aux vrais destinataires, mais qui seront timbrées et tamponnées depuis l'île et pas depuis l'Angleterre.

— Mais avec celles qui suivront l'angoisse et la peur nous saisiront pour ne plus nous lâcher, quand Thierry, comme pour nous faire réagir, nous parlera sans détour des crimes abominables perpétrés par les nazis dans les pays qu'ils occupent, où des populations entières de Juifs ont été déportées et massacrées pour le simple fait d'être juifs, atrocités qui sonnent comme un malheur annoncé contre lequel nous sommes sans défense si nous ne bougeons pas, insiste-t-il. Mais comment bouger quand on est des civils sans moyens dans un pays qui est à peine le nôtre ?

Le mercredi 6 juillet, Sofia et moi recevons une lettre évoquant à mots couverts ce qui indigne le pays tout entier depuis que la presse a publié le récit de l'odieuse agression de la marine française par la Royal Navy, à Mers El-Kebir. Elle a coulé de nombreux bâtiments et envoyé par le fond plus de mille marins français, et cela a été justifié aux Communes par Churchill comme l'échec de la demande des Anglais aux Français d'éloigner notre flotte pour la rapprocher de la leur, afin de continuer la guerre, sans se soucier de respecter les termes de l'armistice qui proposaient deux options : la capitulation militaire avec les Allemands ou la poursuite de la guerre hors métropole à partir de l'exil, comme pour les (gouvernements, polonais, norvégiens ou hollandais).

Il nous parle de cette « querelle de voisinage » qui a opposé « deux voisins de l'île » et dont il nous expliquera les vraies raisons dès qu'il « montera » à Paris. Notre indignation alimentée par notre presse nationale qui fustige violemment l'attitude de nos pseudo-alliés ne faiblira que bien plus tard.

67

Évasion

Ce matin, je suis à la galerie où je viens de recevoir une nouvelle lettre de Thierry que je suis en train de décacheter, quand j'entends la porte s'ouvrir. Je vois un homme se tenir sur le seuil, l'air méfiant.

— Oui, monsieur, je peux faire quelque chose pour vous ?

Il est mal habillé, son regard sombre examine sous d'épais sourcils les lieux avec réticence, sans se poser nulle part ; son genre ne correspond pas à la clientèle habituelle. J'ouvre discrètement le tiroir de mon bureau. Il y a quelque temps, j'y ai caché un nerf de bœuf d'une bonne trentaine de centimètres, que j'ai acheté à un maquignon des Halles, car depuis que les Allemands ont débarqué, la sécurité en ville s'est considérablement dégradée. Le chômage, la hausse des prix des denrées en raison de leur rareté, les forces de police occupées ailleurs en sont probablement les causes.

Il me regarde, passe d'un pied sur l'autre, ce qui me permet d'apercevoir l'état dégradé de ses chaussures. Ce type n'est pas là pour choisir un tableau. Je referme la main sur le nerf et le tire légèrement dehors.

— Je viens pour Mme Sofia Agnelli. C'est ici ? Elle est là ?

Il a une voix rocailleuse avec un accent du Sud.

— C'est ici, mais elle n'est pas là. Je peux faire quelque chose pour vous ?

Il ne répond pas, me fixe intensément et demande :

— Vous êtes Judith ?

Je sursaute. D'où cet homme connaît-il mon nom ?

— Euh… Oui… Vous êtes ?

Il jette encore un coup d'œil autour de lui comme pour s'assurer que l'on est seuls.

— Je viens de la part de François Lambert, je suis son ami, on est internés dans un camp de prisonniers en Belgique et je me suis évadé. Il m'a demandé de passer vous voir.

Je sursaute, prise d'un brusque hoquet.

— Un ami de François ? Mon Dieu, comment va-t-il ? Il est en bonne santé ? Il est où ?

— En Belgique, à Vandermaelen. Ça ne vous dit rien, et à moi non plus avant. On s'est fait faire aux pattes quand les Boches ont attaqué dans le Nord et on devait s'évader ensemble avant-hier.

Il se rapproche de moi et je peux voir son air d'extrême lassitude et *son teint décoloré.

— Mais au dernier moment il y a eu… une… Un contretemps, et il m'a laissé partir.

— Il vous a laissé partir, je ne comprends pas. Il est toujours prisonnier… ?

— Oui, on devait tous les deux avoir des papiers pour l'extérieur, mais au dernier moment, il en manquait, alors il m'a dit de partir.

— Il vous a dit de partir, et lui ?

Il a un pâle sourire.

— Votre ami, c'est un mec en or, vous savez. J'ai une famille en Corse, à Propriano. Vous ne devez pas connaître…

— Non…

— Il a dit que c'était plus important pour moi de me tirer parce que je dois travailler pour ma famille. Lui, il n'a pas de gosses. On est restés dans le même stalag depuis le début, on s'est aidés tout le temps. Il m'a juste demandé, si je passais à Paris, de venir voir Mme Sofia Agnelli et vous à la galerie, pour vous dire ce que je vous ai dit.

— Il est vivant, mon Dieu ! Si vous saviez ce que je vous suis reconnaissante d'être passé… On est tous très inquiets, plus de nouvelles depuis le début de la guerre… Merci, merci monsieur…

— Pas de quoi, m'dame, j'l'ai fait pour lui. Bon, ben voilà. J'vais y aller.

— Où… Où allez-vous ?

— Chez moi, en Corse, j'vous ai dit.

Je le regarde, pas besoin d'être diplômée de médecine pour comprendre que cet homme est, sinon au bout du rouleau, pas vraiment en forme pour entreprendre un tel voyage.

— Attendez, monsieur, dis-je alors qu'il s'apprête à repartir. Il y a combien de temps que vous n'avez pas mangé ?

Il hoche la tête.

— Bof, avant-hier, mais ça va. J'ai des réserves.

— Attendez s'il vous plaît. On va aller au café en face demander s'il y a quelque chose. On connaît bien le patron.

Il hésite. Je reconnais la peur instinctive du fugitif.

— Allez-y, traversez et attendez-moi, j'arrive. Je ferme la galerie.

Il hésite, c'est moi qui avais peur de lui. Il regarde le bistrot. La rue est vide, comme souvent maintenant. On aperçoit Pierrot, le patron, derrière son comptoir.

— D'accord, dit-il en sortant et en gagnant le bistrot.

Je reviens au bureau, attrape une liasse de billets, produit de la dernière vente hier, en détache la somme due au peintre et prends le reste. Puis je ferme la porte et le rejoins.

— Bonjour Pierrot, ça va ? J'ai un ami de province qui aimerait bien manger un bout avant de repartir, vous auriez de quoi ?

— Qu'est-ce qu'il veut, le monsieur ? demande le cafetier, les mains dans son évier.

— Je ne sais pas, quelque chose qui serait chaud, peut-être.

Pierrot fait mine de réfléchir, se tourne vers la cuisine derrière lui, domaine de Mme Pierrot.

— Régine, t'aurais quelque chose de prêt à manger pour un ami de Mme Judith ?

Elle répond quelque chose, il se tourne vers nous.

— Oh, on n'est pas riches en ce moment, un plat de patates avec des morceaux de lard, ça vous irait ? J'crois bien que c'est ce qu'elle a préparé pour midi.

— Parfait, Pierrot, parfait. Dites merci de ma part à Mme Pierrot.

— Vous en voulez aussi une assiette ?

— Non, non, merci.

Deux hommes entrent, des ouvriers qui travaillent chez le voisin et qui s'installent au comptoir. Mon invité s'est un peu raidi et les regarde avec inquiétude. Je m'assieds en face de lui.

— Je les connais, je lui murmure, des ouvriers du coin. Comment vous appelez-vous ?

— Antoine, Tonio, si vous préférez. Santoni.

Pierrot revient avec une assiette fumante ; je lui demande un verre de vin pour Tonio.

— J'ai que de l'ordinaire…

— Ce sera très bien merci.

Tonio engloutit les patates et le lard qu'il pousse avec le pain que lui a apporté Pierrot. J'apprécie, le pain devient aussi une denrée rare.

— Est-ce que l'on peut écrire à François ?

Il hésite, serre les lèvres.

— Ouais, mais pas tout de suite, ça doit barder au camp à cause que je me suis tiré.

— D'accord. Donnez-moi simplement l'adresse. (Et je lui passe sous la serviette les billets.) Ça, c'est pour le billet de train. Prenez le métro jusqu'à la Gare de Lyon, installez-vous dans la salle d'attente en attendant le train et achetez un journal pour le lire. Vous vous ferez moins remarquer si vous semblez lire tranquillement que si vous dévisagez tout le monde. Qui sait que vous devez venir à Paris ?

— Personne. Juste François.

— Ce n'est pas lui qui le dira.

— Mais je ne veux pas de votre argent, m'dame. J'ai ce qu'il faut. Vous avez un papier pour l'adresse ?

— Oui.

Je déchire un bout de la nappe et lui passe mon stylo.

— Prenez l'argent, vous nous le rembourserez plus tard, ça peut vous aider. Merci pour l'adresse de François.

Je lui passe les billets sous la serviette, il me glisse l'adresse. On se croirait dans un film d'espionnage à la Eric von Stroheim. Il me regarde, il n'a plus du tout la même expression. Il ne se sent plus seul, il a trouvé des amis.

— Allez directement à la gare, traînez pas dans les rues, parfois ils demandent les papiers.

Il acquiesce en souriant. Premier sourire.

— J'vous oublierai pas. Si j'peux pas revenir, n'oubliez pas Propriano, c'est un joli coin. Vous serez nos invités.

— Entendu, dis-je avec un frisson, car je sais que l'on ne se reverra pas.

Je lui souhaite bonne chance dans ma tête, à Tonio. Puis je me lève et vais régler Pierrot au comptoir. Avant de sortir, je me retourne. Tonio me sourit, croise les mains comme si c'étaient les nôtres. Je sors.

68

Concentration

Quand Sofia arrive, je lui raconte tout. Elle est d'abord sidérée, puis explose de joie.

— Non, t'as l'adresse de son camp ? On va lui écrire tout de suite, on a le droit ! Prisonnier de guerre !

— Non, pas tout de suite, Tonio m'a dit d'attendre un moment après l'évasion, sinon ils vont savoir que François est dans le coup.

— Ah, zut, je voudrais tellement lui remonter le moral.

— Il semble avoir un bon moral, il voulait s'évader et il a laissé sa place à son ami.

— C'est un amour, François. Je l'aime !

— J'allais lire une lettre de Thierry quand Tonio est arrivé, elle est dans le tiroir. Ah, je lui ai donné l'argent de la vente d'hier, j'ai juste gardé la part du peintre. C'est pour le train, et qu'il puisse manger.

— T'as bien fait. Où elle est la lettre ?

— Dans le tiroir, je t'ai dit.

On l'ouvre, après avoir refermé soigneusement la galerie.

Mes amies,

Je suis toujours dans le Berry avec mes amis, tout va bien, on travaille pour les prochaines moissons. Cependant des nouvelles nous ont prévenus que le climat allait se gâter par chez vous et que les mois-

sons seraient moins bonnes que prévu et qu'il faudrait moissonner plus tôt et très vite. Des amis à moi ont décidé de quitter la région où ils vivaient pour un autre coin où il risque de moins pleuvoir et de neiger cet hiver, de façon que les moissons soient moins abîmées l'an prochain. Dans les régions à blé où vivaient beaucoup de cultivateurs amis, il y a eu déjà beaucoup de dégâts, des champs entiers ont été définitivement perdus sans espoir. Je voudrais vraiment vous engager à quitter votre région très vite pour ne pas tout perdre comme eux. J'ai ici, grâce au facteur, des nouvelles très fiables et il faut me croire. C'est pareil pour le cheptel, le climat est dangereux aussi pour lui. Pas la peine d'attendre de perdre trop de têtes de bétail. Il y a des régions plus tranquilles que la vôtre, allez-y. Je crains que de nouvelles dispositions soient prises pour les bêtes d'élevage depuis l'étranger, qui leur feraient risquer de se retrouver à la boucherie.
Je vous embrasse, ainsi que ma femme et les petits.
Thierry

On se regarde, muettes d'effroi. Il n'est pas utile de faire partie du 2e Bureau pour comprendre le sens caché de la lettre de Thierry. Mais que sait-il que nous ignorons ou avons feint d'ignorer ? C'est vrai que depuis le 20 juillet, une révision des naturalisations postérieures à 1927 a été mise en place par le régime de Pétain, indépendamment de la politique allemande, concernant la dénaturalisation des Juifs étrangers ayant fui l'Allemagne et les autres dictatures au cours des années 1930, ce qui est le cas de ma famille. Comme beaucoup, n'ayant pas de moyens de nous y opposer, nous l'avons simplement ignorée. À la décharge de mes parents je suis sûre qu'ils ne l'ont pas su. Mon père, lisant mal le français, achète peu de journaux et je cache les miens. L'on parlait pourtant déjà de l'abrogation du décret Marchandeau qui interdisait le racisme et l'antisémitisme dans la presse. Ça aurait dû m'alerter.

— Je vais prévenir mes parents, je dis à Sofia, je suis sûre qu'ils ne sont pas au courant, et…

— Est-ce utile de les inquiéter ? Où peuvent-ils aller ?

Je secoue la tête.

— Je ne sais pas, dans un coin où ils ne seront pas connus.

— Ta mère et ton frère travaillent, de quoi vont-ils vivre s'ils quittent Paris ? Tu crois qu'ils vont trouver un emploi ailleurs ?

Elle a raison, je me sens vide, aucune idée ne me vient. Où seront-ils en sûreté ? Depuis que les Allemands occupent Paris, il ne s'est rien passé, à part la spoliation des biens de quelques Juifs riches ou connus. On a vu dans le quartier Saint-Germain des camions de la Wehrmacht venus vider des appartements et des galeries d'art. On ne sait pas ce que sont devenus les propriétaires. On n'a pas bronché. Mes parents et moi ne possédons aucun bien, à part notre vie. Nous nous sommes pensés à l'abri.

Le 3 octobre, un nouveau statut acté par Vichy mais annoté et aggravé par Pétain oblige les Juifs français et étrangers admis à la fonction publique, haute et basse, mais aussi les journalistes, artistes, cinéastes, personnes du monde artistique, médecins, avocats, notaires, juges à quitter leur emploi. Le document établit un fichage des Juifs français et étrangers. Les Italiens ont précédé les Français de deux ans. Le lendemain, une autre loi est venue aggraver la précédente, prévenant que les Juifs étrangers pourraient être internés dans des camps spéciaux par décision du préfet du département de leur résidence. Ces camps ne sont pas nouveaux. En réalité, ils existaient avant la guerre. Hannah Arendt y a été enfermée avant de s'en évader, ils ont aussi accueilli les réfugiés espagnols. D'après les journaux, le pays compte vingt-six camps dans la zone nord, et quinze dans la zone sud. Mais on a continué à s'aveugler. Pour quelle obscure raison avons-nous détourné les yeux ? Pourtant, partout où les Allemands ont pris pied, les Juifs ont été soumis à des mesures contraignantes et à des persécutions.

Ce que je ressens en prenant connaissance de ces nouvelles lois, c'est un nœud coulant qui m'enserre la gorge, m'enferme dans un piège d'où je ne pourrai m'échapper. Est-ce ainsi qu'ont commencé les déportations et les massacres en Allemagne, en Pologne et dans les pays de l'Est ? En regardant ailleurs ? Qu'est devenu le gentil couple de tailleurs de Vienne ?

— Je reviendrai peut-être ce soir, dis-je à Sofia.

Avant qu'elle ait pu me retenir, je suis dehors. Je ne suis plus moi-même, je me sens coupable de négligence, d'inconscience. Je suis pourtant la plus capable de protéger les miens. Pourquoi n'ai-je pas réagi ? Je saute dans un taxi, tant pis pour les dépenses. Il me laisse dans ma rue et, comme si la taie qui couvrait mes yeux s'était détachée, je me rends compte du changement. Plusieurs boutiques ont baissé leur rideau, faute de marchandise, il n'y a que celle de Mario, notre traiteur italien, qui propose encore quelques produits sur ses étagères. Je me réjouis de l'emploi de ma mère au consulat italien. Ce sera peut-être une des dernières à être protégée.

Je grimpe les étages, ouvre la porte. Mes parents sont dans la salle à manger et sont si surpris de me voir débarquer qu'ils sursautent, comme pris en faute.

— Qu'est-ce que tu fais là ? s'étonne ma mère.

— Vous avez lu les journaux ?

— Sur le nouveau statut des Juifs ? dit mon père.

— On est en danger, papa.

Il s'assied. Ses gestes sont ceux d'un homme épuisé, aux abois.

— Tu crois qu'ils vont nous arrêter ?

— Je ne sais pas. Mais le plus prudent serait de passer momentanément en zone libre.

— Je pense être protégée au consulat, objecte ma mère. Ils savent depuis longtemps que je suis juive, ils ne feront rien. Nous devons vivre, nous n'avons pas de réserves. Si nous partons, de quoi vivrons-nous ? Je pense que le consul me protégera et protégera aussi votre père. C'est quelqu'un de bien qui déteste les Frisés !

— Ce n'est pas raisonnable, maman, ton consul a des ordres de son gouvernement. Il vaut mieux vous préparer à quitter Paris. Où est Michaël ?

— À son travail. Il n'est pas bien mon fils, dit ma mère. Il veut partir.

— Où ?

— À Londres, dit mon père. Tu te rends compte !

— Comment ?

— Il nous a dit avoir fait connaissance d'un groupe d'étudiants qui viennent manger le midi. Ils ont une piste. J'ai très peur ma fille, on ne doit pas se séparer.

Je m'approche de lui, le prends contre moi.

— C'est peut-être sa chance, papa. J'ai des amis en Angleterre, ils s'en occuperont.

Des larmes coulent sur ses joues. Il me saisit la main.

— C'est de ma faute ce qui nous arrive, c'est moi qui ai voulu partir de chez nous. Je vous demande pardon. Michaël est encore un enfant, que va-t-il faire là-bas ?

Je n'ose pas lui dire que, d'après ce que nous a écrit Thierry, de Gaulle et ceux qui l'entourent entraînent des combattants. Des Polonais forment déjà des groupes armés d'étrangers. Je m'assieds à côté de mon père. Son désarroi me bouleverse.

— Si l'on reste ici, d'après ce que l'on sait des pays occupés par les nazis, nous ne survivrons peut-être pas. Et le gouvernement de Vichy est devenu l'allié d'Hitler.

— Mais nous sommes italiens, et les Italiens sont aussi les alliés d'Hitler !

— Papa, crois-tu que les papiers français que l'on a obtenus n'ont laissé aucune trace ? Ils savent que nous sommes venus pour fuir le fascisme. Ils nous arrêteront et nous enfermeront dans des camps.

— Nous y serons peut-être à l'abri, objecte ma mère, si ce sont les Français qui les gardent.

Pauvre maman, tellement désespérée de ce qui peut arriver aux siens qu'elle s'invente de l'espoir. La porte s'ouvre à ce moment et Michaël apparaît. Il y a longtemps que je ne l'ai pas vu et il me paraît amaigri. Il n'a plus grand-chose de l'adolescent qu'il était.

— Réunion de famille ? dit-il dans un rictus.

— Qu'est-ce que tu fais là ? se reprend ma mère. Il est tôt.

— Marlène et sa tante ont été arrêtées, lâche-t-il.

— Quoi ? Mais pourquoi ? s'indigne mon père.

— Elles sont étrangères, réfugiées d'un pays allié des Boches ! crache Michaël. Comme nous ! Ils vont venir nous arrêter aussi. On est bons pour passer à la casserole !

C'est tellement évident que même nos parents finissent par nous pousser dehors. Les événements de cette fin 1940 nous y aident. Une nouvelle ordonnance interdit aux Juifs passés en zone libre de revenir en zone occupée. Si nous quittons Paris, nous ne pourrons plus y revenir. Mais elle impose aussi, contre toutes les traditions françaises, le recensement des Juifs en zone occupée et l'obligation de se déclarer. Dans la foulée, Vichy annule purement et simplement le décret Crémieux ayant naturalisé, en octobre 1878, les Juifs d'Algérie. La nationalité française est retirée aux « Juifs indigènes » d'Algérie. Puis une nouvelle loi est votée par Vichy, dénaturalisant les Juifs naturalisés après 1927. Nous comptons parmi eux.

Quand on a quitté Paris, une nouvelle loi parue au *Journal officiel* définissait le Juif selon un critère racial : « Doit être regardée comme juive toute personne issue de trois grands-parents de race juive ou simplement de deux grands-parents pour le cas où elle a un Juif pour conjoint. » Ça m'a fait penser à la question formulée par le Juif Shylock dans la tirade du *Marchand de Venise* : « Qu'est-ce qui définit l'identité d'un être humain ? » Et je me suis dit que, quatre siècles plus tard, la question reste posée.

Ni Sofia ni Dante n'ont réussi à nous faire changer d'avis. Et Dante a trouvé le mot de la fin : « D'accord, on vous préfère loin et vivants, que proches et morts. » On a débouché la dernière bouteille de champagne que Dante avait gardée, et tous les trois, on a passé le dernier après-midi à la boire et à se jurer de se revoir, de se retrouver et de continuer de s'aimer tant qu'il nous restera la vie.

Ils ont fermé l'appartement, la galerie, le studio, ont attendu que l'on s'en aille, et ont pris un avion pour Rome. Sofia et moi nous sommes fait nos adieux.

69

Angleterre

La cabane de bois est tout de travers à cause du vent. Plantée en bordure de la plage de Barneville-Carteret, et en équilibre sur un promontoire, elle ressemble à une sentinelle qui se serait assoupie. Face à elle, les moutonnements, au loin, de l'île de Jersey et de sa cousine Guernesey veulent faire croire qu'elles vous attendent avant de vous lâcher vers Douvres. Entre elles et la cabane s'étendent des plages de sable fin, hérissées de falaises, qui font face à la fureur des flots. Et au-delà, la Manche, verte, sombre, nerveuse qui hésite, se précipite, recule dans des bouillonnements aux lèvres écumantes. Pour y accéder, on doit dégringoler un fichu sentier qui se tortille dans des dunes couvertes de joncs manquant vous précipiter cinquante mètres plus bas. Une lune voilée de brouillard se moque de nous éclairer pour se goberger dans son halo.

Michaël et moi sommes arrivés depuis le matin après un très long et très inconfortable voyage dans une bétaillère. La bétaillère, c'est Suzanne, de la Lica, qui nous l'a dégotée. Elle a vite compris ce qui allait arriver et a monté une filière d'évasion avant tout le monde ; et c'est un imprimeur du *Droit de vivre*, ancien cultivateur de betteraves, qui l'a conduite. Deux garçons imberbes à la mâchoire farouche nous ont accompagnés. Les étudiants que Michaël a connus dans son bistrot. Sébastien et Paul. Pas quarante ans à eux deux. Fils d'un officier de marine rescapé de Mers El-Kebir qui n'en a pas voulu aux *English* de lui avoir coulé son bateau. Il préférait ça, leur a-t-il dit, à aller renforcer la flotte française vendue aux collabos.

Demain matin très tôt, ou peut-être même cette nuit, on abordera sur l'île de Jersey d'où l'on repartira aussitôt sur une barcasse pour arriver à Douvres. On appellera aussitôt le voisin Mario pour qu'il aille chercher nos parents,

pour leur dire que nous sommes arrivés. Ils ont refusé de partir en zone libre.

— Nous n'y connaissons personne, ont-ils objecté, notre accent nous trahit. Ici, nous avons l'habitude, je continuerai de travailler au consulat, ils ne me dénonceront pas, dira notre mère, je suis amie avec tous. Papa pourra trouver un peu de travail à droite et à gauche. Qu'est-ce qu'on irait faire, à la campagne ? On ne sait même pas planter une salade ! Vous, partez, mes enfants, allez en Angleterre vous y serez à l'abri. Ne vous inquiétez pas pour nous, on saura se débrouiller. On se reverra bientôt, ne vous en faites pas. Soyez juste prudents. Vous nous écrirez, n'est-ce pas ?

Ensuite, j'appellerai Sofia pour lui confirmer que je l'aimerai toujours et lui dire que, surtout, elle m'attende.

Pourquoi a-t-on choisi comme tremplin l'île de Jersey occupée par les Allemands depuis le 30 juin 1940 et pourrie de soldats de la Wehrmart, deux par habitants ? Parce qu'aucun nazi ne pourra soupçonner que quatre jeunes cinglés de fugitifs déguisés en pêcheurs iraient se jeter dans la gueule du loup. Et ça a marché.

Il paraît que, dans l'œil du cyclone, on est à l'abri.

Bibliographie

- Gallo, Max, *1940, de l'abîme à l'espérance.*
- Arendt, Hannah, *Œuvres.*
- Durand, Yves, *La France dans la Seconde Guerre mondiale.*
- Thalman, Rita, *Dix leçons sur le nazisme*, sous la direction d'Alfred Grosser.
- *La Mise au pas de la France*, 1940-1944, Fayard.

JOUR DE GLACE

MAUD TABACHNIK

Des trombes d'eau. Un vent infernal. En quelques minutes, la petite ville de Woodfoll dans le grand Nord canadien est balayée par une tempête d'une violence inouïe. Plus d'électricité, plus de téléphone, un paysage de fin du monde. Comme le reste de la région, la prison de haute sécurité n'a pas résisté à l'ouragan. La panne électrique a ouvert les portes, libérant quatre tueurs, parmi les pires de leur espèce, des violeurs, pédophiles et meurtriers récidivistes qui se retrouvent dans la nature. Quand des cadavres sont retrouvés, sauvagement mutilés, les soupçons se portent forcément sur les évadés. Mais sont-ils les vrais coupables de ces atrocités ? Lou Grynspan, ancienne profileuse de la police du Québec, mène une enquête aux frontières de la raison. Un voyage au bout de l'enfer qui va hanter ses jours et ses nuits…

Angoissant, terrifiant, addictif :
le nouveau thriller de Maud Tabachnik.

Achevé d'imprimer en janvier 2022
sur les presses de la Nouvelle Imprimerie Laballery
58500 Clamecy

Numéro d'impression : 201649

Imprimé en France

La Nouvelle Imprimerie Laballery est titulaire de la marque Imprim'Vert®